选调生

郑曦原 著

当代中国出版社
Contemporary China Publishing House

图书在版编目(CIP)数据

选调生 / 郑曦原著. -- 北京：当代中国出版社，2025.2. -- ISBN 978-7-5154-1512-3

Ⅰ. I267.5

中国国家版本馆 CIP 数据核字第 2025C28R76 号

出 版 人	蔡继辉
责任编辑	刘晓冰
责任校对	贾云华　康　莹
印刷监制	刘艳平
封面设计	宋　涛　鲁　娟
出版发行	当代中国出版社
地　　址	北京市地安门西大街旌勇里 8 号
网　　址	http://www.ddzg.net
邮政编码	100009
编 辑 部	（010）66572180
市 场 部	（010）66572281　66572157
印　　刷	中国电影出版社印刷厂
开　　本	787 毫米 ×1092 毫米　1/16
印　　张	25.5 印张　1 插页　328 千字
版　　次	2025 年 2 月第 1 版
印　　次	2025 年 2 月第 1 次印刷
定　　价	118.00 元

版权所有，翻版必究；如有印装质量问题，请拨打（010）66572159 联系出版部调换。

献给我亲爱的母校兰州大学
感恩培育我成长的陇南乡亲

目 录

序 /001

前　言 /001

第 一 章 / 大学毕业 /001

第 二 章 / 党校集训 /027

第 三 章 / 到岸门口 /053

第 四 章 / 立军令状 /105

第 五 章 / 坠入情网 /143

第 六 章 / 历经磨难 /183

第 七 章 / 谈婚论嫁 /227

第 八 章 / 参加选举 /253

第 九 章 / 点火试车 /283

第 十 章 / 十字路口 /317

第 十一 章 / 执子之手 /331

第 十二 章 / 走咧走咧 /355

后记：再别陇南 /380

序

中秋前夕，曦原来电话，请我为他的新书写序。他说："高老师，这本书是专门写给80年代那些选调生的。您是我们的辅导员，后来到中央组织部也参与负责这项工作，是中国早期选调生工作的组织者、执行者和先行者，再没人比您更适合为这本书写序了。"

我和曦原是亦师亦友的关系，我们这种同志加兄弟的深厚情谊已延续40年。我先是在甘肃省委组织部青年干部处工作，后调到中央组织部干部调配局和中央办公厅调研室工作。曦原也从甘肃省文化厅先调到国家物价局，再考入外交部。在京期间，他常跑来找我。我们一起聊聊天，说说哪个同学到了什么单位，有什么新的消息，然后一起去吃一碗地道的兰州牛肉面。有选调生同学来北京了，他也喜欢介绍到我这里来。我和这个群体——天南地北的选调生同学们，真是结下了不解之缘。

提倡和鼓励青年知识分子到基层去,到艰苦和困难多的地方去,走与群众相结合的道路,在实践中锻炼成才,是我们党培养干部的一贯方针。1965年6月,中央批准高等教育部根据中央领导同志的建议起草的《关于分配一批高等文科毕业生到县以下基层单位工作的请示报告》,全国选调生工作由此开始,但因"文化大革命"中断。20世纪80年代,根据陈云同志提议,中组部设立青年干部局,选调生工作重新展开。2000年和2008年,中组部相继发布《关于进一步做好选调应届优秀大学毕业生到基层培养锻炼工作的通知》和《选调优秀高校毕业生到基层培养锻炼工作暂行规定》,选调生制度进一步完善。特别是党的十八大以来,习近平总书记对加强改进选调生工作作出重要指示,选调生工作迎来了快速发展的大好局面。

曦原作为20世纪80年代的选调生,以他当时的266篇日记和23封书信为基础,详细披露了自己接受选调下放甘肃农村的亲身经历和主观心理活动,真实地折射了改革开放初期中国西北基层社会的风土民情,以及中国各社会阶层迎接大时代浪潮冲击的人生百态,客观再现了中国青年知识分子当时面临的职业、爱情和社会环境冲突,以及他们面对时代变迁所产生的人生困惑与思考。

习近平总书记在纪念红军长征胜利80周年大会上指出,历史是不断向前的,要达到理想的彼岸,就要沿着我们确定的道路不断前进。每一代人有每一代人的长征路,每一代人都要走好自己的长征路。我想,这本书所蕴含的、所展现的、所触动人心的,正是这样一种长征精神吧。它不只是曦原个人经历的记录,也是20世纪80年代选调生群体精神风貌的一个缩影,具有珍贵的史料价值。

20世纪80年代的故事,很容易让人想起罗马尼亚老电影《沸腾的生活》,想起电影主题曲那令人心潮澎湃的旋律。翻开曦原的书稿,有无数温馨和难忘的回忆扑面而来。一闭上眼睛,就会有那么多朝气蓬勃的青春面孔浮现出来,他们齐声呼唤"高老师",让我这个在机关待得太久的人瞬间回到往昔，泪水禁不住落下来。20世纪80年代，那是我们内心深处最纯洁的一片净土，寄托着我们的梦想与激情，也书写着国家与民族奋勇前进的辉煌诗篇。

"昔我往矣，杨柳依依。今我来思，雨雪霏霏。"转眼之间，曦原这届选调生也到退休年龄了。40多年来，很多选调生同学在党组织的悉心培养下，始终保持着谦虚谨慎的态度，在祖国的各条战线上，为党的事业无私奉献、勤勉工作，做出了无愧于人民、也无愧于"选调生"这个光荣称号的好成绩。在此，我要向你们致以崇高的敬意！让我们在有生之年，继续为我们的光荣梦想，为祖国和人民的事业，不懈奋斗！

高永中

2024年10月12日

注：高永中，男，汉族，1954年9月出生，甘肃省华池县人，毕业于兰州大学中文系，研究员、中国共产党党员。原中共中央党史研究室副主任兼理论研究中心主任，第十二届全国政协委员。全国党建研究会副会长、中共党史学会副会长。在党的组织部门和党史部门工作30多年。曾任甘肃省委组织部研究室主任，中组部研究室正处级调研员，干部一局处长，副局长（正局级）兼中办调研室六组组长，中组部党建研究所所长兼《党建研究》杂志主编，全国党建研究会秘书长。全国知名党建党史研究专家，长期从事党的建设、党的组织工作理论实践研究和中共党史研究。曾两次为中央政治局集体学习作讲解。

前言

在希腊神话里，宙斯化身牧羊人引诱谟涅摩叙涅，让她生下了缪斯女神。谟涅摩叙涅是司记忆、语言、文字的女神，也是口头叙事诗人的守护神，正是在她的庇护下，诞生了《荷马史诗》。

甘肃省康县岸门口镇隐藏在大秦岭深处，"岸门口"这个地名深含禅意，令人回味。作为20世纪80年代的选调生，我从21岁到24岁，在这里生活了四个年头。离开那里好久了，但那里的每一寸土地、每一条沟壑，都深深地烙印着我过往岁月的痕迹。"一马离了西凉界，不由人一阵阵泪洒胸怀。"每当我驻足聆听，仍能倾听到远山的呼唤，仍能感受到内心的悸动。

本书记叙了一位新波希米亚人在陇南乡村的生活片段和爱情故事。谁在大学毕业前后没有惶恐、没有彷徨呢？然而，"西北的青年莫要再耽延，割断我们长衫抛却我们浪漫，大时代的使命奔临在眼前"。感谢省委的选调，让我有机会跟随时代的大潮走进甘肃省的一个山村，在没有锅炉的地方支起了锅炉，在没有铁路的地方让山里的尕娃看到了火车，在没有淋浴的地方让纯朴腼腆的妹子洗上了热水澡，还让从未见过选票的乡民投出了人生的第一张选票，并奉献了我的初恋。

范长江先生是四川内江人，是我的乡贤前辈。他写的《中国的西北角》堪称歌颂中国工农红军的《荷马史诗》。今年是中央红军长征出发90周年，红军长征曾经过康县，并经历恶战。我尝试追随乡贤足迹，虽难望其项背，但仍期待也能将笔墨聚焦于中国的西北角，再现中国共产党人在苏维埃旗帜曾经飘扬之地努力奋斗的艰难历程。"五岭逶迤腾细浪，乌蒙磅礴走泥丸。"如果说长征是中国革命的滚滚洪流，那么，本书这段记述不过是新长征路上的一小段摇滚。然而，无论身处多么伟大的时代，史诗主人公始终是平凡的人。我们每个人的际遇，不论有怎样的起起伏伏，也不论有多少血泪、多少遗憾，都折射着大时代的光芒，谱写着国家进步的诗篇。

我们是中国婴儿潮一代，今年恰逢大学毕业40周年。我重新翻开日记，唤醒那段尘封的岁月，钩沉旧日时光，缝缀记忆碎片。本书是由本人1984年4月至1987年6月的266篇日记和我与夫人的23封两地书汇集而成。"好鸟相鸣，嘤嘤成韵"，以我们的记忆为笔，谱写一首属于20世纪80年代的叙事长诗，或许它就是我们自己心目中的《荷马史诗》吧！

为确保阅读流畅性，保护个人隐私，避免可能引发的误解，书中某些人采用化名，个别情节有所虚构。书中叙事根据本人回忆，但由于时间久远，不一定完全准确，请勿"对号入座"。

在此，首先要向当年从兰州大学选调我并担任我们党校培训班辅导员的高永中老师表达最深的谢意。他亲自为本书撰写序言，大大丰富了本书的思想和情感内涵。同时，也要感谢原中国作协副主席何建明同志的宝贵意见，他在国内倡导的非虚构纪实文学的写作理念对我深有启发。还要感谢兰州大学化学系的老师们,他们在我下乡期间一直关注着我的成长,并多次给予宝贵的指导和帮助。此外,还要感谢肖桂国同学所著《选调生工作历史研究》为本书提供准确的史实参考。最后,特别感谢我的妻子李方惠女士,她一直珍藏着我40年前的日记,为本书成稿奠定了坚实基础。

谨以此书向伟大的80年代,致敬!

郑曦原

2024年10月12日

第一章 大学毕业

> 离开兰大图书馆时,我驻足片刻,回首凝望那座哥特式风格的钟塔,心中涌起一股异样的情感。这座钟塔是兰大的精神坐标,它秀丽挺拔,气势不凡。就要离开校园了,以后无论我身在何方,这座钟塔都将深深烙印在我的心中,成为指引我前行的航标灯。不管以后做什么,我这一辈子,都要保持一个读书人的本色。

1984年4月21日　星期六

"你是一个梦想家！"我赖在兰州大学男生宿舍的被窝里，望着天花板自言自语。春寒料峭，残雪未消。窗户紧闭，房内散发着男生宿舍特有的酸腐气。宿舍分上下铺，住着8位男生。我睡上铺，占据着宿舍靠窗的一角。东子的录音机播放着日本歌曲《北国之春》："城里不知季节变换，不知季节已变换，妈妈犹在寄来包裹……"窗外雪花飘飘，感伤的旋律引发我的回忆。

四年前，收到兰州大学录取通知书，因为这是我填报的第三志愿，所以我并不是特别欢喜。而且初次离家就去西北，内心好迷茫。离开家乡前，我独自来到沱江边。涨水了，浑浊的河面格外宽阔，如同一面流动的铜镜，静水流深。上游漂来的玉米秆儿、甘蔗秆儿、水葫芦、水白菜，宛如一支壮观的水军，浩浩荡荡地顺流而下。有一棵被连根拔起的树，悠然自得地横卧在河面，树枝上竟然站着一只白鹭，它伸长优雅的脖颈，骄傲地巡视着江河。

沱江是我亲密的伙伴，有什么隐秘心事，我愿意对它讲。我坐在熟悉的堤坎上，脱下鞋子，把双脚伸进暖和的江水，顺水漂来的水草划着脚掌，带来丝丝清凉。我弯下腰，双手捧起一掬江水，水流从指缝滑落。滴滴水珠，宛如离别的泪水，诉说着心中的不舍与眷恋。

火车从成都出发去兰州，川西坝子的稻田隐没在柔和的白雾中，湿润的空气带着新谷的清香，徐徐吹进车厢。过了广元后，列车仿佛变成了铁犁，从群山峻岭中犁出一条路来。阳光透过云层缝隙照射下来，列车在森林和河流之间穿梭。我这个未曾离开过四川盆地的少年，惊奇而贪婪地观赏着窗外壮丽的风景。

列车从宝鸡由北折转向西，朝黄土高原进发。深褐色的原野沿着辽阔的地平线绵延伸展，直接蓝天。刺目的阳光照耀着黄土高原，山峦起伏，溪流淙淙，植被稀疏，真是苍凉而壮美。列车呼啸西行，我感觉到粗犷的大西北扑面而来。

身着父亲那件带有军衔肩章袢扣的旧军服，脚踏长筒马靴，我走进了兰大的校园。远离四川，部分原因就是要摆脱父亲的严格管教。他是一位老兵，是上甘岭战役的幸存者，性格十分刚烈，我与他的父子关系也相当紧张。我坚信，远离父亲，是儿子得以独立成长的必修课。

时光荏苒，转眼间，告别兰大的时刻临近了，人生的列车将再次拉响远行的汽笛。

1984 年 4 月 22 日　星期日

晚清时期，陕甘总督左宗棠经略西北，推动陕甘分闱，设立甘肃贡院，后来演变成甘肃法政学堂，这是兰州大学的前身。尽管兰大是全国重点大学，但因地理位置偏远、生活艰苦，录取分数线相对较低，这就为各省寒门学子上一流大学提供了机会，由此形成了"自强不息，独树一帜"的办学风格。

在化学系读书四年，前三年上通识课，第四年分专业。前三年虽然经常在图书馆泡着，但看杂书多。兰大文理兼备，校园里流行各种思潮，同学们思想非常活跃，课堂上、教室里，经常争论得脸红脖子粗。从欧美舶来的新词儿一个接一个，如果赶不上趟都不好意思参加辩论，反而在专业课上不是太上心。

兰大从大四起引进导师制，这很新潮。据说与刘冰校长有关。刘校长懂教育，重视人才，敢于接受新生事物，也很呵护学生。大三时，我和两个同学从兰州扒火车去青海游玩，途中被铁路派出所截住，打电话要学校保卫处领人。系里说我们违反纪律了，应该处分，刘校长说："娃娃嘛，谁没有胡闹的时候，扒个火车，又没干坏事，处分个啥？"

吴绍祖教授从日本留学回来，负责指导我和另外两个女生。吴老师和张师母和蔼可亲，不仅细心指导我们的功课，循循善诱，还常请我们到家里喝茶、吃饭。我的成绩也"唰唰"地窜了上来，科技英语考了 90 分，其他专业课和化学实验课成绩也不错。吴老师说，我是属于那种带后劲、有潜力的学生，只要聚精会神，就会越学越好。吴老师的助教林梦羽说我是金牛座，吃苦耐劳。这倒是真的，我在实验室连续干 10 多个小时也感觉不到累。

1984 年 4 月 23 日　星期一

进入毕业季后，我不再需要按时到教室上课，但是必须经常跑化学楼做试验，写毕业论文。林梦羽是化学系 78 级的学姐，她本科毕业后在本系攻读硕士，同时担任吴教授的助教，主要负责指导我做试验。这是一个很敬业的学姐，常为破解难题彻夜不眠。她身材高挑，面部轮廓分明，额头平滑开阔，双眸明亮，鼻子挺直，嘴巴方正有力。虽外表刚毅，但内心柔软，善于倾听，乐于用自己的知识和经验指导我。

有好多个晚上，化学楼夜深人静，楼里仿佛只有我们两个人还在忙碌。当我因饥饿困倦难以继续时，她会从怀中取出尚有余温的茶叶蛋递给我；看到我双手忙碌无暇顾及喝水时，她会自己先喝一大口含在口中，然后用软管将两人的嘴连接起来，把水导引进我干渴的喉咙。她的存在就像一道光，照亮我的科研之路。

兰大化学系的毕业生很抢手，外单位早早就盯上了我们。有个从辽宁本溪来的大叔，最近老跑到实验室套近乎。这位大叔应该是盯上我了，总爱到我的试验台前晃来晃去，叽里呱啦地说沈阳好、本溪好，还有大庆油田、抚顺石油学院怎么牛，等等。他还请我到学校食堂去吃小炒，要我陪他喝甘肃的金徽酒，整了几杯就爱哼一支歌："沈阳啊沈阳我的故乡，看昨天历史辉煌……工业重镇，东方鲁尔，撑起祖国钢铁的脊梁。"林梦羽见那位大叔老黏着我，就开玩笑说:"他不是来招人,是来招女婿的。"

1984年4月24日 星期二

哼沈阳小调的东北大叔终于走了。系里公布了每个学生大学四年的总成绩,我四年全科平均成绩是79.89分。兰大化学系要求严格,每次考试都有人挂科,我四年下来没挂一科,这在全年级不多见。吴老师到系里反映,说我最近一年进步很快,特别赞扬我肯吃苦,肯动脑筋,有后发优势。另外,我在学校举办的"百科知识竞赛"中获得全校第四名、理科生第一名,这也给我加了分。系里研究后,四舍五入,给我全科平均分算80分,这样综合下来,我就归为"优秀生"了。

刚上大一时,我没及时跟上教学节奏,高等数学没学好,后来上公共英语课又老走神,这两门课基础不扎实,后面上物理化学课和量子化学课就比较吃力。幸好吴老师抓得特别紧,他说不管以后做什么,既然是学化学这样的基础学科,那么基础就一定要打扎实。他要求我直接读英文原著教材,学会查阅英语文献,并推荐精读英国人约翰·斯韦尔斯写的《怎样正确运用科技英语》。

兰大化学系80级共有140名学生。大三分专业时,成绩最好的那些同学多被选入有机化学专业。这个专业是朱子清教授与助手黄文魁教授、陈耀祖教授等从复旦大学来兰大后,与刘有成教授一起建立的,他们四位被称为化学系的"四大金刚",享誉国内外。其他专业包括无机化学、分析化学、物理化学、高分子化学和石油化学。

我被分配到最后一个专业,可能考虑到毕业后比较好分配,这个专业取了一个挺时髦的名字——金属有机化学。实际上,直接称"石油化学"更贴切,因为中国的石油化工最早起源于甘肃玉门,后来新中国建设的兰州石油化工厂和兰州炼油厂设施先进,规模宏大，堪称"共和国石化工业的摇篮"。石化工业是国民经济的重要支柱，兰大化学系凭借其优越的地理优势和师资条件设立"石油化学"专业，无疑具有坚实基础。

1984年4月28日 星期六

校园的早晨显得格外宁静，我慵懒地躺在床上，无视舍友进进出出忙个不停。离校的日子一天天临近，命运的钟声即将敲响，宿舍里有人欢喜有人愁。

双手枕头，闭眼想心事。我们这代人，不由自主地受到法国大革命的狂热与"我们是苏维埃人"浪漫情怀的影响。在我的日记本里，夹着《马拉之死》的剪贴画。每当目光触及它，我仿佛就能感受到一种无法言喻的激情在胸中奔涌。然而，如今的世界已不再属于罗伯斯庇尔，大革命的风暴已随风而逝。我们生活在和平的年代，有时会恍惚感到自己像一个搭错车的旅人，在时代的洪流中迷失了方向。

我们这代人理解的"浪漫"是红色的浪漫，天生具有革命和破坏的基因。我们的血液在沸腾，即便身处和平时代，仍然渴望着暴风雨的洗礼。化八〇的接头暗号是："空气在颤抖，仿佛天空在燃烧。"回应是："是啊，暴风雨就要来了。"这两句台词，源自南斯拉夫电影《瓦尔特保卫萨拉热窝》，它凝聚了我们对激情与战斗的向往。看得出来，虽然时代变了，但我们骨子里的浪漫情怀不减半分。

正处于青春期，自己应秉持卢梭在《忏悔录》中所展现的坦白和诚实，不自高自大，不自以为是，时时审视内心。我们这代人身上或许天然地融合了波希米亚人的可爱、可怜与可恨，呈现出复杂易变的人格特质，热情如火，然而这份热情却难以保持；渴望胜利，但在追求胜利的征途中信心又容易动摇。很多时候，我们凭兴趣和情绪行事，缺乏远大、坚定的人生信仰，容易在追求目标的过程中迷失航向。

1984 年 4 月 30 日　星期一

黄河解冻了，河面上不再有浮冰，天空清澈，阳光明媚。兰州市民熄灭了冬季取暖的煤炉，污浊的空气变得清新起来。在兰大春季运动会的百米短跑决赛中，东子取得了 12 秒 18 的好成绩。尽管未能打破化学系 79 级林耕创造的校纪录 11 秒 04，但也算是一鸣惊人了。

他原先并没准备参赛，但由于他的女朋友近期突然对他变得异常冷淡，甚至拒绝来往，让他感到十分困惑，心里也憋了一口气，这才决定参赛，不知是不是有给他女朋友看的意思。他能跑这么快，可能也有争口气的原因。

男生给化学系系花取的绰号是"小口径"，可能取她是樱桃小口的意思。她是成都人，我们从四川过来上学，好几次是坐同一趟火车，平时也比较谈得来。我请她分析，东子的女朋友为啥不理他了？她分析说临近毕业分配，女生或她的家长有了别的想法，选择与东子分手。"小口径"说，现在 80 级已有好几对男女同学分手，都是因为毕业后面临各种实际问题，也可能有来自家长的压力。她长叹一口气说："其实长痛不如短痛，现在一刀两断，也可避免以后拉拉扯扯。"

我随口夸她是我们的系花，称赞她和无线电系的男友是郎才女貌。她不以为然地说："化学系的男生都不咋搭理我啊！你不是还和东子一起帮着人家追宫美人吗？好家伙，等于四个男生同时追一个女生，我咋没这个待遇啊？"

她说的是我和东子受另外两位男生之托，他们分别来自北京和青岛，都长得高高大大的，但不知为啥分别求到我俩这里，要我们代表他们约谈宫美人，向她求爱。结果，我和东子同时约见这位女生，争相介绍各自委托人的优点，争得面红耳赤，变成了"打擂台"。宫美人是大连人，她非常困惑地问："你俩是在卖东西吗？有你们这样谈对象的吗？为什么他们自己不来？"她见我们被问得张口结舌，就打趣道："如果是你们俩自己提出来的，那咱们好好聊，一起聊也行。但那两位就免谈了，两个胆小鬼，太荒诞了！"

昨天是星期天，我看到东子仍很郁闷，就带他去中国科学院近代物理研究所访友，帮他散散心。我们搭上近代物理研究所的大客车到黄河对岸的安宁区去参加"桃花会"。十里桃乡，人流涌动，那里出产的白凤桃爽脆可口。蒋大为的歌曲《在那桃花盛开的地方》反复播放，听得人有些心烦。回到研究所后，几位从川大分配到中国科学院兰州分院的师兄过来陪我们喝习水大曲。

中国科学院兰州分院包括近代物理研究所、兰州化学物理研究所、兰州冰川冻土研究所、兰州大气物理研究所等好几个大名鼎鼎的研究所。兰大毕业后如果能分配进分院工作，也相当不错。几位师兄都是内江人，我们原先就认识，其中，卓兄的姐姐还是我的入团介绍人。我们想向他们了解分院的更多内情，为未来做些准备。

1984年5月1日　星期二

今天是在兰大过的最后一个五一节。现在试验安排非常紧张，很难再抽身出去玩。回顾两年前的今天，我和另一位男生临时兴起，约两位女同学一同去青海湖游玩，我们一拍即合，四个人说走就走，跑到兰州火车站，搭乘最近的一趟客车去西宁。下车后，我们直接前往其中一位女生的家。她妈误以为我是她未来的女婿，特别热情，弄得我们好不尴尬。

第二天，我们搭乘了一趟去格尔木的慢车。这趟火车早去晚归，一天只开一趟。沿途风景如画，但没想到整列火车就只有我们几个学生和信号员大叔。青海比甘肃还要荒凉得多,地广人稀,沿途经过的一些车站甚至连一个铁路员工都没有,全靠信号员大叔从号车上跳下来,朝着车头的机车司机挥旗、吹哨,指挥列车停、开。

信号员大叔平时老一个人跑车,遇到我们这几个学生特别高兴,邀请我们坐进号车,还找来两个搪瓷缸,泡上大叶茶给我们喝。号车上有一个铁皮大火炉,烧得整个车厢热气腾腾。他在炉子上烤馒头片,分了一些给我们吃。大叔了解到我们要去青海湖玩,就特别提醒我们,青海湖车站是无人小站,尽管已到5月,但晚上气温非常低,会冻死人。他一再强调,务必记住这趟车的返回时刻,一定要提前赶回车站候车。

列车缓缓驶进青海湖车站,站上真的空无一人。大叔把我们送下车,一边挥舞绿旗,一边吹哨,指挥列车启动前行。他站在号车尾部的扶栏旁,高声叮嘱我们:"一定要赶上这趟列车啊,不然你们会被冻死的。"

火车渐渐远去,我们站在空荡荡的站台上,感受着湖上吹来的风,风声凄厉刺耳。不过,那天的阳光格外明媚,体感比较暖和。我们一齐跑向大湖,松软的草地是那样广阔,天上的白云仿佛垂到了地上。大地张开胸怀,深情拥抱我们。

来到湖边,看到冰凌像千万支利箭伸向天空,有几位藏民正用铁镐砸着冰面,他们说这些冰凌是卷起的湖浪,被严寒冻住了,真是一道奇观。铁镐砸开一个窟窿,著名的"青海湟鱼"飞迸而出,水花四溅。

我们尽情玩耍,突然一位女生惊呼:"糟糕,过3点了!"我们猛然醒悟,立马转身朝车站跑。不幸的是,有位女生的脚踩到了尖利的冰碴儿上,发出一声惨叫!我们用手巾紧紧缠住她脚底的伤口,两个男生轮换背着她快跑。

终于看到车站站房时,远方传来了火车的汽笛声。虽隔着老远,但能看见火车头冒出的白烟。我们跑得喘不上气来。轮到我背她时,我能感觉到她那软软的胸部像鼓槌一样"梆梆梆"地捶打我的背。

列车进站,缓缓停下来。可刚过一会儿,就突然拉响长笛,似乎要开走!我们四个人一边跑一边叫:"等一下!等一下!"但我们的声音在空旷的原野上显得那样弱小无力。女生的声音因为不断叫喊变得嘶哑,我们四个人跟跟跄跄地相互搀扶着,向车站疾跑,而车站似乎不是越来越近而是越来越远。这时,信号员大叔的声音从空中远远地飘来:"别跑岔气了,我等你们!"听到他的喊声,两个女生忍不住哭起来,我也长出一口气。时光荏苒,转眼两年一晃而过。

1984年5月3日 星期四

我学士论文的课题是钛金属油墨涂料分散剂问题。钛金属由英国矿物学家格雷戈尔在18世纪末发现,后由德国化学家克拉普鲁斯以希腊神泰坦命名,中文译为"钛",元素符号是Ti,原子序数22。这是一种银白色的过渡金属,特征是重量轻、强度高、耐腐蚀。钛能够减轻飞机重量、增加导弹射程,人造卫星的外壳和载人飞船的船舱都用到钛。

我国用涂料的历史很悠久。印刷术是中国四大发明之一,早在明代就使用了多色套版技术。但直到19世纪中叶,涂料学科才因为德国化学家的努力而获得重大突破,使用新技术后,油墨制造商可以根据用户的需求,调制出具有不同色相、不同明亮度和不同饱和度的各种颜色。虽然中国涂料产量去年排名世界第八,但存在的突出问题是涂膜不够平滑,耐久性与防腐性差,容易变色,不保光。

吴教授在日本留学时接触到钛金属,他了解到钛可改进涂料活性和分散性，可提高涂料的色彩表现力，也会使涂膜更均匀牢固。吴教授建议我选取钛酸酯作为酯化催化剂，要求我不仅要查阅相关中外文献，而且要到工厂和研究所去，争取能够帮助解决生产中的一些实际问题。林梦羽参加指导工作，她说这个课题的工业实用价值很高。

兰大化学楼是一座苏联式的四层灰砖建筑，内部空间宽敞，但光线不足，楼道内布满各种管线，总是黑乎乎的，空气里也弥漫着各种化学试剂的刺鼻气味。试验所需的药剂要到一楼库房领取，但有时某些试剂会短缺，必须到兰州城郊的大沙坪化坡站仓库去采购。到那里去，需要蹬三轮车，先过黄河大桥，再使出吃奶的劲儿蹬上一段又陡又长的高坡，而且必须一气呵成，否则三轮车会倒退下坡，很危险。林梦羽轻飘飘地对我说："你是吴老师门下唯一的男生，这活儿非你莫属。"

离兰大不远的西北油漆厂有一个油漆研究所。林梦羽带我到厂里去，他们很欢迎，向我们开放了资料室和试验室。兰大化学系先前有一个课题组中标了他们酯化车间的一个科技攻关项目，厂方很希望继续与化学系深化合作。酯化车间主任接待了我们，资料室的一位阿姨也热情帮忙。看得出来，他们很希望林梦羽和我毕业后都分配到这个研究所来。

甘谷油墨厂是一家军工厂，距兰州市区200公里，要坐火车去。这个厂生产高品质的印刷油墨和颜料。我们坐火车抵达甘谷车站时，厂里派了一辆北京吉普来迎接。吉普车一路颠簸，沿着渭河行驶，再穿越一大片麦田抵达厂区。到底是军工厂，一排排红砖楼房整齐划一，特别严谨规范。我们没有休息，直接穿上工作服进入染料车间，对厂里现有的油墨分散剂使用效果进行检测。

随后，我们前往实验室，对带来的钛酸酯催化剂进行改性测试。经过多次试验，我们成功地将改进后的催化剂应用于实际生产，明显提升了油墨的光亮度和均匀度，厂里的大叔们十分满意，厂领导还特意安排我们参观了附近的蜀国名将姜维墓，以示感谢。

1984年5月5日　星期六

中央决定，进一步开放大连、秦皇岛、天津、烟台、青岛、连云港、南通、上海、宁波、温州、福州、广州、湛江、北海14个沿海港口城市。这些城市都坐落在中国经济文化最发达的地区，水陆交通便利，科学教育也比较发达，而且都离兰州很远。听到这个消息以后，同学们对毕业去向有了更多的思考。有同学议论，沿海地区加速开放发展，会不会加大与内陆地区的差距呀？会不会造成国家发展的不平衡、不稳定？也有个别同学说，还是多操操自己的心，想想毕业后到哪里去吧，肯定应该孔雀东南飞啊，决不能留在大西北。

临近毕业，我很珍惜在学校的时间，做试验和写论文都很勤勉。我们在油漆厂和油墨厂的试验是不是具有突破性呢？尚不能完全确定。吴教授和林梦羽建议，为确保数据真实可靠，我需要再重复几次试验，对取得的数据反复进行印证。

我用毛笔把毕业论文的答辩提纲抄写在三大张白纸上，一目了然。这个方式还比较特别，在这种场合敢写毛笔字的同学还不多，这要感谢内江二小的欧阳安淑老师。她当时督促我们写毛笔字，每天放学前不交出一篇写得比较像样的书法作业，不准离开教室。毕业论文答辩委员会的成员名单已公布。这些老师年轻时经历过许多政治运动，许多人被错划为"右派"下放劳动，承受过巨大的苦难，现在重执教鞭，都非常珍惜，充分展现师者风范。我期待论文答辩顺利。

目前很令人困扰的是，同学们都在纷纷选择考研或者努力寻找一个好的工作单位，而我对下一步怎么走却倍感迷茫，缺乏明确的职业规划，马上就要到毕业分配的关键时刻，我却感到有些无所适从。

系里今天宣布，我们石化专业的钟同学被江西大学化学系录取为研究生。目前，石化专业80级的14位同学中，已有4位考上研究生，还有3位被推荐参加"中美合作化学研究生项目"考试，剩下7位同学参加毕业分配，估计分配结果不会太差。系里有一个新疆石油管理局的名额，需要有人报名，可能分到克拉玛依油田或独山子石油学校，还可能分到南疆，那就要进塔克拉玛干沙漠了。

今天是马克思诞辰166周年的纪念日，若置身马克思那个时代，我或许会追随他的足迹，成为一名职业革命家，为改造旧世界而战斗不息。而在当下这个和平的时代，我则希望自己能泰然自若地潜心于学术。然而，在我内心深处，却涌动着一种难以抑制的渴望，渴望在风起云涌的时代浪潮中，投身于那些令人热血沸腾的伟大事业，留下自己的印记，为推动国家的进步而努力。

1984年5月8日　星期二

读报得知，复旦大学等五所高等学府正筹备招收国际新闻双学士，我很感兴趣。虽然即将完成化学系本科学业，但必须坦言，化学并未激发我很强烈的兴趣。

20世纪80年代初，我们参加高考，对未来该从事何种职业很迷茫。当时的口号是"学好数理化，走遍天下都不怕"。这体现了对"文化大革命"时期轻视数理化的批判。现在，科学技术被视为第一生产力。内江二中高80级一共有10个班，但只有一个重点班是学理工科的。我们很幸运地进了这个重点班，但真正考进大学，才意识到自己的兴趣并不在此。我常常这样安慰自己，现在是科技革命的时代，本科四年教育其实只算通识教育。

那么，以后应该怎么办呢？一个人有幼稚的幻想并非坏事，反而如同初生的花朵，蕴含着诗和文学的萌芽，值得珍视与呵护。为了使我们的思想从不可避免的社会分工的局限中解脱出来，广泛地接触世间万象，拓宽自己的视野，了解不同国家和文化之间的异同，当一名国际新闻记者挺有诱惑力的。

作为一名国际新闻记者，可通过报道全球事件和趋势，并借助自己的观察和思考，揭示隐藏在事件背后的深层含义和影响。可倾听来自不同国家和文化的声音，学习和借鉴他们的长处。这种职业很有挑战性，也有成长和发展的机会。

我有意就此请教拾风伯父。他是资深新闻人士，民国时期曾担任《南京人报》总编辑，因报道下关事件真相被国民党新闻检查官撤稿开"天窗"，他在空栏上题写"今日无话可说"六字，遭到通缉后搭乘英国军舰逃往香港。新中国成立后回到上海，曾在复旦大学新闻系授课。

1984年5月9日　星期三

诗人的激情激荡着年轻的心，情绪似乎又一次变得亢奋起来。我曾经想过，毕业后申请去青海省的果洛藏族自治州工作，渴望巴颜喀拉雪山下的江河源能够洗净我内心的污垢，让我变成一个纯洁简单的人。这是读完张承志《北方的河》后内心产生的想法，我渴望对着雪山呼喊："我感激你，北方的河！"

到青海果洛去，到长江黄河的源头去，想起来就很浪漫。为此，我上个月还专程坐火车跑了一趟重庆，找到在四川省委第二党校学习的父亲请教。父亲晚饭后在他们的教室里看足球，看得大呼小叫，我默默地坐在他的背后，一声不吭，待球打完了才轻轻拍他的肩膀。父亲又惊又喜，第二天带我上会仙楼吃火锅。父子俩边吃边聊，他和我都毫不隐瞒自己的观点，好几次火花四溅，差点儿吵起来。重庆火锅分成九宫格，我们照管自己的这几格，其他格子是归邻座的。有外人在，我们都极力控制情绪，尽量轻声细语。他不愿我去青海，但倒也没怎么强迫我，能够冷静倾听我的想法。

小舅在重庆大学上课，我去找他请教。我和小舅很亲近，他先前在简阳壮溪公社下乡时，曾带我一起去，舅甥两人夜晚手持火把捕捉青蛙，白天熬玉米粥充饥，还手持气枪打过鸟，一起混过好几个月。最让我难以忘怀的是他不知从哪里搞到了几块钱，就带我坐船渡过沱江，到对岸的灵仙庙赶场。他带我进小饭馆买了一份回锅肉，是用盘子和着白米饭端上来的，真算得上一顿令人垂涎的饕餮大餐。小舅听说我要到果洛去，立即做出一副毫不犹豫的表情说："好，你去，我们家正好缺一个藏族媳妇，你给我们家找一个叫丹增卓嘎的藏族妹子回来，让她给我做糌粑吃。"他的话听得我大笑不止，险些将口中饭菜喷在他脸上。

20岁，正是乱弹琴、乱做梦的黄金年华。然而，果洛梦流产，是否意味着我的记者梦也会破灭呢？人生是否就是一个一个梦想气泡冒出来又不断破灭的过程呢？

这段时间，我的思维极其跳跃，总之就是不能容忍自己在大学毕业的节点上，面对人生方向却无力作出选择。也许说"人生方向"夸大了些，表述为"生活方式"可能更贴切。我渴望拥有自主选择的权利，能够塑造属于我自己的生活方式，它应具有战斗性，敢于接受挑战，同时又不失艺术性与趣味性。它绝非父母辈那种循规蹈矩、墨守成规的平淡生活，而是敢于追寻真理、勇于拥抱美好事物的精彩人生。

1984年5月11日　星期五

系里召开大会，正式动员同学们报名参军。我家和部队有血肉联系，抗美援朝时期，奶奶把父亲和三伯、四伯一起送到朝鲜去打仗。三伯和邱少云还是一个连的战友，四伯是机枪班班长，父亲参加过上甘岭战役。简而言之，我的身上流淌着革命军人的热血，如果不能顺利考进国际新闻第二学士班，回川工作也不顺利的话，我愿意从军。听说明年部队将恢复授衔，作为解放军上尉的儿子，我愿意继承父辈理想，做一名技术军官，将我所学用于国防建设。

我早已深刻地体验过四川老家那宁静、安逸和烟火气息浓郁的生活，它如同仲夏夜里的摇篮曲，令人陶醉；也像一锅麻辣烫，火爆而过瘾。但四川盆地具有天然的封闭性，温水煮青蛙，会让人渐渐陷入单调重复、缺乏流动、缺少变革的职业轨迹之中。这样的环境容易导致思想禁锢，令人压抑，也使人在学术探索上难有突破。长此以往，自己会逐渐变得目光短浅、安于现状，内心空洞无聊，最终忘记自己的青春梦想，使它们如同破碎的泡沫，随风飘散。我难以接受这样的生活。

1984年5月12日　星期六

今天是我21岁生日。我没去实验室，而是在图书馆找到一个安静角落读屠格涅夫的《父与子》。

主人公巴扎罗夫离家漂泊，最后还是回到家乡，回到父母身边。激情渐渐消失，取而代之的是寂寞、惆怅和烦躁。抚卷沉思，如果自己回到四川，很可能也是这个样子吧？我很可能也会像巴扎罗夫一样，变得越来越忧郁，最后在自我封闭的小圈子里喘不过气来。

屠格涅夫的白描手法冷峻而深沉，他笔下的父亲形象，不论是巴扎罗夫的父亲抑或是阿尔卡狄的父亲，都流露出老态龙钟的沧桑感。在剧烈变化的时代潮流中，父子关系不再单纯是两代人的互动，而是映射出社会的变迁。有些父亲标榜开放的观念，在处理父子关系时力求洒脱和超然，然而在他们刻意表现出来的淡漠之下，父子感情反倒愈发浓烈。

越是有阅历和思想的两代人，矛盾和冲突就越激烈。优秀的文学作品犹如外科医生的手术刀，精准锋利，能够剖开人的内心，把血和泪都一起划拉出来，使读者在撕心裂肺的痛感中反复回味，这才是真正的大师之作啊！

书中的奥津左娃让我对男女之情有些醒悟。我们从少年步入成年，必须学会如何理解情欲与爱情。理解女性是复杂而精妙的人生功课，因为每位女性都有独特的个性、人生历程和价值观。通过与她们的深入交流和互动，不仅能够欣赏到她们美妙的身姿，更能探索她们丰富而敏感的内心世界，特别是感知到她们细微的情感波动。情欲与爱，固然源于人类的本能，但要转化为澎湃的激情和创造力，就需要叩问自身。

离开兰大图书馆时，我驻足片刻，回首凝望那座哥特式风格的钟塔，心中涌起一股异样的情感。这座钟塔是兰大的精神坐标，它秀丽挺拔，气势不凡。就要离开校园了，以后无论我身在何方，这座钟塔都将深深烙印在我的心中，成为指引我前行的航标灯。不管以后做什么，我这一辈子，都要保持一个读书人的本色。

1984年5月14日　星期一

前段时间，系总支周老师希望我提交入党申请，父亲要我照办。父亲分析，可能系里觉得我政治条件比较好，分配时会考虑这方面因素。当然，现在递交入党申请，毕业前入党是不可能了，但如被系里确定为入党积极分子，分配时可能加分。递交申请后，党总支部要求我自学马恩经典著作，我结合理科特点，先选读恩格斯的《自然辩证法》。

恩格斯说："一种物质，如果它的纯粹机械的位置移动虽然也带有在适当条件下转化为热、电、化学作用、生命的可能性，但它不能够从自身产生出这些条件，那末这样的物质就丧失了运动。"这让我很受启发，君子当自强，人只有先具有解放自我的主观能动性，才可能真正实现自我的解放。

当我们出生时，怎么可能知道自己会出生在什么年代、哪个国家、哪种家庭背景呢？我们只能在慢慢成长中一点一点地适应周围的环境，逐渐地融入身处的社会，并因此具有马克思说的"社会属性"。我们在成长的过程中，必然会遇到很多困难，就像刚出生的婴儿要学会走路、说话一样。人与人最后的区别，是他能不能始终保持学习的习惯，只有坚持学习，我们才可能适应这个快速变化的时代，并最终成为社会的主人。

说到"社会属性"，那么我们在成长过程中就不能一意孤行，凡事只考虑自己，要兼顾社会的需要。说起来，我们之所以有今天的生活，是先辈们英勇斗争的结果。我们要始终保持敬肃之心、感恩之心。如果在享受先辈成果的同时，我们不去开拓和创新，那么我们的生存就变成了自私的生存，也就丧失了道德价值，这样的生存是毫无意义的。

1984 年 5 月 18 日 星期五

林梦羽兴冲冲地向我展示了红外图谱的最新结果，证实我最近的试验确实取得了突破，证明钛酸酯对酯化反应具有明显催化作用。这说明吴教授的判断站住脚了，我的毕业论文也具有了科学根据。

我们两人都非常高兴，就离开实验室，跨上自行车，顺着滨河公路来到白塔山公园。白塔山得名于山顶一座元代白色佛塔，佛塔历史悠久，是兰州的标志性建筑。晚春的白塔山，绿树成荫，花开如海。

在林荫深处找到一处安静的茶座，伙计端上兰州盖碗茶"三炮台"。盖碗茶起源于盛唐长安，明清传入西北，与回民饮茶习俗融合，成为著名的三炮台。据说，三炮台的茶具大有讲究，分茶盖、茶碗、茶托，茶盖象征天，茶托象征地，而茶碗则象征着我们人类沸腾的生活。

手捧茶盏，清雅茶香袅袅升腾。静坐山间，俯瞰黄河水波翻滚，遥望山下喧嚣市景，不禁心旷神怡。黄土高原扑面而来的乡土气息，裹挟着几许亲切的暖意和温情。只喝茶似乎不能尽兴，我请梦羽吃了兰州的"灰豆子"，这是用豌豆和冰糖、桂皮、香叶等特殊调料熬制而成的特色小吃，口感绵软，甜味醇厚，吃得她笑眯眯地再要了一碗。

山脚下，回民小院传来长歌，是一位老人在用沙哑的嗓音唱："走咧走咧走远了，眼泪花儿漂满了。哎嗨呦，眼泪花儿把心儿淹哈了。走咧走咧走远了，褡裢里的锅盔轻哈了，心里的惆怅重哈了。"

红日渐隐，黄河东流。我和梦羽并肩站在白塔下，有一种莫名的复杂情感萦绕于心，说不出的惆怅和迷茫。

1984年5月20日　星期日

学生宿舍臭虫泛滥。绰号"竹筐"的同学踢足球骨折了，左腿打石膏，不幸臭虫钻了进去，痒得他哭天喊地。这件事激起公愤，促使学校痛下决心，命令男生楼和女生楼居民统统搬出，星期天两楼封闭，喷药灭虫。

可能很快就要离开兰州，今天没事，正好到城里逛逛。兰州的魂儿是黄河，它从城中横穿而过，两侧山峦耸峙，草木稀疏，尽显大西北边陲城市特有的豪迈与豁达。这片土地上世代居住着回族同胞，赋予城市浓郁的西域风情。

南关什字的大清真寺庄严雄伟。地道的兰州美食，如牛肉拉面、羊肉泡馍、灰豆子、酿皮子，每一道都令人回味无穷，尤其是那从美国引种的华莱士白兰瓜，香气四溢。兰州戏院里的秦腔高亢激昂，犹如我们四川人吃辣椒，畅快得浑身毛孔打战。

中山铁桥建于光绪三十三年（1907年），由美国人设计、德国公司承建，耗资30万两白银。尽管历经战乱，这座桥依然坚挺，被誉为"黄河第一桥"。附近有"黄河母亲"雕塑，造型简约、优雅，丰满而圆润，象征着中华民族的母亲河生生不息、坚韧不屈的高贵品质。雕塑中，母亲慈祥哺乳，头微微上仰，孩子安睡在她的怀抱，寓意着华夏儿女的安宁与繁盛。

兰州是重工业城市。洋务运动初起，左宗棠就在这里设立兰州制造局和甘肃纺呢局，点燃近代工业化的星火。抗战爆发后，部分沿海工业西迁兰州，而且这里还是苏联援华物资中转站，因此人口激增。新中国成立初期，156个苏联援建项目超过1/10落在甘肃，吸引众多知识分子、技术工人和苏联专家会聚于此，兰州成为名副其实的移民之城。虽然市区仍有土坯房，但新修的道路笔直宽敞，一些现代化街区崭露头角，来自各大城市的漂亮女人婀娜多姿，成为街头一景。

我到东风剧场欣赏省京剧团演出的《凤冠梦》，观众不多，且多是老人。剧中讲述严嵩专权，监察御史沈彦遭陷害入狱，原本与沈家有婚约的礼部侍郎李元顺背弃诺言，将避难的沈家公子逐出府门。沈公子流离失所，幸得与侍郎女儿同名的渔家女救助并私订终身。数年后，严嵩倒台，沈彦官复原职，沈公子高中状元。此时李侍郎企图恢复婚约，皇帝亲自断案，沈公子与渔家女最终成就佳缘。

即便无法完全听懂台词，也能感受到京剧艺术的精妙，特别是舞台灯光、布景随人物情感而巧妙转换，让人印象深刻。当追求富贵虚荣的侍郎小姐登台时，舞台灯光变得浮夸艳丽，华贵而庸俗；而渔家女亮相时，舞台色彩明亮简练，彰显出她的纯洁质朴。人生如戏，戏如人生，情境转换扣人心弦。

散戏后突降大雨，我到双城门公交站等车，遇到一位举止娴雅的少妇，她撑伞挡雨，见我淋雨，就招呼我同立伞下。她身穿一件毛呢大衣，围着红色丝巾，亭亭玉立，风姿绰约。我接过伞，她紧紧依偎着我，我能感受到体温的传导。她讲话带有上海口音，声音甜润柔美。我们交流观后感，很谈得来。公交车到了，我搀扶她上车。车厢内，光影摇曳，那一刻，心头涌现一种别样的温馨。

1984年6月2日　星期六

昨天先后收到父母分别写来的信。

母亲在信中引用了陆游诗句："当年万里觅封侯，匹马戍梁州。"她赞成我建功立业，但又担心我吃不了那个苦，所以仍希望我回四川工作，然而，原则上并不反对我参军。她的态度就像上次我想去青海果洛时一样，既渴望儿子能回到她身边，同时又担心这违背我意愿。

父亲说，他16岁当兵，曾在志愿军政治部、六十七军军部和济南军区防化团工作，熟悉部队情况。他分析，我可能先当技术干部，然后很可能改行搞政治。父亲以为在军队干化学工作就是搞防化，我告诉他，不能用五六十年代的眼光来看80年代，经过对越自卫反击战，国防现代化步伐会大大加快。父子俩说不到一块儿，不过，我们对人民军队的感情是完全相通的。

父亲还在信中提出规划未来的三个标准：学业、思想、写作。他毫不客气地写道，从学业上说，我在系里的成绩只能算中等偏上；从思想上说，我尚未形成坚定信仰，思想漂浮、不确定；从写作上说，我只能算高中生水平，肯定比不上那些文科同学。

父亲谈到，如分别用这三个标准衡量，我与同学们没有横向比较优势。但综合起来看，我受过科学训练，思想活跃，不墨守成规，更有创造力。另外，我观察事物比较仔细，情绪比较细腻敏感，写作上有些灵性，理科生比文科生也更有逻辑性。他的结论是，如果能找到一种职业，可将思想、写作和专业融会贯通，那么机会会更多些。

1984年6月3日　星期日

　　日本电视剧《血疑》很吸引我，我发现它与其他日本电影如《生死恋》《远山的呼唤》《风雪黄昏》呈现出共通的艺术风格。它们先塑造出一个充满美好与希望的角色，再随着剧情的跌宕起伏，最后毫不留情地将其摧毁。大概这就是日本人樱花似的文化性格吧。日本电影在情节曲折变化的过程中，把人物错综复杂的内心世界刻画得细致入微，特别能够彰显悲剧对人类情感那海啸一般的冲击力。深刻烙印在我记忆中的日本电影，是栗原小卷主演的《生死恋》，是我高一时在内江电影院看的。

　　内江电影院，这座始建于20世纪50年代的经典建筑，出自留学法国归来的一位建筑师之手，鹤立鸡群地傲立于小城中心。它那雅典卫城式的大三角门楣，显得格外的高贵典雅。门楣之下，四根巍峨耸立的巨大石柱牢固地支撑着这座既显得空灵又显得庄重的希腊式建筑。在建筑上方的两侧，有三角形装饰对称排列，朴素的几何图形为这座建筑平添了几分异国风韵。从下往上仰视，二十几级宽阔的石阶层层升高，大气磅礴，气势恢宏。这个电影院超凡脱俗的格调和气质，引导着我们这些小城青年学会了仰望天空，让我们看到浩渺无垠的日月星辰，而不是脚下的鸡毛蒜皮。

　　电影院是内江的文化地标，深藏着内江人刻骨铭心的记忆。内江享有"甜城"美誉，曾是蔗糖的重要产地。在毛泽东时代，众多三线工厂从上海和东北等地迁来，聚集了10多万来自外省的工程师、医生和技术工人。他们操着南腔北调，把天南地北的生活习俗带到了内江。在当时，看电影是最简单、最流行的娱乐方式，无数悲欢离合的故事，在银幕上和银幕下同时上演。这个电影院见证了内江人的生活，也见证了时代的变迁，堪称"甜城故事"见证者。

1979年我正备战高考，二中重点班的班主任陈锦武老师对我们监管得非常严厉，不准看电影，不准看小说，甚至有时晚自习到9点了还不许离开学校。然而，就是在这种情况下，我一个人偷偷跑到电影院去看了日本电影《生死恋》。

栗原小卷饰演的夏子一亮相，就把我深深吸引住了。她穿一身洁白的网球服，充满青春活力，她那迷人的微笑让我像电影里的大宫雄二一样难以自拔。这部电影对我产生了魔幻般的吸引力，以至于我看完一场又再入场，连看了三遍。当晚做梦，耳边还回荡着夏子在网球场上挥拍击球的"砰砰"声，还有大宫先生那深情款款的画外音："当我第一次见到夏子时，她正在打球，那球打得实在太好了。那一天，她改变了我。"

正是这部电影，让我记住了在化学实验室里穿白大褂的栗原小卷，也促使我的化学课成绩一路飙升，在全市高中化学竞赛中取得佳绩，最终竟然走进了兰大化学系。

1984年6月15日　星期五

化学系召开第二届毕业生大会，传达了甘肃省委的一项重要决定，即在当年的应届毕业生中选拔150名年轻干部进行培养，他们将首先进入省委党校进行短期集中培训，随后安排到基层岗位锻炼2—3年。其中，兰州大学获得15个名额，化学系有1名。此外，大会还特别强调有参军意向的同学需表明决心，并透露参军方向将主要集中在军事院校、国防科研单位和火箭炮部队。

昨日午后，吴老师约我到他家深谈了一次。出乎意料的是，他建议我报名参加此次选调生选拔。吴老师语重心长地说："你既可以考虑参军，也可参与选调，关键在于选择更适合自己的道路。"

他接着说："你的毕业论文固然完成得出色，但我能感受到你对化学专业的兴趣并不强烈。在我看来，你更适合从政，因为你拥有独立思考能力,同时,还有一股难得的进取精神,永不言败,这是非常宝贵的品质。"

从这次谈话中我能体会到,系里应该已经找过吴老师,希望他协助做好对我的动员工作。或许经过一番权衡考量,他们认为我是化学系比较适合的选调生人选。但我有些奇怪,回顾过去四年在校时光,我从未当过一天学生干部,也没有入党,为何却成为选调生候选人?

听东子说,系里已在同学中征求对吸收我入党的意见。在问到东子时,他说:"他的马克思主义理论素养在八〇级是比较突出的。"他还提到,另一位同学在表达意见时,也赞扬我在系内筹建马列主义自学小组时的积极表现。看来大家对我的政治素质和政治表现给予了比较高的评价。

我还了解到,这次要化学系出一名选调生是老校长刘冰的意思,他现在是甘肃省委主管干部工作的副书记。据说,原先的选调生计划并未包含理科生,是刘校长提出今年把理科生加进去,并明确指示要从兰大化学系和物理系选几个学生,改变选调生结构,增加"科技含量"。

今天,我正式报名应选。周老师和年级辅导员牛老师都很高兴,对我表示了欣赏和鼓励,同时也有些担心我是不是吃得了甘肃农村的苦。

而我自己最大的担心,是一旦中选,可能荒废专业,在当今科学技术飞速发展的中国,这是很大的冒险,使我内心充满矛盾和犹豫。好在周老师安慰我,选调后,系里会持续关注我的情况,如果确实有困难,系里会想办法解决。这给我吃了定心丸。

1984年6月25日　星期一

我的毕业论文《对几种钛酸酯合成及性质的探索》,包含钛酸酯合成方法及反应条件；评估钛酸酯催化剂在甘谷油墨厂"油墨分散剂"中的合成表现；分析和解释钛酸酯在模拟体系内的降黏性能；总结钛酸酯在酯化反应中的催化性能并展望应用前景。

答辩委员会评审时，基本肯定了这篇论文，但也有老师提出问题。邱教授指出了论文中的一个瑕疵，即仅凭降黏试验来证明所合成的钛酸酯可作为油墨分散剂是不够的，需要有更多试验数据来验证。

在答辩过程中，我着重阐述了钛酸酯催化剂在提升油墨分散剂性能方面的突出作用。通过我们在甘谷油墨厂的试验，证实了该催化剂能够有效提高油墨覆盖力、亮度和稳定性，显著减少颜料在存储过程中的沉降现象。

综上所述，将钛化学引入颜料工业领域，对于优化分散剂应用、改善颜料分散技术、提升油墨和涂料质量，均具有重要作用。

这篇文章或许尚未达到学术论文标准，其风格更像是一份实验报告或工作总结。然而，石化专业教研室在钛酸酯化学领域的探索也才刚刚开始。

梦羽说，我在此过程中所承担的角色，犹如一位遵循吴教授设计思路勇往直前的卒子。作为学士级别的毕业论文，只要我们能获得具有说服力的初步试验数据，即可视为令人满意的成果。

梦羽强调，化学系的毕业论文答辩环节相当严谨。在物理化学专业答辩过程中，曾有一位同学因承受不了巨大压力而情绪失控，当场落泪。

兰大一直教导我们秉持科学精神，化学系教师们更是从最基础的实验技能如清洗试管入手，培养我们精益求精、严谨细致的科学态度。兰大特别重视基础课教学，形成了重基础、严要求的教学传统。老师们不断强调，科学不仅是理科学生的职业追求，更是一种需要坚守的人生信仰。吴老师更是明确指出："科学是指导我们生活的准则。"他谆谆告诫我们，即便未来不一定成为科学家，也一定要成为遵循科学规律行事的人。

1984年6月30日　星期六

省委组织部青干处高老师专程到学校来与我进行个别谈话，介绍选调生情况。他特别提到，党组织调阅了我的档案，对我父亲是参加过上甘岭战役的老志愿军战士这件事非常重视。组织希望我珍惜父辈光荣，珍惜选调机会，严格要求自己，学习刻苦，工作刻苦，生活刻苦，作出无愧于父辈的优异成绩。

他说，"宰相必起于州部，猛将必发于卒伍"，国家建立选调生制度，就是为了选拔和培养更多优秀的后备干部。因此，中组部设立青年干部局，党组织有意识地从高等学校选调品学兼优的应届大学毕业生到基层培养锻炼。高老师强调，进入选调生队伍并不意味着就能当上领导，还需要自己的艰苦努力和干部群众的广泛认可。

他要我尽快打点行装，下个月到省委党校报到。我问他，集训后到哪里去工作呢？高老师说，还没研究，需要结合培训考查情况统筹考虑。从他那儿我还了解到，这次兰大实际选调14名同学，其中化学系1名，物理系2名，其他11名来自中文系、哲学系和经济系。

第二章 党校集训

> 改造,是幻梦破碎的过程,是精神的裂变,那些无法适应的人将被历史无情地淘汰,没有丝毫浪漫可言。令人遗憾的是,在今天从党校大门走出去的这100多人中,可能有很多人并没有意识到这种危险。

1984年7月22日　星期日

周五（20号）我到甘肃省委党校参加集训。这个班的全称是"中共甘肃省委组织部1984届优秀大学生培训班"，全班有100多人，分成几个组，培训时间40天。

甘肃省委党校位于兰州市安宁区，距兰大校园骑车约1小时，沿途可欣赏黄河风景。党校校园花草繁茂，林木葱茏，有图书馆、运动场和大草坪。正是仲夏时节，阳光透过树叶洒在石板路上，斑驳陆离，显得很宁静。兰大校园内学生往来穿梭，球场上你争我夺，就是僻静地方也有恋人在卿卿我我，始终充满朝气和活力，而党校内行人稀少，空气比较凝重，即使偶尔有人走过，表情也相当严肃。

我躲进茂密的树丛，发现这里倒是一个享受日光浴的好地方。兰州海拔1500米，夏季也感觉不到暑热侵袭。我脱下上衣，黄土高原的阳光晒得人全身酥软，宠辱皆忘。党校紧邻黄河北岸，我喜欢独自外出，坐在堤岸上欣赏落日西沉和大河东流的美景，享受静谧时光。

培训班虽在党校，但培训课程和日常管理都由省委组织部青年干部处负责，有两名辅导员和一名学员队长。班主任是在选调时到学校和我谈过话的高老师，他是兰大中文系七七级的，是兰大诗社首任社长。另一位尚老师是兰大中文系七八级的，他似乎更像诗人。他们都是引领西部新诗群崛起的风云人物。负责领早操的学员队长小田是会宁人，甘肃工业大学七九级，比我们早选调一年。

开班典礼上，省委组织部部长流萤同志为我们作动员报告，他也是很有名的诗人，做过《甘肃日报》总编，还参与创办兰大新闻系。他引用了马克思的一段话来激励我们："一个时代的精神，是青年代表的精神；一个时代的性格，是青年代表的性格。"让大家听得热血沸腾。也有同学在私下议论，省委怎么有这么多诗人啊？

1984年7月23日　星期一

今天学习邓小平的三篇文章《尊重知识，尊重人才》《思想路线政治路线的实现要靠组织路线来保证》《坚持四项基本原则》。

分组讨论中，同学们对甘肃基层握有实权的"老家伙们"反映不佳，说了不少怪话。我暗自提醒自己不要受这种情绪影响，如果带着这种情绪下基层，可能有危险。四川话说"走到哪座山就唱哪座山的歌"，我们这些愣头青下去，要显示出尊重"老家伙们"的态度，不能形成对立，这很重要。

当然，要建立感情，伪装是装不出来的，必须从思想上想清楚。"老家伙们"在基层辛勤耕耘数十载，他们的政治生命是属于组织的，是党的历史不可或缺的组成部分，与党改造中国的伟大社会实践紧密相连。只有从根本上肯定他们的基本政治属性，才是以历史唯物主义态度来对待党的历史。不能因为党曾经犯过错误、经过曲折，就否定党的伟大，更不能因此就否定党的队伍的伟大。在漫长历史进程中，发展不可能始终是直线的、理想的，必然会有曲折和失败，甚至走回头路。应该将党的历史与构成党史的千千万万具体人物联系起来，这才是全面客观地看问题。

况且，现实地说，我们下去就是锻炼。刚走出校门，我们有多少实际工作经验呢？肯定需要经验丰富的"老家伙们"的指导和帮助。我们来自五湖四海，为着一个共同目标走到一起来，需要相互谅解，相互帮助。下去之前，首先要确立实事求是的态度，才能融入地方基层组织，而且，在思想上也要做好受委屈的准备。

1984年7月24日　星期二

学习《陈云文选》。小组讨论的主题是做人的"气量"。延安时期，陈云当中组部部长时的口头禅是"用父母爱儿女之心来爱护干部"。流萤同志和培训班老师在谈到省委对我们这批选调生的态度时，经常引用这句话，让我们心里暖暖的。

陈云在延安抗日军政大学发表题为《论干部政策》的演讲时说："我现在来讲干部政策，只想用十二个字，分成四个问题来解释：第一，了解人；第二，气量大；第三，用得好；第四，爱护人。"他把"气量大"作为组织工作必须具备的四大要素之一。我们应该好好学习陈云的干部理论。

1984年7月27日　星期五

现在的《人民日报》读起来很有味道。今天发表的评论员文章《放手让新干部独立工作》，居然说起《三国演义》中"书生拜大将"的故事：陆逊年仅39岁就当上吴国主帅，被授予统兵破敌的全权，唱了一出"火烧连营"的好戏。文章因此要求老同志们在年轻干部任职后，要给他们以全权，让他们充分施展才干。很巧，这篇文章正好回应了我们前几天讨论得热火朝天的"老家伙们"问题。

昨天，党校教务长给我们作报告：《发扬党的优良传统和作风，争取党风根本好转》。在下午的讨论中，同学们踊跃发言，气氛热烈。会议结束前，我也简短地讲了几句。首先检讨了大学生局限于校园，喜欢关起门来夸夸其谈，从而容易犯主观主义错误。正是这种想当然的主观主义使得青年学生容易陷入偏激，有些观点未免失之偏颇。同时，也要预防另外一种倾向，就是当我们沉到下面去以后，又容易过分看重自己的专业知识，看不起在基层做实际工作的同志，在批判他们主观武断的同时，自己又陷到教条主义泥坑里去。

我引用了毛主席的话："没有革命知识分子，革命就不会胜利。但是我们晓得，有许多知识分子，他们自以为很有知识，大摆其知识架子，而不知道这种架子是不好的，是有害的，是阻碍他们前进的。"教务长欣赏我的发言，他接着我的话对今天的讨论作了总结。

1984 年 7 月 28 日　星期六

学习三个"一号文件"和胡耀邦同志对甘肃工作的指示。从 1982 年至 1984 年，中央连续发出三个"一号文件"，不断推出稳定和完善家庭联产承包责任制的措施，继续推进农村改革。

另外，根据新宪法和中共中央、国务院《关于实行政社分开，建立乡政府的通知》，人民公社摘牌，中国的基层政权变为乡镇人民政府。同时，成立乡民委员会，在村一级推行乡民自治。也就是说，我们这批学生如果分配到农村去，将进入乡政府，并与村委会打交道。

胡耀邦同志去年夏天视察甘肃时题词："种草种树，治穷致富""种草种树，发展牧业，是改变甘肃面貌的根本大计"。今年 4 月，施行《甘肃省种草种树实施条例》，省委提出全省干部群众要念好"草木经"，把甘肃建设成为具有 2 亿亩林木的林业基地。

胡耀邦同志提出"反弹琵琶"，是借用敦煌莫高窟壁画里飞天的形象，很生动。农民本业是种粮，现在要他们种草种树，不仅是思想方法上的彻底转变，而且在经济结构方面也称得上是一次革命。

从上兰大第一个春天起，学校就组织我们到皋兰山植树，连续种了好几年，但山上现在仍是光秃秃的，只是稀稀疏疏冒出些小嫩苗。共产党领导人民改天换地，既不能违背客观自然规律，也不能消极无为，确实需要发挥愚公移山、精卫填海的精神。

我在川南长大，无时无刻不思念故乡的青山绿水，而要在荒芜的黄土高原、在没有绿的地方植出绿来，是多么艰难！培训班课程意在提醒我们，到甘肃基层去工作，不仅要与人斗，还要与天斗。

1984年7月31日　星期二

　　甘肃省自动化协会主席在今天的报告中，为我们深入解读"第三次浪潮"对中国社会带来的深远影响。"第三次浪潮"这一概念，源于美国未来学家阿尔文·托夫勒的著作《第三次浪潮》。

　　托夫勒认为，人类社会经历了农业革命和工业革命两次浪潮后，正迎来以信息技术、生物技术和新材料技术等为核心的第三次科技革命浪潮，特点是速度更快、影响更广，必将深刻改变人类社会的生产方式、生活方式和思维方式。

　　这位报告人指出，随着科技飞速发展，中国正经历着从传统型社会向技术型社会的快速转变。在这个过程中，中央对新技术革命浪潮的重视程度不断提高，广大干部需要深刻认识到其重要性，并深入研究它的发展趋势和应对策略，以便更好地把握时机，迎头赶上，实现国民经济振兴和人民生活的全面小康。

　　身为理科生，投身新科技革命、推动中国社会的现代化转型，是我们义不容辞的使命。根据我们的职业定位，本应致力于科技前沿的探索与发展，然而，现实却让我们走向贫穷落后的地区。这种反向而行，是否与胡耀邦同志所提的"反弹琵琶"相吻合呢？

　　放弃专业，无异于自断其臂。专业知识作为个人立世之本，其重要性不言而喻。科学技术作为社会发展的基石，对于国家的可持续发展具有至关重要的作用。放弃专业，就如同失去了"定海神针"，很可能使自己在竞争激烈的社会中失去立足之地。

　　自己虽朝着党政干部的方向走，但也不能故步自封，不能停止学习。只有不断提升知识水平，才能更好地适应社会发展。因此，无论做什么，都应该珍惜自己的专业特长，努力成为一个知识型干部，达到"革命化、年轻化、知识化、专业化"目标。

1984年8月1日　星期三

傍晚到七里河体育场看了一场足球赛,由国家足球二队对阵八一队,这是一场非常精彩的足球赛。

七里河体育场是甘肃省观众容量最大、设施最齐全的体育场,其历史可追溯至20世纪50年代。试想一下,新中国成立不久,就在西北城市建起一个这样规模的现代化体育场,可见兰州当时在全国还是相当领先的。多年来,七里河体育场承办了众多国际、国内体育赛事和省运会,为甘肃体育事业发展作出了重要贡献。

值得一提的是,在甘肃省草原生态研究所的专业指导下,七里河体育场的足球草坪据说是全国最好的,让来自北京、上海的球迷都很羡慕。

我坐在北3台,运气挺好,亲眼看到了4个进球,全场欢呼喝彩!听旁边球迷说,这是为即将举行的首届兰州国际青年足球邀请赛举行的热身赛,过几天会有10个国家的足球队来兰州参赛。可能是因为这个原因,今天的比赛带有表演性质,球场气氛也比较平静。

赛后返校,才知道培训班在晚上9点搞了一次全班点名,讲给大家发工资的事,我错过了。学员队长很恼火,当着全班面说出"你们兰大学生有优越感",弄得我们也一肚子气。

在培训班里,除了兰大同学,还有来自甘肃工大、甘肃农大、西北师大、西北民院和一些地区师专的学生,兰大是甘肃省唯一的全国综合性重点大学,我们的一举一动比较引人关注。

1984年8月2日　星期四

读《参考消息》,香港广播电台音乐节目主持人在凌晨3时20分向听众报告:"我要告诉大家一个振奋人心的好消息。几十年来第一次参加奥运的中国队,刚刚拿到第一枚金牌。这个好消息,中国人都会拍烂手掌。"据报道,奥运成了香港人的热门话题,许多人见面第一句话就说:"中国队得到金牌了!"体育凝聚民族精神,体育带来的喜悦是全民的喜悦。但是,我隐隐约约感觉到,兰州这边对奥运会的热情不是太强烈,可能是觉得隔得很远吧。

培训班自今日起开启了一个特殊课程,即召回那些在过去两年派到基层工作的选调生,请他们现身说法,与我们分享他们在基层的实践经验与心得体会。这样的课程安排,不仅是为了让我们能够更好地了解基层实际情况,更是为了让培训贴近实际,更有针对性。

今天邀请到的是去年下派的杨璟同学和魏立文同学。他们在基层的工作经历都颇为出色,杨璟同学在短短的时间内就当上了秦安县城关镇副镇长,而魏立文同学则在天祝藏族自治县担任一个乡的共青团书记。

在两位同学的发言中,我们感受到他们对基层工作的热情和投入,也听到了他们在工作中遇到的各种困难和挑战。他们的发言内容很实在,没有过多修饰和夸张,给我们留下了深刻印象。然而,从他们的话语中,我们也能隐约感觉到,对于基层实际情况他们并没有完全透露出来,似乎有所保留。

我倒是能够理解他们在发言中的保留。基层工作涉及的问题错综复杂,不仅涉及政策执行、群众关系等多个方面,还需要处理各种突发事件和紧急情况,特别是如何处理好各种关系,这里面有很多微妙的东西,使他们欲言又止。

今天这堂课使我受益匪浅。在倾听过程中,我认识到,基层是国家的根基和命脉,是各项政策和工作的最终落实地。只有深入了解基层实际情况,才有可能更好地推动社会发展和进步。我们在弱冠之年先下到基层去磨砺自己,对未来发展大有好处。

1984年8月3日　星期五

省委组织部干训处处长作题为《关于干部制度改革若干问题》的报告，并传达了胡耀邦同志的批示精神："大专院校刚刚毕业的学生使用、锻炼问题和提拔知识分子的问题，具体怎么样配备，怎么样提拔，应该系统地研究一下。"

处长说，党的十二大后，党政干部平均年龄下降，教育水平提高，其中拥有理工科大学教育背景、从事过工业和工程建设等专业技术工作的干部比例显著增加。他特别介绍了甘肃干部配置情况，说在基层党政机关，大学生比例不足10%，对全省工作形成很大制约。他接着说，选调优秀大学毕业生直接下放到基层工作，这是省委根据中央精神作出的重大政治决定，希望大家充分了解甘肃省情和省委的殷切期待，发愤图强，尽快成长起来。

在党校培训班中，我们遵循着一种特殊的卫生制度，这项制度要求每个小组轮流清扫教室和厕所。今天，轮到我们小组清洗厕所。我毫不犹豫地主动提出去倒手纸。当我走进厕所，眼前景象令我有些吃惊。纸篓里堆满了使用过的卫生纸，散发出阵阵难闻的恶臭。我憋住气，鼓足勇气，兜底一倒，顿时一股令人作呕的恶臭扑鼻而来，使我感到头晕目眩、胃酸翻腾。我忍不住捂住口鼻，但那股难闻的气味仍然透过指缝钻入鼻腔，让我呕吐起来。

我明白党校培训班制定卫生制度的初衷，并非单纯为了让我们体验清扫厕所的艰辛，更深层次的目的是培养我们的意志品质和适应能力。此类活动意在提醒我们，在未来的工作和生活中，我们将面临诸多类似的困难和挑战。因此，我们必须学会在思想上积极应对这些挑战，同时在生理上也要逐步适应各种环境。毕竟，甘肃农村的卫生环境与省城存在显著差异，这对于习惯了城市生活的人来说，确实是一种考验。

1984年8月4日　星期六

今天，培训班请到三位"先行者"来分享他们的经验。其中，吴萍同学是去年被派往徽县担任乡共青团书记的。她体态优雅，面容沉静，外表看起来柔弱，但言谈举止却充满力量。对于组织部敢将这么年轻的单身女性派到基层工作，我最初感到有些意外。然而，令我佩服的是，她竟能在艰苦环境中顺利工作，这增强了我的自信心。

第二位作报告的卢琼华同学也是女生，她毕业于西北民族学院藏语系，去年下放到甘南藏族自治州夏河县。费孝通先生多次讲到，我国西北地区居住着藏、回、蒙古、维吾尔、哈萨克等众多少数民族同胞，而甘肃省就像一条金腰带，把他们和汉族人民紧紧地连接到一起。甘肃是中国最重要的"民族走廊"，处理好民族关系，对于甘肃的稳定、西北的稳定，乃至国家的稳定，都具有重大政治意义。

最后一位作报告的是来自兰州大学历史系七七级的李伟，他现任张家川回族自治县县委办公室主任。这位师兄沉稳老练，言谈举止很有分寸。这使我们明白，在党政机关做事，要尽量保持内敛沉稳，避免情绪过于外露。不管是汇报工作，还是对群众讲话，语速要适中，内容要得当，如陈云同志说的，要言简意赅。我们从自然科学领域转向党政工作，需要逐步熟悉党政工作特点，适应不同环境和角色。

他们的发言都再次揭示了基层工作的艰辛。在甘肃下乡，需要经历的挑战和困难比其他省更多，真正是"苦其心志，劳其筋骨，饿其体肤"。然而，正是经过这些苦难的磨砺，我们才能变得更坚强，自身存在的潜能也才可能被发现和挖掘出来，才能打破自身的局限，塑造高尚丰满的人格。

1984年8月5日　星期日

我们守在教室的电视机旁，屏住呼吸，看中国体操运动员李宁比赛。他镇定自若，动作优美，当完成最后一个落地动作时，稳稳站立，从容有力地举手比出"V"字，脸上露出灿烂的笑容。虽在万里之外，但凝神观看奥运会比赛，还是能领悟到什么是精确，什么是完美。追求卓越，是体育精神，也应成为我们基本的人生态度。

邹君来自兰州大学中文系，是四川资中老乡。他在培训班里负责组织黑板报，向我催要诗稿。经过短暂思索，我用粉笔在黑板上写道：

远航

塞外春回皋兰山，
杨柳风轻舞岸边。
心悬月圆夜沉寂，
星辉水波连天悬。
红烛楼台映细雨，
丽人轻寻柳色鲜。
花影月浸添幽静，
操场夜深星河远。
驼铃远逝心难平，
烟霞追梦天涯行。
江楼雨歇清更深，
坚志如松不轻颤。

昨天，骑车返回兰大，到实验室做最后的整理工作。清点试验器材,打扫实验室,与梦羽做最后交割。平日里习以为常的化学楼,此刻却仿佛被温情包裹,就连走廊中略带刺鼻的熟悉味道也变得亲切。锁上实验室大门,我俩走下楼,骑车到校外的东岗机场去。

对大多数兰州人来说,东岗机场可能显得陌生。但对于在这里训练过的空军飞行员来说,它犹如一座记忆与情感的丰碑。这座已退役的军用机场曾是兰州空军培训战斗机飞行员的摇篮,见证了他们成长的足迹与告别的泪水。岁月已逝,荒草萋萋的跑道直通天边,它曾经承载着无数战斗机的轰鸣与风驰电掣,如今静静躺在那里,低声细语地讲述着昨天的故事。

或许是因为位置比较偏僻,这里少有人来,反倒成了我和梦羽时常散步的地方。从兰大校园骑车过来不到10分钟。这里远离尘嚣,可以静心思考。我们大概是最后一次来这里了。雨丝轻舞,我们并未撑伞,任凭夜雨悄然润湿衣衫。

不多会儿,雨歇云散,广袤的夜空中繁星点点,皎洁的明月悄然升起。月光如水,照见我俩并行的身影。月色下的皋兰山,宛如一位躺卧的巨人,静默无声。我和梦羽踏着满地青草,走在长长跑道上。东岗机场的静谧与孤寂,让这个雨后的夜晚刻骨铭心。那一刻,我在心底低吟:"再见,化学!再见,梦羽!"

1984年8月6日　星期一
———————————

辅导员尚老师欣赏我写在黑板上的诗,同时指出中段有些拖沓,局限了意境。

今天轮到去年选调的陈同学和魏同学作报告,他们两位都在河西工作。由于现场有党校和组织部的老师旁听,他们的发言似乎比前面几位更多几分收敛与谨慎。同学们聆听后,对甘肃基层的现实生活和工作境况有了更直观的了解,有些人已经预备为生活的艰难与充实而奋斗！

这样的培训不禁让我想起父亲讲过的故事。当年，他们身为西南军政大学学员，突然接到军令，乘坐闷罐车组成的军列开赴朝鲜战场。入朝前夕，进行紧张的战前动员，也像我们今天一样，请前期入朝作战的同志来现身说法，介绍前方战况。讲话的人也是有所保留，生怕惊吓到这批即将踏上战场的学生兵。但介绍情况的人越是欲言又止，学生兵们越是忐忑不安。

既来之，则安之，我赴基层的决心未曾动摇。在校期间，我曾向往巴彦喀拉雪山的巍峨壮丽，憧憬长江黄河源头的原始神秘，即便艰苦卓绝如果洛，我也毫不畏惧，准备只身前去。中国又有几个地方能比果洛更苦呢？听过前面几位同学介绍后，我深感有几点体会值得记录下来。

首先，投身基层工作，意味着我们需要调整原有时空观念。甘肃的乡村，生活节奏沉稳缓慢，时间仿佛凝固了，呈现出"千山鸟飞绝，万径人踪灭。孤舟蓑笠翁，独钓寒江雪"的宁静景象。此外，乡村的空间环境与省城有显著差异，黄土高原的辽阔高远，以及穷乡僻壤的封闭狭隘，都可能对个人心理产生深刻影响。在这种环境下，容易感到个人的渺小与无助，因受到孤独感的压迫而内心发慌。

其次，在基层工作中，选调生的隶属关系缺乏清晰界定，可能导致下面的干部对你的角色产生困惑，心存戒备。同时，你自己也可能对自身角色定位和目标任务感到迷茫。这种模糊性和不确定性，可能引发彼此的尴尬，若处理不当，会加重心理压力。

此外，未来被迷雾笼罩，难以洞察发展方向。因此，不可过分乐观地期待，更不应将自身命运寄托于虚幻缥缈的梦想。一个人长期置身于漫长无光的隧道，若无坚韧如钢的意志力，恐怕会在无尽的困境中渐渐消磨掉勇气和信念。

根据可靠信息，我们这批选调生有三种分配去向，分别是县区党政机关、乡镇政府或地方企业,时间为2—3年,期间表现出色者将有机会晋升,表现欠佳者将被淘汰。在这种机制下,被选调的经历就如同将一位初学游泳的人猛然投入惊涛骇浪。多数时刻,他将孤立无依,只能依赖求生本能,在汹涌的漩涡中奋力挣扎。这是一场野性生存试验,是残酷的生存竞争,遵循着优胜劣汰的自然法则。

1984年8月8日 星期三

据《人民日报》,解放军总政治部向全军发出《关于在部队中深入进行彻底否定"文化大革命"教育的意见》,明确指出,彻底否定"文化大革命"是从思想、政治和组织路线上拨乱反正的一个根本问题。"文化大革命"是一场由领导者错误发动,被反革命集团利用,给党、国家和各族人民带来严重灾难的内乱,它不是也不可能是任何意义上的革命或社会进步;"文化大革命"的理论观点是完全错误的,既不符合马克思列宁主义,也不符合中国实际,必须从理论、实践和思想感情上彻底否定"文化大革命"。我个人感受,越是经济不发达的地方,肃清"文化大革命"余毒的任务越艰巨,而甘肃由于各种原因,地方干部受"左"的流毒影响很深,冰冻三尺,非一日之寒。

上午,高老师就工作分配问题找我谈话。他告诉我,组织计划将我派遣到武都地区的科研机构或者工厂。武都坐落于甘肃与四川交界地区,其气候、语言和生活习惯与四川近似,据说领导班子配备也比较强。高老师还提到,我和邹君两位四川籍同学将一同前往武都,这里离我们老家近,可以适当兼顾家庭。

我明白省委组织部领导有照顾我们的意思,但同时觉得到甘肃地区一级科研机关或工厂,这与起初的想象有差距,我在思想上准备不足。我清楚,凭借兰州大学化学系的背景,如果是搞科研或到工厂,我们都不可能分配到这些地方去。况且,分配中的"好"或

"不好"也很难说出个子丑寅卯来，既要考虑当下，也要顾及未来。我想了一会儿，对高老师表示："非常感激领导的关心，但是，请组织不要给予我特别关照。无论分配到何处，我都将欣然接受，我可以下到乡村去。"

1984年8月9日　星期四

　　经过激烈角逐，备受全球关注的奥运会女排冠军赛终于尘埃落定。中国女排以3比0的压倒性优势战胜美国队，勇夺金牌。消息传开，同学们无不欢欣鼓舞！回顾比赛历程，在3号的小组赛中，中国女排曾以1比3的比分憾负美国队。然而，面对失利，她们毫不气馁，硬是从逆境中顽强奋起，取得了最后胜利，这种坚韧不拔、永不言败的拼搏精神，给予我们巨大的激励！

　　据《人民日报》报道，中美女排这场决赛结束时，胡耀邦同志正在宴请朝鲜总理姜成山。当他听到女排获胜消息时非常高兴，连声说："好！好！"还把这个消息告诉了朝鲜同志。两位领导人站起来，共同举杯对中国女排表示祝贺。姜成山总理还说："中国运动员为中华人民共和国成立35周年献上了一份厚礼。"

　　据《参考消息》转引美联社报道，北京居民在得知这一喜讯后，情绪高涨，手舞足蹈，欢呼雀跃，并燃放鞭炮庆祝。在首都王府井大街上，众多市民围绕着手持小型收音机的人，每当从收音机中传来得分消息，他们便一起狂呼。同时，整个香港都轰动了。一群女孩子在观看完第三局比赛后，迅速将事先印制好的"号外"在大街上分发，引得人们争相抢读。

　　中国女排的胜利，也让我的心跟着全中国的大地一起沸腾，心里充满渴望战斗的豪情。今天，我骑自行车返回兰大办理粮油关系转移手续，受到学生科邢老师的热情接待。根据省委的决定，参加选调的学生需要将户口和粮油关系从省城转到基层。省委期望我们拿出破釜沉舟的勇气，以"狭路相逢勇者胜"的战斗精神，敢于克服一切困难，夺取光荣的胜利。

1984年8月10日 星期五

甘肃省档案局业务指导处的张处长给我们讲了一整天的课，详细介绍档案、文件及公文处理知识，还推荐了7本参考书。辅导员高老师作引导讲话时，要求同学们认真听课、记好笔记，说这些知识对我们下去以后非常管用。

高老师指出，甘肃的基层党政机关非常缺乏接受过正规大学教育的知识分子，有着迫切的需求。很多同学刚到基层单位会先从事文书方面的工作，这是个基本功。如果把这项工作做扎实了，就可以较快地赢得当地领导和同志们的信任。

"要先把字写好、写工整，把公文处理得井井有条。"高老师说，"你这样做了，当地领导和同志们就会说，来了个大学生，写得一手好字，写得一手好文章，真正是高级知识分子。这样一来，大家就会从内心里接受你、喜欢你，把你当宝贝。"

晚上，我们小组开会，传达上级指示和要求。会上获悉，第二阶段培训将在本月16日结束。

为检验这段时间的学习成果，培训班要求每个学员交一份综合的思想汇报。这份思想汇报可不是简单总结，它要求我们结合培训内容进行深入思考，并回答7个比较敏感的问题。今天的小组会还就如何提高培训班教学质量、如何改进选调生工作等进行了讨论。

1984年8月16日 星期四

原计划培训班第二阶段结束后安排的青海之行被取消，同学们稍感失落。我曾游览过青海，倒未对之抱有太多期待。

武都地委组织部青干科科长来兰州与选调生见面。这次有4位同学分配到武都地区，我和兰大中文系的邹君，加上甘肃农大畜牧兽医系的刘君和洪君。科长对我们的态度不冷不热，一副公事公办的样子。

上次到班上来讲过话的魏同学比较亲近我，他认为我不该轻易放弃留兰州机会。而邹君慷慨激昂，甚至邀我一起去最艰苦的岷县。"更喜岷山千里雪，三军过后尽开颜。"他眉飞色舞地背诵着毛主席诗词。

究竟该不该到艰苦的基层去呢？我心里真是有些七上八下。父亲有个判断，说越是落后的地方，地域观念越重。我一个外省娃一下子扎到人事关系复杂的甘肃基层乡村，很可能会陷入繁杂琐碎的人事当中，若把握不好，可能会搞得焦头烂额。

高老师他们对甘肃农村的实情无疑有深入了解，因此对我直接前往乡镇工作存在一定担忧，这也是出于对我负责的考虑。对我而言，离开了熟悉的环境和专业，离开了亲朋好友，猛地一下子被派往穷乡僻壤，就如同一只被抛进激流的鸭子，独自在波涛汹涌中瞎扑腾，说内心一点儿恐惧没有那是假的。要生存，就必须破浪而出；若沉沦，将无归宿。"生存，还是毁灭？"这是莎士比亚之问。

1984年8月18日　星期六

下午，武都来的科长与高老师讨论了两个小时，对于我们具体的分配方案还是没有定下来，主要症结在于对邹君和我的工作怎么安排。武都地委组织部的常部长当过康县县委书记，对康县有感情，想把我俩放到康县去。但青干处认为康县干部总体上文化水平比较低，思想也比较封闭。文县紧邻四川，交通发达，干部群众的思想都比较开放，文化生活也比较丰富，希望我俩去文县。

甘肃是我国自然地理条件极为丰富的省份，有河西走廊戈壁区，也有陇东高原和黄河、渭河、湟水沿岸川地，更为难得的是，甘肃还在与陕西、四川交界的秦岭山区里保留了一片原始的亚热带森林，这片森林就位于武都地区。武都地区古称"阶州"，是陇右通往陕西和四川的交通要道和战略咽喉，也是中国西北茶马古道的重要支线，历来都是兵家必争之地。

武都还是甘肃省内唯一属于长江流域的地区，境内高山河谷交错，气候温和，林木葱郁，物产丰富，素有甘肃"小江南"和"西双版纳"的美誉。文县的碧口镇与四川仅一水之隔，紧邻九寨沟。康县毗邻四川、陕西两省，是鸡鸣三省之地，宝成铁路上的横现河车站距离县城40公里。

受到地委和青干处的器重，我深怀感激，这说明上级是把我们当成宝贝看待，要珍惜，别让他们失望。我多次表明，无论被分配到哪个岗位，我都会接受并尽力做好。在他们的讨论中，我愿意到乡镇去工作的态度受到关注。

1984年8月19日 星期日

我基本确定派往康县。今天回兰大整理行李，见到留校的几个同学。我祝贺方同学通过了中美合作化学研究生项目（CGP）考试，而那两位没通过的同学则选择留在兰大化学系继续读研究生，另一位听说将派到马达加斯加去支教。其他同学差不多都离校了，各奔前程。绰号"茄子"的同学告诉我，每当兰州火车站的列车鸣笛启程，送行同学就会自发排队，聚集在站台上齐声高唱南斯拉夫电影《桥》的主题曲："啊，朋友再见！啊，朋友再见！游击队呀，快带我走吧，我实在不能再忍受。"这时，有一位同学会高声喊道："空气在颤抖，仿佛天空在燃烧。"远行的列车则飘来若隐若现的回声："是啊，暴风雨就要来了。"这是化八〇永远的接头暗号。随着一趟又一趟列车离去，站台上送行的人越来越少，但他们依然歌声嘹亮。"茄子"说，这是化八〇的传统，我们要一直唱，直唱到地老天荒。"茄子"是化学系排球队的"金二传"，他的"背溜"是兰大一绝。

我对去武都并无畏惧，源于去年夏天一段经历。去年暑假，一支由 28 名兰大学子组成的"兰天丝路考察队"骑自行车穿越河西走廊，直至红其拉甫山口，历经 43 个日夜，骑行 4411 公里，这一壮举在国内大学生中引起了巨大轰动。不幸的是，东子原本会是考察队员，却因物理化学课成绩仅为 59 分而失去加入考察队资格，因为按规定不及格不能入队。我们曾恳求老师放他一马，但龚老师说，根据出勤率和作业完成情况，他不能及格，一分也不饶。

东子深受打击，于是我们决定共同做件事来化解他的挫败感。我提出了一个计划：我将独自徒步穿越九寨沟返回四川，并约好东子在昭化火车站等待，不见不散。此话一出，引来同学们哄笑，不少人预言我会中途放弃。我扯下宿舍拖把上的布条，制成哨棒，披上绿军毯，在同学们的嬉笑声中大步迈出校门。

实际上，深入了解一个地方的最好方式莫过于亲身步行走过。我从兰州出发，一路向南，途经岷县、宕昌、武都，朝着文县、南坪前行。行经临夏，这里古称河州，是回民聚居地，遍布清真寺。走在街头，会看到许多身着少数民族服饰的女性，她们戴着面纱，只露出两只明亮的眼睛，长长的眼睫毛扑闪扑闪，显得格外迷人。

走过繁忙的三甲集，它在西北地区非常有名，人声鼎沸，商业繁荣。从临夏继续南下，进入藏区，这里有好多林场。当我走累了，就会在路边等待经过的卡车，好心的司机通常会捎我一程。

自甘肃文县进入四川南坪县，最后抵达九寨沟林场，在一个简陋的招待所落脚。我遇到了一位非常热心的胖大姐，她给了我饭票并带我去食堂。记得有一天，天空阴沉，乌云低垂，我正在林中行走，四周忽然变得一片黑暗，看不清前边的小路，顿时就迷路了。当时我特别担心蛇一下子窜出来，只好不停地用手中哨棒敲打地面，心怦怦直跳。不一会儿，大雨倾盆而下，我困在林中，内心充满恐惧。幸好遇到一位到林中背柴的藏族姑娘，大概十六七岁，她引我走出山林。离开九寨沟后，经碧口，过姚渡，最终到达昭化火车站。东子的身影早早就映入我的眼帘，我高声喊："空气在颤抖，仿佛天空在燃烧。"他回答："是啊，暴风雨就要来了。"好家伙，他在那里整整等了我三天！

从兰大骑车回党校，要沿着黄河岸边骑行，滨河路是兰州最美的风景，令人陶醉。我看着浑浊的河水，脑海里一直在回想九寨藏女家外飘扬的经幡。藏地的天空如此澄净，晨曦映照的经幡如同彩虹一般绚丽。五彩经幡在微风中轻拂，表达着人类纯净的信仰，真是触动心怀，让人生出莫名的感动。

半个世纪前，内江老乡范长江写《中国的西北角》时，经过了西北各地。我沿着他的足迹，横穿甘川边境，深刻体验到各民族团结友爱的人间温情，也目睹了祖国山川的壮丽风景！有了这段宝贵经历，我一点儿也不害怕会分配到武都地区。

1984年8月22日　星期三

培训班进入第三阶段，同学们根据事先分配的调研提纲到附近村社去，学习怎么调查研究，怎么发现问题，并提出解决问题的方案。

我和邹君分派到安宁区孔家崖村调查青年工作情况，他负责思想方面，我则着重组织建设方面。孔家崖村是安宁区南部的一个村庄，近年来，该村青年工作做得不错，团员青年们能够积极参与村党支部和团支部组织的各项活动，热情服务群众，积极向上，充满活力。

这次调研是由兰州团市委向省委组织部推荐的，村上的党、团领导热情接待，我们工作很顺利。两人合作完成了3000字的调查报告，主要强调村级共青团建设需要重点关注生存和发展问题，其中必要的经费保障不可或缺。资金来源需要发挥团员的主观能动性，要想办法把多种经营和农技知识的学习与推广，和基层团组织建设有机结合起来。

根据培训班从前几届召回的同学发言情况看，预计我们下乡后可能首先负责共青团工作。这次社会调查也启示我们，如果"老家伙们"不太愿意合作，我们就要从青年入手，努力动员并团结他们，逐渐建立起我们在乡村工作的群众基础。

怎么才能在青年中找到同志并把他们团结起来呢？不久前读过张际春写的《伟大的启蒙和教诲》："1922年的一个晴朗的日子，请毛先生向我们作学术演讲。他先用粉笔在黑板上书写了'社会主义'字样的题目。说许多青年同志们希望在改造社会方面做些事情，但是要改造社会必须要有一种正确的远大的理想，有了这种理想然后才能够坚定地为实现这种理想奋斗，才能够达到改造社会的目的，这就是社会主义的理想。"毛泽东的演讲历时约两小时。这一次的演讲对于三师（衡阳湖南省立第三师范）同学来说，不是一般的演讲，而是一次中国大革命前夕的伟大启蒙和教诲。"我想，如何在乡村建设团的组织、培养团的人才，毛主席为我们树立了光辉榜样。

1984年9月1日　星期六

8月28日，培训班解散。我们热切期待武都地委派车来接我们。由于参加省委党校正式培训的学员们陆续来校报到，我们从西三楼搬到了东四楼。

东四楼被称为"高干楼"，内部设施精良，房间宽敞明亮，并铺有墨绿色地毯。每个房间都配备了独立的卫浴设施，与在学校时好几十人光溜溜地挤在一起抢淋浴头的情景比，真是天差地别。窗外秋色宜人，环境优雅宁静，我坐在棕皮沙发里，用手拍拍厚实的扶手，感觉相当惬意。这时，心里有个声音在批评自己："你当选调生，是不是就图当官、图生活舒适啊？"我不觉陷入了沉思。40天集训为我们提供了一个深入了解组织意图的好机会。通过这段时间的观察，我们对自身处境似乎也有了一些客观冷静的认识。

培训班的100多位学员各人有各人的想法，但都踌躇满志，或者不客气地讲，有些自命不凡，以为自己是"明日甘肃"的中流砥柱。这是不是命运的诱惑呢？走出校门，我们将面对种种诱惑，一不小心就容易失去理智，就可能在评估外部环境和自身实力时出现严重的偏差，或者更直截了当地说，缺乏自知之明，容易变得张狂。我们这些小知识分子喜欢做梦，但幻梦也可能是一张我们自己给自己编织的罗网，深陷其中，不能动弹。

毫无疑问，一个急剧变化的中国急需从各个层次更新领导力量，大批受过高等教育的年轻人会理所当然地承担更大的政治责任。但必须清醒地认识到，在中国执掌各级权力的政党，是从硝烟中拼杀出来的、具有坚强革命意志的布尔什维克党，它对自己的接班人提出的政治要求必然是很高、很严格的。而已经进入或即将进入各级领导岗位的大批年轻干部，他们与当过红军、八路军、新四军，从血雨腥风中杀出一条血路的老一辈革命家比，在政治上远未成熟。他们只有通过改造才能成熟起来。而改造将是充满苦涩和痛苦的。

改造，是幻梦破碎的过程，是精神的裂变，那些无法适应的人将被历史无情地淘汰，没有丝毫浪漫可言。令人遗憾的是，在今天从党校大门走出去的这100多人中，可能有很多人并没有意识到这种危险。

1984年9月2日　星期日

住在党校"高干楼"的感觉不一样，每天早上有服务员送来

灌满开水的暖水瓶和报纸，走廊和厕所有专人打扫，楼里也异常安静。虽然我盼着武都地委能够尽早来接我们，但住在这里的感觉真的很好，就像在疗养。

从兰大八个人一间的学生宿舍一下子住进党校高干楼的单间，享受到服务员对首长那样的关心照料，仿佛"鲤鱼跳龙门"，给我们这些刚走出校门的学生以极大的心理冲击。昨天还是一文不名的穷学生，今天感觉自己好像是"官"了，一下子还适应不过来。

今天的《人民日报》发表了徐占焜为《走向未来》丛书写的书评。这是一套我十分关注的书。我同意作者的判断，即人类社会正以历史上无可比拟的速度发展着。那么，作为新一代中国知识分子和立志改革的爱国者，我们怎样才能认清世界变革的大势，敢不敢正面迎接新技术革命的挑战，来加速我国现代化进程？

在世界新技术革命浪潮汹涌而来的形势下，人们渴望更多地了解外部世界，寻求知识，寻求发展。为了满足这一需求，四川人民出版社出版的《走向未来》丛书应运而生。该丛书力求全方位地展现当代自然科学和社会科学日新月异的面貌，介绍自然科学和社会科学相结合的新兴边缘学科，讲述人类认识和追求真理的曲折道路，反映中华民族的历史地位和对人类的伟大贡献。这套丛书，可以使读者深入了解祖国和人类的未来，从而启发思考，探索未来的可能性。

据悉，这套丛书共有约 100 本，计划在近几年内陆续出版。第一批 12 种已经与大家见面。如果有可能的话，我们应该想办法获取这些图书，带到乡下去，作为精神食粮，为那些渴望求知的人们提供养分。正如文中所述，科学是什么？科学就是不断进步本身。而进步又是什么？进步就是创造，就是人类的明天。

1984 年 9 月 4 日　星期二

据报道，武都地区遭遇了严重洪灾。武都县是这次受灾最严重的区域。武都县是武都地委和行署所在地,四面环山,嘉陵江支流白龙江在山川峡谷中穿行,落差很大,挟带大量泥沙奔流而下。进入武都县境后,河床渐渐平坦,河水流速变慢,大量沙石慢慢沉积,河床逐年抬高。当地政府为防决堤,只好年年加高江堤,形成恶性循环,据说江堤已高过县城,白龙江也变成了一条"天河"。

这次洪灾中,白龙江支流白峪河出现特大洪水,洪水带来的泥沙和乱石冲进县城,导致房屋、道路、桥梁被毁,附近大片农田被淹,村庄被毁,农作物也被冲走。

地委迟迟未能派人接收我们,可能与最近的洪灾有关。因此,我们需要精心策划从兰州前往武都的路线。我去年步行回四川的路线经过回民聚居区,其中三甲集给我留下很深印象。这里曾是汉、回、藏族等进行茶马互市的重要地点,被称为"西北第一集"。从兰州到武都,本来应该走岷县、宕昌,这也是我步行经九寨沟回四川的路线。但因为发洪水,这条路不通,所以改走定西、通渭到天水,然后再从天水到成县,从成县经康县去武都。

1984年9月5日　星期三

武都地委的司机班长杜师傅小心翼翼地将一台130型双排座客货两用车开到党校"高干楼"前,汽车发出吱吱嘎嘎的声音,回荡在空旷的校园内,显得格外刺耳。尽管我们期待地委组织部至少能派一名干事前来,但现实却让我们失望。

在集训时,省委组织部曾高调宣称,选调优秀大学生到基层锻炼是党的青年干部培养战略的重要举措,也是优化甘肃地方干部结构的关键措施。然而,地方领导对此似乎并未真正理解。当然,也可能我们对此抱有过高期待,毕竟当前地委的中心工作是抗洪救灾。

甘肃干部中,特别在县乡两级干部中,相较其他省份,大学毕业生稀缺，文化水平明显偏低，可能在全国也是最低的。这与省委提出的推动甘肃工业化和科技现代化目标很不匹配。省委一直强调我们下基层时要保持谦虚学习的态度，同时也要放开手脚、大胆作为，努力打破沉闷僵化的局面。然而，地委仅派遣一名司机班长来接我们，这给我们兜头浇了一盆冷水。

第三章 初到岸门口

> 乡政府分配我住前院的一个小阁楼里，这是一个全木结构的羌寨风格的骑楼，需要先上一个拐角楼梯，再走一段厚木板铺成的走廊，才到门边。老旧的木地板不知是哪个年代的，油光水滑，露出金黄色的包浆，走在上面"吱吱嘎嘎"地响，人的身子也有些摇晃。

1984年9月6日　星期四

早餐后，4个人将行李放进后车斗，我在前排就座，其余3人坐后排。车辆离开兰州朝东南方向驶去。车内座椅靠背太硬，行驶途中倍感颠簸。除邹君外，同行的刘同学性格外向，眼睛炯炯有神，声称自己出身习武世家，有一身好武艺，他边说还边比画。另一位洪同学则性格沉稳内向，话语不多。

杜师傅大约50岁，身板结实，性格开朗健谈。据他介绍，地委要求在洪水期间把我们几个学生安全接回武都，地委书记张自强同志亲自过问了此事。原准备派组织部一位科长带一辆吉普车或轿车来接我们，但我们是4个人，行李较多，一台车装不下。张书记说："咱们实际点，派老杜开130，前面装4个娃，后面装行李。"

临行前，张书记特别叮嘱杜师傅，虽然他跑兰州很多回了，但这次务必小心谨慎，路上要绝对保证安全，沿途如有什么事，可直接去找当地县委。各县领导都认识杜师傅，知道他是张书记的专车司机。

沿西兰公路向天水行驶，沿途山峦起伏，沟壑纵横。初秋的塞上，萧瑟荒凉。车到通渭县华家岭时停下打尖。一出车门，寒风刺骨，让人联想起茅盾先生的散文《风雪华家岭》。他写道，经过华家岭时，道路被狂风暴雪阻断，足足在那里困了三天，饥寒交加，险些被冻死。洪同学一边搓着手一边皱着眉头对我说："到了乡下，就再没暖气了！"听到这话，我不禁打了个寒战。刘同学则拍着我的肩膀说："甘肃苦寒甲天下，等着吃苦吧！"

1984年9月8日　星期六

杜甫写天水："莽莽万重山，孤城山谷间。"从天水到成县是一条古道，穿过渭河进入西汉水河谷，这正是当年诸葛亮六出祁山的行军路线。他之所以选这条道路，一则是为绕开艰险的褒斜道，二则西汉水有漕运便利，蜀军可直抵天水。这里是秦岭山脉坡度最平缓的地带，可沿渭河东进，直指长安。历史上，此地经历了很多战事，刀光剑影，烽火连天。

杜师傅口若悬河，不愧是地委书记的司机，肚子里确实有货。他提到，天水是唐朝开国皇帝李渊的老家。我们经过的齐寿镇及稍子坡，正是大唐皇家祖陵所在地。相传李渊在先祖陵前祭祀烧纸，由此得名"烧纸坡"，而后流传变音为"稍子坡"。

齐寿山不得了，一山分三水，北流渭河，南流洛河，西为西汉水的源头，是长江与黄河两大水系的分水岭。这里是轩辕黄帝的诞生地，又是大唐皇家血脉的根系所在，故此享有"与天齐寿"的美誉，被尊为大唐神山。

杜师傅又提起诸葛亮在木门道设伏，魏国名将张郃中计，全军覆没。他随口背出《三国演义》赞颂诸葛亮的诗："伏弩齐飞万点星，木门道上射雄兵。至今剑阁行人过，犹说军师旧日名。"杜师傅说，木门道就在附近。说得我们思绪飞扬，平添几分豪情。

车近娘娘坝，雨幕如织，天地一片迷蒙。行经小陇山，雨刮器在挡风玻璃上疾速摆动，老杜专注驾驶，车内安静下来。此时，我在内心默诵杜甫的《发秦州》："磊落星月高，苍茫云雾浮。"闭目冥想，安史之乱期间，杜甫携家人逃离长安，正是踏上这条路去成县。"国破山河在，城春草木深。"尽管诗人心中满载忧伤，但胸中仍有浩然之气。

下山后，公路沿洛河蜿蜒向南。当杜师傅说洛河是嘉陵江的支流时，我的心里"咯噔"一声。在兰州喝过四年黄河水后，我和邹君两个四川娃回到长江流域了！杜师傅把车停下让我们小憩，我们走下车来，听到从身边走过的乡民说着与四川话相近的蜀音，感觉特别亲切。兰州那边，黄土高原的阳光十分强烈，走在太阳下有被炙烤的感觉，鼻子里吸进的空气总是混合着干燥呛人的尘土，而且我们这些从南方来的孩子，鼻孔的毛细血管很容易干裂，有时不知不觉鼻血就流淌下来。而现在却是满目苍翠，空气温暖湿润，令人心旷神怡。我们跳下路坎，来到洛河边，捧一口河水滋润喉咙，清凉甘甜的河水直通心田。我感觉自己就像一只飞越了千山万水的鸟儿，现在终于重新找到自己熟悉的枝头。

1984年9月9日　星期日

公路到徽县江洛镇后，向东折转往陕西方向去了。我们则顺着省道南下成县。成县与文县、武都、康县一起，并称为"文武成康"，直接映射西周四大贤王，是华夏文化的辉煌开端。文王著《周易》，开疆拓土，"天下三分，其二归周"；武王重用贤良，联合诸侯，孟津观兵，朝歌伐纣，灭商立周；成王年幼继位，周公辅政，创礼乐，编《周典》，华夏遂成礼仪之邦；康王平定东夷，北征略地，西伐鬼方，天下安定，百姓富足。成康盛世四十年，社会无刑罚，路不拾遗，夜不闭户，史称"成康之治"。陇南的"文武成康"四县，历史渊源可谓深厚。

江洛镇是徽县的一个大镇，自明清以来就是陕甘边境一个重要的旱码头。汽车沿纵贯南北的洛河河谷行驶。自江洛镇向南，地貌逐渐舒缓，重峦叠嶂转成丘陵河谷交织的地带。由成县通往武都的公路多处临河，发生洪水后，路况不明，地委让我们在成县暂时待命。成县在陇南是大县，铅锌矿资源丰富，县境内还修有飞机场，汉代石刻《西狭颂》非常有名。这里的山川地貌既有北地的壮阔，也有南方的灵秀，自古就是东连汉中、南下巴蜀的交通要津。

途中参观了杜甫草堂，它坐落在一个峡谷中，黄栌红叶满山，层林尽染。杜甫在成县写的《乾元中寓居同谷县作歌七首》道："有弟有弟在远方，三人各瘦何人强？生别展转不相见，胡尘暗天道路长。"从诗歌中听得出来，老杜那个时候真是愁肠百结，在安史之乱的大背景下，颠沛流离，担心自己的兄弟，流落在何方？是不是安全？是不是快乐？这首诗也同样勾起我对大学时光的记忆。虽然我们毕业才几个星期的时间，但相处了四年的同学们已各奔东西。犹记得在毕业会餐时，会喝酒和不会喝酒的男生和女生都拿起酒瓶对吹，齐声呼喊："聚是一团火，散作满天星！"可是，真走散了，心里还是非常的失落。黄叶飘落，脚下的泥土散发着雨后的芬芳。我沉浸在这如诗如画的景色之中，想念着同学，回想着往事，仿佛能听到胸腔里那宁静而深沉的心跳声。

1984年9月11日　星期二

我们从成县出发，沿西汉水行驶，经过康县的望关镇，再翻米仓山，快进武都城时，杜师傅突然发一通高论："我们一起过了这些天，看得出来，你们几个尕娃都好着呢，省里选得准！但你们最好记住我的话，就是分到单位后千万不能张狂，一定要把身子埋得低低的。有句话不中听，但话糙理不糙，就是你们几个娃到单位后，看谁最先学会给领导打洗脚水，这娃准能先发达。"

他真是"图穷匕首现"，把最难听、最实在的话放到最后说。他说的"老实话"揭示了边区官场的真相，言辞犀利，让人震撼。听了他这番话，我们内心一下子变得拔凉拔凉的。我深感有必要重新评估形势，校正自己的角色定位，把情况估计得再悲观些。

武都城坐落于南北两山之间，南山巍峨陡峻，北山较为平缓。北峪河穿越北山，最终汇入南山脚下的白龙江。县城南北狭窄局促，东西方向略显宽松。地委招待所坐落于北坡，进城要经过一段陡峭的石阶，穿过一座由石头砌成的城门。之前在兰州见过面的青干科科长提及武都古时称为"阶州"，或许与这段蜿蜒曲折的石阶有关。

这次洪灾很严重，张书记和其他地委领导都下去了，抓恢复重建工作。地委组织部一位副部长召集我们谈话,还在食堂请我们吃了一顿工作餐。他宣布,刘同学去徽县,洪同学到成县,我和邹君到康县——邹君到城关镇,我到岸门口乡。据副部长介绍,岸门口乡场曾经是康县旧县城,离现在的新县城8公里,进城比较方便,我和邹君也可相互照应。

也许是回到自家地界,青干科科长比在兰州时热情活泛多了。适逢中秋节,他请我们四个到家里吃饭,让他媳妇给我们做洋芋搅团和浆水面。搅团是武都小吃,老百姓说,看谁家媳妇是不是贤惠,先看她打的搅团筋道不筋道。浆水面是一种以酸菜做汤的面条,科长媳妇将现磨好的豆浆点进浆水,瞬间就变成朵朵洁白的豆花,好看又好吃。

我们在学校见到的女老师、女同学都精瘦精瘦的,而科长媳妇体态丰腴,肌肤光滑,双峰饱满,臀部圆润,细细的腰身柔软灵活,走起路来像柳枝一样摇摆。她用两只丹凤眼看我们,笑得很迷人。四个尕娃被迷得七荤八素。邹君走出门后,文绉绉地评论道:"以前我们见的都是女子,今天见到的才是女人。"刘同学叹道:"看来在地委当个科长也挺美!"

我突然意识到,那几个省委组织部的诗人给我们集训时,似乎缺了一堂课,就是下基层后"咋与女人打交道"。现在我才醒悟,这其实应该列为必修课。我暗自提醒自己,下乡后不要在女人问题上犯错。

1984年9月12日　星期三

我和邹君搭康县科协主席老滕的车去报到。滕主席是重庆人,又是兰大地质系六七届毕业生,老乡见老乡,两眼泪汪汪,何况还是校友,不由得格外亲切。出发前,他还带我们去逛武都县城。

中山街是一条老街。路旁是穿斗式构架的青瓦房,门板漆成红褐色，时间久了，变得斑驳陆离。旧房歪歪斜斜的，屋外另加柱子支撑着，低矮的门檐上结满蛛丝网，电线在空中乱拉乱扯，野草从房顶的瓦缝钻出来。脚下的青石板路覆盖着青苔，有些滑溜。

街上熙熙攘攘，人声鼎沸，空气中弥漫着花椒、炒花生、牛肉汤、潲水和鸡粪的气味，集市上待宰的公鸡在打鸣，到处都是人们讨价还价的吵闹声。小摊上摆放的蔬菜瓜果鲜亮得很。滕主席问这个地方像不像我们四川的乡场，的确，这种热气腾腾的氛围让人感觉仿佛回到了故乡。

来到康县，感觉县上对我们态度比较冷淡。邹君发牢骚说，我们在兰州是夏天，走到武都是秋天，再到康县就成冬天了。我试着解释说，康县已到甘肃省边界，在这么偏远的地方，能勉强接受我们就算不错了。

县委组织部部长与我谈话时，我礼貌地请教他岸门口乡的情况。他面色冷漠地回答："你去就知道了。"出门后，有一位干事紧跟在我身后，悄悄扯我衣袖，低声解释说："部长是常委，是县领导，他不管这些小事。"

1984年9月13日　星期四

岸门口乡政府派经委唐秘书带一辆解放牌卡车到县城接我。唐秘书说，乡上只有这辆卡车，主要为乡工程队拉建筑材料。司机王师傅圆圆的脸庞，见人笑呵呵的。

卡车离开县城，驶入一条幽深的峡谷，路坎下面有一条湍急的小河。唐秘书介绍说，这是嘉陵江的支流燕子河，它纵贯康县全境，出省后在陕西燕子砭汇入嘉陵江，长度约120公里。放眼环顾四周，只见山峦峻峭，林木繁密，宛如一幅展开的《溪山行旅图》，近旁的农舍相当简陋破旧。途中，唐秘书指着一座横跨燕子河的铁索桥说，桥对面是岸门口乡最穷的吊桥沟行政村。

车过许家河后，山谷渐显开阔，一座更高更长的铁索桥映入眼帘。唐秘书指着桥左边的旧瓦房说："岸门口到了！"他说，岸门口镇的房屋早年间都是背靠街道面朝河，所以称为"岸门口"。我觉得这个地名蛮有禅意。佛教说"回头是岸"，但回头的人能有几何？大多数人都是站在岸门口犹豫徘徊，不知进退。

王师傅将卡车娴熟地驶进镇街，他说再往前走，经过阳坝、太平可到青木川，再向前过姚渡，就进了四川地界。这条路非常险要，如果由此用兵，可绕过阳平关和剑门关，直插江油，兵临成都城下。三国时期，邓艾偷袭成都就是这么干的。宝成铁路通车以后，这条入川路线就没多少人走了，县政府也因此迁离了岸门口，只保留了一个大集。每逢赶场，老街上人流如织，集市绵延一里多地。

卡车稳稳停在乡政府门口，这是一栋两层小楼，白墙黛瓦，古色古香。周边有邮电所、信用社、供销社、工商所、粮管所、卫生院、康县二中和乡中心小学。大门两侧悬挂着"中共康县岸门口乡党委"（白底红字）和"康县岸门口乡人民政府"（白底黑字）两块牌子，格外醒目。杨书记、温乡长、武装部陈部长、经委葛主任和党委钟秘书、政府张会计等一干人早就聚在前院会议室等候，见我进来纷纷迎上前握手。按照培训班教程，初次见面，一定要分清主次，记住关键人物的姓名和职务，我于是格外留心唐秘书的介绍并仔细观察他们的特征。

钟秘书是个精瘦汉子，左脸可能中过风，稍有些歪斜。温乡长身材矮胖，头上一顶扁塌呢帽，厚厚的下唇不停地吧嗒吧嗒，像是在嚼着什么。杨书记穿一件黑色呢料中山装，扣着风纪扣，神情比较专注。他问了问路上情况，尤其关心我同县委组织部部长会面的情况。杨书记、温乡长与张会计、钟秘书的年纪都在50岁上下，只有葛主任年轻一些。他们讲当地土话，后鼻音很重，好在大部分词汇与四川话接近，能听个大概，其他就只能猜了。

天色已晚，大灶炊事员李师傅端上一碗热气腾腾的面片汤，上面漂着辣椒粉，喝得我直呛嗓子。大家围在身边看我吃，看得我有些不好意思。众人散去后，我向杨书记汇报了地、县委组织部同意我报到后就回四川看望父母，他完全同意，还让唐秘书引我先去安歇。至此，我算从省城到乡政府了。

1984年9月18日　星期二

回内江休假，计划10月上旬返陇。

一回家就面临怎么处理与方惠关系的问题。我们是初中、高中同学，她考大学比我晚一年，读四川大学中文系新闻专业。在学校时两人经常通信，比较谈得来，交往一阵后，我要求她明确恋爱关系，因为我不想把过多精力放在这些事上，如果愿意交往，就清清楚楚地谈对象，否则绕来绕去没意思，但她不愿意，就断了。

今年暑假，我在省委党校集训没回家，她主动来家里看望我父母，还留下新地址，希望和我恢复联系。我刚进家门，父亲就把她的通讯地址给了我，两人先前的恩怨旧账又翻了出来。中学时我读过《钢铁是怎样炼成的》，因为方惠喜欢穿白色海军裙，所以我一直把她归为冬妮娅式的人物。

父亲主动聊起她的事，说我到甘肃乡下工作，周围同事年纪大，摆不成龙门阵，又不能和身边女同志走太近。方惠上中学时来过家里很多次，朴实单纯，你们相互通信交流就很好。

我犹豫了好几天，觉得父亲有些异想天开，我和她隔这么远，而且自己前途未卜，弄不好就一辈子当农村干部了，与她搅和个啥啊？但我们毕竟是多年同学，她是学校"毛泽东思想宣传队"舞蹈队员，我看过她们很多次表演。当时几个男生就发誓："今后努力奋斗，一定要把台上不管谁娶回家当老婆！"我再三考虑后，提笔写信寄她。

方惠:

你好!

前几天返乡。到家看到你留下的地址,知你假期中来过。我留陇后,父母也有些许空落,你在这个时候来安慰他们,实不负几年同窗情谊,我很感动,谢谢你了!

党校学习结束后,省委组织部分配我到康县岸门口乡锻炼。那里是山区,地处川、甘、陕交界处,差不多就是"鸡鸣三省"了。我们那个乡隐没在蜿蜒数十里的苍翠峡谷中,谷底是清澈见底的燕子河,两岸是壁立奇突的山峰,秀美、雄浑,很有一番情趣。我在那里住了两天,蛮喜欢的。

省委这次在应届毕业生中选调干部,是为了贯彻中央加强"三梯队"建设的指示精神,政治意义深远。因此,选调来的同学踌躇满志,大有"明日之中国,舍我其谁"的豪气。我没得那么狂妄,讲"炽热英雄血"是应该的,但头脑一定要清醒、冷静。你也知道,对我更有诱惑的是这样一种生活方式。山谷里吹来的风,总是温馨地传送着生命的气息,我希望自己能沉浸在这气息中,以好奇的眸子去观察,去认识,希求自己能从中得到几分勇气、几分体验、几分成熟,为厚爱我的民众做出几件实实在在的事情。我将会为此感到欣慰,感到幸福。

鸿雁飞去,已经两年没消息。你变了吗?变成什么样子了?

时值金秋时节,最难将息,望你多保重。

XY
1984 年 9 月 18 日

1984 年 10 月 3 日 星期三

我的家在内江市内的梅家山上。山顶矗立着由毛泽东主席亲笔题写的"成渝铁路筑路民工纪念碑",山下就是著名的成渝铁路。这是新中国成立后建成的第一条铁路。20 世纪初,四川人为这条铁路发起了震惊中外的保路运动，数十万民军约齐，会攻成都。清廷用八百里红旗加急军报，急调"川汉粤汉铁路督办大臣"端方从武昌点兵，星夜兼程，进川镇压。没想到这样一来，武昌兵力空虚，新军举事，辛亥革命爆发，而端方本人也在内江境内被刺杀。端方是晚清末年非常能干的一位满族大臣，如果他没有被杀，袁世凯就没有重新出山的机会。所以毫不夸张地讲，内江是改变国家历史之地。

家里用分期付款方式买了一台14英寸的日立牌黑白电视机，我们从这台电视上看到了北京盛大阅兵的场面。35周年国庆庆典上，军乐队高奏国歌，28响礼炮响彻云霄，五星红旗迎风飘扬。邓小平走下天安门城楼，由北京军区司令员秦基伟陪同检阅部队。

父亲一边看一边骄傲地对我说，秦基伟是志愿军15军军长，是他们的老首长，指挥他们打赢了上甘岭战役。他又很感伤地说："我们好多战友都牺牲在朝鲜了，他们的尸骨没有回到祖国，永远留在了异国的土地上。要是他们也能看到今天的场面，该多好啊！"

父亲送了一个十分精致的笔记本给我，鲜红色的塑料皮封面镌刻着金色的党徽，翻开后，扉页上印着"中国共产党内江市第六次代表大会纪念"。原来这是他当选党代表、参加党代会发的纪念本。父亲用毛笔在首页工工整整地写道：

> 自觉锻炼，拨乱反正。
> 努力进取，实事求是。
> 联系群众，鹏程万里。
>
> 甲子夏赠曦儿
> 爸妈1984年10月1日于内江

今天是重阳节，"遍插茱萸少一人"。9月18日，我写给方惠的信很快获得回应，回信的语气亲切活泼，生动地描述了她在云南实习的情况，让我对修复两人关系有了些信心。下面是她的信和我今天发出的第二封信：

XY：

你好！

这就是我上自习的地方了。偌大一个编辑室只有台灯陪伴着我。

前天收到了你的信，兴奋、激动。是应该结束"鸡犬之声相闻、老死不相往来"的时候了。

假期到你家，很想知道你的信息，其实我早就知道你没回来。对你留陇，我并不感到意外，只是对没找着你感到遗憾。XY，你说怪不怪，我反认为你留在甘肃，这才是你，如果你回到四川，我才觉得你变了。

从信中看出，你对你去的山区非常满意，并用全部的身心去爱它、去建设它。我想如果是我也会喜欢它的。

你们都各自找到你们自己选择的岗位了，而我们也只剩下这不长的一年，对这次实习我寄予了很大的希望，因为它毕竟是今后漫长生活的序幕。

我们班30名同学分4处实习，昆明、成都、重庆、西安，而昆明是大头，"滇军"全体指战员共10名，我是所谓的召集人，因为我是全班3名党员之一（预备的）。

前两个月，我在政文部的《党的生活》专栏当编辑，每天要编辑、约稿，偶尔也去采访。今天采访了昆明三聚磷酸钠厂的组织发展情况，该厂是一个非常现代化的大厂。下个月我就去记者站。计划把我分到大理，就是电影《五朵金花》里有苍山、洱海、蝴蝶泉的那个地方。其实我们都想去西双版纳。

《云南日报》待我们很好，我们下榻在招待所一栋平房，左边尽头住着一个老小姐，她曾给《云南日报》的一个头头当保姆，在"文化大革命"中神经受了刺激,每天晚上 7:30—8:00,她就尖起嗓门在那里像跟人吵架似的,又像是在叙述某个细节,我们经常去听她讲,她似乎也很喜欢我们当观众。

唯一美中不足的是洗漱处离宿舍有一定距离,而由于下水道被堵塞,这里常年积水,为行走方便,用水泥板搭成了一条通道,左右的房子也浸在水中,我们戏称为"威尼斯城"。这里常常是男女相遇,礼让三先,有时也不得不"芭蕾"一下。

西山、滇池去游览了,聂耳墓也去瞻仰了,安宁温泉也去意思了一下,就只剩昆明近郊的石林了,这当然也列入了我们的游览计划。

实习已进行近一个月,就发了那么一篇短评,况且还不是有分量的。老师说我们对编辑工作认识不足,是啊,在这之前我压根儿没想到我会派到编辑部,还在《党的生活》专栏,这活儿可不是那么轻松的,而且现在又正在整党。

你看我久未给你写信,都唠唠叨叨地讲了些什么啊。两年的东西一下子哪里补得回来,我希望能经常得到你新的信息。在你离开家之前,你应该会收到这封信。

握住你的手!请代问你爸爸妈妈妹妹们好!国庆愉快!

方惠
1984 年 9 月 26 日晚于办公室

方惠:

你好!

读来信,宛若握住你温馨的手,也是一番兴奋和激动!我即将离别故乡返陇南了,眷恋、困惑、憧憬兼而有之。然而,路漫漫,当上下求索。我还是决定提早动身,尽快回到那古朴小镇去。

不管别人怎么说,我才 21 岁,要走的路还很长。能到乡村去,经受磨炼,品尝一番"行为心役"的甘苦,总是大有益处。林则徐讲:"苟利国家生死以,岂因祸福避趋之。"我们年轻人应该有这样的抱负。其实,对于我的选择,不少亲友大感困惑,视我为"愚拙"者有之;斥为"怪异"者亦有之；甚至讹传我被缪斯蒙上眼睛，被陇上花儿迷了心窍。庆幸的是，此举竟得到你知己般的理解和鼓励，我怎能不为此而深深感动呢？！我将走自己的路，一步一步踏踏实实走下去，以不负挚友期望。但愿重逢之日，我会无愧地伸出自己的手来与你相握。

你的来信以清新的笔触描绘了在《云南日报》实习生活的情趣。它把我带到了风光如画的西山、滇池，同你一起神游春城，或许，下次来信，你那支笔还会把我带到苍山、洱海、蝴蝶泉边吧！我钦佩你工作的认真和刻苦，为你的进步感到由衷的高兴，我向你学习。

是啊，正如你说的"是应该结束那'鸡犬之声相闻，老死不相往来'的时候了"。我的体会是，人们对于美好的东西，往往好奇多于理解，并不太懂得其真、善、美的内涵，因而也并不珍惜，只有经过岁月的打磨，方能从失却的憾恨中领悟到其真谛，你说呢？

紧握你的手！

XY
1984 年 10 月 3 日

1984 年 10 月 10 日　星期三

回到岸门口的第二天。

昨天，乘成都至西安的 238 次直快，在宝成铁路上一座很不起眼的四等小站横现河下车。238 次列车的车身竟然比横现河车站的站台还长，我所在的车厢停在了站外，只好背负着沉重的行李，从车门跳到坚硬的路基上。所幸我及时搭上了从横现河开往武都的长途客车。这车途经康县县城，在那里下车，再步行 8 公里左右返回岸门口场镇。这一段路走得好辛苦，幸运的是，路上遇到一位好心的农友，主动帮我扛包，让我的心情变得温暖。

乡政府分配我住前院的一个小阁楼里，这是一个全木结构的羌寨风格的骑楼，需要先上一个拐角楼梯，再走一段厚木板铺成的走廊，才到门边。老旧的木地板不知是哪个年代的，油光水滑，露出金黄色的包浆，走在上面"吱吱嘎嘎"地响，人的身子也有些摇晃。

这处院落曾是陇南军阀张俊耀的私家府邸，他麾下曾有数千人马，统治着周边好几个县，更一度担任国民党的武都城防司令。然而，随着贺龙率领的解放大军势如破竹地一路杀来，胡宗南集团闻风而逃，张司令也不得不跟随胡宗南往四川跑。他害怕自己最宠爱的四姨太被解放军俘虏，又无法将她带走，就残忍地用细铁丝将她活活勒死。相传，分配给我居住的这间小阁楼，正是那位四姨太的住处。此屋结构规整，地板、墙壁和天花板都采用坚固厚实的松木构建。房间向东开窗，窗外可见邻屋的青瓦和远处苍翠的群山。

天亮后，乡政府同事帮助我整理房间，杨书记和温乡长也来了。杨书记表示屋内原来放的桌子太小，应换成大桌。温乡长点头称是："就是嘛，大学生就应该坐大桌。"于是从一楼办公室抬来一张大桌，但楼梯拐角狭窄，搬不上来，于是钟秘书在楼上拽绳子牵引，我和乡武装部小孙在楼下用力顶推，还有其他几个同志一起帮忙，最终将桌子吊到二楼。计划生育专干小赵非常细心，特意给我送来一只暖水瓶以备冷天使用。张会计也为我觅得一个火盆与木炭。陈部长提醒我，这间全木结构的房子尤其要注意防火。

小舅精通人情世故，指导我回岸门口时带上四川什邡特产的叶子烟。杨书记不抽烟，这批叶子烟就分送给温乡长、钟秘书和张会计了。据小舅说，制作什邡叶子烟的工艺很特别，要先将四川收割的早稻米淘洗晒干，再放进铁锅反复翻炒，一直炒到看见焦黄色，再撒在烟叶上自然发酵，最后再进行烤制。如此烤出来的烟叶，口感十分醇厚，而且劲道十足。小舅在简阳下过几年乡，对乡下的干部非常了解，他让我给这几位带什邡叶子烟，正对他们的口味，他们收下后都非常喜欢。

张会计拨打着算盘，给我计发了工资，还报销了探亲的路费，总共拿到手136元。我寄了70元给妈妈，这是儿子大学毕业正式工作后头一回领工资，也让她和爸爸高兴高兴。乡政府给我配备了一辆"白山"牌自行车。张会计说，乡上配发的公务自行车数量有限，杨书记交代专门为我预留了一辆。

随着同事们陆续离去，小阁楼重归宁静。我挺直脊背，踏着厚实的地板来回走了几步，随后在硬木床板上躺下，享受着那份舒适与自在。自从离开兰大的集体宿舍后，我就一直在寻找一个真正属于自己的温馨角落，如今仿佛是找到了。遥想往昔，毛泽东主席和朱德元帅等老一辈革命家长征来到陕北，栖身于简陋的窑洞，而且一住就是13年。与他们相比，我现在的条件好多了。我希望能够在这里开启人生新的篇章，走好属于我自己的长征路。

1984年10月12日　星期五

骑上"白山"自行车去许家河行政村。村支书张政全同志正在耕田，没时间深谈。在村里的晒坝上见到一位身穿青衣的大娘，她一个人在太阳下剥苞谷粒，我走过去和她坐在一起，一边帮她剥一边聊天。

大娘姓蹇，这是个很古老的姓氏，说是春秋战国时期秦国大夫蹇叔的后代。蹇大娘已年过花甲，她早年丧偶，独自抚养四个儿子长大成人，备尝艰辛。我很敬佩地对她说："您把四个儿子拉扯大，含辛茹苦，真是太不容易了！"她听后，竟然泪流满面。我进一步询问她，儿子们是否孝顺？目前生活状况还好吧？家里是否有足够的口粮、菜油和过冬的柴火？

金秋的阳光洒满大地，我坐在村头晒坝上，感受着秋天的暖阳和山间清新的空气，心情特别舒畅。蹇大娘打开了话匣子，和我聊起了家长里短。听着她的讲述，我想起了俄罗斯作家肖洛霍夫的《一个人的遭遇》，真切地感受到不管是什么样的人，也无论他

（她）的生活境遇究竟怎样，普天下的人们实际都有着深厚的情感和朴实的追求。

塞大娘是我来到岸门口接触的第一个乡民，她的忧虑、快乐和期待都深深地触动我的心灵。她虽然唠唠叨叨地说了很多琐碎的事，但这些在别人看来七零八碎的小事，对于一个乡干部来说却是重要的。作为共产党政权最基层的干部，民心所系即为天职，能不能切实关心老百姓的冷暖安危，认真倾听、理解和提供必要帮助，是测试我们有没有天下为公的情怀、有没有为普通老百姓做事的意愿和能力的试金石。

从许家河出来，巧遇唐秘书到县城办事，他热情邀请我一同前行。今日恰逢城关镇赶集日，市集上人头攒动，热闹非凡。雄鸡仰头啼鸣，野鸭呱呱直叫，刚宰的猪肉新鲜诱人。这里的土特产好丰富，苹果、板栗、核桃、木耳、天麻等山货琳琅满目，价格低得让人难以置信。唐秘书解释道，由于康县地处偏远，交通不便，若山货不能及时运出便会腐烂，所以卖不上价。

唐秘书在县里还有事做，我自个儿骑车回岸门口。也许是因为我不习惯在坑坑洼洼的县乡道路上骑行，自行车老掉链子。幸运的是遇到一位陌生人教我咋弄，他让我先把后面链条固定住，同时将前面链条半挂在齿轮上，然后握住踏板稍稍转动，链条就会自动复位。真是处处皆有学问！

1984年10月13日　星期六

乡下确实闭塞得很，我在这里没有其他的消息来源，只有一份《人民日报》和从兰州带来的一台半导体收音机。乡邮电所送来的报纸通常比正常的出报时间迟两三天，今天读到的是大前天的《人民日报》，上面有则报道，说随着食品结构和人们饮食习惯的改变，国外的罐头等果品加工业蓬勃发展。

报上说，美国有一家食品加工厂干脆将加工车间搬到田间，一台制罐机每天可制水果、蔬菜罐头1000—2000罐，很好地解决了食物在运输过程中发生腐烂的问题。这让我想起昨天在县城赶集，看到本地瓜果太便宜，主要原因就是受交通制约，鲜果还没运出去就腐烂了。是不是也可制成罐头再运出去呢？我一边读报一边想。

康县北部是比较平缓的旱地，而中南部群山耸立，森林繁密。这里有丰厚的木材资源，但在岸门口只有一个木材加工厂，他们只是把原木改成木方，做最简单的加工，实际上没有什么附加值。有没有什么更好的办法呢？我需要尽快吃透这里的情况，形成切合本地实际的发展思路。

地委张书记根据武都地区"六荒三林一分田"的实际，提出发动千家万户充分利用房前屋后、田间地头、荒山荒坡发展小桑园、小椒园、小菜园、小果园、小苗圃、小药场、小林场、小加工厂等"十小"生产项目，扶持建设多种经营基地。我知道，在基层做事不能别出心裁，要跟上级领导的想法"对路子"，才可能获得上面的肯定和支持。

1984年10月16日　星期二

今天访问中节小学。这个村小设在农家大院，有王学福、张洪银、马仲宝、秦水凤、张小芹5名老师和70名学生。中节行政村适龄儿童入学率为75%。县教育局每月给这所村小发10元办公经费，另外村小今年收到68元学费。一所小学靠这点儿钱怎么运作？令人吃惊和费解。

村小没有专门的教室用房，目前教室是向农民临时借用。校内还有4名住宿生，来自唐家院行政村的安家山，到校要走十几里山路。"有没有作文课？"我问王校长。他说："三至五年级的学生，每两周上一次作文课。"王校长还说，村小今年有8名学生参加升学考试，其中 5 名考上了初中。

另一位老师介绍，村小有少先队，四年级的朱自明同学是大队长，五年级的朱自勇同学是副大队长，共有 30 名少先队员。我参加了升国旗仪式，随着五星红旗冉冉升起，学生们合唱《国歌》。听到童声合唱的国歌在村野上空回响，心情真激动。王校长陪我走出来时介绍，乡政府通常每年会为小学教师提供一次进修机会，他希望我能够向上级反映，为教师们争取更多的学习交流机会。

在骑行返回的路上，我不禁思考起今天所见的一切。中节小学的老师们在如此简陋的环境下坚持办学，他们所经历的困难真是难以想象。而教育是现代文明的火种，火光虽然这么微弱，但它同时又是这么顽强坚韧，使我从内心感到震撼与敬佩。不难想象，岸门口的孩子们要从这样的小学升初中、升高中，进而考入兰州大学，一路走来，该是何等的艰辛！想到这里，我内心残存的那点儿优越感荡然无存，只感到肩上的责任是如此重大！

1984 年 10 月 21 日　星期日

回到岸门口这 10 天一直忙个不停。温乡长用 3 天时间，带着我马不停蹄地跑了何家山、青岗坝、下先生沟、上先生沟、刘坪和许家沟 6 个行政村，让我大致了解了全乡农业生产、村干部队伍和农民文化素质情况。

岸门口的农业经济结构相当不合理，在"以粮为本"思想指导下，几乎所有耕地都用于种植粮食作物。然而，这里山大沟深，许多耕地都是山坡地，土质贫瘠，粮食单产很低。虽然有很多杂木林，但没有好好利用，农民享受到的好处不多。另外，乡民一户只养一头牛或数量很少的山羊，没有规模效益。实际上，山区荒地植被丰富，畜牧业规模可适度扩大。近期办了一些渔场，但经济效益还有待验证。

这里小农经济仍占主流，偏远地方甚至还停留在刀耕火种阶段。乡民文化素质低，文盲率高得惊人。根据去年的统计年报，岸门口乡人口约7000人，具有初中以上文化程度的仅有55人，这真是令人难以置信！这么低的文化水平，也决定了村干部只能是相对朴实勤奋的同志，要他们承担起率领大家勤劳致富的重担，很难。

在岸门口这样的地方，由于生产力极落后，而孔子"不患寡而患不均"的传统观念根深蒂固，再加上"左"的思想顽固存在，要解放思想，大胆推动社会变革是十分艰难的。今天，听到中央人民广播电台播发的评论员文章，专门谈甘肃省武都地区的开发，很令人鼓舞。党在康县这样的边区确实应该有特殊的扶持政策。

18号的《人民日报》还刊登了中共中央政治局委员宋任穷对年轻干部提出的四点要求。他说，现已有8万多名中青年干部进入县级以上领导班子，希望中青年干部第一要有信心，要看到有党的领导，有群众和老同志支持，再加上自己的决心和艰苦奋斗，任何困难都可以克服；第二要善于学习，除了向书本和老同志学，更重要的是到农村、工厂的生产第一线去经风雨、见世面；第三要勇于进取，不要怕这怕那，畏首畏尾成不了大事；第四要严于律己，善于自处。宋任穷特别强调，青年干部个人前途与国家民族的命运是紧密相连的。

1984年10月22日　星期一

上午，我与乡武装部的小宋到刘坪检查"青年民兵之家"建设情况。康县重峦叠嶂，沟壑纵横，正如李白在《蜀道难》中形容的："连峰去天不盈尺，枯松倒挂倚绝壁。"这里交通极为不便，历史上土匪闹腾得很厉害。

离岸门口几十里有个地方名叫"太平"，据说是清同治年间太平军失败后的残军逃匿之地，至今仍保存着他们留下的军鼓和女将谢金花墓碑。再近处有个地名叫"铜钱"，据说是从四川过来的农民起义军私铸铜钱之地。清末民初，在康北平洛、太石等地活动的土匪成千上万，他们非法种植鸦片，抢劫、绑架、贩毒，无恶不作。民国时期，军阀混战，康县是三不管地界，土匪活动更是猖獗。

据陈部长先前介绍，当时选岸门口作为康县县治有军事原因，因为这里南北都是崇山峻岭，形成了天然的关隘屏障，而且地理位置稍偏，如遇兵锋，可撤离躲避。也正是由于以上原因，军分区和县武装部首长经常视察岸门口民兵训练情况，要求乡政府加强民兵训练，帮助乡民抗击自然灾害和打猎保秋，协助维护地方治安。乡武装部军械库保管着岸门口民兵营的70条半自动步枪，这些武器装备可随时投入使用。

刘坪中院社的社长刘登学热情款待我们，他特地准备了自酿的"二脑壳酒"。这种康县土酒以新苞谷为原料，经煮熟、发酵、蒸馏后酿成。喝这种酒后，眼睛看不清楚，看到的人仿佛有两个脑袋，故取名为"二脑壳酒"。

岸门口乡民家中必有一个石头围砌的火塘，它位于堂屋正中央。老乡用从房梁上悬吊下来的一个大瓦壶盛酒，架在火塘上加热，然后倒进瓷碗里，热情地端到我们面前。盛情难却，我连喝两碗，起初觉得酒精度数不高，喝下去温润香甜。然而，在返回岸门口的路上，由于酒精影响，我无法把稳自行车的车把，连摔了好几个跟头。

不过啊，这酒上头快，散得也快。回到镇上没多久，我就清醒多了，还给杨书记起草了一个讲话稿。杨书记很高兴，让我当着他和温乡长、陈部长、钟秘书的面，把稿子大声朗读了一遍。

1984年10月23日　星期二

陪陈部长到张家河征兵。村里年轻人发展机会有限，普遍渴望参军。陈部长和几个应征的年轻人坐在长凳上轻松地聊天，他们显得朝气蓬勃，愉快的谈笑声如同清晨的鸟鸣，回荡在村庄上空。我静静地听着他们的谈话。然而，山坡上有两棵柿子树让我目不转睛，它们彼此依偎，笔直挺拔，就像并肩而立的两姐妹。深秋时节，树叶掉光了，而枝头却挂满红柿，如同熊熊燃烧的山火，红得耀眼。它们象征着岸门口人坚贞不屈的精神和顽强的生命，就像那些坐在长凳上聊天的人们，虽生活艰难，却依然保持着梦想与激情。

回到小阁楼，邮电所的小杜已把 21 号的《人民日报》放在门口，头版醒目大字映入眼帘：中共十二届三中全会在北京胜利举行。细读《中共中央关于经济体制改革的决定》全文，其中与农业有关的是："农村经济开始向专业化、商品化、现代化转变，这种形势迫切要求疏通城乡流通渠道，为日益增多的农产品开拓市场。"

作为理科生，还令我关注的是："正在世界范围兴起的新技术革命，对我国经济的发展是一种新的机遇和挑战。这就要求我们的经济体制，具有吸收当代最新科技成就，推动科技进步，创造新的生产力的更加强大的能力。"

全文最关键的内容是："要突破把计划经济同商品经济对立起来的传统观念，明确认识社会主义计划经济必须自觉依据和运用价值规律，是在公有制基础上的有计划的商品经济。商品经济的充分发展，是社会经济发展的不可逾越的阶段，是实现我国经济现代化的必要条件。只有充分发展商品经济，才能把经济真正搞活……"这应该是思想解放的最新理论成果。

来乡下感受最深的就是，基层干部们每天都忙得团团转，忙着应付处理各种琐碎事务和上面布置的各种检查、填表，没空好好思考和学习，更谈不上培育形成一个活泼的学习和讨论环境。我发现这里的很多人，包括负有领导责任的同志，基本上不读书、不看报。

1984 年 10 月 24 日　星期三

在昨天下午改水工程成功验收庆典上，杨书记按照我预先准备的讲话稿作了发言，得到在场所有人的高度赞扬。会后，朱家沟的朱工（县水利局工程师）为感谢验收团队的辛勤工作，特意设宴招待。他邀请杨书记、温乡长、陈部长和我参加。在场的所有人都对改水工程取得成功充满喜悦。

朱工听说我是兰大来的学生，很感兴趣，并邀我参观朱家大院。虽然来岸门口不久，但我已多次听说过这个大院的神秘故事。朱工告诉我，新中国成立初期，乡民在朱家大院后院挖地基时，曾经挖出两罐黄金和两罐白银。朱工说，他们这个家族可能是朱元璋孙子朱允炆的后裔。对他的这个说法，我没发表评论。

看完朱家大院，我们返回酒席。此刻，划拳的众人激战正酣。他们一见我们进屋，便高声喊道："你们去哪嘎达了？快来罚酒！罚酒！"朱工闻言，立即举杯痛饮。然而，轮到我时，我有些犹豫。因为前天在刘坪喝"二脑壳酒"让我喝麻了，所以提出能不能唱一首歌代替喝酒。大家听后，热烈鼓掌。我选择的歌曲是《骏马奔驰保边疆》。这首歌的节奏感非常强，杨书记和朱工敲起身边的瓷碗为我伴奏，陈部长也站起身来与我一起合唱。当唱到"边疆就是我的家，人民和军队心相连。到处都有母亲的爱，到处都有亲人的笑脸"时，我突然感到内心有一阵莫名的感动，泪水也情不自禁地流下来。

1984 年 10 月 31 日　星期三

自上月 27 日至今，我陪同温乡长深入中节河流域，逐一探访了严家坝、张家河、庄科、唐家院、中节和林口 6 个行政村。从乡政府步行到与邻乡接界的林口行政村上沟合作社，约 30 里地。与上次考察比,我们这次了解到的情况更深入、更全面。

林口的支书是聋人,老党员,以前当过兵,回乡后积极肯干,在村里有一定声望。但他中年丧妻,养子不孝,亲生女儿脾气又太倔,使他的生活过得不太顺畅。前天夜晚,我们抵达林口时,发现他家门紧闭,邻居说他去岸门口赶场了。等了好半天,才见他回来。

他在秋风中疾行,像个急匆匆行军的矮小战士,越走越近,神情温和沉静。他引我们进屋,拨开火塘的柴火,热情地要为我们准备食物。温乡长一把拉住他,说一起去中节村,喝几杯"二脑壳酒"暖暖身子。天黑尽了,夜色深沉,寒气透过棉衣,让我感到刺骨的凉意。支书温暖的大手紧紧握着我的手,轻声地嘘寒问暖,还细心地捏了捏我的裤子,检查我穿得是否暖和。

另一次在唐家院村开村干会,我和温乡长坐在支书家等人,围着火塘取暖。前胸烤暖和了,但后背仍感觉冰凉。开会、访谈、实地查看农户越冬口粮等,一直忙忙叨叨。忙起来并未觉得什么,但在闲暇之时,我望着熊熊燃烧的柴火有些出神。温乡长见我眼眶晶莹,误以为我想哭泣,于是起身回避。我忙解释,是柴烟熏得眼睛不适。他重新坐下,轻声询问我是不是想家了。似乎是,又似乎不是,有些说不清楚,但我点了点头。他向我许诺,表示明年下半年乡上改选,他就把乡长位子让给我,吓得我赶紧连连推辞。

1984 年 11 月 1 日 星期四

前天,温乡长派我到中节村去访问富裕户贾举顺,他曾荣获康县县委、县政府 1982 年联合颁发的"勤劳致富光荣"奖牌,在当地有影响力。我记下了他们家的基本数据:贾家承包耕地共 10.25 亩,全年粮食总产量 2460 斤,包括 1460 斤小麦和 1000 斤苞谷;饲养 3 头牛、1 匹马、4 头猪,交公粮小麦 88 斤,苞谷 88 斤。给供销社交售木耳 10 斤,向村上交集体提留 25 斤小麦和 25 斤苞谷。买饲料、化肥、木耳菌、天麻菌等使用了贷款,贷款月息是 6.9‰。致富主要原因是老贾有两个儿子,一个 18 岁,一个 16 岁,都是壮劳力,而且家里副业搞得好,木耳、天麻增收。乡上曾派他到武都地区药材公司学种天麻。

我问他粮食单产咋这么低,他狡黠地笑了笑说,承包地都在山上,坡陡土薄,保不住墒,另外粮食产量如果算上他们家种的土豆和黄豆啥的,还算不错。他拉我出屋看,这里山势极为陡峭,他指给我看的他家承包地有些都快到山顶了,简直像挂在天上一样,而且紧靠森林。老贾说,秋收时节闹野猪,糟蹋粮食,很难守得住。

他向我介绍村里情况,建议乡政府为村干部安排一些育林任务,这样他们可以领到几十元补助。他说,承包以后,村集体提留资金消失殆尽,村干部办公事非常辛苦,但却领不到相应报酬,现在连订阅报刊的钱都拿不出来。

实施联产承包责任制确实调动了农民积极性,但也削弱了村社集体化程度,从上面压下来的各项任务仍需要村干部来协助完成。而且,村社讲人情,县乡干部下村,支书和村委主任都会热情招待。比如,温乡长和我这次到中节,他们煮酒杀鸡,热情招待。但据私下了解,这顿饭菜是由村干部凑份子筹备的。我知道情况后,心里很过意不去。

回到岸门口,我脑海里总抹不去贾家承包地挂在高山之巅的情景。胡耀邦同志视察甘肃时,提出"反弹琵琶"、种草种树,陇南山区也将逐步推行"退耕还林",大幅减少高山坡地。那么,保留下来的川坝地和缓坡地就将变得更加金贵。只有精耕细作,依靠良种和科学施肥才能提高单产,才能保证农民口粮。退出来的耕地还林后,也不能光指望靠木材换钱,还需要在林地种木耳、天麻等,才能提升农民的收入。既然当了乡干部,我就要学会算账,考虑问题要以农民实际增收为出发点。

1984年11月2日　星期五

　　杨书记把乡政府的所有干部召集起来开会，说县委刘守业书记下了死命令，今年年底前必须完成公粮征收任务，完不成任务就撤职走人。乡党委要求所有干部都下村，和村干部一起，把应征公粮按期如数收上来。同时，温乡长、钟秘书和我商量公粮征收办法，制定各村比限表格，分配包村驻队人员。

　　我自愿到中节、林口驻队。这是第一次接受需要独立完成的硬指标、硬任务，是很艰难的一次考验。我深知任务艰巨，肯定要付出极大的努力和耐心，但我有信心克服困难，这算是我下乡的第一课，如果不能完成这个功课，自己在岸门口恐怕也很难立足。我突然来到这里，对当地的干部来说，差不多就是一个怪物。他们也在观察，看看我究竟有几斤几两。所以，我暗下决心，一定要打好下乡第一场硬仗！

1984年11月10日　星期六

　　康县的气温降到了零度。晚上独自睡在小阁楼的硬板床上，停灯向晓，抱影无眠。我是昨天回来的，这段时间蹲在中节和林口两个行政村，硬是住满了一个星期。老乡家的热炕还好，但也睡过几家硬床，隐藏在床板缝里的臭虫和虱子真是太猖狂了，身上被咬起了好多红疙瘩。镇街上没有药店，找不到碘酒，奇痒难忍！

　　截至11月9日，全乡共收进50000斤公粮，而由我负责的两个村人口仅占全乡1/7，却贡献了16000斤，差不多占总数的1/3。杨书记和温乡长非常满意。这次驻队我是头次"放单飞"，独立负责、全权处理距乡政府最远的两个行政村的公务，应该是交出了一份好答卷。

　　除征收公粮外，在村里还遇到两件事，值得一记。其中一件涉及何、李两家，他们在实行联产承包制后分到一匹马，属于共同所有，但一直由何家喂养，现在母马生了一头小马驹，该算谁的？两家发生争执，要我来断。何家说，小马驹的3只脚可算李家的，李家出1只脚的钱可把小马驹牵走；或者母马由我从1982年起喂到今年腊月，后面两年可归李家饲养，但小马驹全归我。李家说，母马本来就是队上的，现分配给我们两家，我有母马的2只脚，母马可以一家轮流喂一年；而小马驹有2只脚也应该归我。两人说得我的手指都有些比画不清。

听取双方陈述后，我与村支书、村委主任几个人商量，大家一致认为，不能把马按几只脚来划分权属关系，这是瞎整，于是裁决：母马由何、李两家各饲养一年，一年一轮；因这两年都是何家照料母马，生产的小马驹归何家；如果再生一个，则归李家；马分配到户，但总归还是集体财产，需要使用时双方要友好商量、合理安排。村文书对此作了记录，双方也签字画押。周围乡民说："断得公道！"

另一件事是，有一户人家在修房上梁时办酒席，称为"盖瓦宴"，在康县民俗中是很隆重的仪式。傍晚时分，那家户主非常恭敬地来邀请我。筵席排座次，众人齐推我与当地一位年逾八旬的阴阳先生共坐上席。想到共产党的干部与阴阳先生并肩而坐，我心里觉得好滑稽。那位老先生倒是幽默地说："你是乡干部，算管地的；我掐指算命，算管天的。我们两个坐到一起，上管天，下管地。"听闻此言，周围乡民都放声大笑。

这时，村里有位德高望重的长者介绍我是兰州大学的高才生，照旧说法应该是举人老爷，他提议请我来为新房挂红。这番话刚说完，参加聚会的乡民们纷纷起身向我敬酒。见到这般阵势，我心想若全都喝下，必然醉倒。于是，请房主取出一个盆来，将众人敬的酒都恭恭敬敬倒进盆中，随后，对户主说："你掌灯，我们一起上梁。"我一手持盆，另一手举着那块红布，小心翼翼地沿着梯子一步步攀上新架好的房梁，同时喊道："把灯举高些。"到达顶部后，我将红布从房梁上甩挂下来，再将盆中的酒倾洒在新梁和红布上。场边的阴阳先生大声叫好，乡亲们也齐声喝彩，现场气氛十分热烈。旁边有人说，这么挂红还是头一回，真是好兆头！

1984年11月11日　星期日

今日收到拾风伯父从上海寄来的家书。回想起我9月回川时，正巧他在成都，就陪同他在锦江宾馆住了两天。当时，他正忙于为上海昆剧团创作《钗头凤》剧本。我则向他细讲了选调生下乡情况。

全面抗战爆发后，拾风伯父辞去川南盐务局的公职，辞别了爹娘，毅然投笔从戎。他出川后，先是报考了由国共两党联办的"南岳游击干部训练班"，并在那里亲耳聆听过周恩来和叶剑英授课，内容是"国共两党关系和抗日民族统一战线"。结业以后，他没有到重庆和桂林，而是坚持在湘西打游击，负责编发《开平日报》的战地新闻。伯父说，当时，全国军民同仇敌忾，甚至连和尚也组织了"佛教僧青年救国团"，周恩来还为他们题字："上马杀贼，下马学佛。"

伯父希望我熟悉郑家文脉相传的家史。他说，我们这个郑家支系是康乾年间从湖南宝庆府迁徙到四川资中太平场的。郑家的祖屋就在资中重龙山脚下，堂屋门楣上一直悬挂着"荥阳人家"的烫金牌匾。他说，郑氏是世族，从中原南迁后，原居江西省泰和县。南宋末年，先祖担任辰州刺史，因避蒙古兵乱，带领家人逃到溆浦，再迁宝庆府，后裔定居在隆回巡检司的荷香桥镇。

他说，1945年，抗战即将胜利，日寇垂死挣扎，重兵进犯湘西，妄图夺取芷江机场，雪峰山会战爆发。当时的战场就在隆回附近，战斗非常激烈，他就想，即使这次战死了，也是死在郑家祖林，是为国尽忠，足可告慰列祖列宗。他鼓励我到农村后，不要忘记郑家以国为体的爱国情怀，要与当地群众打成一片，学会穿他们的衣服，说他们的土话，努力地工作，争取成为郑家的"杨宗保"。

伯父还在回信中对我之前洋洋得意提及的一件事进行了严厉的批评。我在信中写了这样一件事，我在村里召开征粮动员大会时曾说："岸门口乡每年都会收到国家下拨的返销粮，在青黄不接时及时送到乡亲们手中，体现了国家对我们的关爱。国家与我们的关系，就好比是父母与子女的关系。你们每年向国家交公粮，就好比是子女向父母尽一点孝心。"我还骄傲地写道，发表这通言论时，台下的群众纷纷点头表示赞同。然而，伯父在回信中毫不客气地指出："胡闹！你的言论完全颠倒了国家与老百姓的关系！你作为基层干部，将来职位无论如何升迁，都绝不能抱有父母官心态，这是封建糟粕，令人厌恶！"

他还在来信中附寄了亲笔书写的条幅，是他从四川返回上海途中，船过三峡时，想到我去陇南工作，有感而发创作的一首七律："涨落江潮定点浮，航标一线引千舟。艰难三峡送君去，过了南津是葛洲。"我把这首诗贴在书桌的上方，瞩目凝视，细心体会。

1984 年 11 月 14 日　星期三

方惠在《云南日报》实习，采访到了电影《庐山恋》的女主角张瑜和电视剧《西游记》剧组，让我很钦佩，也间接体会到一名实习记者的兴奋和光荣。下面是她的来信：

XY：

我们在《云南日报》实习有两个多月了，其中有两段刻骨铭心的采访经历，我一定要告诉你。

一是谢铁骊导演的《清水湾，淡水湾》剧组一行来云南首映，我由报社文艺组的黄老师带着随团采访三天。我们和剧组一起住在楚雄彝族自治州的一个酒店。剧组的女一号是张瑜,男一号是黄小雷,还有老戏骨谢芳。

剧组不经意地与观众见面,当时的情景真是非常特别。我们在下榻酒店的二楼用餐,那顿餐是我长这么大见过的最奢华的一餐,有烤乳猪(小猪嘴里还含着一个苹果,看起来好可怜啊),有云南有名的汽锅鸡、过桥米线等,满满一大桌。我们一共开了两桌。餐后,主要演员就在二楼的窗户上给楼下的观众打招呼,楼下一整条街都挤满了人,感觉是万人空巷,恨不得城里的男女老少都出来了。

我的采访对象是张瑜,而我又是个实习记者,没人教我如何采访。当时,张瑜在准备考试,随时都拿着一本书在看,我脸皮薄,不知如何见缝插针去问她话。她明确表示不接受采访,这可坐蜡[遇到为难的事;陷入尴尬的境地]了。我只好跟着她到洗手间,简单聊聊天,虽然最后也写了一篇报道,但我自认为是一次失败的采访。

但采访《西游记》剧组很成功。剧组非常配合。那天,他们在大理附近的喜州拍《殷小姐抛绣球》,为此专门搭了一个摄影棚。为了这场戏,杨洁导演特别邀请了黄梅戏的当家花旦马兰出演,但马兰远在安徽合肥,而且正在演戏,剧组因此安排飞机接她。我和《云南日报》的李开义老师与剧组一起等她,在喜州待了一整天。我们与剧组一同吃盒饭,开义老师还被邀请去客串了一位书生。虽然我也被邀请出演一个角色,但我婉拒了,因为不想扮演女妖怪。马兰老师来后,尽管只有短短三分钟的出场表演时间,并且没有台词,但她在戏楼上走的台步,还有出神入化的眼神,都让人叹为观止。大家都说,今天的拍摄为电视剧《西游记》开了一个好头。

我们连发了几篇采访稿,有采访杨洁导演的,有专访六小龄童的。其中六小龄童专访《大理报》率先登载,《云南日报》后也采用了,整整半版呢!我也因此挣了一些稿费。记得采访六小龄童的开篇是"孙悟空一个筋斗十万八千里,腾云驾雾来到大理喜州"。六小龄童非常健谈,讲了他父亲叮嘱他在拍摄期间不许谈恋爱的"约法三章",还讲了他实际是近视眼，为表现孙悟空的火眼金睛，他随时随地观察乒乓球的流线和袅袅炊烟，也讲了拍摄的艰辛等。有意思的是，采访六小龄童那天，正好是我22岁生日。

电视剧《西游记》将安排在中央电视台春节档播放，我们应该是最先采访剧组的记者。这次采访算是我的战报，与你分享！

方惠
1984年11月8日

1984年11月20日　星期二

兰大化学系总支确定我为入党积极分子的材料，经省委组织部通过地委转到康县，再由县委转到了乡上。杨书记收到后非常重视，立即找我谈话，并确定由温乡长和陈部长做我的入党介绍人，他们都很愉快地接受了。另外，县委组织部通知我出任乡政府秘书和乡共青团书记。

另外，我得知，侯宗宾副省长日前视察康县，发现本地出产的板栗、猕猴桃等山货因为交通不便，不能合理利用，好多都烂在山上了，非常心痛，于是提议在康县建设一个罐头厂，把这些山货制成罐头，运到兰州、西安和成都等大城市销售，可以更好地发挥本地资源优势，也能够为农民增收。县委考虑，岸门口附近有一个后曲子水电站，野生板栗树也比较集中，而且前几年试种猕猴桃的效果还不错，加之离县城不远，就确定由岸门口乡来筹办这个罐头厂。省里将拨款35万元，再加上自筹和贴息贷款，应该能凑齐建厂资金。

杨书记和温乡长得到县委指示后，顿时感到压力巨大。乡上为此立即成立"罐头厂筹建小组"，由杨书记当组长，让我也参加。昨天，我们到邻近的陕西省略阳县郭镇乾河坝罐头厂参观学习，获取了罐头厂建设的一些基本知识。

出于化学系学生的本能,我特别关心质量检测指标。据陕西同志介绍,罐头产品必须通过地县两级卫生防疫站的检测,其中细菌、大肠杆菌和致病菌含量必须达标。陕西同志还说,这几年罐头瓶和马口铁瓶盖涨价太厉害,而且相当紧缺,康县如果要干,一定要提前派人出去订货,不然根本就买不到。

结束参观回来,杨书记在总结会上说,我们大家都没有罐头厂建设经验,县委刘书记找他谈话时特别强调,县里现在找不到几个正经八百的大学生,尤其是重点大学的理工科学生,现在岸门口有一个,因此县委在选择厂址时也考虑到这个因素,要求乡上要充分发挥我的作用。这话听得我又高兴又紧张。

散会后,我裹上大衣,独自走出乡政府大门。今晚没有月光,我一个人走在康阳公路上,手电筒发出的光柱照不远,朦胧的光线照不透前方升腾的水雾,燕子河对岸的村落隐约可见几盏灯火,远处传来的狗吠声在空旷的夜空回荡。我用手电筒轻轻晃照着公路两侧的小白杨。这是一种只能在陇南见到的杨树,身条特别细长,笔直伸向天空,被当地人亲切地称为"月儿杨"。我抬头看着它们,心中不禁想起今年的新歌《小白杨》,这首歌唱出了我的心里话,催促我像月儿杨一样又快又好地成长。

我冷静地审视着目前的处境,从兰州下来,到岸门口不过两个月,已担任乡政府秘书、乡共青团书记和罐头厂筹备组成员,说明初步获得了组织的信任,但我对怎么建厂没把握,县委点我名,似乎有要我挑担子的意思,我心里面有些打鼓。

1984年11月23日 星期五

冬天的岸门口,山林萧瑟。每当夜幕低垂,乡政府大院便陷入一片沉寂,唯有楼板在脚下嘎吱作响,邻屋还隐隐传来低语。木楼之上无法安置烤火炉,只能依靠烧木炭的火盆取暖。然而,窗户不能紧闭，以防一氧化碳中毒。夜深人静时，火盆逐渐熄灭，薄被难挡严寒，每每将我从梦中冻醒。更糟糕的是，下乡驻队时带来的跳蚤未曾根除，身上瘙痒难忍。

乡政府设有一个大灶，每日正午时分，灶上的刘师傅会为每位工作人员分发一个足有半斤重的大圆馒头。身为四川人，习惯于吃米饭的我，面对这么大的馒头，一时咽不下去。这里的乡民冬季不种蔬菜，而是采用大木桶腌制酸菜过冬食用，吃起来有一股浓浓的馊味，我一时还真是吃不惯。没有菜，没有汤，怎么办呢？我的办法是先将馒头晾干，再切成薄片，放到办公室的大铁炉上烘烤，等馒头片逐渐变得焦黄酥脆，散发出麦香时，再取出几片来，就着浓茶充饥。

这里乡民的生活相当艰辛，即便是岸门口镇的居民，平时亦只穿已经褪色的黑衣黑裤。爸妈为祝贺我入职，在我回内江时，带我到百货大楼添置了一件藏青色的雪花呢大衣，再配上老爸那双高筒军靴，在这里确实显得太打眼了。赶集时，集市上的姑娘和小媳妇老朝我瞅。她们大多穿着对襟罩衫，外搭红花布缝制的小棉袄，看不出身段来，而且这里是高原，阳光强烈，好多女人的面庞都被晒成了"红二团"。这里的人自嘲说康县是"山清水秀人不秀，鸟语花香饭不香"。

从兰州带来的那台半导体收音机很管用，让我在大山之中仍能保持与外界的联系。我每天晚上都坚持收听中央人民广播电台的《新闻和报纸摘要》和《各地人民广播电台联播节目》，它们帮助我了解山外的最新动态。最近这几天，中央人民广播电台邀请南极洲考察队队员陶宝发、杨时光通过卫星电话发回报道，我听得津津有味，这使我即便在这偏远的山村也能感知到南极的冰雪之美，感知到世界的辽阔。

1984年11月24日　星期六

　　到岸门口后,我如饥似渴地到处寻找介绍康县的资料,逮着机会就向当地人请教。学理科让我养成了"知其然,并且要知其所以然"的学习习惯。据说,康县这一带在历史上很少有汉人居住,在很长一段时间都属于古仇池国的疆域,由古氐族占据。三国时期,蜀国"五虎上将"马超的妻子就是氐族人。更有名的,前秦皇帝苻坚也是氐族人。据老人讲,氐族曾深入中原,他们是在淝水之战大败以后,才逐步撤退、重返故地的。他们中的一些部落衍生成今天的白马藏族,还有另外一些部落与羌族混合,所以,在康县山区还保留着不少内地没见过的民风民俗。

　　康县南部山峦叠翠,树林茂密,交通极不方便,同时野生动物活动频繁,极大地增加了粮食种植与秋收保粮的难度,致使山民连基本的生计都很难维持。历史上,这一带土匪也很猖獗。因此,对于当地的山民而言,他们若不竭尽全力打拼,就难以保障家人的安全和家园的安宁。这就养成了他们剽悍无畏的性格。

　　岸门口场镇上的居民有1000多人,来源比较复杂。这里有康南林业总场,是一个县团级单位,其中有些职工是从东北迁徙过来的,他们根本不把乡政府放在眼里。另外,杨书记和乡政府以及粮管所、工商所、邮电所、供销社、试验站、畜牧站、公路段和康县二中、岸门口中心小学的公职人员多是外乡人,只有温乡长的家在场镇上。这些公职人员基本上都不带家属。而且这里原来是老县城,所以住在场镇上的老人也牛皮哄哄的,不大看得起我们这些乡干部,跟我们讲话时比较尖酸刻薄。

　　听说以前乡上曾有一位新书记上任,他心血来潮地通知街道各家各户到乡政府开会,听他训话。这位书记讲起话来口气大得很,而且讲得没完没了。住在乡政府对面的左大爷忍不住了,一拍屁股从会场上站起身来,一边往外走一边骂:"谁在这里放屁,又臭又长！"把这位新书记弄了个大红脸。乡干部都不太愿意和场镇上的老住户打交道,能躲则躲。张会计对我说:"岸门口街上的水深得很,你根本弄不清他们在想什么,一不小心就掉坑里去了。"陈部长则笑嘻嘻地对我说:"他们说街上刁民多,你以为村里人就老实?比如你总夸奖的林口村那位聋支书,他中年丧妻,人确实可怜,做工作也算有一套,但他肚子里的小九九可不少!你真的以为他聋了吗?他其实是在装聋。"

听陈部长介绍,聋支书当支书的时间很长,赢得历届县乡领导的赏识。当年"农业学大寨",县上决定到上先生沟开现场会,把各个公社的书记都叫来参加。县领导带着大伙儿走到沟口时,只见山坡上遍插红旗,迎风招展,很有气势。可是走近一看,红旗下面连个鬼影儿都没有,把那个县革委主任气得差点儿背过气去。于是,现场会立即改成批斗会,把上先生沟的刘支书揪出来,押上台批斗。但刘支书也是老社干,大家都驳不开面子,没人愿意上台批他。

县领导眼看要冷场,扫眼看到聋支书,就喊他出来。聋支书立即跳上台,指着刘支书痛批一顿。刘支书梗着脖子不服气,气得大声回骂,但聋支书马上变"聋",对骂他的那些脏话无动于衷。这个人当了 20 年的村支书,不知办过多少错事,免不了会挨骂,但遇到别人骂的时候,他就干脆装聋。这让我想起陈云同志说的,当干部就要"气量大",聋支书装聋,也算"气量大"的一种表现。

1984 年 11 月 25 日　星期日

今天是星期天,大伙儿都回家了,乡政府大院没什么人,冬日的乡场也显得格外冷清。到下午 3 点钟时,我饿得受不了,到大灶找李师傅要了点吃的东西,内心稍安。随后,倦意渐起,于是回屋小睡。睡到 7 点被冻醒,身上盖的被褥倍显单薄,寒气侵骨。我蜷缩在棉被里,真有"布衾多年冷似铁"的感觉。我赶忙起床,摸黑找到大衣披上。窗外小雨淅沥,温柔的雨声轻轻敲打着屋脊。想了想,决定干脆下楼去走走。举着一把油纸伞,走在空空的街道上,路灯映照着满街泥泞。

身子活动开后,感觉到稍许温暖。返回寝室,点燃火盆,开灯读报。今天的《人民日报》头版新开辟了"凡人新事"专栏,专写普通老百姓的事。报上说河南伊川县有一对年轻姐妹,姐姐26岁,妹妹17岁,她们办了一家格瓦斯饮料厂。姐妹俩向北京市发酵工业研究所支付了15000元技术转让费,获得格瓦斯生产新工艺。她俩对记者说:"这笔钱花得值当,要发财就得靠科学技术。"目前,这个饮料厂有42万元固定资产,年产值达到124万元。

我举着这张报纸发了一会儿呆,心里又细细测算了一下,觉得记者可能对数字有些夸大,但这则报道仍有参考价值:一是我们办罐头厂要有市场眼光,正如两姐妹抓住了国内目前时兴的格瓦斯饮料;二是在技术引进上要舍得花钱,姐妹俩没念过大学,但敢于花钱到北京拜师学艺,很不简单;三是最好搞成科研生产联合体,她们找到北京市发酵工业研究所当技术靠山,这是把事搞成的关键。

1984年11月26日　星期一

随着年关临近,杨书记和温乡长都要求我集中精力写好岸门口乡的年终总结。实际上,这也可以算是我下乡以来的一个考察报告。按照省委组织部要求,选调生在年终须提交这样一份报告。我初步设想,这份报告应条理清晰、逻辑严密,拟包含以下四个方面。

第一是党政建设。在探讨农村党建时,不可忽视它与巩固乡村政权具有密切关联。特别是对不发达边远地区的农村党建,应该分析它的独特性,做到比较有针对性地提出一些有建设性的意见。

第二是经济建设。在不发达地区，我们需采取因地制宜的经济政策，并给予特定的政策倾斜。那么，这些政策应当涵盖哪些核心要素？又如何确保这些政策能切实帮助农民走上富裕之路？特别是在岸门口乡政企分离的改革过程中，目前遭遇了哪些挑战？针对这些问题，我们能提出哪些有效的解决方案？

第三是教育和科技工作。针对乡村教育和科技工作特点，我们应该采取哪些改进措施？如何确保这些措施能够获得农民的理解，进而受到他们的欢迎并收到实效？

第四是执行党的边区政策，包括土地政策、山林政策、计划生育政策、乡镇企业政策、税收政策，它们在基层落实情况怎么样？其中哪些政策需要做进一步研究和调整？

毛主席写的《湖南农民运动考察报告》是我们在农村搞调查研究的范本。写报告时，要把自己之前下村驻队的真实感受用比较严谨和理性的语言提炼出来，要充分显示自己交给省委的报告是生动活泼的，而不是干巴巴的概念和口号的堆砌。

1984年11月27日　星期二

作为乡政府秘书，我表现出积极主动的工作态度。每天早起，我都会先整理好政府办公室，把文具、文件、表格摆放得井井有条，接着拿出搪瓷茶盘，准备好暖水瓶、茶杯等，扫好地，把桌子擦拭干净。当乡民们进来时，我会热情相迎，让座，并端上热水。乡政府大门始终向乡民敞开，我也从工作中体会到人民政府为人民的愉快氛围。

到乡里以后，我还学会了刻钢板，体会到《红岩》中成岗办《挺进报》时用铁笔在钢板上刻蜡纸的艰辛。我照着小说写的，用仿宋体在蜡纸上刻印。钢板有斜纹与直纹之分，刻仿宋体时，蜡纸要斜着放，确保蜡纸的格子与钢板的左上角或右上角线条平行，这样刻出的字笔画端正美观。特别是刻画表格时，要在横直线条的交叉点轻轻断开。凭借这手漂亮的钢板字，我在乡政府内赢得好评。

今天是赶集日，各村的人趁着赶集来乡政府办事，真是人头攒动。温乡长不在，杨书记住在乡政府后院平房，他也打开了宿舍门。一般琐事我就当场处理了，有些不好办的就请示领导。一直忙到下午很晚，集市慢慢散了，乡政府才安静下来。散集前，陈部长带我出去转转。我们见到刚挖出来的红薯，就买了3斤，每斤8分钱，共花了2角4分，我主动出了钱。回来放在火炉上烤熟，烤好的红薯好香、好诱人，两个人狼吞虎咽地吃了。

自下乡以来，不知咋回事，很容易感觉饿，人就像个小老鼠似的总想找东西吃。晚上我躺在木板床上，凝视着天花板，就忍不住想起在兰大小餐厅用餐的时光。大概在大三的时候，爸妈涨了工资，每个月寄40元给我，这样我可时不时进小餐厅去吃小炒，或者到校外盘旋路的一个饭馆，买上一笼热腾腾的包子，配上一碗散装啤酒，那份满足和愉悦，现在想起来还流口水啊！

1984年11月28日　星期三

党校选调生培训班的同学分散在甘肃省的四面八方。除兰大物理系的张军留在兰州市林业局外，其他多数同学都分配到各市县的乡镇或工厂。传说张军在党校集训期间就和省委组织部的打字员搞上了对象。

1984年11月29日　星期四

在今天的村干会上见识了乡村政治斗争的火爆。会上，各村主任和文书都来了，汇总全乡公粮减免及返销粮的需求情况。这个会原定由温乡长主持，但他不知道什么原因缺席了，只好由杨书记主持。遗憾的是，不知杨书记是不是喝酒了，他在会上说了一大通在这个场合似乎不太合适的话。他声称，乡里有人故意与他作对，拆他的台，搞阴谋诡计，并片面吹嘘自己。他最后要求村干部擦亮眼睛，明辨是非，如发现任何不当情况，应及时向党组织报告。

我从未经历过如此尴尬的场面，听得如坐针毡。最初，我误以为杨书记是在批评我，内心忐忑不安。后来听来听去，我逐渐意识到他似乎并非在指责我。葛主任善意提醒我，说我今天捅娄子了。他说我今天犯了错，即在向各村下发开会通知时，我仅向杨书记请示，而未及时请示温乡长，这一疏忽导致了温乡长的不满，进而选择拒绝出席会议。杨书记则认为温乡长是有意拆他的台，对此感到愤怒。

在发送通知前，我确实曾试图寻找温乡长，但未能找到他。当时，杨书记强调此事紧迫，不容拖延，并对我进行了多次催促。然而，我在处理过程中还是疏忽了。现在回想起来，我确实没有理解情况的严重性。动用乡政府的公章必须得到乡长同意，这是基本的行政规则。尽管在班子团结的情况下，这样的疏忽可能只是小事一桩，但一旦党政领导之间出现分歧，这样的疏忽就可能引发不必要的麻烦。因此，我必须在今后的工作中更加谨慎小心。

1984 年 11 月 30 日　星期五

父亲来信夸我前一段工作干得不错，说这是通过"三结合"取得的成绩：一是把自己的志愿和对老百姓的感情相结合，做事用情用心；二是把专业知识跟当地老百姓的需求相结合，注意运用专业知识来指导具体的业务工作，找准工作突破口；三是把勇于创新的奋斗精神与求真务实的科学态度相结合。他希望我继续坚持，取得更大成绩。

昨天村干会结束后，杨书记提议到许家河去开一次党委民主生活会，要求几位党委委员都参加，请葛主任、张会计和我列席。尽管钟秘书表示开党委会没准备好，但杨书记坚持有必要立即召开，并得到陈部长、葛主任、张会计支持，后来温乡长也同意了。这时我才发现，岸门口乡党委委员的人数是双数，杨书记和陈部长与温乡长和钟秘书正好形成2比2势均力敌的局面。怪不得杨书记坚持要把葛主任、张会计和我扩大进来。

会上大家把话说开了，前半段火药味儿很浓，争得脸红脖子粗。我观察到情况有点儿失控，同时也认识到自己确实考虑得不够周到，为化解紧张局势，就主动站出来承认错误，态度挺诚恳。这么做之后，会议气氛就渐渐平和了。最终，七人共饮一斤半四川射洪出产的金沙酒，兴尽而归。

1984年12月1日　星期六

读11月28日的《人民日报》，国务院副总理李鹏说，党中央很关心村镇建设工作，各地乡镇长要把建设好村镇作为首要任务抓紧抓好。李鹏说，一个国家、一个民族都有自己的建筑风格和特点，农村住宅建设要保持地方特点和传统风格，但也要考虑家庭副业的发展和专业户需要，并注意改善卫生条件。

据闻，岸门口将很快完成撤乡改镇进程。在大学宿舍中，我们经常就中国现代化究竟应以都市化为引领，还是如费孝通先生所指出的应以小城镇为切口进行讨论，参与讨论的人根据地域分布，表达的意见泾渭分明：来自北京和其他大城市的同学坚信应以都市化推动现代化，而我们这些从中小城市和农村来的则更尊重费老观点。双方各持己见，争得难解难分。读今天报纸，李鹏副总理应该是倾向于费老的观点。

到岸门口后，我认识到，需要更客观地看待农村实际情况。新中国的江山是在共产党领导下，通过工农联盟共同奋斗打下来的，在我们的队伍中有很多农村干部，他们对农村有特殊感情。因此，他们希望未来中国仍然是一个田园牧歌式的中国，就像毛主席《水调歌头·重上井冈山》中写的："千里来寻故地，旧貌变新颜。到处莺歌燕舞，更有潺潺流水，高路入云端。"流萤同志在培训班作动员讲话时也明确指出："不了解中国的农村，不了解中国的农民，就不可能了解中国，也不可能做好中国的事情。"

基于这种情感，我们倾向于支持费老的观点，因为他是乡村工业化的积极倡导者。然而，到岸门口后，特别是参加猕猴桃罐头厂筹建小组后，我才深刻感受到甘肃农村是何等落后，在这样的农村创办工业是何等艰难。看最近上映的电影《黄山来的姑娘》，给我内心带来极大震撼。对于边区的年轻人来说，到大城市去可能是他们改变命运最理智的选择。

党不能放弃农村，这是执政的根基。村镇建设不是简单的经济问题，而是深刻的政治问题。作为选调生，我们肩负着重要使命，要在没有工业的地方建立工业，没有城市的地方建起现代化城市，以此回报为中国革命牺牲的千千万万先烈们。

1984年12月2日　星期日

县委给乡上来电话，通知我去谈话。这个消息立即在乡政府传开，葛主任过来打听，并要我在汇报时把岸门口乡领导班子现状向上反映，暗示这是杨书记的意思，言下之意是要"倒温"。我含糊其辞地应付过去了。后来杨书记也忍不住问县上找我干什么，我说，具体情况不大清楚，可能是省里要了解选调生工作情况。他听后，哼哼两声，脸色很不好看。我猜他是不满意我的回答，只好进一步表态说，如县上问我对乡领导班子的看法，一定如实汇报。杨书记这才点点头，并承诺说，即将展开党员冬训活动，他会争取在活动期间解决葛主任和我的入党问题。杨书记处事谨慎，记忆力惊人，谁在什么场合说过什么话、做过什么事，他都记得一清二楚。当然，他知道什么事该记住、什么事该忘记。

到岸门口乡后，温乡长给予我大量指导和陪伴，带着我几乎跑遍岸门口乡15个行政村。甘肃地广人稀，岸门口乡只有7000人口，但总面积超过120平方公里，除了燕子河和中节河沿岸几个行政村，到其他村都是山路，骑不了自行车。温乡长带着我走村串户，引导我尽快熟悉乡情民情，是一位非常热心的好大叔。但他性子急，说话不拐弯，容易得罪人，处理问题的方式也比较简单。目前看，杨书记已赢得多数人支持，执意要扳倒他。我在感情上对此难以接受，但我也不想陷入人事纷争，感到左右为难。

1984年12月3日　星期一

收到方惠从云南发来的信。

XY：

你好！

如再不发出，这封信随着时间的推移就要作废了。在上面编辑部待了一个半月，就下放到大理记者站，这不，睡的是大理报社的床，吃的是大理州委的饭，窗外的不远处是苍山十九峰之一的斜阳峰，经常早晨一起床就会惊奇地发现山腰白云缠绕，这就是闻名的玉带云了。

前天去蝴蝶泉边的周城采访，趁机领略了一下洱海的日出和夜景。你知道，我们来自内地，从未见过大海。可以想象，我们在那没有月光、没有灯的田埂上走是怎样的滋味？手被路旁的荆棘划破了，鞋被流淌的溪水打湿，口里还默诵着"我要看海去"，一个劲儿地往前走，到海边去，去听涛声，可真的快到海边时，我心里却突然生出了恐惧感，仿佛再往前一步就要掉进深渊，可好奇和兴奋又占据了我，迫使我靠近大海，将指头伸进去，呲！真凉，一直从头凉到脚。

第二天不甘心的我又到了海边，盯着太阳从山的那边蹦出来，直到盯出了眼泪。我在下站的第二天就去蝴蝶泉当了一下临时的"金花"。明天要下县了，到剑川采访，顺便去石钟山石窟看看，据说要冒一点风险。一路向北，可到丽江的石鼓——红军长征所到处，这就是长江第一湾，那里可看金沙江。

　　这段时间忙于城市改革采访，搞了一个段落了，我们打算下农村，实行"农村包围城市"的政策，发到记者部的报道稿还没几篇见报，10来天能出来就算是有福气的了，何况在下面，线索也靠自己摸。好在有指导老师李开义带着，他是云南大学七九级中文系毕业的，人非常好。

　　下关的风是中外闻名的，有吹歪嘴巴之名，不过我保养得不错，不至于等你见到时是个歪嘴。在这里我还得了一个美妙的雅号：奥丽薇（橄榄）王子（Oliver Prince）。你有什么新鲜事不妨透露一点。

　　祝好！

方惠
1984年11月27日

1984年12月7日　星期五

　　再次去略阳县郭镇的乾河坝罐头厂考察学习，主要是和厂方探讨双方有无合作可能。他们对此挺感兴趣的，带我全程参观了罐头生产流程。任务在身，我看得很仔细，一边和他们交谈，一边默记每道工序，默记主要的生产设备。

　　兰大老师帮我找到兰州食品工业研究所，接上了头。研究所的王工程师给我回了一封长信，对建罐头厂的一些基本问题作了比较详细的介绍，非常有帮助。我把这封信转杨书记和葛主任看了，都说大有启发，杨书记还把这封信留下细读，并摘抄了一些。杨书记说要向县委组织部反映，建议由我来主抓建厂工作。杨书记说，城关镇也在争取这个罐头厂项目，但县里的意思仍然是由岸门口乡来办,并已落实 10 万元前期投入资金。

这几天,县上有人在岸门口乡检查工作。中午,县水利局袁局长在大灶吃饭时,做饭的李师傅夸奖我,说起这样一件事。他说一个老乡来赶集,到乡政府办事,办完事后离开,"郑大学"在他背背篼时扶了一把。真没想到这么小的一个动作,竟然被旁人注意到了,而且还记在心上。这说明"群众的眼睛是雪亮的",自己的一言一行,时时都在被关注着。

1984 年 12 月 9 日　星期日

每年 12 月 9 日,父亲都会到沱江边祭奠他在朝鲜战场牺牲的战友。1952 年 12 月 9 日,距离上甘岭战役结束仅两周,美军侦察机发现了志愿军第十五军二十九师的前线指挥所,派出 6 架重型轰炸机狂轰滥炸,父亲的 18 位战友不幸牺牲。

这次轰炸前,第二十九师军务科长张彦文伯伯曾领着战友们在坑道盟誓。张伯伯说:"我们取得了上甘岭战役的伟大胜利,敌人可耻地失败了。但是,战争还没有结束。到停战的那一天,我们中间如果有人能够回到祖国,那么,他的孩子就是我们所有人的孩子,幸存的同志要一起保护他,教育他,培育他成才。"话犹在耳,但参加盟誓的 19 位同志,有 18 位都不幸在美军轰炸中壮烈牺牲了,只有父亲一人得以幸存。每次家祭,父亲都提醒我肩负重任,不能背叛先烈遗志。

冬季来临,山上野花凋零。我叠了 18 只纸鹤,轻轻放进燕子河,看着它们在河水中缓缓地旋转,耳边回荡着电影《上甘岭》的主题歌:"一条大河波浪宽,风吹稻花香两岸。"燕子河与沱江都属于长江水系,当年父亲和他的战友们就是从沱江渡口离开故土,奔赴朝鲜战场的。安葬在异国土地的英魂无时无刻不在思念着故乡的河!想到这里,我有些抑制不住自己的泪水。河水托着洁白的纸鹤，流出三峡，流向大海，流到朝鲜的海岸。祈祝先烈们在异国的土地安息！

1984年12月12日　星期三

  周玲老师来信，对我前一阶段的工作表示赞赏。周老师说，我写给化学系的信被系领导传阅，他们都非常高兴，纷纷赞扬我"干得真不错"，系里还把我的信念给部分同学听了，激励他们在大学期间不仅注重学术知识的学习，而且重视实际工作能力的培养。

  周老师还说，我是兰大化学系向省委输送的第一位选调生，系总支相当重视，派她去省委组织部当面递交了我在校期间的入党材料，并和青干处领导进行工作交流。她说，系领导和教授们都很关心我到农村后的工作生活情况，学校也将继续关注我的成长。捧读着她的来信，我的心里涌起一股暖流。

  从兰州分配到岸门口乡差不多有100天了。按省里的安排，我需要在年底前向省委组织部书面报告这段时间的工作和思想情况，这算是我们下基层的第一场单元测验吧。下一个单元，我要更加专注于经济工作，希望能够取得更好成绩。最近，《经济日报》办了一个函授大学，我已报名参加，希望通过学习提升实战能力，以战促学，以学助战。

1984年12月27日　星期四

  下午，屋外飘起雪花，我给办公室的火炉添上煤，烧得热热的，正想坐下来看报，突然门帘被掀开，闯进一个20来岁的女子。这个娇小玲珑的女子长得挺秀气，上身穿了一件碎花小棉袄，被雪水沾湿了，内里搭配了一件领口敞开的浅红色毛衣，开胸很低，白嫩的胸脯有一多半都露了出来。她在办公桌对面哭得梨花带雨，一边哭一边说，她家男人打她，希望政府给她做主。

我立刻起身引领她到取暖的火炉旁，并上小阁楼取出自己的一件厚外套披在她身上，让她换下小棉袄挂在炉边烤干，还请大灶的刘师傅给她煮了一碗面条。待情绪渐渐平复，她才哽咽着缓缓道出事情的原委。原来，她嫁过去已给男人生了三个碎娃，最小的一个还在吃奶，实在忙不过来，只好把妹妹从娘家叫来帮忙。然而，她男人竟对妹妹起了邪念，当她坚决要把妹妹送回娘家时，男人不干，对她又打又踢。

我取出乡政府信笺，给她们村的人民调解委员会写了一封公函，要求查清情况，对男方进行严肃的批评教育，并警告他如果再打女人一定法办。写完公函，我到镇街上找到了和她同村的两位社员，叫他们把小媳妇护送回家，并当面警告她男人，不准再欺负她。她一边抹眼泪，一边往大门外走。我忍不住问她："你老公经常打你吗？"她回答说："是，打得忒凶。""那你咋不离婚回娘家呢？"这女子听了有点儿发愣，好一会儿才说："我生的三个碎娃都还太小，他们咋能离开妈呀？太可怜了。"在康县话里，小婴儿被叫作"碎娃"。送走这个差不多与我同龄的女子，我站在院里发呆。算起来，这女子嫁人时可能不到15岁，乡里抓计划生育这么厉害，她竟"哗啦哗啦"生下三个娃，这是咋回事啊？

根据1982年全国人口普查情况，全武都地区15岁至19岁成婚人数有36000人，一年内早婚生育的超过10000人。而岸门口乡抽样调查的数据显示，自1982年以来有82对私婚，85对早婚。陈部长说，真实数字比这还多一倍。我私下问温乡长，这咋弄啊？他长叹一口气说，这边山大沟深，山里人没文化，当父母的总想着儿女早结婚、早得子，啥《婚姻法》、啥男女结婚必须达到法定年龄，没有什么人知道，也没有什么人管。他们认为只要请了客、摆了酒，就算结婚了，根本不到乡政府来登记。乡上也管不过来。

温乡长说，康县时兴"引儿子"，这是其他地方没有的习俗，遇到长得展劲［四川方言，指使劲、起劲、带劲］的外乡人，也不问是不是结过婚，不问他家住哪哒，就留下给女儿睡了，一睡完就算上门。岸门口好多私婚、早婚都是这种情况。温乡长还提醒我，下乡驻队时，一定要避免到有未出阁女儿的人家住，岸门口人下套引儿子在全县都是有名的，一旦上当，稀里糊涂地把人家闺女睡了，那才是"猫儿抓糍粑——脱不倒爪爪"。

温乡长说，县司法局很快要在我们乡搞普法教育，乡上也要集中清理私婚早婚，但主要是给他们补办手续，适当罚些款，对未达婚龄还没生娃的，宣布婚姻无效。"不过，这是一件很得罪人的事，工作难做得很。"温乡长最后说。

1985年元月3日　星期四

最近几天，我一直忙着写《岸门口乡1984年工作总结及1985年春季工作规划》，一口气写了8000字。在做最后修改时，我认真研读了12月31日的《人民日报》。中央提出，县乡干部要引导农民关心市场运行情况，努力按照社会需求安排生产，促使农村产业结构合理化，并要求各级政府学会用经济手段来下活农村这盘棋。会议特别提到，要加强小城镇建设，引进先进技术、设备和资金，积极发展乡镇企业。中央农村工作会议为我们当前撤乡改镇、兴办罐头厂工作指明了方向，大大丰富和增强了我这篇报告的政治内涵。

这让我再一次领悟到，要做好党政工作，特别是要写好政治文稿，一定要多读《人民日报》，把手头的工作与中央的精神密切地结合起来，舍此没有其他的捷径。杨书记先看了，说写得很好，要我在今天的乡职工大会上宣读。我读完后，大家热烈鼓掌通过，文稿获得了一致好评，并明确罐头厂要在新的一年里争取实现点火试车。

邮电所小杜给我送来了元旦的《人民日报》，头版刊登的邓小平讲话谈道："翻两番的意义很大。这意味着到本世纪末，年国民生产总值达到一万亿美元。那时不按人口平均而按国民生产总值来说，就居于世界前列了。这一万亿美元，反映到人民生活上，我们就叫小康水平；反映到国力上，就是较强的国家。"另外，我还读到《元旦献词》："1985年一项紧迫的任务就是要坚持干部'四化'的原则，把思想好、作风正、有能力、有知识的年轻干部提上来。"

这些内容令人兴奋。想起兰大毕业汇演时，我们化学系八〇级合唱《年轻的朋友来相会》："再过二十年，我们重相会，伟大的祖国，该有多么美？天也新地也新，春光更明媚，城市乡村处处增光辉。啊亲爱的朋友们，创造奇迹要靠谁？要靠你要靠我，要靠我们八十年代的新一辈。"20世纪80年代，必将以沸腾的生活、辉煌的成就，载入共和国最令人激动的史篇。

1985年元月6日　星期日

新年有什么打算呢？大致预期目标，一是争取实现罐头厂点火试车，在乡村工业化道路上留下自己奋斗的足迹，也算是给岸门口乡群众办一件实事；二是参加《经济日报》办的北京经济函授大学学习，争取取得好成绩，补齐我一个理科生到基层办实业的知识短板，知行合一，学业与事业齐头并进；三是争取在年内入党，年底前晋升副科级领导职务，实现选调生"三级跳"；四是摸索与方惠的关系，看看有没有前进的可能。

昨天给方惠发了一封信，简单谈了谈今年的打算，信末还询问了她的毕业分配情况。虽然不奢望她分配到兰州工作，但似乎也应该做一定的争取。川大新闻专业学生如果愿意到甘肃，省委组织部的老师肯定是能帮忙的。不过，我也实事求是地估计到，我与她发展感情出路不多。她不管是进北京、留成都或是到其他地方，两人相距甚远。空间距离必然形成感情距离，那为什么还要追求她呢？

必须承认，我很难在现实生活中与方惠这种冬妮娅式的人物结成良缘，但是她就像一剂良药，帮助我克服眼前的苦痛，保持少年的童真与梦想。从高中开始，我们班男生就对校宣队这三个女生有幻想，算是"少年维特的烦恼"。身边容貌秀丽的女同学是男生青春启蒙的老师，也是他们向往和追求美好生活的灯塔，即使不能拥有，也往往能够照亮前行的路。

1985年元月14日　星期一

《甘肃日报》头版刊登了省委组织部选调大学生到基层锻炼的消息，标题是："近百名优秀大学毕业生走上领导岗位"。据载，全省一九八〇、八二、八三、八四年这四届选调生总数为327名。其中，前三届有225名，已有9名成为县处级领导，85名成为乡科级领导。在这327名选调生中，有48名解决了组织问题。

在省委党校培训时，青干处裴处长说，省委是从1980年开始选调优秀大学生到基层锻炼的，当年选调了27名，1982年选调了93名，当时是秘密选调、跟踪培养，只有省委组织部知道选调生名单，各级组织和选调生本人都不知道。从1983年开始，选调结果才与本人见面。

《甘肃日报》的这篇短讯文字不多，但信息量大，是首次向社会公布选调生身份。这意味着各级组织将重视这项工作，也预示着省委将进一步加强选调生工作。因为甘肃与其他省份相比，缺少知识分子干部的问题要突出得多，所以省委也比别的地方更重视这项工作。甘肃这样做，不仅在省内具有重要意义，说不定10年、20年后在全国都可能产生重要影响。因为一步领先，就可能步步领先。

杨书记、温乡长和乡上其他人也都看到了这条消息，连邮电所小杜给我送报纸时，也专门用手指点给我看。小杜是四川老乡，对我比别的人要亲切得多。岸乡四川人多，街上理发店的老孔、饭铺的老陈都是四川人。康县有"男嫁女家"的风俗，有人说是从古代氐羌时代遗留下来的，有母系社会的遗风；也有人说与太平天国残军逃到康县有关。四川男人留在康县，不少是被"引儿子"。小杜是第二代四川人，未婚，我老和他开玩笑，问他啥时候被别人"引儿子"，他总是呛回来："你先引，我跟上。"

1985年元月15日　星期二

今天看到中央1985年"一号文件"，宣布在中国实行了30年的粮食统购统销被取消了："从今年起，除个别品种外，国家不再向农民下达农产品统购派购任务。"原先以为，这个事会推迟，没想到中央推进农村改革的决心这么大，采取的改革措施这么大胆。按照文件精神，粮食、棉花取消统购，改为合同定购。定购以外的粮食和棉花可自由上市。此外，生猪、水产品和大中城市、工矿区的蔬菜也逐步取消派购，可自由上市，随行就市，按质论价。

文件中与我们乡目前工作紧密联系的内容有："在发展畜牧、水产业中，要特别注意扶持养殖专业户、专业村，并在一定区域范围内逐步建立和健全养殖业的良种繁育、饲料供应、疫病防治、产品加工、贮运销售等配套的商品生产服务环节。"这为我们在筹建罐头厂过程中，如何将办厂与兴业相结合，如何将罐头厂经营与提高农民收入相结合，指明了方向。新的"一号文件"充分展现了中央推动农村经济朝着市场方向改革的坚定决心。完全可以预计，在政策松绑后，广大农村地区的市场流通将获得极大的解放，农民收入也有希望获得明显的增加。

读《人民日报》、学中央文件，能够真实地体会到，作为一个青年学生，能够全身心地投入中国社会大变迁的历史进程之中，那种与国家和民族同呼吸、共命运的极大的满足与愉快！

第四章 立下军令状

> 我承认，人生如戏，每个人在日常生活中都不自觉地扮演着某种角色，但我并不欣赏"戏如人生"的观点。正如歌德在《浮士德》中所言："正因为不可能，才值得我们去相信。"我坚信，选调生的生活就是一个不断自我塑造和艰苦打磨的过程，无论结果如何，我们的人格气质和内在涵养都将得到丰富和提升。

1985年元月20日　星期日

今天随杨书记、钟秘书到县城，见到县委尹副书记。明天就是腊月了，我们这次去他家，也有提前拜年的意思。县委大院前院是办公楼，后面山坡上有常委院，上一段台阶，看到一排带小院的平房就是。我们三个人一起进去，但尹副书记却先跟我握手，还给我递了支烟。临走时，他拉着我的手，叮嘱我年前再到他家来一次。

出门后才知道，尹副书记是兰大生物系六七届的毕业生，最近刚进县委领导班子，是负责党务和组织工作的常务副书记。杨书记此访的目的还是"倒温"，钟秘书陪他一起来，说明温乡长已被彻底孤立。他们汇报时，我没吭声。政治无情，人有情。

经过尹副书记指点，我们了解到县科委有一笔用于发展猕猴桃产业的专款。如果再加上侯副省长批的建厂款，资金缺口就小得多。尹副书记还告诉我们，县科委吴副主任是他的大学同学，我们可去专题汇报一次。虽没见到吴副主任，但是张主任出来见我们了。他以前是三关镇的党委书记，和杨书记很熟，见面很热络。据钟秘书说，县里规定，如果年龄较大、至少在两个乡镇当过书记，可调回县局当局长。张主任说，确实有笔专款可协助引进设备和技术，但能不能落到岸门口很难说。因为城关镇书记、镇长和与我一起下来的邹君也在找县科委，想把这项专款争取过去。

我们已联系上兰州食品工业研究所，通信交流了好几次，感觉可把这个厂办成一个科研生产联合体，在经济上，我们可以利润分成方式有偿引进技术成果；在管理上，推行厂长负责制。兰州食品工业研究所可派出技术人员，也可以出任技术副厂长。兰州那边基本同意这个大的思路，但还需要对细节进行深入交流。实际上，我们办厂犹如瞎子摸象，完全摸不清门道，母校的老师帮助我找到兰州食品工业研究所，这犹如给了我一盏指路明灯，从打基础开始，树立了正确的建厂思路。

1985年元月21日　星期一

昨晚，杨书记让我参加了一个只有7人参加的小会，讨论年终评奖的有关事宜。评奖原则是分等级、卡时间。因为涉及钱，都很敏感。奖金总额是1600元。考虑到我的工作表现，可评上一等，但真没有争的必要，1个月的级差只有1元钱，我分配到岸门口乡算4个月，错一等只差4元钱，背这个名划不着。估计我能分到三十几元，差不多可折抵我现在的50元欠债。

会快开完时，钟秘书和温乡长突然吵了起来，好像是因为某句话产生了误会。钟秘书说了很多侮辱人的话，而温乡长只是不停解释，看起来很可怜。他们争吵时，杨书记、葛主任和我在场。因为昨天我也去了县委，知道钟秘书已算定温乡长肯定下台，所以他的吵闹，我感觉有表演成分，表明他已和温乡长划清界限了。

说起来真是匪夷所思。在这些乡干部里，只有温乡长是岸门口人，结果现在却要被一堆外乡人赶走！温乡长今年还不到50岁，一般说来，如果50岁前当上乡镇书记，后面安排会好些。我一直觉得，温乡长本质上是个好人，办事有良心，我对他一直抱有好感。但他的性格可能不太适合当官。在乡政府现在的大环境下，我也没办法帮他说话，只是在内心叹气。

1985年元月24日　星期四

为选择合适的罐头厂生产设备，我提出到上海、杭州参加两地举办的机电产品交易会，了解行情，比较价格和性能。杨书记和葛主任都同意。同时，我还宣讲了商标知识。同志们都不懂商标，有人指出康县其他企业也没听说有什么商标，但我坚持必须为产品注册商标，最后获得大家认同。我建议把"燕子河"作为罐头产品商标，大家也都同意了。

我在成沪184次直快列车上的卧铺车厢里写下这篇日记，前方到站是洛阳。我此行希望摸清罐头厂基本设备预算，了解操作工艺要点，熟悉机器性能。目前，武都地区乡镇企业处已批准我们的建厂报告，上级拨付14万元，县上贴息贷款6万元，凑齐20万元作为建厂资金。这笔钱该怎么花？需要提出一个意见提交乡上讨论。

另外，县委组织部通知，说省委组织部点名由我去兰州参加选调生座谈会，要求我在2月4日前赶到兰州。我从张军女友那里了解到，省委对这次座谈会很重视，特意从各地挑选一些表现比较突出的选调生回兰州过年，省委书记李子奇将跟大家见面，亲自了解我们在基层的生活和工作情况。我还接到方惠来信，她的态度仍然比较暧昧。

从康县过来，必须到略阳才能赶上去上海的快车。略阳素有秦蜀要冲之称，地处嘉陵江上游，是陈仓故道的必经之地。从略阳往北，可进入沃野千里的关中盆地，往南直下"天府之国"。如在四川盆地建立巴蜀政权，则可从略阳西进攻占陇西高原，俯瞰北方政权；而北方政权也可在略阳据险抗拒巴蜀政权北进，并择机反攻。所以，这里是兵家必争之地。

因为要到深夜才能赶上184次列车，我就先去看了一场电影《他在特区》。该片背景是邓小平去年视察深圳特区，当时国内对特区有激烈争论，是邓小平同志在政治上一锤定音。原兰大化学系总支书记是清华毕业的，人很开明，常请我们这些学生到他宿舍喝茶。他率先去了特区，还带了一批同学过去。

电影里出现的深圳效率令人羡慕。中国改革浪潮从特区波及康县时已式微。例如，我想引进技术比较先进的小型罐头厂设备，但很多人都要"因陋就简"，根本不在乎产品质量和市场销售前景。虽然年纪轻、资历浅，但我还是尽力争取，能争一分是一分，虽然这让我感到很痛苦。

走出电影院，顿感寒气逼人。我在火车站外找到一个棚屋，吃了一碗热乎乎的汤圆，又点杯热茶，等火车。汤圆和热茶让人在冬夜感到温暖、妥帖。下乡以后，我喜欢这种纯感官的刺激，也学会了从这样简单的感官刺激中寻求安慰。

1985 年元月 27 日　星期日

184 次列车严重超员，所幸买到卧铺，和衣而眠。列车稳重地行驶在铁轨上，碾过陈仓故道的旧辙。列车驶近定军山，我不禁想起诸葛亮病死五丈原，留下遗嘱不回成都，就葬在定军山守卫蜀地门户。"出师未捷身先死，长使英雄泪满襟。"这让我这位后世的蜀人悲情难抑。夜行列车犹如母亲的摇篮，我摒除杂念，宛如婴儿般安睡。

列车穿越苏南富饶之地，眼前所见，生机盎然的原野、平整开阔的稻田、井然有序的屋舍，一片生机盎然。面对此景，我心中感慨万千，难以言表。想起西北的干旱与缺水，甘肃冬日的萧瑟与凄凉，二者之间的对比实在是太强烈了，我不由得连连赞叹："江南真是膏腴之地啊！"

到了上海，住复兴西路 313 号，这是拾风伯父家宅，位于复兴西路与华山路交会处。这里环境幽静，法式梧桐树姿优美，有效地隔绝了外界的喧嚣。周边的花园洋房风格独特，错落有致，掩映在斑驳树影之中，仿佛在诉说着岁月的沧桑。

考察完杭州机电产品交易会的小型罐头厂设备后，我漫步至西湖，沉醉于湖光山色之中，流连忘返，直到深夜。一位在附近清扫的老人家或许已关注我好一会儿，担忧我因心事重重而在夜深人静时投湖自尽，遂忍不住走过来，轻拍我的肩膀告诫道："年轻人，切勿自寻短见，你年纪尚轻，人生道路还长着呢！"

我从小在四川长大，后又到兰州读书，从未踏足江南。然而，白居易的诗句"江南好，风景旧曾谙。日出江花红胜火，春来江水绿如蓝。能不忆江南"总能引发我对江南美景的遐想。这次亲身体验了江南美景的诗情画意，感受到前所未有的宁静与舒适。或许，唯有在中国西北苦寒之地生活过的人们，才会有如此强烈的体会吧。

1985年3月1日　星期五

今年春节在2月20日，除夕正值雨水，元宵节前一天恰逢惊蛰，是罕见的一个晚春。年初，我参加省委组织部的选调优秀大学生代表座谈会，受到省委书记李子奇和其他领导同志的亲切接见。座谈会在宁卧庄宾馆举行，给我留下难忘回忆。李子奇书记是陕北人，10岁当儿童团长，13岁当红军，跟着刘志丹闹革命。他长期做青年工作，曾做过宁夏共青团书记。尽管身为高级领导干部，他却相当平易近人，没有官架子，言谈中有浓厚的陕北腔。他很关心年轻人成长，和我们讲话时流露出的亲切和关爱让人倍感温暖。省委组织部还组织了新年舞会，可惜我节奏感欠佳，常常踩到舞伴的脚，惹来不少白眼。

拾风伯父今年很难得地从上海回资中过年，住孃老子家（我家称爸爸的姐姐为"孃老子"）。最近适逢我与方惠沟通不太顺畅。她虽同意两人相处，但提出要允许她继续保留选择的权利。虽然任何人在订婚以前都有选择的权利，但她这么明确地提出来，还是让人意外。寒假期间，方惠说要到A市一位男同学家去看看。我提出与她一起上火车，途经资中时下车，拜望一下拾风伯父。伯父在中国新闻界颇有声誉，她们新闻专业的老师都曾说起过，言语间相当尊重。她不愿放弃这个难得的机会，就同意了。

拾风伯父对我这个侄儿宠爱有加，亲自带我们逛资中名胜，还专门提笔书写了一首诗赠送给我们："沱水频催游子还，老来日甚恋乡关。万松深处多情鸟，半入白云半入山。"在君子泉下饮茶，伯父说起往事。他说,我奶奶与当时资中各界头面人物的正房太太义结金兰,结拜成十姐妹,她是大姐,而我外婆则是幺妹。

方惠听得饶有兴味,问伯父,为什么奶奶是大姐呢?伯父说,一方面她稍微年长些,更重要的是当时四川是袍哥社会,袍哥按不同社会层级分成"忠、义、仁、智、孝"五个字牌,而奶奶的父亲是资中、安岳一带五个字牌的总舵爷,社会地位尊崇。他们曾参加保路同志会闹革命,"驱逐鞑虏,恢复中华",算是"民国元勋"。所以,民国时期新上任的专员和县长,都要先坐滑竿到城外百里的蔡家场向他拜码头。奶奶是张家大小姐,所以尊为大姐。

方惠又问,那为什么 XY 的外婆是幺妹呢?伯父说,XY 的外公在川康银行当高管,是川南金融界的风云人物,在重庆、宜昌、汉口都开有自家分号,好几个四川军阀的军款都存在他的银行,所以也进了这个圈子。伯父特别提到,抗战时期,日军进攻长沙,兵临城下,国民党"焦土抗战",突然火烧长沙,是他向幺姨爹(我外公)紧急求助,获得电汇银票,才买到逃离长沙的船票。伯父说:"幺姨爹对我有救命之恩。"伯父还带我们上重龙山,去看资中县在山岩上镌刻的他的一首诗:"白云山色有无中,岩壑天池仙境同。壁上苏黄遗墨在,诗翁恨未到重龙。"伯父是资中文化名人,地方领导非常尊重他。

伯父的风度、学识令方惠深深折服,他讲述的家史也给她留下极深印象。虽然她继续启程去 A 市,但资中之行必然为我增添了很有分量的砝码。不幸的是,在她离开资中当夜,我可能是心情不好,骑车外出摔伤,还伤得不轻,延迟了我返回岸门口的时间。

1985 年 3 月 2 日　星期六

今天《新闻联播》非常罕见地播放了中央电视台的道歉声明。今年春晚在北京工人体育馆举办,现场音效不好,很多节目听不清楚，节目编排拖沓。据说批评信雪片一样寄往中央电视台，导演组不得不公开道歉："由于我们组织领导不力，致使1985年春节晚会严重失控，未能体现'团结奋进，活泼欢快'的宗旨，在此向全国广大观众致以诚恳的歉意，并欢迎大家继续来信批评。"我很欣赏中央电视台的这个态度。"知耻近乎勇。"作为国家电视台能虚心听取批评，并在《新闻联播》中诚恳道歉，充分显示了我们国家的文明进步。

对个人而言，自下乡以来，接触到形形色色各种人，遇到很多从未遇到过的事，该如何妥善应对和处理？无非《论语》。"半部论语治天下。"作为中国的知识分子，要在具有浓厚传统观念的中国乡村社会立足，并能够建功立业，就要遵从儒家思想，认真思考修身立德之道。在中国社会，只有成为一个有修养的人，才有可能融入干部和群众之中，赢得尊重和欢迎。

1985年3月31日　星期日

今早7点，我搭乘成都至西安的238次快车抵达横现河车站，即换车回康县，再马不停蹄地赶回岸门口。温乡长已调任县纪委专职常委，新任乡长姓崔，副乡长职位空缺。我不再担任乡政府秘书，由陈部长代管，据说是让我专职办厂。罐头厂厂房基建已拉开架势，乡上以6.9‰月息贷款25000元，先干了起来。我感觉有好大喜功、一哄而起的倾向，葛主任和陈部长对这个项目能不能搞成也持怀疑态度。

我写信给县委组织部领导，汇报去兰州参加选调生代表座谈会情况，对县委推荐我参会表示感谢（虽然是省上点名，但如果没有基层推荐意见肯定也搞不成）。信中主要汇报了省委组织部部长流萤同志关于"缩短成长期、提高成才率"的五条意见，也顺便简要汇报了下乡半年来的工作和生活情况。

1985年4月1日　星期一

目前主要把握好两条发展线。一是方惠。这个方向并无定论，要心中有数。但火不能熄，要努力保持生活的激情。二是办厂。缺钱、无技术、没人才，特别是周围同事都兴趣不大，能躲则躲。要在没有工厂的地方建起工厂，在没有工业化土壤的地方长出现代工业的萌芽，不努力奋斗，绝无可能。

今天给方惠发信，换了一种风格，并且很大胆地称她为"我的恋人"。她与好多人不一样，喜欢大红大紫，戏份要多，而且是斯坦尼斯拉夫斯基风格，要在平凡生活中创造"理想典范"，树立的人物形象不仅要形似，更要神似。我在她心目中树立的形象，要像英雄那样"走路、谈话、倾听"。而我实际上本能地更倾向布莱希特风格［虽然人生如戏，但主人公并不被他所扮演的角色所束缚和限制，也不会完全沉溺于角色之中。相反，他能够随时从角色和场景中抽离，从而打破舞台与观众之间的隔阂，实现与观众的平等互动，甚至一起观戏，一起演戏］。

我承认，人生如戏，每个人在日常生活中都不自觉地扮演某种角色，但我不喜欢"戏如人生"。经过这段时间观察，意识到我与她之间的性格差异颇为明显，这种差异可能引发冲突，当然亦可能促成耦合。我将致力于朝耦合方向前进。歌德在《浮士德》中有言："正因为不可能，才值得我们去相信。"我坚信，这是一个不断自我塑造的打磨过程，不论是什么结果，我的人格气质和内在涵养都将得以丰富和提升。信是这样的：

我的恋人：

离开你，心就空落了。

上车的时候，站台上那么多人，笑声、喊声、饮泣声，闹翻了天。我一个人坐在窗口，透过这纷纭的人群，看到那阴郁的夜空，心中说不出的静寂，说不出的悠远。

刚一懂事，我就一个人到西北来读书。蜿蜒的黄河，是幕，映出我不屈奔波的身影；极目的荒原，是路，留下我苦苦寻觅的足迹。为爱，为真理，为那些今天和明天互相矛盾的主义，我也曾倾注了一个少年所有的热情，也曾渴求生命像瀑布一般地奔泻。说不尽的豪杰话，流不尽的英雄血！

　　不知什么时候，不知什么原因，我困倦了，热情消退了。留下风骨，是信念；形成性格，是冷峻。难道这就叫成熟吗？

　　我也曾有童真稚趣，也曾有少年憧憬。江心水上，秀竹林里，我看到的，还是那个天真的影。朴实清香的故土呵，迎回游子，又一次印上读书郎的脚印；明洁如镜的少年梦呵，拂去岁月尘埃，仍是真诚爱情。

　　恋人的眸子呵，是三月和煦的春风，复活了天，复活了地，复活了我心中那希望的小树林。

　　瘦弱身躯，是帆，没有生命清风，哪来征程扬帆？

　　枯槁灵魂，是冰，没有爱流暖热，哪来春水泛滥？

　　三月的风，吹起来。

　　三月的歌，唱起来。

　　三月的恋人呵，披上你柔媚的纱丽，走到我心里来！

　　我的恋，是苦涩的恋。

　　我的恋，是醉人的恋。

　　悄悄地吻你！

XY
1985年4月1日

1985年4月4日　星期四

　　罐头厂筹建工作骑虎难下，有两个主要原因，客观原因是上级批复的资金未能实际到位，乡政府在情况不明时贸然贷款搞基建、铺摊子，难以为继；主观原因是这个项目比原先想象的复杂太多，大家都感觉到这是一块烫手山芋，怕粘上了甩不脱。

昨晚到杨书记宿舍闲聊，发现他对罐头厂的事已缺乏兴趣和热情。我分析了当前的情况，建议根据资金到位情况，把罐头厂的建设分成两步走，第一步先进一些辅助性设备，比如先买一台远红外链式烘烤箱，建一个果脯生产车间，以生产猕猴桃果脯、杏脯、柿饼为主，兼制蛋糕、面包，就近销售，作为罐头厂建设的第一期工程。这样技术要求不高，我们只要拿到县上贴息的 6 万元贷款，扣去 2.5 万元基建款，即可先行动起来，给上面一个交代，也可摸索一些经验，做好第二期工程上马的准备。

他越听越入神。于是我们一起把这个主意梳理了一遍，决定再回去仔细想想。今天一大早，杨书记就跑到我宿舍敲门，重新探讨了分两步建厂的方案。我提议开个会，把这个想法提出来，争取大家支持。他却不太认同，笑了笑说："大家嘛，关键看谁才是真正的'大家'。"

与杨书记聊过后，我感觉心情轻松不少。午后到镇外散步，渡过燕子河，走进一个幽邃山谷。谷底，清澈的小溪潺潺流淌，水珠拍打山岩，形成一个个漩涡。朝上仰望，两侧皆是悬崖峭壁，高耸入云。山谷之中，桃花竞相开放，姹紫嫣红，灿如彩霞。我随手采摘几枝带回宿舍，放在书桌上。又见桃花，又想起她。

晚上写了三封信，一给兰州科技联合服务中心叶文博同志，二给北京环球食品公司技术科，三给上海胡桥工业公司乳品机械厂，都是询问技术方面的事，还有就是索要远红外烤箱说明书。

1985 年 4 月 5 日　星期五

今天是清明节，空气格外清新宜人。早晨，我独自漫步来到镇边的马路上。昨夜下过雨，大路两旁的树梢还挂着雨滴，盛开的桃花如同刚出浴的少女那般娇艳欲滴，山谷里弥漫着淡淡的白雾。路上有两个小背影在走动，是一个小姐姐和一个小弟弟，他们挽起裤腿，踩踏着泥泞向学堂走去。

一位在这里很少见的漂亮少妇，身姿曼妙，驻足路边，脚跟高高踮起，抬手眺望前方。顺着她的目光望去，有一位健硕的小伙子推着自行车回头瞥她，随即挥手道别，渐行渐远。不知不觉，天空的细雨又悄悄飘落在我的脸上，雨水滋润着大地，也滋润着我的心灵。

猜测父亲该回到资中乡下扫墓去了，若我在家，定会陪伴他前往。康县这片土地，尤其是岸门口乡，至今仍保留着氐羌风情。在偏僻村寨，据说还有一些年迈者自觉将要离世，会自己选择迁往山上的洞穴，静静告别尘世。清明节的祭扫氛围在这里并未显得特别浓郁，甚至乡政府的干部们也基本没有请假返乡扫墓。

哎呀，真是太粗心了！日记本就放在宿舍桌上，然后我就出去了。结果陈部长来给我送信，进了屋，说不定看到了我那本没合上的日记。乡政府大院原是军阀张俊耀的私宅，我那间屋是他四姨太的住房。很奇怪的是，可能当时是为了方便军阀进出吧，我这间屋居然没有安装门栓。在这里也没有敲门的礼节，乡上同事乃至村里的乡亲，都是直接推门就进来。

我找个理由去陈部长那儿，想试探他是否看过我的日记。他神情自然，还帮我分析杨书记的心理。陈部长说，杨书记原本打算在温乡长走后甩开膀子大干一场，但发现罐头厂实在是不大好弄，情况太复杂，牵扯的事也太多，他的想法就有些改变。杨书记是武都人，有可能想调回老家了。

回到屋里，窗外夜幕低垂，邻院几株桃花暗香袭人，山顶上挂着一弯新月，向大地倾泻着银光。我抚卷沉思，想念着远方的亲人。

1985年4月7日　星期日

　　新上任的崔乡长住在乡卫生院，他老婆是医生。据传闻，她曾有过一段婚姻，带着一个13岁的女儿再嫁崔乡长。这对母女都容貌出众。我晚上登门拜访崔乡长，向他汇报这次外出考察情况，并按照与杨书记商定的想法，提出罐头厂建设分两步走的建议。崔乡长表示充分理解。能够取得党政一把手认可，是做好下一步工作的基础。

　　东子已分配到核工业部九院工作。他在来信中简单谈了新单位情况，特别是在了解到我想与方惠建立恋爱关系后，表示支持，但希望我不要"乱改叫座的剧本"。我自问是不是对方惠陷入了单恋，继续朝前走，而又不能像想象的那样容易抽身，可能这将会是一段痛苦的心灵历程。有时我想，自己是不是堂·吉诃德？非要在办不成工厂的地方办工厂，非要在谈不成对象的情况下谈对象？但转念一想，也许生活的荒诞和激情总是相伴相生。

1985年4月8日　星期一

　　介入罐头厂筹建工作后，我卸下乡政府秘书职务，但仍保留乡共青团书记职务。怎么才能把这个事做好？我想，我们来到边远的乡村，靠自己单打独斗肯定没戏，一定要在乡村建起团的组织、培养团的人才，才可能把周围有热血的青年凝结成一股改革和前进的力量。

　　杨书记简单介绍了团的工作，目前基本处于放任自流的状态，乡团委已很久没有组织活动，也没开过团代会，村一级也基本没有团的活动，没发展过团员。他说虽然我的入党程序还没走完，但党委已把我作为核心骨干成员在使用，青年工作是党委的重要工作，支持我放手去干。

前任团委书记向我移交组织手续，计有1枚乡团委公章，1本团员花名册，团费20元9角6分。全乡共有在册共青团员55名，但大多已过退团年龄，没有一个团支书在岗。他甩给我一包团徽，说有200个，我草草数了一下，数不清，就先裹起来放一边。他说："数它干啥，还把那当个啥财富？"我理清其他东西后，一想还是清点一下好，结果只有174个。我拍了拍那用暗红色投票箱改成的文件箱，才发现原来箱盖早已脱开，不由得苦笑着问他："这就是乡共青团的全部家当啦？"他也哈哈大笑起来。

之前读《铁道游击队》，记得其中有个细节是游击队员护送"胡服同志"过微山湖。后来才知道，胡服就是刘少奇，他来到山东根据地后，凭借非凡的组织能力完全改变了山东的抗日形势。我希望能够效仿他，通过组织和鼓动工作，把岸门口乡的青年组织起来。现在手上是一张白纸，首先需要摸清情况。在得到杨书记同意后，乡政府发布通知，要求各村统计30岁以下复转军人、高初中毕业回乡学生，特别是共青团员，并将名单报上来。我也首先从自己驻过队的中节村和林口村抓起，希望起到带头和示范作用。

康县基本上没有正牌科班出身的年轻大学生，而我的兰大学生身份本身就是金字招牌，引得这里的年轻人很好奇，很想和我走得近些。在林口村驻队时，我拿出自己的工资买上两条兰州卷烟厂出品的"燎原"牌香烟，再买些瓜子、茶叶，招呼年轻人一起坐到火塘边谝闲传［甘肃方言，意思是闲聊，强调没有主题、漫天胡侃等意义。在某些语境下有吹牛、夸耀的意思］，谝得热火朝天。从学校回乡的共青团员，他们没考上学，只能回家务农，原本是分散的，如能把他们拢到一块儿，建立自己的组织，开展丰富多彩的文体活动，一定会有吸引力。

1985年4月9日　星期二

想起胡耀邦同志到甘肃说起"反弹琵琶"的事，决定对方惠实行一次火力侦察，就是以选调生班的张军为收信人，假装误投，寄往成都。有些话，如果直接说出来，可能太刺耳，只好采取间接的、较客观的语气来说，以增加双方的沟通和相互理解。总体而言，光靠甜言蜜语行不通，有时还是要短兵相接。

张兄如晤：

来信收悉。兄对我身体的真挚关心，读来暖人心怀。兄近况如何？最近，《甘肃日报》头版再次表扬兰州市绿化工作，想来其中也有你的汗水，我还是挺高兴和自豪的。兄在来信中谈到婚姻问题，入情入理，爱是荒漠中的甘泉，你搞荒漠绿化，太知道泉水的珍贵。其实，谁心中不渴求这甘泉的滋润呢？

兄在来信中谈到婚姻的原则，我当然是赞同的。但婚姻最根本的原则，恐怕还是爱，是忠诚。"爱是超越一切的"，这是一句老话，也是我们的信条。兄特别提到我的那位 trainee journalist（实习记者），问"那爱的溪谷可曾传出春的讯息"，我心情很复杂。今天，乡里一位同事和我进山，他采摘了一束淡蓝色小花给我："这就是勿忘我！"我心中猛地一顿，忽然觉得有些哽咽。回宿舍后，我仔细端详手中这束充满山林气息的野花，泪水不由得夺眶而出。

我这颗心所受折磨已不少了，也习惯在苦涩中品尝内心的宁静。我知道她不完美，知道她的软弱和不足。我很清楚，如果自己在感情上要背负着这沉重的十字架去抵抗命运的打击，将很痛苦。但我就是放不下。这毕竟是自己的童真梦想，是心中一块净土。

你问我，她是不是飘逝的红头巾？不是的，她进大学后，性格确实比较外露，虚荣心也在增长，但她实实在在地是在按照她自己对生活的理解，按照她自己的方式在进步、在成熟。她热爱生活，快乐善良，有同情心，对生活要求不高，只渴求有人理解，有人倾听，有人真心爱她；希望当生活浪涛袭来时，有人能毫不犹豫地支持她、帮助她，和她风雨同舟，并肩前行。

你会说："情人眼里出西施，你在袒护她。"我赞成对生活应该持有批判的态度，但批判不是苛刻。我对她的看法是真心实意的，是经过多年观察才获得的。我讨厌情场角逐，但自己最终也参加到这场竞争中，就因为我自信，我对她的认识是其他任何人不能比的。我相信许多人也真心喜欢她，但他们中的任何人都没有我深藏于内心的那一份圣洁。她是我自身的观照，我从她眼里寻找到的，是我自己内心那永不熄灭的真理的火焰。

谈起自己的事情就没完没了，谁让你是我最好的兄弟呢！

就此打住，有空多写信给我！

XY
4月8日深夜

遥远的爱情如雾中的萤火，朦朦胧胧，闪烁着微弱的光。情感起伏不定，罗曼蒂克必不可少。用给朋友写信的方式倾诉衷肠，是罗曼蒂克，也是旁敲侧击。

1985年4月10日　星期三

今天在乡政府开了一整天会，上午是讨论分配今年任务，下午是讨论乡属汽车的处理。在讨论任务分配时，有人希望将罐头厂筹建工作完全交给我负责，实际上是不愿承担风险，主要是不愿承担失败的责任，想把这块烫手山芋硬塞给我。我没接这个茬儿，表示省里将我们作为选调生下放到基层，是希望我们在协助乡里做好中心工作的同时，能够接触基层工作的方方面面，并向同志们多请教、多学习。对于岸门口乡来说，办好乡镇企业无疑是一件重要工作。我有幸参加罐头厂筹建工作五人小组，这是向领导和同志们学习的好机会，但同时也需要参与乡里其他工作，特别是共青团工作。

乡里那辆卡车去年承包给了王师傅,他没有按合同规定每年缴纳1200元管理费,反而花费4000多元修车。会上有两种意见:一种是坚决按合同办,追缴1200元;另一种是收回1200元,但同意对方将更换的零配件拆下,并重新装上原来的旧零件。两种意见产生分歧。杨书记转头问我怎么办。我低头想了一会儿,提议先请技师评估修车费用,查清更换了哪些零配件,是否必须更换。在确定实际维修费用后,先收回1200元管理费,然后将卡车出售,并从卖车款中据实退还更换零件的费用。我补充说,如果允许对方将车拆散,车肯定卖不出去了,也无法正常行驶,那么收回1200元管理费后,将导致价值超过2万元的卡车彻底报废,这笔账划不来。陈部长和张会计立即表示同意我的意见,杨书记和其他人商议后,也同意照我说的办。

1985年4月11日　星期四

乡里召开机关支部大会,讨论通过我和葛主任入党的事。晚上,杨书记把我们两人叫到他宿舍,说是受县委组织部委托与我们正式谈话。支部大会决议和谈话记录将一并上报县委组织部,等待最后审批。我按照杨书记吩咐,重新写了一份入党申请书,忙到深夜。

听说是县委书记刘守业同志亲自审查了我的入党材料,批评有关程序和其中部分内容不够规范。刘书记说:"你们不能胡日鬼[甘肃方言,意思是游手好闲,不务正业],这是省上派到康县的娃,以后还要调回兰州,说不定还会到中央工作。他的入党手续必须办得一丝不苟,必须经得起历史的考验。这是对娃负责,也是对省上负责,决不能马虎!"

前不久,县医院给一个农妇做手术时出了问题,造成大出血,情况危急。刘书记到病房查看后,立即跑到县广播站,通过有线广播大喊:"我是刘守业,现在有个妇女在县医院流血不止,生命垂危。康县血库的血不够用,这位妇女有生命危险!我现在以县委书记名义,要求在县城的所有共产党员立刻到县医院集合,为我们的阶级姐妹献血!"广播一响,全县城的党员都往医院跑,大家纷纷挽起袖子验血。院子里挤满了来献血的党员。最后,那名妇女终于得救。

他这个人很有性格。有一次,在开全县三级干部会的时候,他突然在台上站起来说:"有人去上面告我,完全是胡说八道!告我的人就在这个会场里!"会场气氛骤然紧张,大家都东张西望,看刘书记说的是谁。他双手叉腰,接着说:"就在前三排!"会场里一片哗然。他又吼道:"不,在前两排!把头勾下去干什么?你抬起头,看着我的眼睛!"大家都伸长脖子看,发现没人敢勾下头,都你看我,我看你。这时他才哈哈大笑:"刚才是吓你们的。老子不怕你们告,你们也不要怕被别人告。关键是自己要管好自己,身正不怕影子斜。"

他的缺点是太在乎自己的权威,不容许别人冒犯。康县的风俗是请贵客吃饭时,一定要杀鸡,而且必须把鸡头摆好,放到最尊贵的客人碗中。有一次他下乡检查工作,乡里摆好餐食,他有事和乡党委书记没讲完,耽搁了一会儿,等坐下来才发现,给他摆的鸡头被一个不懂事的年轻人给吃了。他非常生气,觉得这是对他极不尊重,于是大发雷霆:"今天这饭没法吃了!"然后放下筷子,出门就走。不过,全县干部都知道他的脾气,知道他爱骂人,被骂的人好像还享受得很,抿着嘴偷笑。这次他把我的入党材料打回来,我心里却充满感激。

1985年4月16日　星期二

　　方惠用窄幅的花边稿笺回信了。信笺边缘为天蓝色的镶边，框内左上角绘有一个弹吉他的男孩，信头还印有Thinking of you（想念你）的英文花体。全文如下：

亲爱的：

　　这三个字是上周星期天就写好了的，可我没能把信写下去。刚才又收到了你的信，我不知你是有意还是无意的，把你写给张兄的信寄到了我处，我看了也不知该不该把它再寄来。

　　我每三天收到你一封信，不能不说很欣慰，可我却有点不知所措了。我知道，你为了缩短我们的时空距离，写信给我娓娓而谈，可你却不能如愿以偿，因为我不可能每三天给你写一封呀。

　　刚刚把入党转正申请写完，明天下午讨论通过。

　　剖析自己，是一件折磨人的事。每每这样，我都像经过一次脱胎换骨，好歹写好了。

　　春游是本星期一去的，这是我们中文系八一级的第一次活动，玩得还是挺尽兴的。

　　论文一事，那天去了指导老师处，他对我的论文材料如此扎实很满意，并说如再多研究几个人就可以开选修课了。很多同学都说我选的这个题好。我现在的题目为《法拉奇的新闻观及采访技巧》，而着重点为前者，想从"性格及自由主义思想的形成，对社会的认识和对真理的寻求导致她新闻观的形成"角度来谈，采访技巧可简略地谈一些。当然现在考虑还不成熟。老师叫我可以试着动笔了。

　　我的资料全就全在有她采访的第一手材料，即作品；有她对采访人物的看法、感受；有研究她的文章；有她写的人物传记，包括她的一些生活的侧面。当然我这个"全"是相对而言的，我还要尽可能地去找她的相关材料，还要注意一些边缘性的材料，但能否写好，我还没把握。

从后天开始我可能又要忙第四届"川大之春"文艺汇演了，本来不想再搞了，可又脱不了身，坚持站好"最后一班岗"吧。

……

不知怎的，我总觉得信纸上弹琴的少年像你，这是直觉。

看了意大利著名女记者法拉奇的纪实小说《人》（又译《男子汉》），我又把你往那个小说的主人公——六七十年代希腊政治舞台上风云一时的人物身上想，当然你不完全是这位"为自由和真理而孤军奋战、毫不妥协的英雄"，因为历史背景不同，政治目的也不同，可我能够发现你们内在气质的相似之处。他与法拉奇同居三年，是法拉奇在采访中认识并结为伴侣的。

祝你精神振奋起来！吻你！

方惠
1985 年 4 月 12 日

另：我们的新闻专业已转成新闻系了。

1985 年 4 月 17 日　星期三

下午 3 点在县委常委会议室汇报罐头厂筹建情况。县委主管乡镇企业的杨伯富副书记、县乡镇企业局正副局长、县科委正副主任和县农行行长，乡上杨书记、葛主任和我，还有其他几个工业较强乡镇的领导参加。

我们乡的杨书记先是推辞参会，让葛主任和我去。结果下午开会时，县委杨副书记见他没来，大发脾气，亲自打电话给他："你不上来，我们就搁下！" 35 分钟后，我们的杨书记才气喘吁吁地赶到会场，满头大汗。

问题的症结主要是资金问题。省财政下拨的 5 万元贴息贷款刚到农行的岸门口营业所，就被扣除 2.5 万元加 300 元利息抵偿先前的贷款。为确保今年如期开工，已向四川万县汇款 1.2 万元定购罐头瓶，账上余额所剩无几，马上需要的锅炉定购款无法落实。当然，与资金相关联的是设备选型和厂区基建、技术引进等。

我作为主汇报人，坦诚地指出"巧妇难为无米之炊"，希望县上首先帮助解决建厂资金问题，催促省里通过信托渠道尽快下拨先前承诺的15万元。同时，我也汇报了与兰州食品工业研究所开展技术合作的设想，建议按照"初战慎重，先迈小步"原则，量力而行，将筹建工作分"两步走"。当我说到要在不久的将来让康县人吃上自己生产的罐头时，满屋人都笑了，会场气氛变得活跃起来。

面对这一大屋子人，我根据可行性分析提出的工作建议，会上普遍反映良好，称赞我的汇报"客观、务实，可操作"，杨伯富同志也频频点头。这是我第一次与杨副书记面对面打交道，应该是赢得了他的认同和好感。现场会上落实了12万元建厂资金，批准我们先上马第一期工程，搞成以后，县委、县政府将全力支持扩大投资规模。

杨副书记在会上提到想让我当罐头厂厂长，乡上杨书记和葛主任也有这个意思。我心里明白，这是个很锻炼人的机会，但我不能要一个既无权又无人的虚名，必须绑定乡领导，只有责任共担、风险共担，这件事才有可能办成。再则，自己内心也有小算盘，要搞好这个厂，让它赚钱，没有三到五年根本不可能。我可能在康县待这么久吗？

会后，县长把我叫到他办公室。他是新上任的知识分子干部，提出了许多令人头疼的问题。看得出来，他考虑问题很专业、很细致。我根据目前掌握的情况，一五一十地作汇报，他还比较满意。我到县上汇报也顺便把自己的入党申请书、支部大会决议和组织委托人谈话记录一并交给县委组织部。实际上，根据党章我已是预备党员了。

1985年4月20日　星期六

我根据上次汇报情况写出《岸门口罐头厂筹建计划书》，分为国家与地方食品安全法规、罐头厂建厂前期准备与规划、设备选型与安装、市场需求与原料来源、电力和交通运输条件、管理体制和工资制度、投资预算与经济效益预测七部分。这份报告比较全面地分析了在岸门口乡建厂的利弊，内容比较翔实，有数据，有观点，充分说明有利条件，也不隐瞒不利条件。乡上讨论通过，直接报县上了。

由于康县工业底子太差，缺技术、缺资金、缺人才，全县去年地方工业总产值只有350万元，这还是把各乡镇的修理厂、农具厂、木材厂和小手工业等七七八八的都捆一块儿才统计出的数字。大家在讨论中比较一致的意见，就是我们最好能够找到一家大厂作依靠，与它联办，或成为它的分厂，引进技术和管理，套用它的商标，并直接加入它的销售网，才可能有活路。考察武都地区食品生产领域，基本上还没有称得上现代化的食品加工企业。在这种情况下，如由我们提供场地、劳力、原料和部分资金，请对方来指导技术开发，是最切合实际的。从东部地区引进先进生产力对西部落后地区进行渗透，也符合生产力发展逻辑，有希望带来较为合理的新工业布局。

18日的《人民日报》有篇报道《上海工业部门加强同兄弟省市区的经济联系，发展多层次经济技术协作和联合》，说上海工业部门去年与兄弟地区组成了近千个多种形式的经济联合体，通过联合生产、共同开发、技术转让等形式，在短期内增产了大量国内外市场需要的名优产品。报道特别提到，上海工业生产中的一个突出矛盾是原材料供应不足，他们通过合资经营、补偿贸易等形式，与兄弟省市联合开发资源，1984年由市建设银行提供贷款的联合开发项目累计达到了120个。其中，上海承担了设计厂房、指导安装、培训工人、调试投产等工作。

我手抚报纸，仰天长叹，康县有丰富的猕猴桃、板栗、草莓、核桃、柿子等野生水果资源，如果有罐头厂作为支撑，养鸡专业户是可以大力发展的。可是，这里消息太闭塞，用四川话说，就是"提着猪头找不到庙门"。

1985年4月21日　星期日

我多次尝试铺开信纸，试图表达内心的情感，却总是在中途打住，忧烦地放下笔。感觉下乡以后，我的才思越来越枯竭，不再像大学时期那么空灵。如果缺乏细腻、优美和富有人情味的情感来滋润文字，就写不出动人的诗篇。我们的时代，我们的生活，本身就如同一部壮丽的叙事史诗。然而，此刻我的内心世界却充满了现实生活的烦恼，没有抒情，没有诗，手中的笔也如一枝苍老枯竭的干藤，生命的水分在快速蒸发！

爱，原本是能融化心灵寒冰的暖阳，然而在现实中，却显得如此地拘束和压抑。它如同一座蕴藏着巨大能量的火山，岩浆暗涌，充满着愤怒与渴望，然而，却缺乏火山喷发般的决绝与力量，无法尽情地释放和宣泄。这种情感的压抑，让人感到苦闷和无奈。

爱如沙漠中的甘泉，并非枯井，它不会在长久的苦涩中干涸。渴望新生，期盼新生，因为新生才是希望的象征，才是生命的源泉。要珍视这份爱，用它去滋润和创造美好的未来。下午与邹君通电话，交流这一段时间的工作，也谈了感情方面的情况。他在电话里朗诵了舒婷的《致橡树》，听得我好感动。

1985年4月23日　星期二

黄昏时分，我从县城骑车返回岸门口，接近镇街时，远处汪家山方向的山坡上突然燃起熊熊大火,浓烟滚滚。看到杨书记、钟秘书以及乡文化站的小秦在朝山上疾速地奔跑,我也赶紧扔下自行车,跟着他们一起往火区跑去。小秦递给我一个馒头,我接过来一边往嘴里塞,一边大口大口地喘气。我到县城去汇报工作穿的是皮鞋,来不及脱,奔跑在这崎岖的山路上,很不得劲。

风助火势,整片山林被黑烟笼罩,夜空也被火光染红。疾风劲吹,长达百米的火线犹如山呼海啸一般奔涌而来。杨书记观察着火势的走向,长叹了一口气说:"我们人太少了,控制不住。现在大家往前面那道山梁跑,争取扼制住那边的火情,不让它翻过山去。"葛主任补充说:"山那边是国有大林,烧起来可不得了!"

听到杨书记在现场指挥扑救的声音,果断有力,镇上各单位职工和街道居民都很勇敢地上山了。火场温度很高,高温与炽热使呼吸变得困难。周围弥漫着浓厚的烟雾,人们忙乱地奔跑。伴随一阵阵"噼噼啪啪"的爆裂声,不时有树木倒塌,发出巨大声响。救火的人群惊恐地四处散开,现场有人声嘶力竭地呼喊"火上梁了!火上梁了",声音沙哑而绝望。人群的尖叫声此起彼伏。

山坡极陡,脚踩不踏实,滑溜滑溜的。突然,我跌进了一堆藤蔓之中,难以动弹。漫天大火借助风力,凶猛地席卷而来!火焰在空中跳跃,飘散的草灰与烟气混杂在一起,令人窒息。火势在山间迅速蔓延,地面滚烫的火灰令人无法触碰。我不顾一切地挣扎着,挥舞着手脚,大声呼救。幸运的是,风向突然转变,火势冲向了另外一边,那里有一条防火沟,火势终于被控制住了。我费力地爬出来,瘫坐在滚烫的柴灰上,疲惫不堪。头发和眉毛都被烧焦了,全身沾满了黑灰,手腕上还划出了几道血痕,很痛。

经过一番喧闹,山林重归宁静。人们急促的喘息声逐渐平静下来,周遭的嘈杂声也慢慢消退。淡淡的烟雾在空中弥漫,月色洒满大地,宛如一层轻纱覆盖在万物之上。山下的镇街,灯火通明,燕子河在月光的照耀下波光粼粼。只有经历过搏斗的人,才理解安宁是多么珍贵。

1985 年 4 月 26 日　星期五

我认真学习了《人民日报》4 月 23 日的一篇文章《上虞县与外地开展技术协作发展当地经济》，说浙江省上虞县走"引进先进技术、消化科技成果、创造优质产品"的技术协作路子，取得了显著效果。他们坚持四个为主：开发利用本地资源为主，研制开发新产品为主，解决技术难题为主，引进移植科技成果为主。上虞县在技术协作中还十分重视智力投资，以提高职工的文化、技术素质和消化先进技术的能力。这篇文章对我很有启发，我们在落后地区办工业，一定要想办法建立科技生产联合体，而不是为办工业而办工业，要想办法把工厂办成团结、教育、培训本地知识青年的新型工业化学校。我们迟早会离开这里，真正的建设人才需要从本地尽快地成长起来。

陕甘川交界地区在 20 世纪二三十年代曾有德国传教士活动。他们穿中国人的衣服和草鞋，学说中国话，并帮助治疗一些简单的疾病。他们传播的是"基督福音"。他们有他们的宗教目的，我们不同于他们。我们作为新一代知识分子来到乡村，特别是作为理工科学生，我们在吃苦耐劳方面一定要超过这些外国传教士，要将社会主义价值理念引进来。

今天，县委组织部的王副部长给崔乡长打电话，通知我 5 月 1 日去组织部报到，参加一个为期 20 天的调查。乡里同事对这个电话非常敏感，崔乡长接电话时就问，是不是要把我调走？并以我正在主抓罐头厂筹建为由，想阻止我参加调查。其他同志也表示，如果把我调走，就坚决退出罐头厂筹建小组，反应比较激烈。

今天还与县上沟通了罐头厂电力供应问题，杨伯富副书记亲自过问，后曲子水电站承诺将全力保证我们的用电，这增加了我一些信心，不过小水电供电不稳定，到了枯水期，电力供应将非常紧张。唉，什么时候康县才能接入国家大电网啊？

1985年4月27日　星期六

到县城见到了县委组织部的左部长和王副部长。可能是我前一阶段的表现赢得好评，他们对我的态度比原来亲切多了。王副部长说，你从兰州回来给县委组织部的信几个领导都传阅了，刘书记和其他领导都有批示。经济建设是主战场，县委领导充分肯定我积极负责的态度，希望我再接再厉，争创好的成绩。左部长也提到了省委流萤部长谈到的选调生的"成长期、成才率"，说县委对我和邹君在康县的工作是满意的，支持我们大胆工作，有什么问题可以直接找他反映。

组织部领导表示，因为我被抽调参加调查引起了不必要的关注，还有同志反映："长这么大就没吃过罐头，现在还要我们生产罐头，如果大学生被调走，我们咋个弄嘛？"为避免误解，县上决定收回成命，同意我回到岸门口乡继续筹建罐头厂，不参加本次调查。王副部长还把我送出县委大门，对我勉励有加。

又有十多天未收到方惠的信。我与她的感情处在波澜起伏的状态，像是知心朋友，又像是陌生人。在情感发展过程中，双方之间的空间距离成为巨大障碍，导致感情难以进一步成熟。双方都缺乏足够的信心，也都意识到需要付出努力来克服这一障碍，然而，又深感困难重重。我的生活总在危机中，也渐渐学会居危自安的本领。在没有工业的地方建立工业的使命感，促使我在这里越陷越深。最终将会是一个什么样的结果呢？我的耳畔回响着贝多芬《命运交响曲》的旋律。

在面对巨大挑战时，即使已疲惫不堪，也决不轻言放弃，就像海明威《老人与海》中的那个老人。我们每个人都不过是汪洋大海中的一叶小舟,在无垠的浩渺之中起落漂浮。始终坚守生存的信念,始终保持对美好梦想的追求,也随时准备承受命运的重击。

1985年4月29日　星期一

乡政府又开了一整天会。会上,关于医药费报销和伙房建设的财务安排问题,争议很大。

去年乡政府机关医药费报销超支180元。因管理方面可能存在一些纰漏,造成有些人报销医药费超过个人限额(每人每年25元),而其他人因此只报销了2元,因而怨气冲天。有人提议,用上级拨付的育林费冲销超支的医药费,但这项费用是专款专用,乡领导不敢做主,于是在会上争吵起来。

产生诸如此类的财务纠纷,根本原因是没有建立乡财政。如果乡财政建立起来,资金也比较充裕的话,这类开支是完全可以从"杂项"列支的。甘肃的县和乡两级太穷,特别是康县位于陕甘川边区,更是穷得叮当响。乡干部累死累活忙乎一年,竟要为几块钱医药费吵来吵去,真是令人心寒。只有把乡镇企业搞起来,有了扎实的工业基础,乡政府才有可能建立自己支配的财政力量,才可能解决干部的后顾之忧,并为乡民办几件像样的大事。

岸门口有好几千人口,占地面积超过120平方公里,在甘肃算是大乡,却没能力配置汽车,乡政府办公设施简陋到连一台电视机都没有,乡干部经常为几元钱斤斤计较。以这样的经济基础想创办工厂,太难了。因此,筹备建厂的几十万元资金,对于乡政府的同事来说,无异于天文数字的巨款,算得上是前所未有的大项目、大挑战。

1985年5月2日　星期四

选调生

刘守业书记没打招呼,就带着县委组织部、宣传部负责人到岸门口来了。他坐一台日本越野车,镇街上的石板路年久失修,颠簸不平,加上昨天是赶集日,街道两侧水沟没及时清理,刘书记坐在前排,刚进街口就扯开嗓门大骂:"这是街道还是猪圈啊?邋遢死了!"街口有人跑来报信,杨书记和我们慌忙跑出来迎接。

刘书记披着一件军大衣,风风火火地走进乡政府,根本不理睬迎接的人。进了会议室,他大剌剌地坐在正中的位置,并摆手示意我坐他旁边。杨书记和崔乡长忙不迭地上来端水敬茶,并叫大灶准备午饭,却被他喝止:"今天只谈罐头厂的事,你们灶上不要搞饭。中午去老贾家吃酸菜搅团,拌点灰条子,切两个樊家皮蛋,给这娃做碗荞面疙瘩,其他啥也不准弄,不准杀鸡!"老贾是刘书记的老朋友,而酸菜搅团又便宜又好吃,是他的最爱。

刘书记和我是头一回见面,他对别人凶得很,对我却和颜悦色。他拉着我的手说:"地委张书记很关心你们几个娃,好几次问起来。我们都知道,你爸是打过上甘岭的英雄,你是我们自己的娃。在这里要是有什么事,要是有人敢编排你,你直接给我说!"他一边说一边扫视会议室里的人。杨书记和崔乡长赶紧接话:"这娃干散〔甘肃方言,形容人(一般指男的)办事麻利、说话利索,有章法,不拖泥带水〕着嘞,大家都对他好着呢!"他指着杨书记说:"这娃你可要给我带好。这娃前途远大,以后要上兰州、上北京的,你们可不要搔摊子〔甘肃方言,形容有意捣乱、骚扰〕!"

在听取了罐头厂筹建工作汇报后,刘书记一口否定了以行政方式建厂的方案。他说:"这个事由你们乡政府来弄是胡日鬼呢!这不是修路、修水库,而是办工厂,不兴那种搭班子、瞎扯皮、光务虚的老套路,政企要分开,要责任到人头,按商品经济规律办。找懂市场、懂营销的人来办,私人承包,把责任压死,由承包人掌帅印、拿大权。办成了重奖,办哈了〔甘肃方言,意思是把事办砸了、办坏了〕法办!我们这样的穷县凑几十万块钱,可不是小事,那都是老百姓的血汗钱，可不能惹麻搭［**甘肃方言，指闯祸惹事**］，乱踢踏了！"刘书记指出，乡政府的主要任务是帮助工厂解决实际困难，而不是瞎指挥。但刘书记不赞成由我出头承包。他说："这娃是放下来锻炼的，不是下来给你们当驴的。"他强调，我随时可能被调走，无法长期固定地承担这项工作。

在先前提交给县委的报告中，刘书记目光敏锐，一眼就看出问题症结所在。不过，在康县地界，特别是在岸门口乡，到哪里去找懂市场、懂营销的人呢？即便找到这样的人，若按商品规律，他又怎能够承包这个在短期内很难看到赚钱希望的罐头厂呢？侯宗宾副省长来康县考察确定这个项目，初衷是通过做成罐头，把康县的山货销售出去，从而帮助边区老百姓增收。这说到底是一个公益企业，其中能有多少利润，谁也说不清。

我是第一次面对面地见到县委书记。他爽朗豁达，嬉笑怒骂之间，透出不容置疑的威严，给我留下了深刻印象。

1985年5月5日　星期日

各村对复转退伍军人、回乡高初中学生的统计表七零八落地报了上来，确有一团散沙的感觉。我决定从较熟悉的中节和林口两个行政村开始，先建团支部，取得经验后再推广，待时机成熟时召开团代会，选举产生新一届岸门口乡团委。

昨晚听广播，知道共青团中央在北京举行纪念五四运动66周年大会，表彰了全国新长征突击手。团中央书记处第一书记胡锦涛同志号召全体共青团员以新长征突击手为榜样，树立崇高理想，勇敢地站在改革前列，为国家富强和人民富裕奋发进取、建功立业。

中央书记处候补书记郝建秀说，我们是10亿人口大国，底子薄，基础差，面临困难相当多，每前进一步都需要付出巨大努力。同时，伴随开放搞活的新形势，社会上也出现许多新情况、新问题，都没有现成答案，没有书本可抄，只有从实际出发，在实践中探索，在奋斗中创造。党和人民希望这一代青年努力成为中华民族历史上最富于创造精神的人。

广播还报道说，最近10多年间，随着老工人大量退休，青年工人正以平均每年400万人的速度补充到国内各条生产战线，他们年轻，有文化，思想活跃，迅速成为生产上的顶梁柱。这进一步坚定了我以乡共青团书记身份兼任罐头厂厂长的想法，就是要想办法把办工厂与抓共青团工作结合起来，把罐头厂办成培养青年、团结青年的学校，办成岸门口乡共青团组织的战斗堡垒。

今天到贾家湾村访问了一对年轻夫妻。男的叫王顺成，是民兵连长；女的叫朱彦花，是民办老师，与我同岁，是一位在册的共青团员。他们刚得了一个儿子，出生才四天，小朱还在坐月子，王顺成小心翼翼地给她喂米粥。他们说这是第三个娃，前两个都没保住。我进门前先问，坐月子的家能不能访问？顺成一把拉我进去，说："我们不讲究这些。"小朱虽然刚生产，但很精神，也很健谈，她兴致勃勃地介绍了本村共青团情况。我请顺成做召集人，发动青年积极分子递交入团申请书，待条件成熟时重建团支部。

晚上赶到张家河村，那里共青团工作基础较好，在册团员多一些。我们开了一个团员大会，传达学习共青团中央纪念五四运动66周年大会精神，并向来开会的团员们重新颁发团徽。大家讨论得很热烈，还改选了支委。4名新支委都是回乡知识青年，年龄最大的23岁，最小的18岁，包括1名女团员。

1985年5月6日　星期一

方惠在五一节前寄出的信仍采用花信笺，同时还附上了几张照片。在这封信中，她比较详细地介绍了自己的"艺术人生"，娓娓道来，力图尽情地展现她的可亲可爱。

我将这封信视为她赠予我 22 岁生日的礼物。她期望我能够理解和认同她对舞蹈和艺术的热爱与激情，这无疑是只有爱人才会伸出的探戈之手。虽然这个领域我相对陌生，但自中学时期起，它便深深地吸引我。人美、心美与艺术之美，融为一体。

亲爱的：

接连收到好几封信了，我这才得以回信。

前两周差点没把我忙坏，第四届"川大之春"前晚终于结束，我们排演的日本舞蹈《花篮舞》得了全校一等奖，算没白费我两周的精力，可惜你没能来看。我想这大概是我们八一级在川大最后的告别演出了！

校团委看上了这个节目，要我们参加成都市大学生"蓉城之春"文艺汇演，5月3、4、5号连演三天，还要录像。看来本周的论文写作计划又要泡汤了。

回顾从小学到大学的十余年，舞蹈排练和文艺表演占据我很多时间，自己也乐在其中。话说回来，我向往集体生活，从小的理想就是进部队文工团。小学没毕业，被挑选进入内江地区京剧团练基本功，练了大半年，还没来得及吊嗓就作罢了。15岁时，成都军区战旗文工团来内江二中招考，可惜未能入选。中学时，因配合学校演出任务，参加排练请事假，缺了132节课。

很巧的是，我刚进大学就遇上首届"川大之春"文艺汇演，我向内江地区文工团李光沛老师学的印度独舞《拍球舞》派上了用场，可惜那次没获奖。

第二届"川大之春"，我们的原创舞蹈获二等奖。我是根据我们新闻班董华同学暑假在沱江救人真事创作的，请初二就考进四川舞蹈学校的发小龙燕担任舞蹈指导，而内江二中师兄（他考入川大中文系八一级汉语言文学班）则利用在川大广播站当播音员的优势，选用世界名曲为舞蹈配乐，其中有一段救护车的真声采用室外录音，极具创意，舞前朗诵是熊焰波。为庆祝这次汇演，剧组六人利用五一假期去卧龙大熊猫自然保护区探险，那次远足进入原始森林，同行者风趣幽默，我们一路欢笑。

第三届"川大之春"是我担任中文系学生会文艺委员后举办的，我们创作了"龙的传人"，剧本由川大"百色花"诗社诗友编写，我据此改写成舞蹈创作提纲，仍由龙燕编排，舞蹈音乐则是龙燕在舞蹈学校的一位男同学即兴钢琴弹奏，我们用录音机实录而成。我们惊叹于他只看了我的舞蹈内容提示就现场弹奏，真是太有才了，当时现场很震撼，激情满怀。这次演出阵容庞大，我们动用了中文系八〇、八一、八二、八三级有文艺细胞的帅哥靓女，这次终于夺得一等奖，演出后我们还去照相馆合影留念。我也不知道当时自己有多大潜力，要知道，所有男女演员都由我一人化妆。哈哈！

比较有意思的是还有一次准备演出，我想选日本电影《人证》里的"草帽歌"作音乐来编舞，当时没条件找录音，就和八〇级中文系的两位男生祁志恒和艾小川去春熙路电影院看这部电影，把电影主题曲用砖头式录音机录下来。

除了每年一度的"川大之春"，我入校后，还加入了四川大学艺术体操队。当时，艺术体操刚引入国内，我们一周三天早晨参加集体练功，下午也排练，有时就在川大第三食堂，同学们敲着饭碗进来，常会看到我们还在排练。

我们参加了两届"四川大学生艺术体操比赛"，第一届是五人集体球操和圈操比赛，两项都只得了第四名。第二届是六人集体带操和棒操比赛，还是没有斩获前三，维持第四，只有王一川同学获个人球操单项亚军，我被老师选入个人单项带操和圈操比赛，仅获第四名。

名次不重要，锻炼了体魄，陶冶了情操，我们还观看国外艺术体操比赛录像并模仿。记忆深刻的是，放假后的集训伙食真是太好了，平时我们排练晚了，食堂常常没菜没饭了，我常用面包就馒头，缺乏水果蔬菜，哪里有什么营养嘛！

其实每年"川大之春"各系的台柱都是校艺术体操队的主力。各系之争基本上是我们队员之间的竞争，比如外文系的唐岚，历史系的王一川、周玲，化学系的杨静，中文系的我和邓丹忱。毕业之际，我受校团委委托，组织校文工团即艺术体操队队员移植表演了四川歌舞团的保留节目——藏族舞《康巴的春天》。

此外，我还是中文系排球队队员，川大每年排球赛都少不了我的身影。最辉煌的一次，是与奥运冠军中国女排队员朱玲（她退役后在川大中文系进修）打配合，我做她的二传，她主攻时一般不跳，我轻轻一抛，她一抹，快球得分，最过瘾的是背溜快球得分。当然，对手也许不服。

你看我说起舞蹈来就喋喋不休，可见我是多么痴迷。大学学年论文，我的选题是《舞蹈报道的虚与实》。我是想大学毕业后能够继续兼顾自己的业余爱好，可以经常看演出并写报道或评论。要知道，图书馆的《舞蹈》杂志，我每期不落。

……

我倒是有些急了，这次排演整整两周（过去一般前后一个月陷入创作之中，睡觉前满脑子都是旋律），同学们的论文进展很大，我搞得较早，可这样一来倒落到后面了。准备把五一假期用起来搞论文。

本来 4 月 15 日是我的入党转正日，我已如约提交转正申请。然而，诸多因素导致进程拖延，支部要求我再提交一份申请，预计在五一节后讨论。尽管问题不是很大，但也把我搞得够呛。同学们提了许多中肯的意见，我也在前段时间进行了长时间的痛苦反省。

可能是因为我积极参加各类活动吧，我是中文系八一级发展的第一个女党员，我明白其中分量，因为在我以后还有同学面临转正，为了把这项工作做好，支部采取的态度也是极其严肃、谨慎的。

钟勇已到北京参加协和医院研究生复试，他看来很有希望，你可写信问候。

那天洗了一些照片，这里给你寄来几张。可你要的紫花衬衣的小照底片丢了，实在对不起。

> 五一好好休息！
>
> 方惠
> 1985年4月30日

1985年5月7日　星期二

　　自刘书记否定我们的办厂方式后，筹建工作陷入僵局。若按照乡政府指导的模式来做，主要压力就在书记和乡长身上，我比较超脱。然而，如另择人选，由这个人来独立承包，则筹建小组形同虚设，我们前期所做的大量工作也就白做了。让我非常纠结的是，下乡锻炼本就是磨砺自我、锻炼能力的过程，就是要拿出其他人不容易拿出来的成绩，这才堪称"卓越"。这个项目是侯副省长提议、以省长基金确定立项的，全省瞩目，如此难得的锻炼机会，岂肯拱手相让？

　　是选择一条轻松易行的路来走，还是做最艰难的选择，拼了命也要杀出一条血路来呢？要完成罐头厂的一揽子建设计划，至少需要筹集40万—50万元，后续还需要10万元左右的流动资金，这对于岸门口乡乃至康县来说都是一笔巨款，及时地筹集到这笔款子，确保工程不断钱粮，任务非常艰巨。而且，罐头厂该怎么办？技术路线是什么？规模搞多大？成本能不能控制？市场前景如何？这些全都是未知数。毛主席说，不打无准备之仗，但自己此刻完全弄不清办厂的风险，完全是"明知山有虎，偏向虎山行"。

　　这件事办好了，啥都好说；如果办砸了，责任算谁的呢？照刘书记的说法，我不过是一个从省城到基层来锻炼的选调生，县委也不一定愿意把这副担子交给我，我所扮演的角色，不过是跟着敲敲边鼓而已。当不成主角，挑不成大梁，好像意思也不大。我左思右想，一个人闷头抽了好几支凤壶烟，连烟蒂烧到手指了也浑然未觉。这个决心难下！

1985年5月11日　星期六

　　坊间传闻我与县委书记发生了激烈争吵。这个消息在一个小时内就传遍县城，轰动一时。

　　实际情况是，在刘书记在县委会议室再次召集的座谈会上，杨书记汇报说，乡里实在是找不到愿意承包罐头厂的人，这惹得县领导很不高兴。我听来听去，感觉这件事好像也没有别的办法，似乎只有由我来承包，罐头厂才有可能办下去。于是，我脑子一热，就腾地站起身来，提出愿意与县委签署军令状，如失败，愿意接受组织的处分，就是开除公职、开除党籍，也决无怨言！我在会上说出了这样的狠话，堵得刘书记接不上话茬儿，气得他一下子站起身，愤然离开会场。

　　会后，刘书记让县团委书记严冀同志把我叫到他宿舍，我们面对面交谈了半个多小时。刘书记是文县人，家属留在文县，他在康县当书记，过着单身汉的生活。他洒脱得很，没在常委院住，工作和住宿都在县委办公楼二楼的一个房间里。屋内的陈设十分简单，就摆了一张单人行军床，配上办公桌和几张硬木椅，连沙发都没有。县委办公室给他派了一名通讯员，是我们乡张会计的儿子，是一个长得很精神、说话办事也非常机灵的小伙子。小张在他房间安装了一个带排烟管的铁炉，每天负责生火，把屋子弄暖和。

　　刘书记据说23岁就当上了县级干部，现已年过半百，很有权威，但对我们这些晚辈很慈祥。他帮助我分析了承包的利弊，又让我仔细想想，为什么别人都不敢承包，偏偏我要出头来承包？刘书记还很诚恳地对我讲，在康县做事，尤其在岸门口这种原来的老县城做事，不仅要有热情、有能力，还需要有很过硬的资历，否则谁听你的啊？他的话发自肺腑，讲得眼睛都有些红了，我非常感动。

　　我向他汇报说："刘书记您也看到了，这就是一个烫手的山芋，谁都不愿砸在自己手上。但罐头厂前期工作早就开始了，有些钱都已经花出去了，厂房的基建也已开始。现在我们把摊子都铺开了，还真是停不下来。还有就是，省上和地区都拨了钱，县上和乡里也费老劲自筹了一些钱，听说地区林业处还要定点帮助岸门口乡，也准备资助一些钱，这些钱七拼八凑，可是来之不易。如果我们找的承包人胡日鬼，就很可能鸡飞蛋打。到时候抓他、关他、法办他，怎么收拾他都没有用，上面只会怪我们没把事办好，会把账算到您头上。"

我缓和了一口气对他说，经过前一阶段摸索，我对建这个厂有了一些信心。我也跟兰大的老师说了，他们也在帮我找技术专家，质量检测方面，化学系还愿意支援我们一些分析检测仪器。我还很坦诚地汇报，即使罐头厂建成后，没收回省上和地区的投资，但钱落在康县，他们也拿不走了。我们有了厂房、设备和地皮，以后不管做啥都算一笔资产，县上也没损失一根汗毛。我对刘书记说："向您保证，不把这个厂建起来，我绝不离开康县！"刘书记看我的眼神从怀疑、迟疑到柔和起来，看来对我是有些相信和期待了。

后来，杨伯富副书记把电话打到乡上，大致意思是县上准备同意我出任罐头厂厂长，但岸门口乡政府必须提供担保。杨副书记说，几十万元投资对于我们这个小县来说可不是小事，光是大学生立军令状没用，他是省里下来的，说不准明天就会调走，到时县上也莫奈何。乡里的书记和乡长也必须给县里立军令状，搞哈了就地免职。杨书记和崔乡长听了头上直冒烟，不肯上套。杨书记借口老婆得急病，急急忙忙要躲回武都老家；崔乡长也死活不表态，不愿意出这个头。乡上也有人责怪我乱表态、乱出风头！

1985年5月12日　星期日

今天满22岁。

县委杨伯富副书记出面，到岸门口来拍板罐头厂建厂方案，通知我出任厂长，并确定该厂名称为"康县栗子鸡罐头厂"。会后，伯富同志让我留下来单独谈话。他说，县委已将罐头厂列为重点项目，并指定他专门对接，今后有什么困难或建议，都可以直接找他汇报。他还关切地询问了我的学习和家庭情况，也简单介绍了他从甘肃农业大学毕业后来陇南工作的经历。他是兰州人，我们还兴致勃勃地聊了一会儿兰州的风土民情，聊得很开心。我忍不住告诉他，今天是我的生日。他祝贺了我，知道我才满22岁时，就紧紧握住我的手说："小郑，好好干，你前程远大得很！"

另外，地区林业处张副处长到康南林场检查工作，专门派人把我请去见面。张副处长说，地区林业处已决定将罐头厂作为工作联系点。他说，康县和周围几个县森林资源相当丰富，林生水果种类多、产量大，林业生产要协调配合多种经营，这是地委根据陇南实际情况确定的工作方针。今后，林业部门不能光砍树，也没那么多树可砍了，林场必须转型，必须努力挖掘和发展森林内各种资源，向多种经营要效益。他听了我对罐头厂建厂规划的汇报，很满意，说明天一起到县城见刘书记，再好好细聊。创始阶段，林业处将支援罐头厂2万元，而且建厂所需的木料可直接从清河林场免费拉走。罐头厂建起来以后，我们再商量林场是不是入伙，共同投资，共同经营。

下一步，要办好四件事：一是落实厂址，尽快拿到建设用地；二是多渠道筹集建厂资金，催促各方将已承诺的款项如数给付；三是按计划督促建厂进度，确保年内点火试车；四是尽快订购生产设备，预先组织生产原料，落实好商标，并确定技术合作方。我们决定本月20日前赶到成都，参加展销会并选购罐头生产设备。

乡场毕竟是一个人情社会。张会计推荐镇街头上的秀秀两口子，说让他们负责罐头厂的糕点烘烤业务，可先投资1000元搞起来。秀秀夫妇是镇街上的"攒劲人"，我先前就听过他们两口子的好多故事。秀秀是本地人，她丈夫从河南过来，招赘进了她们家。另外，乡里决定让妇联主任小魏的爱人小黄进罐头厂帮忙。张会计、葛主任和我跟他们谈话，他们都很开心，特别激动地答应了。

第五章

坠入情网

> 我十七岁离开家乡,来到这西北塞外,荒凉中尤其思念故乡。我爱你,爱你身上的故乡遗风,它使我迷醉。爱你蔚蓝晶莹的双眸,像川中南那辽远的苍穹!更不能忘记你的爱抚,就像茫茫戈壁上的轻风,时而有母亲和姐姐一般的温存,时而有情人的灼热。

1985年5月21日　星期二

　　到成都前,我已对罐头厂设备选型和技术路线做过一些功课,搜集了设备资料,对比了性能参数、价格和售后服务,同时也注意学习了解罐头生产工艺,弄清罐头生产的关键环节,调研基础比较扎实。

　　这次来成都,依据先前考察和专家意见,订购了杀菌设备、灌装设备、包装设备和半自动化控制与监测设备,都是先签合同、预付定金。质检设备,我打算回兰大化学系要一套,就不给钱了。至于马口铁盖和罐头瓶,要到重庆和万县进货,卧式蒸汽锅炉则要从兰州买。我效仿左宗棠,兵马未动,粮草先行,把精力放在战前准备上。

　　国务院前两天批准甘肃省调整行政区划,将武都地区更名为陇南地区,行政公署从武都县迁成县,原天水地区的西和县、礼县划归陇南地区。陇南地区辖文县、武都县、成县、康县、宕昌县、西和县、礼县七县。早前传说两当县和徽县也划归陇南,这次公告中没有提及。从历史地理概念上说,这两县处于陈仓故道,现在宝成铁路上也有两个火车站,如划归陇南,行政版块就更完整,对陇南的交通也更好。

　　前晚看电视转播,去年夺得亚洲杯足球赛亚军的中国足球队输给了香港队。本来在前天的比赛中,中国队只要主场战平香港队就可小组出线,大家都以为稳操胜券,不料却输了,丢掉了进军世界杯的机会,令人扼腕。北京工人体育场好几万人的看台先是鸦雀无声,然后突然一些球迷开始号啕大哭,现场陷入混乱。

　　今天的《人民日报》说5月19日晚足球赛结束后,发生了无理哄闹、严重破坏社会秩序的违法事件,公安部门当场拘留了127名肇事者。这一事件是新中国成立以来在北京体育比赛中发生的一次最严重的、有损国格的事件,这种愚昧、野蛮的行为与首都地位极不相称。

我办完公事，到川大见到方惠。她依旧身着那条标志性的蓝白海军裙，从梧桐树荫下款款走来，给人一种宁静优雅的感觉。我们先到川大旁的望江公园散步。公园内，亭台楼阁错落有致，游人们或在青石板小径上漫步，或坐在亭外品茶聊天，空气中弥漫着淡淡的茶香和花香。这里有很多竹子，竹叶在微风中轻轻摇曳，发出沙沙的声响。锦江波光粼粼，几只白鹭轻盈地掠过江面。我们坐在露天茶馆喝茶，轻松地交流着彼此的近况，就像久别重逢的亲人一般亲切。

下午，她邀请我看了一场她们中文系与历史系的排球比赛，她在场上打二传。我在球场边见到了二舅舅的女儿燕表妹和她新交的男友税立，他们同为川大历史系档案专业的学生，也在球场旁为历史系助威。我站在他们对立的阵营，给中文系当拉拉队，两边都喊得挺热烈。和方惠同寝室的几个女生站我旁边，找我拉呱，问了好多问题，有点像开了一场新闻发布会。赛后，我送给方惠 30 元零花钱，说没来得及准备礼物，请她自己去买一件喜欢的衣服。她没推辞，收下了。

1985 年 5 月 22 日　星期三

高中时期，方惠和班上另外两位女生都是"内江二中毛泽东思想宣传队"的舞蹈队员。她们在我们心中是偶像级人物。临近大学毕业，追求她们的男生很多，能不能与她们明确恋爱关系，也到了关键时刻。

高中同班的三位男生，虽在不同大学念书，却不约而同地齐聚成都。这是一个充满竞争的爱情矩阵，进入了白热化的短兵相接阶段。若无法找到合适的应对策略，我们之间必然会打乱仗。好在我们三位男生都是学理工科的，愿意寻找一个科学和理性的解决方法来避免内耗，预防"肥水外流"。

上大学后，三位男生与三位女生都一直保持着通信联系。其中两位男生都已考上了名校的研究生，似乎比我更有竞争力。我率先提出倡议，就是三个人先各自明确自己的追求目标，采取一对一的方式定向努力，如果不成功的话就愿赌服输。这样的话，我们三个人的成功机会都会更大一点。他们想了想，赞同确立这个规则。现在要做的就是各自确定追求对象。

我们住在成都空军招待所，这里紧邻四川大学。我们在九眼桥附近的苍蝇馆子品尝川味小菜，点了啤酒开怀畅饮，回忆中学的愉快时光。三个人都谈到那次在梅家山观看她们演出的情景。那是一个仲夏的夜晚，暑气未消，微风轻拂，女同学们在后台忙碌化妆，无暇顾及我们。

她们表演的舞蹈是《阿佤人民学大寨》，这是一个集体舞。当她们身着统一的佤族传统服饰走上舞台时，舞台上的灯光璀璨夺目，照得这些化了浓妆的女同学都是一个样子，根本分不清谁是谁。然而，那欢快的旋律、激昂的节奏和她们奔放的舞姿，却深深地打动了我们，给我们留下了终生难忘的印象。

三个人都在回避最后摊牌。我决定先入为主，就直接亮牌了。我态度很诚恳地说道，尽管我与另外两位女同学也一直维持着良好的关系，但我与方惠的关系已逐渐明朗化，趋向明确恋爱关系，希望将她确定为自己的追求对象，并比较详细地介绍了这段时间我俩交往的情况。我这样做，有先发制人的意思。

经过短暂沉默，他们表示我这个决定来得有些突然，他们需要更多时间思考。于是，三个人结束了这次五味杂陈的晚餐，各自安歇。经过一个漫长夜晚，他们也终于作出选择。这样，三个高中男生终于达成了"雅尔塔协定"。

我深感轻松，独自走出招待所，来到九眼桥附近的老街。街上的小饭馆前，老板娘热情洋溢地招呼着过往的客人，诱人的菜肴香气四溢。茶馆内，客人们欢声笑语。电影院前，海报上的明星光彩照人。杂货铺的商品琳琅满目。有一家书店，静静伫立在偏僻的角落。街道上车水马龙，行人络绎不绝，人声鼎沸。锦江水碧波荡漾，霓虹灯倒映在水中，波光摇曳。凭栏眺望，河水的柔波充满温情。成都啊成都，真是一个来后就舍不得离开的城市。

1985年5月26日　星期日

　　今天是星期天，方惠不上课。

　　我俩在川大附近逛了逛。从九眼桥往上游走不远，就来到府河与南河交汇处，这里原来有一个合江亭，今天只剩下空旷的平台，荒草丛生。遥想当年，锦江两岸竹林遍野，芦苇掩映着渔火，白鹭飞出树丛，农舍鸡犬相闻，真是说不尽的天府风光。感叹之余，我脱口吟出了杜甫写成都的名句："窗含西岭千秋雪，门泊东吴万里船。"方惠则诵出陆游的旧诗："政为梅花忆两京，海棠又满锦官城。"

　　当我驻足于合江亭遗址，心中涌起一缕淡淡的遗憾，方惠细心地察觉到我的情绪，轻声提议前往新都的宝光寺。我们踏上了长途客车，尽管路途颠簸，但方惠的面庞似乎因困倦而愈发显得安详、恬静。她轻轻地将头靠在我的肩头，那一刻，我感受到了一种深深的宁静与温暖，仿佛整个世界都为我们静止，只剩下我们两人相依相偎，坐着爱情的大篷车，勇敢地驶向未知的远方。

　　新都宝光寺深藏于树木与竹林之间，宛如一颗璀璨的佛国明珠，静静地镶嵌在成都平原的翠绿画卷之中。寺庙内，佛塔巍峨矗立，红墙黛瓦相映生辉，青石小径蜿蜒曲折，两旁是郁郁葱葱的松柏与充满古韵的殿堂。微风轻拂，松涛阵阵，与香火的气息交织，营造出肃穆而宁静的氛围。

　　大殿之内，佛像面容慈祥，宝相庄严，香火缭绕，钟声悠扬。在这清幽的禅院中，一池碧水映入眼帘，水面上漂浮着几片荷叶，红色的金鱼在水中悠然嬉戏。我们虔诚地瞻仰了五百罗汉像，并向观音菩萨敬香祈福，祈愿有情人终成眷属。

宝光寺的南面不远处流淌着一条河，那便是沱江上游至关重要的支流——毗河。我与方惠都在沱江边长大，我们是沱江的儿女，沱江是我们心中最尊贵的母亲河。我们怀着虔诚之心，顶礼膜拜，祈愿沱江能保佑她的儿女白头偕老，永结同心。

说起来，我和方惠依循中国传统习俗，算是心照不宣地私订了终身。我们都看过黄梅戏《天仙配》，深知私订终身也有其庄重与神圣。我们的誓约，蒙天地之恩泽，更有山河为证。合江亭感受古风，宝光寺敬香祈福，沱江水静静流淌，是我们两情相悦的见证。今日同游，正合此意。

1985年5月31日　星期五

在完成成都采购任务后，我立即启程去重庆和万县，订购罐头瓶和马口铁罐头封装盖。封装是罐头生产最关键的环节，对罐头瓶的耐高温性能以及盖子和垫圈都有特殊要求，必须进行严谨细致的筛选。在挑选罐头瓶时，曾有同志提议使用回收瓶，但我坚决反对，强调该省则省，但不该省的一点儿都不能马虎，一定要确保罐头品质和食品安全。

马口铁是经过双面镀锡处理的冷轧低碳薄钢板，表面镀锡是防止腐蚀和生锈，这是罐头生产与销售过程中不可或缺的环节。马口铁因其耐腐蚀、无毒、高强度及卓越的延展性而备受推崇，它完美融合了钢的坚韧与成型性，以及金属锡的防腐蚀与易焊接特性，加上外表美观，遂成为决定罐头外观品质与内在质量的核心用材。

我买到31号从重庆到万县的船票，这样的话，30号晚上可上船住宿，省一晚住宿费。伴着江涛微微颠簸，我提笔给方惠写了一封信。

惠：

相别太急！

重庆雨雾朦胧。我滞留旧都，情思恍惚，一切犹在梦中。

这次相见，来也匆匆，去也匆匆！我情不自禁地亲吻你，拥抱你。初吻是欣悦，也是痛苦！真没有想到，"爱"竟是这样的一种滋味。昨夜我在江船上，头脑昏昏，靠在床架上就沉沉入睡了。天亮醒来，见衣服都没脱，好半天想不清楚自己在哪里，心里实在难受。

令人战栗的幸福和撕心裂肺的痛苦，像暴风雨一样朝我们倾泻下来。我和你，就像崛起在夏威夷海岸的那块巨石上的恋人，呼啸的海风把你那白色的连衣裙吹成一面迎风飘扬的旗。我紧紧搀扶着你，两人一起扬头瞩望远方。脚下大海咆哮，怒浪排空，欢腾起万千吼声！在大自然的世界里，我和你紧紧依靠，挺立在一角。

昨晚（30号）我上船夜宿。夜晚的山城，美得让人沉醉，岸上是万家灯火，江中是摇曳的光柱，我简直有些吃惊！怎么这样熟悉？好像在很久很久以前见过，脑海里珍藏着，像一幅久远发黄的照片，突然映现眼帘！江好像在说："又看见你，又看见你了！"山也在说，灯也在说！这么多的灯火中是不是也隐藏着你和我的身影？你是江的精灵，无声无息走进我心，又像这静静的江水，悄悄流向远方。

今早（31号）6时开船，美丽的山城，迷人的旧都，就像一幅徐徐展开的画卷，慢慢退到后面去了。我卧在铺上给你写信。

你曾婉转地打听，我爱你，为什么爱得这么深？我十七岁离开家乡，来到这西北塞外，荒凉中尤其思念故乡。我爱你，爱你身上的故乡遗风，它使我迷醉。爱你晶莹的双眸，像川中南那辽远的苍穹！更不能忘记你的爱抚，就像茫茫戈壁上的轻风，时而有母亲和姐姐一般的温存，时而有情人的灼热。你那柔嫩的脸颊上，总是泛出艳如桃李的红晕；你那黑色的鬈发上，太阳的光彩闪烁动人。这一切，怎不让人心潮汹涌，想大声唱一支爱情的欢歌！

不知道这种布尔乔亚式的爱情是不是很难持久，如果是，那我为什么要去追求？在人生的旅程上，生命的恐怖和美丽总是交织着。我只有在恐怖中奋争，才可能追求到生命的美丽。在我的身体内部，在我平静如水的心灵深处，渴望自由的力量不可遏制。我就是那自由的旋风！爱，就去追求。人，应该冲破一切束缚，奔向大自然的原野，这才鲜活，这才生动。

你父母可能不满意我的，一是职业，他们不喜欢政治；二是地方，他们不喜欢大西北。而政治本身并不是我生存的目标，它仅仅是一种手段，一种途径。我现在判定一件事该不该做的标准，不再是个人的兴趣，不再是社会的评议，也不再是这件事与自我塑造的关系。我做任何事，从政、下乡、办厂、择友、深造等，都是因为这些事把我引向自己选定的目标。目前我确实在尝试，在勇敢地探索，并在探索中发展和进步。对一个20岁刚出头的年轻人来讲，比职业更重要的，是他是否真正地具有探索进取的精神。

辽阔的大西北，每一寸土地都洋溢着豪迈雄浑的气息，少年梦想，如水银泻地，深深地渗透进这片坚实的土地，怎不让人的情感深沉而炽烈？正是这样的深情，维系着大地与人的联系。每一个坚毅的男子，都要像希腊神话中的安泰，紧紧依偎着大地。他们热爱自己的恋人，就如同他们热爱坚实的大地，总是那样的一往情深、忠贞不渝。

亲爱的，我们是上帝宠爱的儿女，这整个的世界，都是我们的伊甸园。

请让我猛烈地拥抱你！

你的 XY
1985年5月31日

1985年6月3日　星期一
———————

我从重庆启程，搭乘江轮顺流而下，破浪前行。当轮船在万县港缓缓停靠时，正是黄昏时分。凭栏眺望，只见这座城市依山而建，层层叠叠，直冲云霄。落日余晖映照着西山钟楼，沿江而建的山城显得格外婉约秀丽。江岸高耸的堡坎上，吊脚楼与近代风格的灰砖洋楼交错混杂，别有风韵。

码头上人群熙攘，下船的人需先踏上江边的木船，再踏着颤动的跳板缓缓走向岸边。与此同时，其他客船正在迎接新的乘客，货船则鸣笛启航。岸上，挑夫、背货者、送行者络绎不绝，更有好多妇人聚在大梯坎的底层台阶上洗衣，好不繁忙。

爬上又宽又高的大梯坎，临河的街道灯火通明。街道两旁，商贩们叫卖着凉面凉粉、卤菜啤酒，还有藤椅、藤篮和手工凉席。吆喝声此起彼伏，整条街道人声鼎沸。

万县是川东门户，也是长江进入四川的第一工业重镇。我这次考察和接洽的重点是这里的罐头厂和玻璃厂。前往厂区需经过苎溪河，著名的万安桥映入眼帘。这座全由青石砌成的石孔桥设计独特，三个大石孔与三个小石孔上下排列，浑然一体，简约、朴素、美观。站在桥上，南望可见长江上行驶的轮船，北望则有一块巨石横卧苎溪河上，石上又有一桥，飞瀑直下，水声震耳。

万县县城地势起伏，走起路来上坡下坎的，而且要在好多曲折蜿蜒的小巷中穿行。这些小巷内保留着不少明清时期的老宅，青砖黛瓦，古色古香。有些房子年份久了，龇牙咧嘴的，虽显破败，却又充满生机。我走进一家小馆子，品尝了美味的牛肉小面和汤包，真是太好吃了。

走出馆子，我踏在青石板路上，回味着刚才的美味，心中不禁回想起家人提及的往事。外公考入川康银行，先在重庆当实习员，随后转到万县担任庶务。正是在万县，他获得刘航琛董事长赏识，为以后发展奠定了基础。大姨和大舅都在万县出生，大舅更以"万生"为乳名，寓意为妈妈家与万县有深厚的联系。想起这些，忽然觉得这座城市不再陌生，倒是格外的亲切了。

漫步在不知名的小巷中，目之所及，是经过岁月磨砺、油光水滑的青石门坎，还有斑驳陆离、长满青苔的灰砖墙面，耳畔传来雨滴从屋檐滴落的声音。循着"嘀嗒"的水声，我穿过一扇扇充满沧桑感的大门，恍然不知哪家才是外公的旧宅。

正值梅雨时节，细雨绵绵，道路泥泞湿滑。城外云雾缭绕，长江对岸群山起伏，几艘江轮拉响的汽笛声，在宽阔的江面久久回荡。风声、雨声、涛声、汽笛声，与山上寺庙传来的钟声和谐交错，宛如琴声敲打着心弦。公务办完后，我很想沿江而下，探访壮丽的长江三峡，感受"两岸猿声啼不住，轻舟已过万重山"的美妙意境。然而，我也意识到，自己在外时间不能太长，岸门口那边还有好多事要打理，于是就忍痛割爱，打道回府了。

1985年6月10日　星期一

昨天回到岸门口。

在从重庆返回略阳的途中，列车在成都北站稍作停留。那一刻，有一股强烈的冲动涌上心头，我很想下车去见她。然而，理智终于将那份情感压抑下去。当列车缓缓驶离成都站的站台，我心中好惆怅，恋爱的感觉如同滔滔江水般汹涌澎湃。

张副处长仍在康南林场蹲点，他一听说我回来就叫我过去。康南林业总场是1964年成立的，经营总面积多达80万亩，林区横跨康县东南部河谷，这里是秦巴山区、黄土高原和青藏高原三种地质带的交会区，气候温和，降水充沛，森林资源极为丰富。从行政管理体制来说，岸门口乡的行政区划与康南林场经营的林地是互相交叉的，如何在保护和经营好林业资源的同时，促进当地的经济发展和农民脱贫，是地方政府和林业管理部门的共同责任。

张副处长说，地区林业处已经把定点联系岸门口罐头厂的工作情况，特别从林业部门如何发挥资源优势促进地方经济发展的角度，向地委和行署作了汇报，张书记和王专员听得津津有味，表示要亲自过来看看。张副处长还告诉我，国务院有新的通知，已将两当县和徽县划归陇南地区。这正符合我原来的设想，陇南成了连接陕甘川三省的一个比较完整的地理和文化版块。

1985年6月16日　星期日

省政府拨付的15万元罐头厂建设款项到了，这是省领导许诺的头一批拨款，另外15万元要根据我们建厂的情况再下达。但是，不知为什么，这笔款子县财政局要卡一段时间，说是还要办些手续。不过，这笔资金到位后，县农行的同志可能觉得罐头厂的事算是比较靠谱了，放起款来就稍微放心了一些，这也为我们后续申请贷款创造了条件。同时，罐头厂建设资金筹集工作终于也算有了成效。康县在甘肃是一个很穷的县，在乡镇这一级根本就没见过这么大一笔"巨款"。不管怎么说，乡政府一下子拿到这么大一笔款项，大家都很高兴，其他乡镇也非常羡慕。

县委杨副书记认为我们原先选的厂址小里小气的，很不理想，因此决定在镇街东头征收一块社员的责任田作为新厂址。这块地的面积是2200平方米，紧邻康阳公路，马路对面就是燕子河。罐头厂要用很多水，因此取水和排水一定要优先考虑。此外，这里离后曲子水电站也比较近。然而，这块地不够平整，有坡度，西侧还有一条排水沟，如果遇到山洪暴发，有可能对厂区构成威胁。地里种着玉米，长势很好。我站在这块玉米地里，思绪翻飞，想到自己这个"光杆厂长"就要在这块地上创出一番事业来，心中好激动。

为确保基建施工质量，乡工程队将负责施工事宜。他们同意垫支部分工程款项，这有助于暂时缓解我们的资金压力。厂区将三面筑墙，靠山的那一面要修筑堡坎，防止泥石流和滑坡。西侧的水沟也要修成排水渠，增强汛期的导洪效果。厂区内将建设一个带浴室的锅炉房、一个综合车间（附带质量检测室和成品库房）、一个门卫传达室，并计划在后方修建一个男女分开的公共厕所。总建筑面积预计超过1000平方米。

明天召开责任田划转洽谈会，届时将有乡政府、行政村、土地承包人和罐头厂四方参加，希望能够把新厂址尽快确定下来。为确保工程进度，乡工程队已作出承诺，麦收一结束就开工，计划用4个月时间完成主体厂房和锅炉房的基建工作。当前，我们面临的一项重要任务就是选购与罐装要求相匹配的锅炉设备。

我现在对自己的规划是"双轨制"，即在事业和恋爱两个方面双用力、双推进。方惠那边，虽有"雅尔塔协定"，但仍有其他男同学在追求，所以仍存变数。原本期望办厂和谈对象都能理智和超脱一点，尽量保持弹性，留有回旋的余地，但实际上难以自拔、越陷越深。方惠的毕业分配方案很快就将公布，她即将投来的信很可能透露这方面信息，不排除她婉转暗示刹车，这将是命运的裁决。

面对眼前的情境，我深知自己需要构筑坚实的心防。倘若追求不成，也保持风度，决不卑躬屈膝。商场如战场，情场也如战场，好男儿就该是无畏的战士，即使在战场上身中箭矢，伤痕累累，也能独自舔舐伤口的血，从创伤中重新站起来。

1985年6月17日　星期一

收到方惠来信，读后倍感欣慰。这是她首次以爱人的身份正式给我写信，信中用了太多省略号，意味深长。

亲爱的：

人坐在图书馆，可心早已飞到你那美丽的小山村、小阁楼了，我真想立即动身……

两封信、一份电报飘落在我的床上，一个影子落在我脑海里不走了，定格了……

既然已经选择了，就应该走下去。我对你也是这么说的。

家父不久前出差路过成都，来看我，但在前一天收到了他的信，其中问起了我的个人问题，希望我能在学校定了。既然如此，我就坦然地对他说了，带着任性。我也没料到事情进展得这么快。他有些诧异，可能有些顾虑，诸如工作地方、单位，但没表示反对，说你自己看着办。正如我猜想的一样。妈妈现在可能也知道了，父母这一方主要靠我去做工作，再加上你的表现了。也难怪，他们对你太不了解了。

论文前天定稿，总算松了一大口气，可我现在不够自信。

我的转正申请6月4日校党委组织部正式批下来了，党龄从今年4月15日算起。

昨日收到杨静的信，表示了对我即将离校的问候，并希望我分配时不要窝在学校里，要出去闯一闯，可能是根据她自己的切身体会吧！

你最关心的分配现仍然没有消息，我又不愿去打听，反正辅导员没来找是好事。我想最好是去中央一级的报社，而刚去的年轻人肯定是要下放到记者站的，那时可申请去甘肃。我不愿意去《甘肃日报》，定居那里一辈子，我还是喜欢打一枪换一个地方。

……

在你走后我给你写的那封信收到了吗？

我希望你振作起来，以微笑对待生活，思想不要过于紧张了，那样对身体不利的。我希望见到你的时候你能长胖一点，心宽才能体胖，不是吗？

上午我打算写对照检查提纲，下午要学习并发言。我坐了一节课，头脑混乱，一个字都写不出来，真伤脑筋。我倒很想听你讲点什么，启发思维，可这只是妄想！

为了按时完成这份提纲，我不得不停下笔来。正如我停下写对照检查提纲的笔给你写信一样！

在收到你的前封信时已吻过你的名字了。

附：那天外文书店来我校卖原文书，价格昂贵，可装潢十分漂亮。

我买了一本《安娜·卡列尼娜》,你不是叫我加强了解俄国文学吗?

你的惠
1985年6月13日于图书馆

陇南地区农科所设在岸门口乡的试验站,位于镇街河对岸的贾家湾村,与康县二中一墙之隔。这个试验站建立的时间不短了,据说在"文化大革命"以前就有,其主要职责是通过引进试验、筛选推广、杂交选育等手段,加强本地区的冬小麦和马铃薯选育种工作。试验站内,晓勇和老李这两位从甘肃农大毕业的师兄与我比较聊得来,他们在农业科学方面的知识相当渊博,我喜欢向他们请教。有时,我们也一起搞些好吃的,打平伙。

终于收到方惠的来信,虽然毕业分配还没有消息,但她第一次向父母公开我们的关系,并且没有受到反对,这是一次爱的飞跃。读她的信心里好畅快,就过河去找晓勇他们聊天喝酒,聊至深夜才返回宿舍。从贾家湾返回乡政府,要经过燕子河上的铁索桥。我步履蹒跚地走在铁索桥上,桥身在轻轻摇晃,好像比平时晃得更厉害些。天上月色如水,银色的月光映照着我幸福的微笑。

1985年6月18日　星期二

在筹建罐头厂的过程中,已成功落实厂址并筹集到大部分建厂资金,主要设备和包装材料也已订购完毕,为开工做好了准备。目前,乡工程队的基建工程即将动工,整体进展还算顺利。接下来,我们将重点推进锅炉订购、运输和安装工作。

蒸汽锅炉在我心中有特殊含义,它是工业革命的象征。康县原来有一台工业锅炉,还是在毛泽东时代由北京医生引进安装的。他们是著名的"六二六医疗队",当时带队的王医生就是化学系七七级那位大师姐的爸爸,据说后来当上了康县副县长,再后来调兰州做了省药检所所长。他们到康县后,深感这里缺医少药,于是群策群力，土法上马，引进了这台锅炉，建立起一家以加工中草药为主的制药厂。如今，我们的罐头厂即将在康县竖立第二台工业锅炉，这无疑将成为康县工业化进程中又一个崭新的坐标。

陇南山区弯道多、坡道多，特别崎岖难行。为把这台锅炉从兰州安全运到康县，根据兰州方面的要求，张会计带人到县交通局，详细了解成康公路（成县至康县）、武康公路（武都至康县）以及略康公路（略阳至康县）三条公路的路况，并进行认真的对比分析，选择确定一条运输路线。

我们还致电兰州食品工业研究所，希望他们尽快完成厂区建设的平面设计图，包括动力布线和生产车间的内部布局，并请他们派专家来现场指导。他们希望我过去当面商洽合作的细节。经乡上安排，指定乡工程队原来的会计老祁担任我的副手，当副厂长，并从严家坝村选招了一位名叫贾奇颖的高中毕业生，他看起来比较严谨老练，准备派他先到兰州把设计图纸领回来，工程队再依据图纸编制预算报告，尽快破土动工。

正值麦熟时分，然而阴雨连绵，真是令人心焦，大家都很担心今年小麦受这雨水影响会大面积减收。我轻轻推开小阁楼的窗户，抬头凝视着山谷间缭绕的云雾，心中默默祈祷晴朗的日子早日降临。毕竟，只有在麦收顺利完成后，乡工程队的工人们才能返回，我们工厂的修建工程也才能启动。

1985 年 6 月 20 日　星期四

从兰州到岸门口差不多有 10 个月了，回想起来，感触颇多。毕业以后，从选择留陇从政，到决定追求方惠，几乎每个抉择都是在痛苦与犹豫中毅然决定的。

我作出下乡决定，与大学时期我们自发成立的读书会有关。当时，我们读书小组的同学们共同阅读了屠格涅夫的小说《罗亭》，并围绕这部作品展开了热烈的讨论。罗亭,这位满怀激情的青年贵族,生活优渥,鲜少经历困苦,他常以高高在上的姿态,以神的视角去审视他人,喜好高谈阔论,以冠冕堂皇的理由自诩为时代的先驱。然而,实质上,他不过是个内心不愿妥协于世俗却又时常得过且过的小知识分子。在阅读这本书的过程中,我们每个人都不禁在罗亭的身上看到自己的影子,这让我们深感苦恼与烦闷。大家的共识是:"杜绝空谈,行动、行动、行动!"因此,选择当选调生,选择到农村来,使我终于挣脱了罗亭式人物的阴影,不再迷茫与徘徊,而是以果敢无畏的姿态,直面命运的挑战。

走进陇南的乡野,我目睹了芸芸众生为了生存坚韧地抗争着,深切感受到社会变革的浪潮如何激荡着这片古老的土地,这一股势不可挡的洪流,正以前所未有的力量深刻地重塑着乡村的面貌。而我们,如同这洪流中的一朵小小的浪花,虽然微小却不可或缺,正以我们自己的方式融入这历史的进程,折射出时代的璀璨光芒。我,是那山谷中的一条小溪,不满足于深潭的宁静,而是勇敢地穿越幽谷险滩,向着阳光普照的原野奋力奔流。

或许,我的视野尚显狭窄,或许我仍未完全打破内心的坚壳,还做不到登高远眺、一览大时代的壮丽画卷。然而,我毕竟走出了书斋,推开了一扇窗户,让清新鲜活的风吹进了心庭。

1985 年 6 月 21 日　星期五

收到了方惠 6 月 17 日的来信。

昨晚听到收音机播放的日本歌曲《邮递马车》:"从那南边山坡上,远远传来了邮递马车阵阵声响。马车将要带来快乐的信息,马蹄声儿多么清脆嘹亮……马车将把愉快的消息,带到我们的心坎上。"爱人远在天涯,只有邮递马车那清脆的马蹄声,给人带来喜悦和希望。

亲爱的：

上午，图书馆。我又挤出点时间给你写信。

昨天去川师参加了一个甜城同学会，主要是为欢送我们八一级的毕业生。

你知道吗？我现在已开始为你造舆论了，原来上次爸爸来已把我们的事告诉了妹妹，我趁机问了一下她对你的看法，当然她对你也没有更多的了解，只是觉得她想象中的不是"你"。我慢慢地介绍了你，直到夜深人静！两姐妹的"蜩啾"[像麻雀一样叽叽喳喳地说个不停]啊！

昨天从川师回来，已经很累了，寝室又没灯，本来想点着蜡烛给你写信，却被同宿舍的好友约去坐荷花池，我去了。

我们谈分配，谈将来，自然又谈到了你，直到教学楼的灯灭了，荷花池边的人渐稀了，直到我们都感觉到阵阵凉意袭来！

……

今天下午还有大学时代的最后三节课了，我一定要认真地、仔细地记笔记，我太留恋它了！我几乎天天都待在图书馆里。

我知道你现在的压力很大，直到上一封信还是两座沉重的大山压在你羸弱的身上。现在我帮你推翻一座了，两个人共同来扛起另外那一座就比较容易了。你说是吗？

我相信你能克服所遇到的困难，能度过这段令人压抑的时光。我敬仰你对工作的认真，贯注整个身心，但我也同样希望你心胸开阔、洒脱，不要过于急躁，跟自己过不去。在你觉得负担太重的时候，要以幽默对待生活。不知我说对没有，接受你的"审判"。

上星期天照了几张小照，自己在暗室放大的，希望你能喜欢。

好了，我的安琪儿，吻你！

你的惠

1985年6月17日上午

附：我今后倒是想用速记写信了，可惜你没时间学。好了，今后我来当你的老师。分配方案据说要本月29号才下来！

她信中说到的妹妹在四川师范学院英文系读书，没怎么见过。两座大山，一是谈恋爱，二是办工厂。我要用自己还显得有些稚弱的肩膀，把这两座大山都坚强地扛起来，心中有喜有忧。不知为什么，有时会想起项羽的《垓下歌》："力拔山兮气盖世。时不利兮骓不逝。骓不逝兮可奈何！虞兮虞兮奈若何！"希望上苍赐福，不要让我重蹈霸王别姬的悲惨命运。

1985年6月22日　星期六

今日恰逢端午节，我特地前往集市选购了两斤鲜嫩的豌豆荚，精心剥出豆粒，撒些许盐后烹煮享用，同时留下了一些格外柔嫩的豌豆荚备用。随后，我前往供销社，精心挑选了一听豆豉鱼罐头。开罐后，我将豆豉鱼与豌豆荚拌在一起，于煤油炉上细心煎炒，做成了一道独具风味的佳肴。这个煤油炉是特意到县城购置的，以备方惠可能来访康县之需。我希望通过预先练习，至少掌握几种简单的菜式，以便能够自己开伙，迎接她的到来。

我今天读《人民日报》知道瞿秋白平反了，官方称他是"伟大的马克思主义者，卓越的无产阶级革命家、理论家和宣传家，中国革命文学事业的奠基人之一"。杨尚昆代表中央讲话："秋白同志是一位多才多艺的文艺理论家、批评家、作家和翻译家。由于担负了繁重的党的实际领导工作和思想理论工作，没有能全力从事文学活动，但他仍然在中国现代文学史上树立了不朽的丰碑。20年代初，他写过优美的散文和大量新闻通讯，积极评介苏俄文学作品和文艺理论著作，最早全文翻译《国际歌》。"

我对瞿秋白牺牲前写的《多余的话》感触颇深，他在结尾写道："俄国高尔基的《四十年》、《克里摩·萨摩京的生活》，屠格涅夫的《鲁定》[今译《罗亭》]，托尔斯泰的《安娜·卡里林娜》，中国鲁迅的《阿Q正传》，茅盾的《动摇》，曹雪芹的《红楼梦》，都很可以再读一读。中国的豆腐也是很好吃的东西,世界第一。永别了!"我曾按着这个书单列出自己的读书计划。

瞿秋白是一位浪漫的革命家,从某种意义上说,他的身上也带有悲剧色彩。他炽热的革命情怀和带有浓厚人情味的临终告别词深深地感染了我,让我感到其实革命家与我们这些平凡人可能也没有特别大的区别,我们都是顺着各自生活的轨迹,随着时代的洪流在逐浪前行。倘若置身于波澜壮阔的大革命时代,我们去当红军,说不定也会成为革命家;而在现今这个风平浪静的和平年代,我们就办罐头厂。每个人都有自己的长征路。

1985年6月23日　星期日

张耀宇同学是上一届的选调生,在陇南地委工作,我们是在年初举办的选调生座谈会上相识的。他昨天随地委副书记郝洪涛来康县,我们见了面,还和邹君一起分吃了端午粽子。

耀宇谈到了以下情况,即中央党校最新一期干部培训班的招收对象主要从各省组织部推荐的选调生中选拔,基本条件是必须具有大学本科学历,有3年至5年的实际工作经历,年龄在30岁左右,有培养前途的优秀党员干部,其中大部分是县处级干部,但也有部分科乡级干部。这是三年制的脱产培训班,主要培养地市级领导干部的战略后备队伍。学员入学还要加试外语。耀宇说,今年省里推荐了8名选调生报考这个班,取5名。陇南地区这边,武都县的洛塘区区委书记张永胜名列其中。

后来我从兰州那边确认了这个信息,说是中组部在上个月发通知,今年计划在全国招收150名学员。对于报名者有一定要求,包括身体健康、家庭负担较轻以及能够长期坚持学习等。据说,这个班结业后,学员会被授予中央党校培训班的毕业证书,承认研究生学历,如果论文答辩合格,还将授予硕士学位。这个情况对我来说很重要，它为我树立了明确的奋斗目标。我坚信，只要自己继续保持当前这种锐意进取的战斗姿态，通过不懈努力，在未来三五年内，有很大机会被列入省委组织部的推荐名单。如果我有机会考进中央党校的培训班，在北京学习三年，这将为我与方惠的关系提供更广阔的想象空间，如果谈婚论嫁，也将有更坚实的基础。

最近读了俄国小说《套中人》，这部作品深深触动了我。契诃夫笔下的别里科夫形象，我仿佛在其中看到了自己的影子——那种习惯将自己紧紧包裹、隐藏起来的状态，如同蜗牛紧紧蜷缩在坚硬的壳中。仿佛只有在那个壳里，才能找到一片隐秘的乐土，那里有洁净的莲花，还有广袤无垠的荒草地。更重要的是，我可以随心所欲地想象，编织出各种色彩斑斓的太虚幻境，让思绪在其中轻盈起舞，自得其乐，沉醉其中。

然而，我和所有争强好胜的人一样，总是不满足。我的蜗牛壳，虽看似比他人的更为坚固，却将我封闭于沉闷之中。我渴望打破这层外壳，释放自我，尽情呼吸那清新自由的空气。正值青春年华，20岁出头的我们，尚不具备深思熟虑、权衡利弊的智慧。毕业之际，我选择青海的果洛，选择军营，最终选择陇南山区，这些选择都显得与众不同，突破常规。追求方惠，同样是打破常规之举，它源于青春期的本能冲动，是破釜沉舟、勇往直前的精神体现。

"面壁十年图破壁"，我虽未全然理解其深意，但我渴望破壳而出，彻底摆脱思想的束缚。这不仅是爱的觉醒，更是人类伟大情感的启蒙，它奏响了青春的华彩乐章，谱写了生命之歌中最激荡人心的旋律。邮递马车在秦岭的山村与她之间穿梭，书写着我们这个时代特有的浪漫与传奇。我们无法比肩普罗米修斯窃取天火的壮举，但我们的生命本身就是承载着正义、爱情与智慧的火炬，它引导我们走出少年维特的烦恼，如同旭日东升，照亮前行的道路。

1985年6月24日　星期一

近日，有乡民来反映，说两名自称为"制砖师傅"的四川小伙在砖窑烧制过程中逃跑了，糟蹋了大量砖坯。原来，这是两个没考上大学的四川娃儿，跑到康县来碰运气。今天乡民抓住了他们，扭送到乡政府来。我找了一条湿毛巾，擦拭他们脸上挨打的血迹。

一听我是四川老乡，两人长叹一声，交代了他们的"事迹"："我们听说康县林区出产生漆，就跟随老乡前来割漆，想挣点儿钱。谁知没来几天，就稀里糊涂地把人家的黄花闺女给睡了，真是猫儿抓糍粑——脱不倒爪爪，只好给人家当上门女婿。但我们原来一直在学校读书，实际上干不来农活，就天天被老丈人骂没本事，逼着我们出来给别人烧砖赚钱。"

其中一位外貌清秀的年轻人苦笑着说："原先想着烧砖就是一个高温状态下的氧化反应嘛，又有现成的砖窑，就不是个事儿。谁知烧到一半抓瞎了，确实掌握不好火候，又不知道该怎么封窑，还怕挨别人打，就只好跑嘛！"另一位年轻人补充道："我们起先是想爬起来跑回四川老家的，但是，已经把小婆娘的肚皮搞大了嘛，咋个能够把人家丢了不管？就想回去跟婆娘打个招呼，结果被他们抓住，遭打惨了。求你想想办法，一定要救救我们。"

那个挺清秀的年轻人接着对我说："这窑砖烧坏后，我一直在回忆和琢磨烧砖的技巧，已经悟出些门道，请你给他们说，如果把我们放了，我们愿意跟着有经验的师傅学，不要工钱给师傅干活，只需再跟着他们烧几窑，一定能够掌握这门技术。而且以后不仅能烧红砖，还能烧青砖。烧坏这窑砖造成的损失，记在我们名下，一定赔他们。"

我先做两个"老丈人"的工作，先对他们私自结婚不登记，而且女儿还没达到法定婚龄就结婚进行批评。我说："你们违反了《婚姻法》，政府可以宣布这个婚姻无效。""老丈人"听我这么说，态

第五章·坠入情网

度先软了下来，赔着小心说女儿已怀孕了，求乡政府补办一个结婚手续。

这时，我再把两个后生愿意跟师傅学，保证很快掌握烧砖技术，而且一定赔偿损失的态度转达给他们。两位"老丈人"听后转变了态度，积极配合我进行调解，并主动提出赔偿砖窑主人的损失。这个事算摆平了。

我踢了这两个小混蛋几脚，放他们走了。说起来，我挺佩服这两个四川后生，他们敢于动手尝试，而且敢在挨打后承诺学会手艺后就赔，尽管他们并非心甘情愿地当上门女婿，但只要当了就敢做敢当，还是我们四川的好男儿！

目送他们离去的背影，我突然意识到，自己作为一个四川人，不也是在不断的摸索与试错中奋力前行吗？无论是创办罐头厂还是做其他事，谁天生就会呢？我们不都是在不断学习、实践和总结经验教训中逐步成长起来的吗？细想起来，这两位"烧砖师傅"与我也似乎并无太大的差别，我们都在为美好的生活而努力奋斗！

1985年6月26日　星期三

1965年6月26日，毛主席提出"把医疗卫生工作的重点放到农村去"，为广大农民服务，解决长期以来农村一无医二无药的困境，保证人民群众健康。这就是著名的"六二六"指示。康县也因此迎来了北京派来的医疗队，他们给边区人民留下了很大的福祉、很深的记忆。今天是"六二六"指示发表20周年，但报纸上没什么动静，这不合适。毛主席和老一辈革命家对底层人民群众发自内心的挂念与关怀，是我们党最值得珍视的宝贵精神遗产，也是我们这些年轻知识分子走进党的队伍后需要时时对照反思的精神坐标。如果只是为当官、为作威作福才入党，那就太肤浅了。

听家中长辈说，祖父是一位学养深厚的旧时代知识分子，他好结交朋友、好学习，常常慷慨地为那些无法支付药费的穷苦乡下人看病，并让他们凭借他开具的药方到朋友经营的中药铺取药，药费则一律记在他名下。年终结算时，祖父往往因这些累积的药费而负债累累，大年三十不敢待在家里，跑出去躲债，留下奶奶在家里犯愁。拾风伯父期望我能继承祖父悬壶济世的仁爱之心，获得祖上福佑，成为振兴郑家的"杨宗保"。

今天，派到兰州去的贾奇颖回来了，尽管两件事都办了，但办得不利落。这倒也在预料之中，他刚招进来，还不熟悉厂里的情况。这次派他去，也就是蹚一蹚路的意思，初步摸摸情况，为下一步工作做铺垫。我已与乡上沟通好，计划明日启程前往兰州，落实卧式蒸汽锅炉、电动葫芦及塑料周转箱的采购工作，并与兰州食品工业研究所就厂所合作进行商洽，重点解决野生板栗储存和去皮难题。

今天回方惠信：

亲爱的方惠：

来信、照片和剪报都收到了。我买了一个小镜框，把你的照片镶嵌进去，你可以随时用你明亮的大眼睛看着我，我也可以轻声地与你交谈。

就要离开学校了，心情一定很不平静吧？去年的这个时候，我正忙于论文答辩和撰写毕业鉴定。那时候，校园的形势多变，小道消息不断传来，还不时爆出冷门新闻。多种前途，急需决策，弄得人头昏脑胀，心中如一团乱麻，理不出头绪。

在宣布分配方案的前几天，系里的气氛达到了高潮，大家都失眠了。当爸爸接到兰州的长途电话时，电话都拿不稳。公布分配方案那天的气氛最热烈，许多人涌向大阶梯教室，甚至还有许多外系和低年级的学生来凑热闹，过道上和窗户下都挤满了人，人声嘈杂。

老师读方案的声音几乎听不清楚。终于结束了，所有人都感到如释重负。那时候，大家谁也不愿多想，只希望早点了结，找个清静的地方休息。分别前夕，我们的心情都一样，共鸣很多，很容易就能动情，连平时从来不说话的人也笑脸相迎。仲夏的兰州，正逢新雨，多么美丽，多么亲切。

我猜你们大概也是这样一番情形。祝愿你在每一位同学的心中都留下鲜花一样美好的印象。

毕业后，你将开始崭新的生活，心中充满憧憬。我骄傲的小白鸽，初展羽翼，翱翔在蔚蓝的天空。快乐飞翔的小鸽子啊，不管你飞得多高、多远，天地与你同在，白云与你同在。透过黎明的薄雾，你迎着晨曦起飞，勇敢地掠过茫茫的原野。曦原与你同在，欢快的鸽哨与我们同在。

我明天去兰州出差，先寄来50元给你做路费，请你在动身前两天来电，我好赶在你的前面来接车。最好坐成都到兰州的146次直快，晚上8:00离开成都，清晨朝阳升起的时候，我在略阳火车站迎接你。

吻你！

你的XY
1985年6月26日

1985年6月30日　星期日

前天上午9点，列车准时抵达兰州站。夏日的陇原生机勃勃，原本荒芜的皋兰山上平添一抹青绿。天空中飘着细细的雨丝，水雾蒙蒙，为这炎热的季节带来了一丝凉爽。出站后，眼前是一条笔直宽阔的天水路，它仿佛通向无尽的远方，直至消失在白云的尽头。

我站在车站广场踌躇良久，竟不知该向何方，后来还是来到了兰大招待所。兰大，梦中牵挂的兰大，似乎和我之间有一条挣不断的红丝线，紧紧地拉扯着我的心肝。路上遇到一个交情平淡的熟人，一见面，他就用嘲讽的口吻问我，现在做多大官了，是不是当上县长了？我心中涌起一股反感，而他的眼中也流露出对我的轻视,真是话不投机半句多。"学而优则仕",中国知识分子内心是想当官的,但又要做出鄙视当官的样子,似乎不这样就显不出自己的清高。

进房间躺下,望着天花板出了一会儿神,觉得还是先洗个澡好。康县乡下没澡堂,除了找个僻静的深潭跳进去胡乱泡一会儿,就只能用汗巾简单擦拭。细想起来,下乡九个月,好像在康县就没洗过一次热水澡。我跳起身来,乱打了一顿拳脚,提起精神,又面对镜子选择几个最佳角度,很严肃地做了几个怪相,终于心满意足,找出内衣去定西路澡堂,享受着久违的热水淋浴,酣畅淋漓。

洗完热水澡,真是神清气爽。再回到招待所,看到自己房间的门打开了,正诧异间,却发现屋内坐满了"牛鬼蛇神"。这帮家伙也不知从哪儿得到消息,都知道我回兰大了,就跑来探望。我一进门,就听到他们一起发出的声音:"空气在颤抖,仿佛天空在燃烧。"我高声回答:"是啊,暴风雨就要来了。"这是化八〇的接头暗号。对上暗号,室内一片欢呼,大家跳起来,和我紧紧拥抱在一起。

"茄子"请我去他们研究生宿舍吃白菜氽丸子。周玲老师托人传话,说已安排我回系里发表演讲,谈谈下乡体会。军娃子来自成都,佳佳来自济南,乔玉是兰州本地人,他们都留校当了辅导员,天天和低年级同学打交道。据说佳佳还"利用职权"锁定了一位山东来的师妹,天天陪她打球。

八〇级在本校读研究生的不少,他们从八人一间的宿舍搬进两人一间的研究生楼,每个月还可领一笔生活费,俨然有点儿"贵族"的感觉。他们款待我吃的白菜氽丸子,据说是研究生楼的招牌菜。"茄子"又失恋了,很不在状态。化学系有个出国名额,据说他和"发糕"在竞争,但大家都不看好他。路上还碰到兰大现代物理系的张梦中,他是四川简阳人,我们一起上过大课。他本来分配到中国科学院近代物理研究所,却丢掉"铁饭碗",到兰州一个民办研究所去了。

"赖子"是学部委员的研究生，主攻自由基化学，有传闻说他很可能成为校长的乘龙快婿。"竹筐"则对一位美貌的大师姐心生倾慕，但人家一直把他当小弟弟。据说大师姐在西安举办婚礼，邀请"赖子""茄子""大喇叭""毛"和"竹筐"作为娘家人参加，"竹筐"竟然在人家的婚宴上号啕大哭，几个哥们儿咋劝都劝不住，只好把他硬架出去了。

张军迎娶了省委组织部的打字员，但我刚到他们家坐下，尚未坐定，就被这对新婚夫妇的争执声搅得头昏脑胀。张军的新娘容貌出众，说话嘎巴脆，特别爱笑，笑起来带着独特的后鼻音，很有感染力，就是脾气比较急躁。

高老师在省委机关宿舍新分了房子，叫我到家去喝了几盅酒，向我了解基层锻炼情况。他还把我带到选调生培训班另外一位辅导员尚老师家里，老尚也刚分了房子，但面积着实太小，我们在他家研究半天，商量他那堆家具怎么摆放。

昨天下午，我在兰州食品工业研究所谈完事后回到学校，就猫在研究生宿舍，和几个哥们儿还有那位大师姐天南地北地神聊。大师姐招呼我们一起听邓丽君演唱会的录音带《十亿个掌声》。邓丽君的歌宛如天籁之音，是那样温柔而富有穿透力。那熟悉的旋律，那动人的歌词，仿佛穿越时空，让我们感觉到邓丽君仿佛就在身边。

录音带中的每首歌都仿佛有生命似的在空气中跳跃。我沉醉其中，情不自禁地闭上眼睛，"赖子"他们随着音乐节奏在轻声哼唱，宿舍里弥漫着一种难以言喻的感动和温暖。演唱会结尾，那掌声如同海浪一般汹涌澎湃。我睁开眼睛，看到他们一个个泪眼婆娑，神思恍惚。大师姐和几个哥们儿兴奋地提议要到康县来看我，在小阁楼上再一起听《十亿个掌声》。

晚上，我们一起到兰州柴油机厂俱乐部看电影《高山下的花环》。当看到英烈留给妻子的信："如果我牺牲了，你就改嫁吧，我没什么好东西，那件军大衣就作为礼物送给他。父亲去世，家里盖房子，我总共借了部队和战友 2000 块钱，欠的账，你一定替我还上。咱人走了，账不能赖。"大师姐泣不成声，我们也都为军人的忠诚与担当而感动。影片让我想起父亲和两位叔伯一起参加抗美援朝的壮举，他们与无数先辈一起，用生命和热血书写了保家卫国的英雄赞歌。

1985 年 7 月 1 日　星期一

经与兰州食品工业研究所协商，达成三点共识：一是兰州食品工业研究所为罐头厂提供全套设计图纸，二是同意派技术人员赴康县现场指导，三是允许我们在生产出的罐头产品上标注"兰州食品工业研究所监制"。

此外，双方就商标设计方面进行了深入交流，他们提供了一条有用信息，即省气象局王处长之父王民镇先生原来是上海益民食品一厂的装潢设计师，现住兰州。食品所同志还展示了王民镇先生设计的食品装潢作品，确实让人眼前一亮。但王老先生已年近七旬，早已退休，一般情况下不再接受新的设计任务。

王老先生在省气象局宿舍亲切接待了我。他在了解我们在秦岭山区筹办罐头厂的初衷后，显得很有兴趣。我向他解释，这是一个获得省政府支持的扶贫公益性开发项目，旨在克服边远山区因交通障碍带来的农产品运输难题，进而提升当地农民的经济收入。

王老先生耐心地倾听着，并就燕子河的自然风光、野生板栗与猕猴桃的独特优势，以及当地农户养鸡的现状等，均进行了深入的询问。我一一作答。他睿智的眼神充满遐想，似乎已在构思设计草稿。在充分了解我们的需求后，王老先生欣然接受了委托，这使我心中充满喜悦。

兰州食品工业研究所认真分析了我们的原材料供应及电力配套

情况，建议将原计划的 2 吨锅炉调整为 1 吨。我立即与省机电公司统配科沟通，对方接受修改。宋科长表示，目前库存仅有一台 1 吨卧式蒸汽锅炉，她承诺为我们预留，并负责办理托运，直接将设备运至康县交付。我随即发报通知康县电汇，以确保设备及时运回。

1985 年 7 月 3 日　星期三

按系里安排，我在化学系大阶梯教室向即将毕业的八一级同学发表演讲。系里在化学楼门口张贴了海报，演讲标题是："特殊的选择——陇南乡村锻炼心得"，给演讲人注明的头衔是："中共甘肃省委组织部 1984 年选调生、康县栗子鸡罐头厂厂长兼岸门口乡团委书记"。除了化八一级，现场还来了一些更低年级和其他系的同学。

1985 年毕业季到来，新一轮选调即将开始。我向同学们介绍了省委组织部选调优秀大学生赴基层锻炼的背景与意义以及我自己在去年毕业时参加选调的心路历程，重点强调了甘肃基层对知识分子干部的迫切需求。同时，我也与学弟学妹分享了自己下乡的心得体会。在过去一年多里，我力求发挥理科学生的专业优势，积极创办乡镇企业，致力于将科学技术引入边远山区，推进工业化，帮助农民增收。

我也讲了自己在陇南乡村工作期间遇到的困难，坦陈改革的艰难，特别是在思想观念和工作方法上与当地干部发生的冲突。我注意不标榜自己，而是客观地分享自己的经历与反思，希望能够为即将步入社会的学弟学妹提供一些参考。

我先从工人文化程度、电力供应现状、交通运输成本等各方面列举了在岸门口乡创办罐头厂面临的困难，说明我们要在一个具有几千年农耕文化传统的国家推动工业化，是一项非常艰巨的任务。我说，农村人口在中国仍占大头，只有用科学技术、用工业化来改造小农经济，中国才可能实现现代化。目前，国家在高科技领域实施"863"计划，在乡村实施"星火计划"，就是要将科技革命的星星之火燃遍中国大地。

但是，改革不可能一蹴而就。我下乡后时常面临当地干部群众的误解甚至不配合。他们习惯了传统的小农经济生产方式和计划经济管理模式，面对这种情况，我们要坚持改革的理念不动摇，同时，也要换位思考，尽可能理解他们的担忧和顾虑，引导他们逐步熟悉市场法则，敢于在商品经济的大海中搏浪前行。

我还谈到，下乡后，我深切地感受到自身知识的不足。兰大给予我最宝贵的精神财富，一是养成了我坚持自学的习惯，二是培养我从多角度想问题，以办成事、解决实际问题为努力的目标，杜绝空谈。我说，当今中国社会正经历着全方位、深层次的变革，这是一个波澜壮阔的伟大时代，有很多可能性值得我们去争取。不管是进科学院、大学，还是到中国最艰苦的乡村去，我们都要敢于当国家工业化和现代化的先锋。

在问答环节，有同学问到选调生前途问题。我诚恳地说："你们只比我低一个年级，我并无资格指导你们，只能分享个人一些粗浅的体会。我在走出校门时，实际上并没有一个清晰的成长路线图，但能确定一个大致的方向。什么方向呢？在我看来，最好是将个人的成长融入国家变革的伟大进程中，在这个过程中去挖掘自身的潜力，使自己变得更坚强、更卓越，这就是校训'自强不息，独树一帜'所指引的方向。"

我接着说："毕业之后，我们确实有各种选择。'天高任鸟飞，海阔凭鱼跃'，我们没必要过分拘泥于预设的框架，而要敢于挣脱束缚，解放思想，像雄鹰一样展翅高飞。只要我们的选择能够点燃生命之火，唤醒潜藏于我们自身的潜能，激发我们投身于新生活、新技术、新世界的创造之中，那么这些选择就值得我们去拥抱、去尝试、去追求。"

1985年7月7日　星期日

昨日回到康县，拆阅方惠6月28日来信，惊愕地发现她已分配到外交部！以下是方惠的信：

亲爱的：

本想等到明天公布方案后写信的，实在忍不住了，不知是否值得高兴，对于我的去向。

虽说明天公布方案，但我班的同学在此之前大都知道去向了，这安排在与辅导员的谈话里。我的去向是出乎你也是出乎我的意料的——外交部F司。没有实现我当记者的愿望，也没让我留校当老师，却是走了这样一条路，介乎新闻与政治之间的路。当然，我现在对于我将要从事的这项工作的无知，就像进入大学时不知我为什么要学新闻一样，只是知道同学们十分羡慕，低年级的同学拼命地恭喜。

我班进京的同学除研究生外可能有7个单位，分别是新华社、中新社、中国旅游报、体育报、新体育杂志、中央电视台及外交部，我班同学这次没有分到全国大报的，这是很遗憾的。也许川大新闻系的牌子不响，据说《人民日报》今后只要研究生，比如我班的两个社科院的代培生。

当然，我能去这个单位也有很多客观因素，其中"党员"身份为我创造了有利条件。然而，这并不意味着我理所应当就应该去这个单位。但我对我的前景实在认识很模糊，我能胜任吗？这是对我能力的怀疑。我能施展我的有利条件吗？没把握。这些都需要你帮我分析。由于确定到F司，又是在新闻专业学生中挑选的，所以可能也有一定的专业性，比如起草某些声明之类，但初始阶段未必能承担重任，或许仅涉及抄写、查阅资料、传送文件等秘书性质的工作。总之，我开始并不十分想去这个单位的，觉得太受限制，不能独当一面，也难以发挥业务专长。话又说回来，如果真正具备了那些应有的素质和本领，也有可能做得相当出色，不是大材小用，而是小材大用，那我非得拼命努力不可。

现在论文已完成（没能达到目的，仅获得良好评级，那是因为我起先对自身的评估不够准确），倒也少了一项答辩的任务，班级中仅有六名获得优秀的同学需参加答辩。闲吗？有点儿。或许有些无所适从，但还不至于无聊。这不，我成天价的泡在图书馆里（除了有事耽误），正好赶上图书馆开架阅读的便利（这也算学校的一大改革），我查阅了许多有关外交史、国际关系学、政治学等方面的书，反正在宿舍打牌还不如上图书馆"博览群书"。真好笑，有时这本书不中看，我便翻阅另一本，乐此不疲。

今天党支部搞活动，在一个成都同学家聚餐。大家各显神通，弄了好多菜，还有点气派呢！但交谈不多，主要是忙于做菜了。我倒是喜欢和支部的同学多聊聊，我还很留恋我们学生支部。昨天发了一份《中国共产党党员登记表》，在学校登记后再转到单位，这很好！

我们据说7月11日发派遣书，即离校。家里来信说对我的分配无意见，希望我拿到正式通知后马上回家。我现在对是先到你处还是先回家拿不定主意，因为这牵扯到很多事情，如托运等。你认为怎样？

本来上星期六已经写了一封信的，也没能发出。

时常想起你的惠
1985年6月28日晚于图书馆

读信的感觉，犹如一个撑杆跳运动员预备起跑时，裁判突然把标杆提到以前没有跳过也从来没有想过的新高度。那么，还跳不跳呢？我摆弄了一会儿新买的煤油炉，沏上一壶茶，点燃香烟，努力抑制住自己情感的波动，让自己冷静下来。

首先把情况梳理清楚。在她6月28号写信之前，我寄出路费，邀请她来康县，此时我对她的分配去向一无所知；然后，当她知道分配结果后马上给我写信，但我到兰州出差没看到。这个信息出现了10天的时间差。她在信中问我是先来康县还是先回家，这个问题怎么回答？从信中看，她们应该7月11号离校，即使现在马上回信，明天寄出，也赶不上趟了。

燃尽的烟蒂烫到手指，我痛得哆嗦了一下。那么，做决定的基本原则该是什么呢？考虑问题的出发点在哪里呢？我自问道。既然她是我的爱人，那么考虑问题的角度应该以她为中心。爱不是羁绊，不是牢笼，是关心和呵护。以她的幸福作为考虑问题的出发点，才是正确态度。

爱情需要经过反复的淬火，方可百炼成钢。尽管外交部距离甚远，但如果这是一种脱俗的爱，似应超越一切界限。我理应在尊重她的同时，也保持自尊、自爱。想到这里，我提笔回信，虽知她很可能收不到了，那就权当给苍天寄一封信吧。信的开头，我重新称她"方惠"，实际上也开始为两人可能分手做些铺垫。我建议她先回家，就我们俩的关系多听听亲友的意见，结合分配到外交部的新情况，做一些新的思考和判断。写完信后，我的心情放松了些。爱不是占有，爱有时候可能就是放弃，是包容对方的脆弱。

1985年7月8日　星期一

今天寄出给方惠的信。我心里在想念她，不知她会如何回复。她的复信将为我们的关系重新定调。坐在大土匪张俊耀四姨太的住房里，推开窗户，凝视远山，耳畔响起美国的乡村民谣《哦，苏珊娜》，熟悉的旋律如同苦涩的咖啡，浸泡着我的心。抚案长叹，目光停留在书桌上方拾风伯父亲笔书写的条幅："涨落江潮定点浮，航标一线引千舟。艰难三峡送君去，过了南津是葛洲。"心情慢慢地平复下来，我喃喃自语道："天要下雨，娘要嫁人，随她去吧！"

随手翻读书桌上摆放的《乡村中国》。费孝通先生曾到兰大演讲，他说建设中国好比下一盘围棋，要做活两个"眼"。第一个"眼"是办好乡镇企业，容纳消化农村剩余劳动力；第二个"眼"

是打通中国东西部，特别是下大力气开发西部。照我的理解，这好比是两个链条，一个链条把城市和乡村联系起来，另一个链条把发达地区和落后地区联系起来。如果这两个链条都能运转起来，那么中国经济的巨大潜力就能充分发挥出来，从而推动中国这条巨龙腾飞。

我在中国的西北角参与乡政，最好对中国的西部开发能够有比较成体系的看法。若无法通过乡村的实践，悟透西部开发带有规律性的东西，并将局部的思考提升为对中国国情的认识，那么，我所追随的费老乡村之路或许将面临失败的危险。

选调到陇南，形成爱情与事业两条线同步并行的双轨制，也就是方惠来信所说的"两座大山"，这与中国"成家立业"的传统价值观不谋而合。若比翼双飞，就将如同一架"双发式"战斗机，人生状态堪称理想。然而，若感情线出现波折，就要设法确保另一台发动机正常运转，努力把事业立住。先立业，再成家。

1985年7月9日　星期二

近期，罐头厂工作重点集中在两方面：一是招工，二是研究设立养鸡场和猕猴桃育苗基地。在推进这些工作时，我们始终秉持侯宗宾副省长确定的建厂初衷，即努力实现当地小农经济与工业的有机结合，以工业化助力养殖业和种植业的科技革新。

招工，是想办法把有文化知识、有热情的青年拢到一起，在偏远山区组成一支兴办工业的青年突击队，把他们训练成懂生产、懂市场的生力军。建设养鸡场和猕猴桃育苗基地，意味着将罐头厂的第一车间建在高山密林和农民家中，使罐头厂能够成为带动农民脱贫致富的火车头，帮助他们科学养鸡、科学育苗，并为他们的产品打开市场。

杨书记带领我们从陕西引进一批新西兰优质猕猴桃幼苗，然而岸门口人不熟悉它们，没人来领取。镇街上有一位名叫左占秀的女子，不仅外貌出众，而且办事干练果断，她率先领回幼苗培育，带了一个好头。陇南地区农科所在岸门口设有试验站，我和所里的人混得很熟，他们愿意提供技术指导。引进幼苗从县科委获得了经费补助。

这里的干部不赞成招工考试，但我坚持招工必须考试，递条子、走后门一律不认，很招人恨，但我不予理睬。招工考试分文科组、理科组两套试题，分数比例为三七开，初中知识占七成，高中知识占三成。文科涵盖语文、数学、理化和政治四个方面。作文比重较大，以书信形式呈现，题目为《致厂长》，考生需阐述为何希望当罐头厂工人、个人的理想与建议。理科组试题中，生物、物理、化学和数学各占10分、30分、30分和30分。考生需在两个半小时内完成解答。两套试题都请康县二中老师帮忙设计并保密。

1985年7月11日　星期四

中节村新地沟的贾中伍是一个18岁的机灵小伙，他打听到罐头厂准备办养鸡场，就跑来见我。谈及养鸡之事，他如数家珍，向我介绍了许多情况。他家是远近闻名的养鸡专业户，曾受过县委表彰。如今，为扩大养鸡场规模，家中已购置一台研磨饲料用的钢磨。我的设想是，首先扶持具备条件的农户建立小规模养鸡试验场，待积累经验后，再在岸门口乡推广。通过专业化养鸡与农民分散养鸡相结合，构建一个完善的供应体系，确保罐头厂有充足的肉鸡原料。

听他介绍情况后，我意识到当前的鸡苗孵化时机已过，需待明年年初方可开展工作。见这个小伙子讲起养鸡来头头是道，对养鸡行业了如指掌，而且还是一名共青团员，我深感欣慰。我们计划组建专业化的养鸡场，并寻求甘肃农业大学畜牧系的朋友协助，他们中有些人在兰州养鸡场工作，应能为我们提供技术指导。过去几年，康县出现过几次"养鸡热"，但都失败了，原因在于饲料供应困难以及鸡瘟未能防控住，这严重打击了群众的养鸡积极性。创办养鸡场必须遵循科学规律，邀请专家指导，看看能不能通过康县科委将项目纳入"星火计划"。

夜间，到地区农科所岸门口试验站与晓勇等人交谈，偶遇农科所的关主任，他年仅31岁，毕业于甘肃农业大学。他提及蘑菇罐头在市场上备受欢迎，这一消息令人鼓舞。目前，我所担忧的主要问题是罐头厂建立后，能否确保稳定的原料供应。倘若能引导群众培植凤尾菇、平菇和蘑菇，那么罐头厂全年都将拥有稳定可靠的原料来源。关主任承诺为我们提供一批菌种，并提供技术指导。他还表示，后天将与我一同前往中节村考察一座废弃的小学旧址，并与村团支部的几位共青团员会面，探讨技术合作事宜。他预计，建立一个数百平方米的菌种场只需投资2000元。我表示，在获得乡党委批准后，可聘请他为罐头厂技术顾问。

我收听中央人民广播电台广告，得知河北省保定罐头厂拟于7月25日开办蔬菜、水果罐头制作技术培训班，很想亲自去参加，但脱不开身。此外，方惠是否来康，尚无确切消息。

1985年7月12日　星期五

县科委主任张子恢同志了解到地区农科所计划于岸门口开展菌种培育人才培训并建立专业化菌种场为罐头厂供应原料后，高度重视，特地从县城来岸门口调研。关主任、试验站负责人张晓勇和我与他进行了深入交流，就设立食用菌试种场以及板栗贮存、去皮等问题进行探讨。他表示愿与我们一同前往中节村考察，寻找合适的专业户作为项目承担人，县科委将提供无息贷款给予支持。

我的计划是以"罐头厂食用菌试验场"名义立项，意图在于构建一个依托坚实科技的食用菌生产基地，并吸引更多农民参与，让更多农户获得实惠。然而，乡上有人说我："梢轻得很，耍得大，差成分。"意思是我未经批准就与外单位联络是对乡党委不尊重。我反思自己是否热衷于权力，是否冒进，我认为不是这么回事！

官场上不少人把做官放第一位，做事放第二位，经常是成事不足，败事有余。我心里秉持的还是中山先生的名言："要立志做大事，不要做大官。"办罐头厂在这里是新生事物，必然与传统观念和旧体制发生碰撞，自己身不由己地处在旋涡中心，没什么了不起，也不必去与他们理论，尽管走好自己的路。

方惠那边，也要有坦然面对的心理准备。切勿气馁，不要灰心，解开缆绳，扬帆踏上新的征途。我追求的过程固然艰辛，但很充实，苦涩中透着甘甜。

今天是招工启事贴出去的第二天，许多人来打听情况。我坚持不收条子，不讲情面。我原先还想借鉴南斯拉夫的模式，鼓励工人带资进厂，建立职工股份，形成公私混合所有制，但被群起而攻之，都说我失荏了［**甘肃方言，意思是做事出格、过分了**］，我只好偃旗息鼓。

1985年7月13日　星期六

收到方惠电报，她明日傍晚自成都启程，15日破晓时分抵达略阳。这么多天的等候与煎熬，终于有了好结果！

我到镇街上购置五斤大米、一斤煤油、两听罐头和10枚樊家松花蛋。岸门口樊家松花蛋似琥珀一样晶莹剔透，内含松针图案，口感鲜美，声名远扬汉中、天水。出售时，被精心编织成麦秸辫，十个为一组，是本地馈赠亲友的上等佳品。把它们切开后，以煎炒好的虎皮柿子椒搭配摆盘，特别诱人。以新鲜的苦瓜或嫩黄瓜佐鱼罐头翻炒，将红烧肉罐头与土豆一同焖煮，可算是我的两道拿手菜。如再加上从兰大研究生宿舍学会的招牌菜白菜氽丸子，简直可算顶配。

先前在信中，我曾详细描述过岸门口的宁静美景、乡民的淳朴热情以及生活的悠然自得，强调那舒缓的生活节奏仿佛能使时间放缓。然而，这里的自然风光固然迷人，但若论雄奇壮观，却也谈不上。这片土地不过是些质朴的村野景色，加之地形险峻，层峦叠嶂，容易让人产生偏僻荒凉的印象。我担心，她来到这里后，会觉得现实与我所描绘的画面相去甚远，亦无我所述的宁静与诗意，那她会不会觉得我欺骗她啊？

我想，或许应该带她多出去走走，让她亲自感受这里朴实无华的美，尤其是乡民的真诚、淳朴和友善。我期望她能理解我对岸门口这片土地及生活在此的人们所怀有的深厚情感与热忱。

岸乡的海拔，镇街1150米，牛头山顶达到1800米，而内江海拔300多米，成都市区不到500米，所以这里的夏季比四川凉爽得多，但蚊虫肆虐。尽管我已多次在房间各个角落喷洒了敌敌畏，但这些顽强的小生物依旧生生不息，真不知她细皮嫩肉的是不是吃得消。怀着忐忑不安的心情，我匆匆赶往县城，搭乘明天到略阳的班车，准备15号凌晨去迎接她！

1985年7月22日　星期一

方惠来康县一周了。她一下子就适应了乡镇的生活，而且特别喜欢我的那间小阁楼。堆放了好久的脏衣服和被单，都被她一股脑儿地清洗干净了，陈旧的地板也被她拖洗得露出了原木的光泽。方惠告诉我，她小时候每年暑假都会回简阳的外婆家，还到玉城街上摆摊，怯生生地叫卖过花椒。她喜欢田野的气息，也喜欢乡场的热闹。

她来时适逢我们举行招工考试，正好充当了监考老师，还当了面试考官。大家对她的到来充满好奇。罐头厂招录的女工多，大家叽叽喳喳地围着她，用手摸她穿的红裙子，问了她好多问题。这热气腾腾的场面深深地感染了她。她对我说："知道你在办罐头厂，但是没有想到工厂吸引了这么多年轻人，大家这么热情，这么朝气蓬勃！"

上先生沟团支书刘长录邀请我们到他家做客。我们先骑自行车到许家河，再顺沟往上就只能步行了。清澈的山溪在光洁的石块间欢快地流淌，发出悦耳的声响。山路两侧，野花争艳，芬芳四溢。过了刘坪以后，地势更加陡峭，林木也变得更加繁密。抵达山顶，只见四周苍翠环绕，山谷里的民居炊烟缭绕。

刘家以尊贵的礼仪接待她。当地村民平常很难吃到肉，只在贵宾光临时，才会取出他们珍藏的腊肉款待，而且面粉在当地很稀缺，于是乡民先用玉米面蒸好窝头，再将蒸熟的窝头掰成碎末，重新回锅用猪油烹炒，再盛进一个硕大的土陶碗里，面上覆盖着一块二指宽的厚腊肉，双手奉上。

方惠被这浓郁香醇的玉米渣油炒饭给吓傻了，不知所措。于是我端过来，香喷喷地吃了下去。离开刘家后，我向她坦言，初次品尝这道佳肴时，我和她一样，也是惶恐不安，不知该怎么下筷。温乡长用严厉的目光瞪着我，逼着我吃。那次老乡用的老腊肉保存得可比这次的还要久得多，我食用时，因为实在太油腻，噎得我差点儿窒息，一个人冲到户外，呕吐得昏天黑地。不过，多吃几回就适应了。长录刚过门的媳妇还送了方惠一双她亲手纳的花鞋垫，特别结实。当我告诉她这里就是陕甘两省交界的地方，离陕西最近的村子直线距离不到 2 公里时，她惊讶得睁大了眼睛。

傍晚时分，我们回到许家河，重新骑上自行车，沿着蜿蜒的康阳公路返回岸门口镇。太阳正慢慢西沉，霞光透过云层的缝隙洒向大地。晚霞映照着峻峭的山壁，岩石在红光衬托下，仿佛拥有了自己的生命，鲜艳的红光犹如烈焰在山间舞动，晚霞和山岩相互映衬，勾勒出一幅绝美的画卷，给她留下了深刻印象。

我们的自行车穿越这梦幻一般的美景，驶回灯火初上的岸门口镇。夕阳的余晖洒满小镇，显得格外的宁静与和谐。晚霞逐渐消散，夜幕降临，小镇沉浸在寂静之中。但是，一闭上眼睛，那绚丽晚霞映照岩壁的景象，仍历历在目。

1985年7月29日　星期一

方惠15日到康县，27日离开。

略阳车站的夜晚，寒星闪烁，夜色浓郁。我俩并肩而立，静候特快列车到来。晚11时，列车鸣笛，缓缓驶进站台，绿皮车厢里的乘客们无精打采、昏昏欲睡。方惠穿着红色长裙，披一件白色风衣，急步跃上车厢，在车门处扭回头，向我告别。透过车窗，我能看到她在车内行走的身影。但列车在略阳站只停3分钟，她还没转过身来，列车已缓缓向前滑动。目送列车远去，虽是夏夜，但山间的风仍显得寒冷刺骨。星空传来丝丝柔情，温暖着我冰冷的心。

28号清晨，我乘坐略康班车返回。客车在崎岖不平的道路上摇晃，细细的雨丝从关不严实的窗缝飘洒进来，浸湿衣衫。车内的乘客随着车身在坑坑洼洼的路上颠簸。这条公路连接陕甘两省，似乎两省交通部门都对修缮这条公路不太上心。这恐怕也是国内很少有的仍保留着多处过水路面的跨省公路，但沿途的群众似乎也习惯了，得过且过。

即将离开康县时，方惠坦诚相告，之所以在确定分配到外交部后两周都没与我联系，原因在于她陷入了十分纠结的困境。川大中文系推荐她之后，北京来的两名面试官员提了很多问题，她多数都对答如流，但最后一个问题却让她很为难。面试官询问她是否有男朋友，在哪里工作。方惠如实回答后，面试官神情严肃，指出要从甘肃农村调北京工作没有可能性，她必须在男友和外交部之间作出选择，或者中止恋爱关系去外交部；或者保持恋爱关系，不去外交部，要求她在两小时内作出答复。

她说，这是她有生以来度过的最漫长、最受煎熬的两小时。她终于给出了回答："我选择外交部。"方惠坦言，她无法在纸上详述此事，更不忍心仅仅写封书信就轻易分手。更何况，她已收到我寄去的旅费，因此决定直接来康县当面说清楚。

然而，当她抵达康县后，亲身体验到我们如火如荼的建厂氛围，又仔细读了我的日记，特别是当她接触到岸门口那些热情善良的村民，并被秦岭的壮美风光深深吸引时，终被这沸腾的生活深深地打动，最终失去了要与我分手的勇气。她说，无论面临怎样的困难，她都不会放弃这段感情，哪怕到北京后可能遇到质疑，她也毫不动摇。

临别前，她送我一枚缅甸戒指和几颗南国的红豆，这是她在《云南日报》实习时专门为我留下的。我则送她两本写好的日记，其中一本的扉页上写道："方惠，我是个无产者，我一无所有，你就把我的日记、把我的心拿去吧，它将与你脆弱纯洁的心紧紧相连。"而另一本日记的扉页上写道："一个年轻的灵魂在命运的长河中奋争！"

第六章 历经磨难

> 人不能两次踏进同一条河流。每个人都带着时代的烙印,每个时代也都有其独特的机遇和挑战。我们这代人,虽然面临着激烈竞争的压力,但确实也有更多选择和可能性。我想,这就是这个时代赋予我们的一种激情和力量吧。

1985年7月30日　星期二

　　尽管按农历已进中伏，我却未感受到炎热的困扰。若深入山谷，抵达人迹罕至的水潭，脱衣跃入清澈的潭水，亦不觉冷，反而倍感舒适。岸门口坐落于崇山峻岭之间，乡民主要在河谷地带活动，众多山溪自山上奔腾而下，于地势较为平缓处汇聚成一个又一个水潭。这些山溪流进燕子河，在夏秋时节，雨水充沛，极易引发洪水。

　　乡领导打听到上级最近可能要来检查罐头厂筹建情况，于是改变了先前不大过问的态度，开始高度重视此事。在他们的督导下，乡工程队也不再推诿扯皮，全面展开土建工程。该工程分为两个阶段进行：第一阶段包括修建主体厂房、锅炉房及配套用房、厂区围墙；第二阶段是根据厂区地势，沿围墙修建加固护堤和溢洪道。

　　卧式蒸汽锅炉体积庞大，经过长途运输，终于从兰州拉过来了。这最后一段乡村公路蜿蜒曲折，好多地段的转弯半径太窄，使得拉锅炉的平板卡车走得相当费劲。卸锅炉时，乡里报名应考的年轻人都主动跑来了，小伙子们协助铺设滚木，姑娘们还穿上了平日难得一见的花衣裳，有几位还穿了裙子，现场一片欢声笑语，宛如过节一般热闹。然而，由于厂区地面尚未平整完毕，锅炉在卸车过程中发生了侧滑，铰链突然反弹，把一位从兰州过来的师傅的头部打伤了，还伤得不轻，紧急送往县医院救治，所幸并无生命危险。

　　当前，资金短缺问题仍是制约我们的主要难题。依据兰州食品工业研究所提供的规划设计，基建标准比康县一般的厂房建筑高，然而最近建筑材料价格飙升，我们原来的预算要被突破。我曾多次向县、乡领导阐述，工厂建设是长远之计，必须全力以赴确保工程质量，即使超出预算，也不能降低标准。我的观点得到领导和同事们的理解，上级部门也表示同情，要求我们立即整理材料上报。

　　基础设施建设渐入正轨，下一阶段的主要任务是落实生产设备，根据车间建设进度，尽快将它们运到康县组装。此外，需与县水电局联系，尽快落实罐头厂供水供电方案。还要争取获得地区农科所和县科委的支持，建立食用菌试验生产基地。最后，要制订栗子鸡罐头生产计划，并对市场可行性进行调研。

1985 年 7 月 31 日　星期三

承包岸门口乡砖窑及石灰窑的经营商蛮不讲理，强迫我们的基建工程必须而且只能使用他烧的砖和石灰，但他的报价高于市价，若继续由他包供，将导致数千元的经济损失。乡工程队的施工因此陷入停滞。今日，杨书记主持乡政府办公会议，研讨应对措施。钟秘书与葛主任主张采取果断行动，坚决抵制强买强卖、欺行霸市的行为。

经四川方面预订的 15 万个罐头瓶盖，供货方表示 8 月中旬运送至横现河的货运零担难以安排，敦促我方尽快汇款提货，总计货款及运费为 9300 元。鉴于罐头厂账户余额有限，无奈向营业所的钱主任求助，期望能先贷 3000 元流动资金，以确保及时提货。然而，钱主任拒绝贷款。钱主任不到 30 岁，能担当岸门口这样一个大镇营业所的主任，在当地算是青年才俊。然而，他对罐头厂持强烈怀疑的态度，认为在康县办工厂简直就是异想天开。在当地，像他这样对罐头厂的前景持怀疑态度的人不少，有些人冷眼旁观，甚至不乏恶语相向者。本来罐头厂与他们并无利益瓜葛，但他们就是莫名其妙地抱有敌意，喜欢嘲讽，盼着看我们的笑话。

康县二中老师把招工考试成绩送过来，情况普遍不好。考试总分为 200 分，但在参加考试的 100 多名考生中，总成绩超过 50 分的只有 19 位。此次考试分为文科和理科两组，理科组成绩更低。刚看到成绩单时，我很沮丧。然而，仔细分析后发现，试题覆盖面广泛，知识领域丰富，仍有部分考生成绩在 90 分以上，最高分达到

111分，得主还是一位只有17岁的初中生。二中老师说，初中内容在全套试题中只占70%，这位初中生的成绩实属优异。

通过考生情况分析，我对招工人选形成初步设想，待提交乡党委讨论决定。实践证明，考试有必要，这使我们对报名应选人员的情况心中有数。未来对青工的教育和管理必须引起充分重视。农村知识青年比他们的长辈要开通，也更容易接受新生事物。但他们毕竟在边远山区长大，这里基础教育条件很差，而且传统观念顽固，在他们的头脑里，仍然残留着不少陈旧腐朽的东西。

身为岸门口乡共青团书记，我的抱负不仅在于把罐头厂建起来，而且希望将罐头厂建成团结培育青年的基地。边区发展，创业在青年，未来在青年，希望通过办厂发现和培养一批有才华的年轻人，为岸门口乡未来发展储备力量。期待他们通过参加罐头厂的建设，接受工业化和市场化训练，将来成为陇南山区新文明建设的先锋。

1985年8月4日　星期日

《人民日报》通报了中纪委对海南岛大量倒卖进口汽车查处情况，海南地区党政主要负责人受处分。经查，一年多来，海南违反国家外汇管理规定，擅自批准进口近9万辆汽车并倒卖到内地。显然，这是个别地方领导人肆意妄为的表现。

近来，《人民日报》《经济日报》等权威报纸相继发表鼓励西部开发的文章，但从内容看，感觉到中央的西部开发战略似乎是先经略四川，再巩固西南，最后推至西北，对甘肃的重视程度显然排到了后面。看来我们最近这15年主要就是"种草种树"了。

甘肃是多民族聚居区，河西走廊、黄土高原和黄河沿岸的环境生态都很脆弱。从祁连山发源的黑河、疏勒河等基本断流，治沙防沙任务十分艰巨。所以，甘肃实行休养生息的政策有道理。但对于我们这些青年干部个人的成长来说，如果不能有所作为，只是随波逐流混日子，也不是个事儿。我们是不是应该到特区去，到矛盾反映最尖锐、最突出的前沿地带去，方能获得最大磨砺，而我们的性格和内在精神也才能更深刻地反映时代本质呢？

然而，留在边区就不能孵化成才吗？未来中国，不能富的愈富，穷的愈穷。东部沿海地区发展有天然优势，又享受到诸多政策优惠，它依靠市场力量就能够获得较快成长。而西部地区受到诸多因素制约，"冰冻三尺，非一日之寒"，西北这块坚冰，靠自身热力难以解冻，必须依靠全国经济形势根本好转所形成的热辐射才可能融化，才可能实现"逆向起飞"。

以建罐头厂为例，以营业所钱主任为代表的悲观看法并非完全没道理。现代工业如果依赖当地非常薄弱的市场，从理论上看确实不成立。坦率地说，侯副省长决定罐头厂在康县立项，我立军令状担当罐头厂厂长，这些本身都是反市场操作。我们就是要在没有工业的地方建立工业，就是要在没有市场的地方开拓市场。如果资本家就能做到的事，何必让共产党人来做呢？

我们假定食品加工是康县地方经济发展链条中的一个关键环节，并假定如果在这个环节上加大投入，就可能带动整个产业链运转，那么，我们在资源分散、能源不足、运输不力、人才缺乏、远离市场等办厂条件并不具备的情况下，依靠上级贴息贷款，依托省、地、县三级政府支持，凝聚自身力量，把这件事办成，又何尝不可以看成一次社会实验？

罐头厂要生存，就必须有充足的原材料保障，这就从客观上要求我们支持农民办养鸡场、屠宰场和饲料加工厂，建设猕猴桃果园。如能以罐头厂牵动种植业、养殖业和市场流通等环节配套运转，我们就有望成功。这就和自行车掉链子后，先卡住后面几个链条，然后再挂住其他链条，注力旋转，终能带动全链条灵活运转是一个道理。这就是"介入式逆向起飞"的边区发展理念。

1985年8月13日　星期二

　　罐头厂土建工程在资金紧缺情况下仍持续推进。乡工程队张经理来找我，说没钱，工人们日常生活都难维持，工程所需的砖、沙、石灰和石料等全是打欠条预支，现在水泥已用完，"巧妇难为无米之炊"，实在没办法再往前推进了。

　　我让祁副厂长先预付1000元给工程队，确保工人基本生活需求，同时，优先支付水管铺设、电线牵引以及购置必要工具的费用。关于水泥的事，我专程上了一趟县城，到县委大院找到杨伯富副书记，向他详细汇报了目前情况及所面临的难题，特别是迫切需要10吨水泥以保障工程进度。我说，试车所需要的蒸汽锅炉、罐头瓶和瓶盖以及封装设备都差不多到齐了，只要保证基建工程能如期完工，我们一定尽快让县委领导和全县人民吃上我们自己生产的罐头，向省和地区的领导交上一份合格的答卷。

　　杨副书记满意地点点头。他从自己的笔记本上撕下一页，写道："今借到康县物资局水泥整十吨。杨伯富，1985年8月12日。"然后，他让县委办公室的同志陪我，拿着这张借条去找县物资局局长。冼局长看到这张借条忍不住笑了，说他当了十几年局长还没见过县委领导的"借条"。当天，我们所需的10吨水泥如数送到工地。

　　今天还讨论了招工人选，初定26名，基本还算满意。罐头厂征地，向原承包人补偿1500元青苗损失费，队上还重新补划一块地给他。然而，对方嫌补偿金太少，带着老婆孩子到乡政府大闹。本来，双方已签订征地补偿合同，他突然要推翻重来，乡里同事分析可能背后有人撺掇。乡上干部对他说背弃合同是违法的，而且大闹乡政府是扰乱公务，更不允许。对方却愈发愤怒，称："你们就法办我好了，就枪毙我好了！"

1985年8月15日　星期四

　　昨晚，乡党委举行民主生活会，聚焦罐头厂筹备过程中暴露出的若干问题，展开批评与自我批评。针对砖窑主强买强卖现象，有同志对部分班子成员与商人拉拉扯扯、来者不拒、谁请喝酒都去等现象提出了严厉批评，发言的同志义愤填膺，会议氛围一度变得紧张、尴尬。

　　罐头厂招工的事，大家也摊到桌面上相互指责，弄得面红耳赤。特别是罐头厂会计人选，众人纷纷表达意见，情绪激动。我坚持自己的意见，坚决反对安插关系户。这引发"罐头厂是听我的还是听乡上的"争论，大家又争得不亦乐乎。多位同志要求我做到"多请示、多汇报"。

　　关于"多请示"，我拿出事先准备好的《人民日报》念给他们听："有的人认为，遇事多向领导请示就是尊重领导，而一些领导就很看重这种'尊重'，而且把此种'请示'看成是组织纪律性强的表现；也有一些干部养成了一种对工作不负责的坏作风。本是自己职权范围内可以决断也应当即立断的事，却不大胆做主，而是三番五次地向领导请示，这是为推脱责任而采取的对策。自然，好搞多余请示的人，很可能本身就是一个庸才，对事不能多谋善断，所以只好事事讨领导点头，靠领导拿主意做工作、过生活。"念完后我表示，县委之所以同意我立军令状出任罐头厂厂长，就是要改变原来那种以行政命令办工厂的老办法，如果厂长连会计人选都不能做主，那还承包啥啊？

　　杨书记最后作总结，充分肯定民主生活会开得好。他说，乡党委对罐头厂的领导是政治领导，管大事，不管小事，不管具体事，不能什么婆婆妈妈的事都请示。他特别表示，抓经济工作，特别是抓罐头厂工作，大家都有一个摸索学习的过程，谁也不比谁高明多少。同时，他提醒大家要警惕腐蚀，避免吃吃喝喝被别人腐蚀后，在个人利益驱动下，插手干涉厂里可以自主决定的事。他强调，领导就是服务，不是耍权，不是耍威风，大家要同心协力，支持把罐头厂办起来。

杨书记还通报了前几天县领导率领各乡镇党委书记到岸门口集体观摩考察的情况，说县委充分肯定罐头厂在克服重重困难情况下努力开拓创业的精神，各乡镇领导也很受鼓舞，对在康县办好乡镇企业更有信心。县委期待我们再加把劲儿，争取尽快点火试车。

1985年8月18日　星期日

经过漫长等待，县财政终于把15万元建厂资金拨付给我们，积欠的债务得以清偿，大家都松了一口气。罐头厂土建工程有进展，完成了地坪整理，地基轮廓初现。从兰州寄来的设计图纸全部收到，主体厂房建设得以顺利进行。然而，食用菌车间的建设问题仍在扯皮。

此外，康南林场想在食用菌种植上插一脚，他们要求加入，表示愿意提供场地及相应的用电用水保障，但收益要占大头。据悉，这是地区林业处张副处长的指示，要求康南林场在多种经营的转型过程中，要有新点子、新方法，要与岸门口乡罐头厂的建设相互配合。看来这件事还会有曲折。

乡里的整党活动正式开始。胡耀邦在1982年9月召开的党的十二大作报告时提出"有计划有步骤地进行整党，使党风根本好转"。报告特别指出，一些党组织存在严重的软弱涣散现象，缺乏应有的战斗力，甚至陷于瘫痪。有少数党员和干部对工作极不负责，官僚主义严重；或者生活特殊化，利用职权谋取私利；或者闹无政府主义、极端个人主义，破坏党的组织纪律；或者顽固进行派性活动，严重损害党的利益。个别党员和干部甚至堕落到贪污腐化、营私舞弊，进行严重的经济犯罪活动。报告强调"党风问题是关系执政党生死存亡的问题"。

1983年10月，十二届二中全会通过《中共中央关于整党的决定》，确定从冬季开始全面整党。目前，全党约有4000万党员，其中有900多万干部，有近250万个基层和基层以上党组织。要用3年时间分期分批对党的作风和组织进行全面整顿，全体党员都要无例外地积极参加整党。

我作为新党员是第一次参加党内大型学习教育活动，要抓住机会，较为系统地、全面地学习整党文件，先后学习了《中共中央关于整党的决定》《邓小平在党的理论工作务虚会上的讲话》《关于党内政治生活的若干准则》《中国共产党中央委员会关于建国以来党的若干历史问题的决议》，等等。

此外，我开始比较系统地阅读由中央党校与辽宁联合推出的《刊授党校》教材，重点学习江西省委党校吴吉祥编写的《科学社会主义概论》，对"过渡时期理论"和"不发达国家社会主义建设"两个专题有比较浓厚的兴趣。这套教材是父亲通过党校系统搞到的，按期寄给我。我希望自己在这次整党学习中能够增强理论素养，如获得省委组织部推荐，能够考上中央党校专门为选调生开办的三年制培训班。

1985年8月24日　星期六

今天读到《人民日报》报道，说江西赣州地委根据当前农村乡镇领导干部素质与新形势不相适应的状况，认真落实中央关于加快培训干部的决定，从今年4月起，对全地区的乡镇长分期分批进行轮训，共轮训乡镇领导干部377人。

报道称，农村经济体制改革特别是实行农产品由统购包销变为国家参与下的市场调节后，许多乡镇领导干部从思想认识到管理措施都与新形势不相适应。"想放开，盼放开，一旦放开又发呆。"他们对农村变革缺乏思想准备，对如何搞好农村经济工作缺乏领导经验。根据这种状况，赣州地委开设"乡镇长领导干部农村经济管理培训班"。参训的都是新上任的乡镇长，平均年龄36岁，最小的21岁。学习内容以中央今年的"一号文件"为主，围绕这个中心，侧重学习基础理论知识，系统听讲"我国农业现代化问题""大力发展农村商品经济""调整农业产业结构"，以及发展乡镇企业、农村科技改革、物价改革、农村财税、金融、统计、司法、经营管理等课题。同时，坚持理论联系实际的学风，把学习内容与各乡镇实际紧密结合，引导学员摆现状，找原因，谈认识，定规划，并采取中心发言、典型引路的办法，让学员相互有所启发。

报道说，先期结业学员返回领导岗位后，应用所学知识，以新姿态、新观念领导乡镇工作。他们撤销了原先不符合中央一号文件精神的关卡，放开搞活农村经济，大力调整产业结构，抓技术引进和培训，致力发展乡镇企业，取得良好效果。

我准备把这篇剪报呈报给县委刘书记，建议康县也对乡镇长开展类似培训。比较而言，在落后山区打破当地干部的思想桎梏，显得更为急迫和必要！另外，看到人家最年轻的乡镇长只有21岁，我的心里也好羡慕。

1985年8月27日 星期二

读《人民日报》，英国一架波音飞机22日在曼彻斯特国际机场起飞时爆炸，造成55人死亡，83人受伤。

这已是今年8月一个月之内的第三次空难。之前在8月2日，美国一架客机在达拉斯机场着陆时坠毁，造成136人死亡。8月12日，日本一架客机在群马县撞山坠毁，524名乘客和机组人员中，只有4名幸免于难。

读到这些触目惊心的报道，我对罐头厂的运行安全紧捏了一把汗。在上月卸锅炉时，头部受伤的那位兰州工人虽无生命危险，但大脑受到比较严重的损伤。虽然责任属于承运方，但我们确实也要吸取教训，一定要防止再次发生类似事故。

另外，24号《人民日报》头版还刊登消息《新疆选调应届优秀大学毕业生到基层培养锻炼》，说新疆维吾尔自治区今天欢送选调的95名维吾尔、汉、哈萨克、蒙古等民族的应届优秀大学毕业生到基层培养锻炼。并特别提到，自治区从1982年起就有计划选调优秀大学毕业生到基层锻炼，以加速实现各级领导班子革命化、年轻化、知识化、专业化。迄今为止，已选调460名优秀大学毕业生去基层锻炼。这是"选调生"的名称再一次出现在中央党报上。

1985年9月4日　星期三

县委副书记杨伯富同志到岸门口乡调研，点名要我陪同。我们走访了五家农户。前四户都是专业户，生活较好，比较令人满意。第五户人家姓贾，户主贾平焕在集体化时期还担任过生产队长。推行家庭联产承包责任制后，他家4口人（包括他和妻子、两个女儿）共承包4亩地。由于妻子痴呆，两个女儿一个9岁，一个才3岁，只有他一个人能下地劳动，而分配的土地太分散，根本照顾不过来，就撂荒了两亩。剩下两亩，今年已收割，只收获450斤小麦和玉米。所以，秋收刚结束，他家就有断粮之虞。

令人惊讶的是，这位曾指挥过一两百人从事农业生产的人，自己竟然不懂农业技术。他并不是那种好吃懒做的人，肯吃苦，也肯卖力，但掌握不好农时，肥料也没施足，导致土地单产水平过低。别人同样耕地单产可达400斤小麦，他才收了200多斤。老贾年近半百，拖家带口，该怎么办啊？杨副书记及在场干部得知这一情况，都直搓手，大家分析来分析去，对如何协助贾平焕脱贫致富或者至少维持全家温饱，一筹莫展！

据陪同调研的村支书介绍，每个队都有几个像贾平焕这样的人。杨副书记进一步询问贾平焕是否领取过扶贫款，令人费解的是，尽管乡政府已多次向该行政村投放扶贫资金，贾平焕却一次都没得到过。杨副书记转过头来看着乡上的杨书记和我，目光犀利，满含责备之意。杨副书记说："我们是社会主义国家，发生两极分化可不得了，要坏大事！"

回到乡上座谈时，杨副书记的言辞稍温和了些。他说他老家是兰州市红古区，算兰州市的远郊区。在集体化时期，生产队内分工相当精细，有的人只会种瓜，有的人只会种菜，还有的人只会喂猪。然而，随着联产承包责任制的实施，部分农民在分配土地后反而感到无所适从。乡领导接过话茬说，类似情况林区也有，如岸门口乡的朱家沟，乡民过去靠砍伐木材、打猎等挣钱糊口，现在禁止乱砍乱伐，要求他们种地，结果同样一块耕地别人都收获了，他们的地里还是青苗苗。

杨副书记要求我们在各村摸底，把类似贾平焕这样的困难户都梳理清楚，并尽力提供援助。如暂时不能脱贫，必须确保底线，要想办法至少不能让他们挨冻、饿肚子。随着秋冬季节临近，山区气候严寒，各村党支部及村委会必须高度重视这项工作，把这事办稳当、办扎实。

调研会结束后，乡领导与我陪同杨副书记考察罐头厂土建工地。杨副书记一边漫步前行，一边详细询问情况，并侧着身子，认真观察厂区砌筑的围墙是否在一个平面上。在确认满意后，他微微点点头。我们对他向县物资局打借条解决基建所需的10吨水泥之事再次致谢。他问目前还缺啥，说遇到困难就提出来。我厚着脸皮说，就是地区林业处下拨的木材指标用完了，现在还差些。他指着我的鼻子笑了笑，要我明天上县城，他带着我去找县计委主任邓文革同志。

1985年9月5日　星期四

　　收到方惠到北京当夜 11 时半写来的信：
亲爱的：

　　从成都开往北京的列车晚点一个小时到达。列车路过郑州车站时，分配到《河南日报》的同学孟磊在站台上迎送，我们简单交谈了几句。他已经在站台上迎送了我们班的好几位同学。

　　费了一些周折，到达中华人民共和国外交部大楼，到干部司报道时已是中午 11:30。一位姓曾的老师给我办理了报到手续，然后她才下班去吃饭。

　　如愿以偿，我被分到外交部 F 司。我们中文系汉语班的柳飞分配到外交部 S 司，他女朋友贺思雨也是汉语班的，分到 T 司教语文。还有两位川大历史系档案专业的同学分到档案馆，他们和你表妹李燕是一个班的。李燕分到铁道部，她男朋友税立分到了新华社。这次我们川大分配到北京的同学不少。

　　我所遇到的老同志们都非常好，把我们当成小朋友，很是照顾、关心。我在报到时遇到两个也是刚分来的男生，一个分到国际关系研究所，不是很满意，因为不在本部，部属单位的待遇可能不同；另一个闹着要房子，说来工作了连房子都没有，什么玩意儿！

　　我还是按时间线索来吧。11:30 也是吃饭的时间，我简单吃了些干粮，他们安排我去旁边的会议室休息。好些女同志午休都在里边。有个阿姨搬来一叠《内部参考》给我当枕头，我看了一下，里面的文章都是关于当前国际关系的，很有趣。

　　下午 2:30，起来继续办手续。由于没有带照片，出入证、医疗证都没办成，只是把粮油关系、户口和党组织关系办好了，看来我得赶快去拍照片。我先前发的电报和信他们都收到了，说是行李帮我取了，可是我去 7 楼那个装行李的房间，里面东西都塞满了，却没有看到我的行李。遇到一个从外交学院分来的男生，也在找自己的行李，说他直接去印度的一个领事馆。

这次外交部共分来全国各地的大学生280多人。这些人都分住在旅馆、招待所，我也不例外，就在一个离外交部只有两站地的朝外第三招待所。我们三个人一间，说这里住了男女同学30多人，我们川大的几个人都住在这里。

托运行李没有找到，随身带的东西不多。到这个招待所（很小但很清静，几乎被外交部全包了）的第一个任务是洗澡，部里今天洗不成，明天又是星期天，我只好在这里想办法。贺思雨悄悄告诉我，只要不被服务员发现，她天天晚上都在专供服务员洗澡的锅炉房里洗澡。不巧的是，我被他们发现了，不让我洗，叫我到外面的浴池去。

晚餐很丰盛，因为柳飞的表哥今天来北京参加一个法国画展，请我们一块吃饭。他在外面买了好多东西，有北方的香肠、紫菜、皮蛋什么的，柳飞也从部里的食堂打了一些饭菜带过来。

八点已过，我想着给你写信需要信纸，就独自上街去找。贺思雨说这一带吃的、穿的、用的都有，很方便。我出门先朝右走了一站地，不远处就是紫光影剧院，门口告示说9月份是法国电影周，要上演几部好片，我心里盘算要找时间去看。这一路确实有很多店，但是现在时间晚了点，好多都关门了。为了能买到信笺和信封，只要是开着的店，我都凑过去看看。最后走进了一个信远斋蜜糖店，这个店名挺吸引人。我进去喝了一瓶红果汁水。

再往回走，回到招待所再向左走，看到一片卖水果的小铺子，葡萄6角一斤，买了1角8分的；每斤5角的苹果，拿了3个，6角8分。我咽下口水，忍着没有去吃烤羊肉串。我还到小吃店门口踮起脚看了看里面有些什么食物。反正这条不算大的小街还挺有烟火气的。

同寝室的徐婷是北京二外毕业的浙江姑娘，她分到亚洲司日本处，真像个日本学生，挺可爱的。她很羡慕我分到F司，觉得我有一技之长。我倒不这么认为。刚才贺思雨跑进来坐了一会儿，徐婷说，你们四川姑娘怎么都这么漂亮？在水房洗衣服的时候，又认识了一个黑龙江大学毕业的英语系女生江楠，她跟我攀谈时问我为什么不说四川话，并惊叹我的普通话说得好。我看见这些姑娘都长得很漂亮，文文静静的，很容易相处。江楠可好玩了，她问了我的名字，又问我是不是朝鲜族人。她们都说我长得像朝鲜人，名字也好听。

我打算后天去 F 司上班。据柳飞透露，我肯定很忙，他现在整天忙得不可开交，因为他是党员。他说这批新分配来的学生中，党员很少，我承担的工作可能会比较重，具体情况到时候再说。

刚才把电话打到了鹿野先生家，准备明天去拜访。今晚还跟好几个同学通了电话，王明春是从中央党校打过来的，他和王涛考进去读研究生了。

好了，我把准备给你家和我家的信纸都用完了，还情意绵绵，话留到以后再说吧！现在是晚上十一点半了，我也该好好休息了。

吻你。

惠
1985 年 8 月 31 日

1985 年 9 月 6 日　星期五

锅炉安装小组今天从兰州来岸门口，下午一起商讨锅炉房布局及管道铺设方案，并就相关费用初步达成共识。带队的是一位姓吴的师傅，胖乎乎的脸庞，身体很壮实。晚上请他吃饭时，他把一位身材高挑、容貌妩媚的女子也带来，说是他徒弟。

酒过三巡，吴师傅突然问我有没有老婆，接着就开始胡扯。他指着那女子说："男人出门搞工程，最好带个女徒弟。我到哪儿都带着她。"那女子笑得很开心，一点儿也不害臊。吴师傅喝了一大口酒后，腆着脸皮说："麻烦的是她姓吕，上面一个口，下面一个口，两个口都要喂饱，挺费劲。"我一开始被他说得愣住了，没反应过来，那女子这次被说得脸红透了。吴师傅看我回过神来，有些不好意思，反而哈哈大笑起来。我觉得自己跟这些工人师傅打交道实在不上道，就请祁副厂长和他们具体接洽。

县科委张主任说从两当县找到一位培植食用菌的技工，过两天可到岸门口来，到时候请他根据我们这边的实际情况，搞一份材料预算和劳资分配方案出来，再与康南林场碰头，看能不能协商一致。另外，我有一篇关于山区药材天然有机化学成分萃取的论文在地区情报所办的《科技参考资料》登出。自己下乡后还能继续发表专业论文，令人欣慰。我把这期刊物寄回了化学系。

收到方惠9月2日信：

亲爱的：

星期天下午，我到离住处399步远的朝阳百货商店去选购了一些日用品。在这里消费真吓人，我今后一定要计算着用才是。据说我们每个月的五六号领工资。上午拜访鹿野先生路过天安门广场，我就想着什么时候我俩夜晚能在这里散步。今天听领事司的人说他们明天去密云水库植树一个星期，其他的司轮着来，我还是挺愿意出去的。

鹿野先生新中国成立前是燕京大学新闻系的学生，1937年与龚澎（我们F司的首任司长）等四人，通过董老的介绍去延安参加革命，并于当年入党。他在抗大任教八年，后在《新华日报》待过，是我们内江老乡范长江的部下，抗美援朝时在中国人民志愿军政治部（上次听说你爸也在志愿军政治部工作过，说不定他们认识）工作。回国后先去了新华社，后到中国国际广播电台任新闻部主任，现离休在家写《中国新闻学纲要》。他认识抬风伯父，并说他们是同庚，还夸奖抬风伯父文笔好，是大才子。他还说起了一堆文化界的名人，可惜我知道的不多，有些扫兴。

北京真大啊，我们年级汉语班的王浩是北京人，分到中央电视台，从他家到单位要坐将近两小时的汽车，但单位说他是本市人，不给房子。当然了，他们单位其他的外地同学也类似我们这种情况。所以说，如果夫妻不在一个单位，就是都在北京市，一天也难得见上一面。另外，我看见街上的各个角落都挤满了人，也明白了一些你为什么不太愿意来北京的原因。

今天是我第一天上班，盼望了好久的上班生活终于开始了，确确实实地在自食其力了。我一大早就起床了，坐了三站车到部里，明天准备走着去。北京的秋天是黄金季节，不徒步享受一下，实在可惜。我分配在F司宣传处，一个姓武的中年女同志代理处长。武处长给我介绍情况，还带我去各处，把我介绍给老同志。大家都起立，几十双眼睛投向我，不过我还是挺大方的，很谦虚、很有礼貌地微笑着（有人说这叫"外交微笑"），最后说了句"请多关照"，逗得大伙儿都笑了。

外交部有个规矩，每天上午8点上班，全体同志自学外语一个小时，当然也可以干其他事。处里有个录音机，每天早晨都是英语广播，全处一起收听十分钟，有的可以听一个小时。十点钟休息半小时，可以听音乐，也可以到娱乐室去打康乐球、乒乓球。中午在部里吃饭，食堂可容纳1000多人，场面可真热闹，米票、面票通用，每天都有米饭、面条，菜式挺多的，我也吃得惯。中午在办公室休息一个小时，1:30上班。

今天下班比较累，行文结构和层次显得很乱、没条理，见谅。

晚安！我太累了！

你的惠
1985年9月2日

1985年9月8日　星期日

上午，厂区所征土地原承包人老贾以赔偿费过低为由，携家人手持钢钎、铁锨闯进罐头厂基建工地，砸坏了主体车间墙角的地基，并辱骂前去制止的乡长和村委主任。事件发生后，乡政府打了县委副书记杨伯富同志的电话。不到一小时，杨副书记就带着一名民警乘车过来，冒雨检查被破坏的现场。当民警准备对老贾上手铐带走时，我怕激化矛盾，连忙把领导请到一边汇报。杨副书记了解情况后，同意温和处理，把老贾和乡村负责人都叫到乡政府协商调解。

杨副书记复核了老贾与乡政府签订的征地补偿合同，认真听取了各方意见，老贾态度也软了下来。最终，合作社为老贾重新划定承包地，总体上没让他吃亏。我和乡里同志，包括老贾本人，都没想到这样一个民事纠纷竟惊动县委领导下来调解，都对杨副书记雷厉风行的工作作风深感敬佩。围观群众说，老贾破坏罐头厂建设，不仅没把他抓起来，县太爷还亲自从县上下来断案，重新给他分的地也算公平，这是给了老贾很大的面子，这事不能再闹了。

1985年9月10日　星期二

秋雨绵绵。连日大雨考验着罐头厂基建工程的质量。燕子河水位上涨，山洪顺沟壑倾泻而下。我赶到工地去，发现有一段围墙被冲垮，发生了局部塌方。然而，修筑好的防洪堤没垮，发挥了作用。

今天，杨伯富副书记陪同刘守业书记来岸门口检查工作。他们冒雨视察罐头厂基建工地。刘书记踩着泥水，详细检查了锅炉房与主体车间施工情况，并向负责安装和布线的吴师傅问了好多问题。回到乡政府，大灶刘师傅打了一大盆热水上来，给大家擦脸、洗手，并且沏上热茶。

刘书记一边喝茶，一边详细询问今年收成和民兵狩猎保秋情况，特别叮嘱要敦促各村认真核查"五保户"、特困户过冬准备情况。刘书记说，兰州军区给康县支援了一批军大衣和其他防寒物资，很快就会分发下来，务必及时送达最急需的老乡手中。刘书记说:"咱是个穷县,老百姓的日子真是不让人省心啊。过冬是个坎儿,咱当干部的,一定要一家一家亲自走访,详细了解实际情况,做到心中有本账。对那些最困难的人,一定要帮助到。咱共产党说到底就是帮穷人的,千万不能在我们任上出现饿死、冻死或者出外逃荒的情况。"

他话锋一转:"当然,发展经济是中心工作。岸门口抓罐头厂建设工作抓得好。我知道你们资金很困难,'巧妇难为无米之炊'嘛。但你们敢做'无米之炊''少米之炊',做得很精彩!"刘书记指着杨副书记说:"县委请伯富同志联系你们,他对你们的情况了如指掌,给予的指导和帮助也非常有力。"刘书记强调:"他是代表县委的。"

刘书记原本坐在办公桌旁的靠椅上,讲高兴了,就站起身向我走过来,紧挨着我坐在长椅上,还直夸我是一块材料。突然,刘书记表情变得严肃起来,盯着我眼睛问:"现在有人到我这里告你,说你利用职权招了好多漂亮妹子,有没有这回事?"我赶紧看向伯富同志,他神色平静,用目光鼓励我把情况讲清楚。

我向刘书记报告,这次招工是先考试再招录,最后招录名单经过乡党委集体讨论决定。说到这里,乡里杨书记插话作了证明。我接着说,招工名单中确实女娃多,主要有两个原因,一是她们考试成绩比较好,二是我们做罐头,卫生要求高,乡里男娃邋遢的多,女娃要更讲卫生些。毕竟我们做的罐头是要卖到大城市的嘛,对质量要高标准、严要求。

刘书记眉头紧缩,板着脸,神情显得很严厉,但一旦笑出声,却让人觉得分外亲切。他听了我的话后,不禁开怀大笑:"你要真看上康县妹子,我才高兴死了呢!我和伯富同志一起给你保媒!"会议室里顿时一片欢声笑语。乡里杨书记趁机汇报了方惠7月来岸门口的情况,夸她长相出众,人也忠厚善良。不过,看得出来,屋里多数人都对我与方惠的关系能走多远持怀疑态度,权当笑话听听。

1985年9月12日　星期四

最近收到方惠好几封信，她刚到北京，新鲜事一箩筐一箩筐的，兴奋得很。下面是她9月7日写的信：

亲爱的：

早安！

一走进办公室，就打开收音机，一边收听英语节目，一边打扫办公室。打扫完办公室，好清爽，坐下来学习英语一小时。这时，刚休完假的老陈走过来问："外语学的什么？"我回答："英语。"她问："程度怎样？"答："不行。"她严肃地说："外交部外语不好可不行！"这对我又是一个警告。上班后，我马上感觉到外语是多么重要，如果外语不好，在外交部真是寸步难行。

这段时间处里指定老刘带我。他是一位年近花甲的老同志，资格很老，是13级干部，在驻外使馆做过一等秘书，据说是老外交学院毕业的，年轻人称他为"五星科员"。他叫我到部里的图书馆去借一本商务印书馆编的《国际时事辞典》，里面有2800多条词目，以常见而需要解释的国际时事名词为主，还包括自第二次世界大战后至20世纪80年代初的国际关系和各国情况。他叫我花功夫通读。另外，他让我把《国际法》和《国际关系史》也借出来认真学。

今天我们发了120元，说是服装费，处里的同事叫我赶快去买件像样的礼服。我准备给家里寄20元，给妹妹寄40元，请她帮我买了件丝棉袄，花了29元，剩余的11元就给她了。工资到现在还没有发，给我们预付了40元。单位开了调资会，就是把基本工资与职务工资挂起钩来。当然今年我们没有份儿，好像每个月就只有59元。

明天是星期天，我打算去中国美术馆看法国近现代油画展，再上街看看有没有什么可买的。下午1:30去外交部礼堂看法国电影。天黑了，我该回去了，至今我还没收到你一封信。我好想你，这些日子你都在干什么呢？工作进展怎么样？省上拨的工程款你们拿到手了吗？

你的惠
1985 年 9 月 7 日

1985 年 9 月 16 日　星期一

小妹妹给我写了一封信来，她今年 15 岁了，很快要上高中。她的作文很好，文笔稚真调皮，语文老师经常把她写的文章拿到班上念，让其他同学仿效借鉴。不过，她报告了一个不幸消息，说我们在资中乡下的四伯去世了。噩耗传来，我心中很是悲痛。

当年，奶奶把三伯、四伯和父亲三兄弟都送到朝鲜前线。政委看新兵花名册，发现三兄弟姓名中间的那个字是一样的，就让人查是不是一家子。了解到这三人就是亲兄弟，政委很感动，命令把年龄最小的父亲留在师部。政委说："争取仗打完了，至少留一个回家给老娘送终。"停战后，三兄弟都幸存下来，但四伯是机枪班长，战斗在最前线，头部中弹，弹片没取出来，回国后神志就不是很清楚了，只好回乡静养。

奶奶去世后，就安葬在四伯家屋后山坡上。以前在四川时，几乎每年清明节我都陪父亲回乡扫墓，有时就在四伯家住几天。川中南的乡村丘陵起伏，风光秀美。那里有一望无际的甘蔗林、绿油油的秧苗和山坡上挂满枝头的红橘。稻田边的水车吱呀吱呀地抽水，水塘里有好多青蛙，晚上蛙鸣一片。如果夏秋季节去四伯家，有李子吃，特别香甜爽口。还可以扳甘蔗、挖红薯、烧苞谷，到堰塘边钓鱼。那是我童年最快乐的时光。

四伯是志愿军老兵，本是个平凡的人，但他在国家召唤时能挺身而出，保家卫国，端起机枪与敌人战斗。停战后，他带着战争创伤回来，在穷困乡间乐观生活。经历多少病痛折磨，多少生活辛酸，几十年光阴就这样一天一天过去，终于走到人生终点。他不愧是国家的英雄，我们的好伯伯。

四伯是家里去世的第一位长辈。那么熟悉的一个亲人，说走就走了，让我品味到人生的苦涩。人的一生，是一段又一段艰难历程，人就是在这漫长跋涉中，在这严峻、美丽并与恐怖相交织的命运交响曲中，展示着生命的伟大。

杰克·伦敦写道："为人的使命是去活，而不是存在。"人世沧桑，日月消长，我们在有限寿命中思考和实现着生命的价值，体现着万物之灵的生命的力量。

1985年9月18日　星期三

据《人民日报》报道，《简明不列颠百科全书》这部总共10卷的大型综合性参考工具书的第1卷至第3卷已在北京出版发行。邓小平在会见美国不列颠百科全书编委会副主席弗兰克·吉布尼时说："这部工具书非常有用，是知识库。我们可以从这部书和其他方面获得我们搞四个现代化建设还缺乏的知识。"

另据报道，中共陕西省委决定抽调5000名干部到农村去帮助基层工作。其主要背景是当前农村改革的任务还很艰巨，有许多新问题有待探索、研究，农民的温饱问题还没有完全解决。相当多的地方，基层组织软弱涣散，甚至处于半瘫痪、瘫痪状态。不少领导干部的水平和工作作风还不适应目前的新形势和新任务。

五千干部下乡的主要任务是帮助培训基层干部、整顿农村基层组织。要帮助基层党组织搞好整党工作，帮助搞好农村经济体制改革，搞好产业结构的调整，建立健全各项服务体系，大力发展商品生产，帮助贫困地区和贫困户制定出切实可行的经济发展规划，并采取措施改变贫困落后面貌。我很赞同陕西的这个做法。

今天县科委文彦平同志来岸门口，与我们协商食用菌车间筹建规划，还提名两女一男进车间，一边搭架子一边学习。县科委承诺除地区科委下达的 2000 元专项扶持资金外，县里还可再出一笔钱。但是，我们与康南林场就建立食用菌项目合作的谈判进行得很不顺利。康南林场表示，愿意与我们合资经营，他们将提供厂房、设备和两名工人，技术指导、技师和日常的经营管理由罐头厂负责，但年终分成结构是七三开，他们占七，我们占三。乡领导很生气，说欺人太甚。

两家原来商量的合作方式是由罐头厂出 1500 元租他们场地，他们忙不迭地答应了。林区林业处介入后，他们看到上面领导重视，我们又舍不得割断与林业处的联系，就狮子大张口。当前，林场正转变经营模式，严格限制砍伐行为，林区闲置房屋较多，发展食用菌是很好的出路，当然同时也可为罐头厂提供原料，提升产品附加值。但他们仗着自己是县团级国营单位，店大欺客，做得确实有些过分。

1985 年 9 月 22 日　星期日

阳光透过小阁楼的窗户照了进来，把我唤醒。今天是星期天，我决定抛开日常的烦琐，骑车到县城找邹君爬山，好好聊聊。他在城关镇也干得风生水起，各方反映不错。县城信息到底要灵通些，说不定也可打探到一些消息。

康县县城不大，依山傍水，武都至略阳的跨省公路纵贯县城。从东而来的两条小河在城东交汇，由城西流入燕子河。三河汇聚，县城显得很有灵气。河对岸的高山就是白云山，修了些亭台楼阁，取名为白云山公园。县委大院在城中位置，城关镇政府在城东，是一个还算宽敞的老院子，邹君在里面住宿、上班。

住在邹君隔壁的老李夫妇是"文化大革命"前的老牌大学生，他们是天水人。在康县人看来，天水就是老大的城市了。老李是城关镇会计，这两年提拔了不少老牌大学生，好多人都当上了县领导,但为何他还窝在乡镇呢?邹君也说不清楚。李婶是土壤化学专业毕业生,我先前曾请她对岸门口乡土壤是不是适合种植猕猴桃专门作过分析。李婶不爱讲话,老李则特别愿意和我唠嗑。

他今天和我聊,感叹我们80年代的大学生敢想敢干,在专业选择、地域偏好、工作单位以及恋爱对象等多个方面,相较于他们那一代人,都拥有更多的自主权和选择空间。他听说了方惠到康县来看我的事,直言不讳地打起破锣:"这事搞不成,双方工作悬殊太大,而且隔得太远。"不过,他也说:"我佩服你的勇气。这事儿要放我们身上,百分之百吹了。我们都活得太实际。而你们有梦想,不怕输,敢拼敢赢,这恐怕是两代人最大的区别。"邹君说:"时代不同了,你们经历'文化大革命',吃了太多苦、太多亏,胆子变小了,更谨慎务实。"

老李又说:"我们太实际,而你们又太不实际。比如你们两个人,明明是兰大学生,做什么不好,非要跑到康县来。你们两个不要头脑发热,不要像我们一样,一辈子就在基层瞎混,蹉跎岁月、虚度光阴。"

他的话虽很刺耳,但我们并未出言反驳。我俩相视一笑,眼神中流露出"燕雀安知鸿鹄之志"的自得。随后,我们骑行到白云山下,这里的空气清新宜人,鸟鸣悦耳动听,瞬间让我们从那段沉闷的对话中解脱出来。沿着曲折蜿蜒的小径向上攀登,县城的景色在视野中逐渐缩小,而远处的群山愈发显得巍峨壮丽,令人心生敬畏之情。

邹君走在我的前面,他一边喘气,一边接着刚才的话茬儿说:"人不能两次踏进同一条河流。每个人都带着时代的烙印,每个时代也都有其独特的机遇和挑战。我们这代人虽然面临着激烈竞争的压力,但确实也有更多选择和可能性。我想,这就是这个时代赋予我们的一种激情和力量吧。"

登临山顶,微风徐来,轻轻拂去一身的疲惫,留下清凉与闲适。康县之美，宛如一位深藏闺中的少女，尚未被世人所知。极目远眺，江山如画，县城安静地依偎在山脚，山川河流尽收眼底。我们闭上双眼，沉浸在这宁静的氛围中，不再说话，任由风儿在耳边低语。

1985年9月23日　星期一

　　十二届四中全会闭幕。19号的《人民日报》刊登中国共产党全国代表大会新闻发言人朱穆之接受记者采访的消息。他说，中央各部委，各省、自治区、直辖市和解放军师以上领导班子的调整告一段落，全国已有110万老同志退下来，另有大批中青年干部被选拔到县处级以上领导岗位。他说，邓小平还将继续担任中央领导职务。朱解释道，党的中央委员会、政治局和书记处三个机构的成员年龄仍然偏高，如等1987年召开党的十三大时再解决，还要再等两年，到那时再调整，调整面就更大了，因此有必要现在就解决年轻化问题，叶剑英、徐向前、聂荣臻等64位同志不再担任中央委员和候补中央委员，36位同志不再担任中顾委员会委员，31位同志不再担任中纪委委员。

　　另外，中央将向全国人大提出"七五"计划建议。"七五"期间是全面改革的关键时期，只有不失时机地革除现行体制中束缚生产力发展的种种积弊，才能保证我国经济在今后五年、十年、二十年以至更长时期的持续发展。我注意到，中央提出，要在推进物质文明建设的同时，大力加强社会主义精神文明建设，并强调，我们采取的所有改革、开放和搞活经济的政策，目的都是建设有中国特色的社会主义。必须继续加强思想政治工作，教育全国人民做到有理想、有道德、有文化、有纪律。

　　从对当前报刊的细致阅读中，不难发现，国内意识形态领域近期出现了较为明显的争议，这些争议可能触及中国对外开放的战略方向以及国家未来的历史定位。我们必须坚决清算"文化大革命"的流毒和错误影响,同时坚定不移地维护社会主义性质,确保中国这艘巨轮始终沿着五四运动以来千百万人为之奋斗的正确航向前进。鉴于中国庞大的人口基数、相对薄弱的经济基础,以及人民群众的文化水平和思想觉悟仍需持续提高的现状,实现中华民族的百年复兴目标,无疑是一项艰巨而复杂的任务。

1985年9月24日　星期二

前往北京的那只小白鸽在天际翱翔,又像一艘帆船,勇敢地穿越广袤无垠的大海。我对她的挚爱,宛如一首爱的颂歌。我对她的思念,如同浓雾凝结于心谷。

我竭力克制自己,不愿成为束缚她的绳索,阻碍她自由地飞翔。我读过狄更斯的《双城记》,认同书中观点,即真正的爱足以让一位高尚的绅士离开爱人,心甘情愿地走上断头台,通过自我牺牲来实现心灵的救赎,无怨无悔。有时候,爱就是含泪的割舍。

下面是方惠9月17日来信:

亲爱的:

昨天看到处内本周的安排,其中有一项是我处要派一个人到怀柔参加植树劳动,我争取去了。处长很满意这一举动,因为她正愁找不到人去。我想我年轻又好奇,出去跑跑也没什么了不起。

现在已经快到农场熄灯的时候了,但幸福、兴奋之感使我久久不能入睡。不知是什么话头引出来的,我向F司一位新分来的北京姑娘展示了我带到农场的你的照片,把她羡慕得一个劲儿说我有福气、有眼力,是个幸运的女孩。她爸妈都是外交部的,现在驻美国使馆工作。

上午从部里坐了一个多小时的车到怀柔附近的农场,这是分配给外交部的植树区,来自部里各个部门的老少30多人参加这轮植树劳动。每年每个处都会轮流派人来,要住在这里,劳动一个星期。我们这批人中年轻人比较多。我劳动了一下午，刨了30多棵树苗的草，腰酸、腿疼，埋头苦干，很是卖力，也没想到要偷懒。你知道，在初中参加劳动时，我就是很积极的。

我接着写，这封信也没按照我昨天想的写，因为现在心很乱，要一个劲儿地把话说出来，所以也顾不得什么章法。我到北京后的第五封信自7号发出后，我没动过笔，我天天盼信，天天往司办跑，但总是让我失望。那天终于忍不住，到楼下收发室了，帮助分发报刊信件，可是就连F司也没有一封信。要知道我已有17天没看到你的亲笔字了，也不知道你的情况究竟怎么样。我知道秦岭地区今年在下大雨，雨水也真是无情。断邮了不能抢修吗？非要在这个时候打断我们的情思，拒绝为我们联络、服务。多少鸿雁已从天空飞过，却没有带来你的消息。

昨晚读了好久你的日记，有时忍不住眼含泪花。我好想你哟，也不知道你是否也与我是同样的感受。你写过信了吗？发出来了吗？前面我写的那些信命运如何？直到来怀柔之前，我也没能得到你的只言片语，还要忍受一个星期，好歹今天算过了一天了。

到乡下劳动是我争取的，一是好奇，二是新鲜，三是想在工作两个星期后调节一下生活，不然又要嫌工作单调。每天上午、下午的半小时休息时间我是充分利用起来的，乒乓球技术有所提高，将来你可进行验收。

处里的同志像送女儿上山下乡一样，借给我旧衣服、太阳帽、水壶。一群人大包小包地下乡，像当年去"五七干校"劳动改造，当然我们现在的心情是截然不同的，我倒认为像是在郊游、在观光。北京的秋天好美，我只后悔没有照相，我真想在这里留它几张影，这个计划放到明年吧。

昨天去了人民日报社和社科院新闻研究所，同学聚会真是太热闹了。那些"记者们"用特有的方式提问，想叫我透露点内部消息，我呢，在原则问题上总是"无可奉告"，偶尔也编一点"参考消息"。其实，他们的小道消息比我丰富多了。有两位同学从西郊的中央党校杀过来，摆他们开学典礼的隆重情况，说四川省委书记杨汝岱也去了，还说哪一天要宴请党校的四川老乡。处在我现在的环境，不可能不关心政治。

熄灯号响了，我担心明早起不来，暂搁笔。

9月16日晚

我也不知道这封信写好后能不能及时发出去，劳动了一天，虽然已经很累，躺了一会儿还是起来继续写。趁此机会看了一下昨晚写的内容，对这种笔法很不喜欢，怎样提高写信的质量还是个值得探讨的问题。

今天早晨6点多，老太太就催着我们起床了。老太太叫陈理，是1947年来北京的成都人，学森林专业的，可毕业后没派上用场，现在已经离休，才搞了本行。她在部里绿化办公室工作，但下乡已三年。这个60岁的老太太穿个牛仔裤，斜背绿挎包，穿双黄皮鞋，戴着旧草帽，山上山下地与我们一道劳动，很是精神。来的时候，就听别人说她很厉害。她安排我们和她住在一个大房间里，好管理。

其实这也算不上农场，是一个围起来的大院子，外交部自建了一栋平房。据说原来是住附近县里的旅馆，每天用车接过来劳动。院子里有一个小食堂，老实说也算不上，不过是一间大一点的厨房加上一间会议室。会议室很简陋，有一个乒乓球台当桌子，桌子上是汽水瓶充当的花瓶，里边插了些快要凋谢的花朵。还有一个木头架子上摆了一台彩电和十几个暖水壶，还有几份当天的报纸，另外加上二十几张铁椅，就算是这个会议室的全部家当了。

农场喂了两只小猪，还有一条狗，叫小黑。小黑有一个特点，就是不咬我们本部的人，只咬当地的社员，很是可爱。但我们刚来的时候他跑过来亲昵，却把我们吓得惊叫。

大师傅给我们做的菜香甜可口。他说是因为劳动了的缘故。可不，饭就是要比在部里吃得多些。我们一周交3元钱和9斤粮票，部里每天补助 1 元 5 角，用在伙食上。你不知道，我进京后开始两天还好，后来产生了厌食情绪，不想吃饭，我也觉得有消瘦的趋势，看来这种现象在这里得到了改善。

上班前两周为熟悉情况时期，我外事活动参加得多一些，带我的老刘说今后要控制一下，要多抽时间来学习，一是外语，二是外交业务。他说等我劳动结束后，他再交代具体业务。他是一个很有水平的老党员，我也需要他的严格要求。我在机关外语学校报了名，参加 ICP 初级英语教程。

劳动并不像我当初想象的那么简单，所以没有足够的思想准备。昨天干了一下午，体力消耗不少，今天早晨差点儿爬不起来，但干的时候还是很认真的。我咬着牙有意识地锻炼自己，这是在学你。

今天上午又锄了 65 棵柏树的草，劳动量居女同志之冠。下午锄了 50 棵树的草，黄昏收工，拖着两条疲惫的腿回来，可心情是惬意的。热水是用太阳能灶，但今天的太阳能没烧热，只好现烧了两壶开水来洗头冲澡，很是舒服。上午手上还有打起泡的迹象，下午却没有了，只是手脚被刺了几下。

这里值得通报一件事，我从旅店搬到部里了，在东楼的 5 层。这次只有 F 司的两个人搬进来，算是照顾我们了。上星期二，我还去新华社找到了税立和燕妹，见到几个川大同学，很是热闹。他们都办了月票，平时你来我往很方便。燕妹也已从旅馆搬出来，到铁道部上班了。

想死你了，热烈地拥抱你！

你的惠
1985 年 9 月 17 日晚

1985 年 9 月 25 日　星期三

一位好友参加出国读博士考试，成绩不错。读大学时，我们的成绩差不多，有些科目和试验，我比他还略强一些，但现在我窝在深山里，心里似乎不是滋味。

小娟表姐前天从西安来信说，她唯一不变的是"不甘平庸、追求知识和永远向上的心"，给我很大鞭策。她是大姨的女儿。我母亲这边有兄弟姐妹六人。外公在民国时期曾是川南金融领袖，蒙冤后，外婆早逝，他们六人或流落异乡，或在故乡坚持，各自奋斗，成为教授、音乐家、企业家和中学校长，取得不俗成绩。特别值得一提的是，大姨从西南师范学院毕业后，对被打成右派的男朋友不离不弃，放弃留重庆的工作机会，一起发配陕北。在那个物资匮乏的年代，陕北没有大米吃。为此，妈妈托在铁路工作的朋友给他们捎去20斤大米。这些大米要先运到山西省的介休车站，随后由姨父坐船过黄河，再将大米背回绥德。即使在困境中，他们也始终坚持教书育人，为社会培育了大批优秀学生。姨父被授予全国第一批"特级教师"荣誉称号。电影《天云山传奇》上映后，榆林地委书记亲自上门，称赞大姨是"陕北的冯晴岚"。他们这种不屈不挠的奋斗精神，对我们这代人有很深影响。

追求卓越，不甘平庸，是我们这家人的共有性格。可在22岁的年纪，究竟该如何奋斗？眼前的路似乎很多，但又很少。

我选调到陇南乡下工作一年了，不愿做一个官僚，也不愿做诗人或学究。我希望自己就像在兰大参加"百科知识竞赛"取得理科冠军那样，成为法国启蒙时代百科全书式的知识分子。然而下乡这一年，四处碰壁，很多时候感觉心有余而力不足。

我相信罐头厂经过努力能建成，但它犹如建在流沙之上，确实有先天不足的缺陷；另外，我虽然维持着与方惠的关系，但结果可能是水中捞月。我感觉自己有点像希腊神话中的西西弗斯，把石头推上山又看到它滚下来，只好再推上去，再滚下来，周而复始，循环无穷。

小娟表姐还在来信中对我近期情绪的波动表达了看法，她写道:"你说你一直在坚持学英语,这很好。从来信看,你最近似乎遇到了一些挫折,我分享三个英语单词给你。一个是 FAIL,面对挫折你不能自暴自弃,因为 FAIL 不是失败,它的意思是:First Attempt In Learning(学习中的第一次尝试);还有一个是 END,它不是完蛋了,而是 Effort Never Dies(绝不言弃);最后一个是 NO,请记住,NO 的意思是 Next Opportunity(下一次还有机会)。"

方惠离开岸门口乡快两个月了,但我脑海里仍不断浮现出她的音容笑貌。虽然我们建立亲密关系时间不长,但她的善良和真诚让我感受到前所未有的温暖。她到北京后连续写了好几封信给我,仿佛为我推开京城生活的窗户,让我遥望到一个陌生世界,感觉到她全新的生活与岸门口好远好远。我不想她像风筝那样,还有一条线攥在我手里。我希望她像快乐的小白鸽,在广阔的蓝天自由翱翔。我好几次提笔要给她写信,又好几次放下笔,在下意识里,我感觉自己承担着道德责任,不能太纠缠,不能再升温,但又觉得不能轻言放弃,务必争取那来之不易且难以维持的爱情,真是左右为难。

1985 年 9 月 26 日 星期四

罐头厂基建工程由乡工程队承担。因为建厂资金迟迟不能到位,如县上刘书记说的,我们做的是"少米之炊",所以工程队捞不到什么油水,常常还要垫资,很不情愿,总是推诿、拖延。只是在地区、县的政治压力下,乡里不敢耽误,所以一直压着工程往前推进。

省里下拨的 15 万元到账后,开始细水长流地给工程队打款,这样基建速度就上来了,进展明显加快。今天我在工地和工人们在一起。雨过天晴,夕阳西下之际,天空出现了彩虹,明亮鲜艳的红、橙、黄、绿四色彩虹跨越南北,格外引人注目。工地上的人们欢呼雀跃,一位年仅十七八岁的小青工神情庄重地阐述他的见解:

"是天老爷在喝水呢。不信你看，彩虹是从河里升起来的，一直弯到天上，像不像天老爷在喝水？"

安装锅炉和管线系统的吴师傅天天和我泡在一起，现场讨论锅炉房的布置和生产车间的管道铺设方案。他和他那位漂亮的女徒弟一起住在乡文化站的阁楼里，他带来的几个工人住在罐头厂工地。我们认真审查和参考他带来的以前为其他罐头厂配套完成的安装实例，提出了具体质量要求。磨合了好几个回合，终于达成一揽子承包合同，确定包工包料费总计2万元，根据进度分阶段付款。

乡政府决定对罐头厂资金分配采取"一支笔"审批制度，所有支出均需我确认签字后方可支付。这样一来，各种各样的人都跑来找我，各类纷争也如潮水一般涌来，许多问题不是睁只眼闭只眼就能糊弄过去的，所以几乎每天都要吵架。例如，今日砖窑主提出已为罐头厂提供数万块砖及数万斤石灰，价值5000元，此笔款项为欠款，已拖欠两个多月，应连本带利支付。我们同意预支8000元给他，作为即将提供给工地的其他材料费，工程完工后与他一并结算，但他不干，吵翻了天。

1985年9月28日　星期六

明天就是中秋节，原想专心致志地给方惠写封长信，在节日前夕和她好好笔谈一次，然而诸多事纷至沓来，身心皆不得闲，此时寄信为时已晚。我走进邮电所，小杜递给我一张带格子的电报纸，我略作沉思，写了一首小诗《中秋寄怀》，填到电报纸格内，匆匆发给她：

> 香山叶恍惚，红豆梦悠悠。
> 清风扫惆怅，惠子笑中秋。
> 万里长相忆，风流玫瑰羞。

> 志当存高远，红帆引扁舟。
>
> 漫漫天涯路，何处情不惆。

1985年10月1日　星期二

国庆节给方惠写了一封信，发出了。

亲爱的：

今天是国庆节，岸门口镇逢集，人声嘈杂。我躲在小阁楼里，焚香洗手，又点燃一支香烟，伴着轻烟徐徐，提笔给你写信。中秋前一天，我发了一封电报给你，是在邮电所草拟成的一首五言诗，不知你收到没有。镇上的报务员业务或未尽善，也读不懂诗文的意思，我真担心他把字码发错。我的毛笔字写不好，现用钢笔誊抄一份寄给你。

中秋前夕，上一届的选调生王礼（现任陇南地区科技情报所所长）陪兰州摄影记者刘延成到陇南采访，顺路到岸门口来看我。延成具有浓厚的艺术气质，将艺术和美视为自己的人生信仰。他父亲是1933年入党的老红军，他自己也曾到甘南草原当兵，负责饲养战马。据说全军目前只有兰州军区保留了一个骑兵连，传承着红色铁骑的历史荣耀。

延成这个家伙拥有一头乌黑浓密的头发，鼻梁挺拔，眼窝深邃。他爹曾是刘志丹的部下，出身于陕北，推测其家族带有匈奴血统。我与他一见如故，王礼亦深表理解，特意在县委招待所为我们单独安排了一间房，以便彻夜交谈。直至晨曦微露，我们两人依然精神饱满，毫无倦意。次日，阳光明媚，我陪他到岸门口乡采风。进山后，我给他介绍了几处个人钟爱的小景，竟使他情不自禁地连声叫好，随身携带的三个相机轮番操作，对光线、景深、角度和构图都颇为讲究。

临别前，他坚决要为我组一篇稿，说一个大学生在陇南山区办罐头厂，很有新闻价值。他拍摄了几张特写以及一些生活照片，还特意为我们的小阁楼留影。我取出一些猕猴桃给他吃，他没有接，而是先问："能不能带回兰州？"我疑惑地摇了摇头，他就坚决不吃了。他说他出门时给妻子许下一个诺言："凡是我能吃得到的好东西,我一定要带回来给你也尝尝。要是带不回来,我就一口也不吃。"当时,王礼、晓勇都在,听到这话都愣住了,沉默了好半天,没想到这家伙已近不惑之年,但情感仍如此细腻、炽热。送他回兰州的车启动了,车辆行驶不远又再次停下,他几次下车与我拥抱握手。他紧紧握住我的手,良久无言,弄得我内心十分难受。他的眼眶也红红的,真是情谊深厚。

他们走后第二天就是中秋节。当晚,我与邹君相约,一同前往县城外的白云山赏月。明亮的月光如河水一般清澈,满载着无尽的情谊。邹君与延成截然不同,他果断且富有主见,对我连连责怪,惋惜我未能摆脱情感的束缚。然而,我又能如何呢?中国科学院近代物理研究所的朋友寄来一封信,仅寥寥数语,说在兰州备好了薄酒,期待会面,去浅酌叙忧愁。这无尽的忧愁,如同剪不断、理还乱的丝线,又如苦涩的咖啡,为孤寂的朋友们带来烦恼。

我的愁,源于我的思念。我觉得写"思念"诗写得最好的是徐玉诺:"思念的味道是酸的吧;为什么我思念你时,心里就有一种酸味呢?思念的道路是黑暗而且朦胧的吧;为什么我思念你时,就昏昏入睡呢?"叶圣陶先生称赞徐玉诺的诗有"奇妙的表现力、微妙的思想、绘画般的技术和吸引人的格调"。你是川大百色花诗社的社员,你们怎么评论徐玉诺?亲爱的,我们毕竟不能总沉溺于缠绵悱恻之中。秋瑾血洒轩亭口,临刑前吟咏出"秋风秋雨愁煞人",这才是革命之愁、民族之愁!中秋那天我笑了,多希望你能同我一起畅怀大笑,"仰天大笑出门去,我辈岂是蓬蒿人"。

"志当存高远,红帆引扁舟",这绝不是心血来潮要唱一句高腔。不是,不是的。一叶扁舟载着你、载着我,在这茫茫的大千世界起起浮浮,若没有红帆导引,扁舟迟早会倾覆。只有爱人生、爱自然,鼓起勇气向一个崇高的目标努力,我们的希望才会实现。亲爱的,你不是自甘平庸的女人,请拿出非凡的勇气来,和我共挽这人生的缆绳。道路崎岖,多少痛苦和寂寞在等着你,心已不能忍受了,忽然传来一个微弱和镇定的声音："惠,不要害怕,我与你同在,从今直到永远。"

亲爱的,我要向你复述青年的四个永恒主题:

明确自我在现代社会和历史长河中所处的位置,以此建立坐标,去探索人生的意义。

在十字路口犹豫、彷徨的时刻,从仁人志士和革命先贤的身上寻求人类的智慧之光和非凡勇气。

有自知之明,认清自己特有的潜在优势,寻找一种职业,使这种优势发挥出来,并获得发展。

慎重选择能依托终身的人生伴侣,和他(她)一起走完这人生的旅程。

我就这四个主题进行了长久思考,世间万象给予我诸多感悟和启迪。"路漫漫其修远兮,吾将上下而求索。"我相信,只要走下去,走向人生辽阔的原野,必有收获。我是个凡人,来如一缕青烟,去亦如一缕青烟,但我一定凭借我不屈奋争的勇气,凭借你的支撑,在人类文明进程中留下一块无字的石碑。虽然我只是无边原野上一点萤火,但也勇敢地闪烁着智慧之光、爱情之光。

亲爱的,我已选定你做终身伴侣。我不能带给你荣誉,也不能带给你富贵。我没有钱,没有地位,不能带你出国,甚至可能因两地分居连起码的丈夫义务都不能履行。我带给你的,只能是命运的重负,只能是说不尽的苦涩!这些日子我常常反省,有时也在悔恨,悔恨我没有勇气与你分手。但我相信,在这个世界上已没有男人会像我这样爱你。可是,这样的爱带给你的是怎样的一种痛苦啊!

你从怀柔回京后,身体还好吗?北方的饮食还吃得惯吗?中秋和国庆是怎么过的?国家正逢盛世,首都一定是"天空格外晴朗"。

愿以人生最好的祝福与你分享!

你的 XY

1985 年 10 月 1 日

1985年10月3日 星期四

乡里开了一整天会，评奖，安排年前工作。乡政府的会好比戏台，剧情跌宕起伏，争执与僵局轮番出现，会场气氛瞬息万变，时而喧闹如雷，时而静谧得令人窒息。小舅喜欢用四川话来形容开会，他说："鸡婆大个事，总开会。开会嘛，又没人开腔，大家都神起，成了肥猪熬成的猪油，最后都凝起了！"对比方惠来信描绘的中央机关的工作氛围，感觉乡政府还是更有烟火气。同志们有意见决不会藏着掖着，都抢着摆出来，比哪个人的声音大。不过，大家也习惯了，吵归吵，吵完就拉倒，过一会儿递支烟，又和好如初。我现在也慢慢习惯了，讲话时一定要提高嗓门，有时要吼，决不要怕红脸，不要怕吵架。

好多人心里有怨气，埋怨领导工作不力，是非功过也没人评说。尤其是计划生育，成了全乡工作难以打开局面的严重阻碍。而计划生育又是全国农村工作中的"老大难"问题。计划生育的首要任务是破除农村"多子多福"观念，这太难了。联产承包责任制实施以来，农业生产以家庭为单位，农民之间的民事纠纷也逐渐增多，如果家里面尽是"缺把儿的"，不仅农活承担不起，连吵架打架都没底气，很容易被人欺负。

此外，农民对乡政府的要求也在变，需要乡政府为他们提供更多的生产指导和服务，并及时化解民事纠纷，但党的基层工作与农民的心理预期还存在较大的差距。干群矛盾在计划生育上表现得格外突出。县委刘书记要求各乡不准"上硬茶"、不准简单粗暴，只能做说服工作，但话好说，事不好做。

我曾带队去堵一位要超生的妇女，天麻麻亮时进村，把她堵到了炕上。听家人说这女子已怀孕7个月，我顿时显得迟疑、犹豫，但随我来的人说，如果完不成结扎指标，不仅我会被扣工资，乡里同事也会受牵连。那女子见我有点撕不展［甘肃方言，形容放不开手脚，畏首畏尾的]，干脆自己掀开被子，蹬脱内裤，把挺着硕大肚子的精光身子露出来，躺在炕上大刺刺地说："你能得很！来，你现在就过来把我割了！"顿时把我闹个大红脸。同事还在嚷嚷："这疯女子搔摊子嘞！不能惯她！"但我拦着大家，撤出屋了。为此，我挨了批，大家也跟着我吃亏。

1985年10月5日　星期六

"康县栗子鸡罐头厂"这个厂名源自省领导立项时所作的指示："你们当地山上盛产野生板栗，如果把它们收拣起来，和老乡家养的鸡一起，做成栗子鸡罐头，既可盘活野生资源，又可增加农民收入。"所以，我们厂的招牌产品必须是栗子鸡罐头。

然而，将板栗加工成罐头面临两大挑战：一是板栗的保质期短，必须寻求有效的贮藏方法；二是板栗有一层坚硬的外壳，需要找到工业化的去壳技术。据兰州食品工业研究所透露，青岛一家研究所掌握了这项关键技术。经过询问，青岛这家研究所迅速回复并详细介绍了这项技术的相关细节。最近，他们频繁来电来函催问我们的意向，但对方提出的技术转让和配套设备费用是8万元，我们因财力所限，无法接受这个报价。

另外，近来附近有农民因陋就简，土法上马，用简单的封装机生产水果罐头。这类产品缺乏健康卫生保障和质量监管，也没有合法注册商标，仅能在县乡供销社或农村小杂货店销售。部分县乡干部据此指责我"贪大求洋"，说大学生办厂还比不过农民，有些话说得十分难听。我给他们解释，我们千辛万苦创建罐头厂，生产出罐头，好比是我们自己的娃，总要给娃取一个好名字，在走进兰州、成都、西安的大市场时有一个响亮的名声，也给买我们罐头的人留下一个好印象，获取信任。我们应该从一开始就有志气培育名牌，树立好的企业形象。但多数同志仍不理解，继续说怪话。好在县乡主要领导能够掂量出我们这个罐头厂的政治分量,刘书记说:"省里和地区都拨了专款,而我们却建了一个脏乱差、质量还不过关的假罐头厂,这不是胡日鬼吗?"

为避免与周围这类小作坊式的罐头厂在原料方面形成恶性竞争,我们向县委提出要建立独具特色的原料生产基地。比如,我们在陇南地区农科所支持下引进了新西兰猕猴桃良种,正引导农民建立3000亩人工猕猴桃种植基地;同时,也正筹划与县科委、康南林场合作修建食用菌培育车间。之所以选择这样的产品路线,就是为了落实省领导的指示精神,以这个厂来带动多种经营,带动农民增收。但是,因为涉及上级领导机关和比我们规格更高的国营单位,目前的协调难度确实很大,而且在乡政府内部也很难把思想统一起来,各方很不容易磨合到一起。

晚上开会,讨论解决罐头厂与乡建筑工程队在工期和资金方面存在的矛盾。葛主任、张会计、张经理、祁副厂长和我都参加了。乡里请张会计具体协调基建施工工作,他对乡工程队拖延工期很有意见,与张经理吵了起来。张会计还把矛头对准我,指责我迁就他们。我是账上没有现钱,又要求工程必须赶在天冻前完工,所以只能与乡工程队周旋,避免把关系搞僵。

见他们吵得不可开交,我打了几句圆场。然而,年龄与我爸相仿的张会计情绪激动地跳了起来:"滚!老子不干了!"他愤怒地摔门离去。随后,我和葛主任转过头来做张经理的工作,提醒他如果工程队与乡上负责财务的张会计关系闹崩,以后恐怕不好办。而且,罐头厂的基建工程,县上刘书记和杨副书记已经来工地看过几回了,其中利害大家都明白。就是吃亏,也必须咬牙把工程做完。

葛主任也说,现在建厂正处于关键阶段,劲只可鼓而不可泄,我们内部一定要团结,如果发生分裂,后果难以设想。张经理走后,葛主任关上门告诉我,据内部消息,岸门口领导班子将作重大调整,现任领导已无心费神建厂。我们在这个关键时刻,一定要依靠自己的力量，主动修复裂痕，慎重应对危机。

1985 年 10 月 7 日　星期一

胡耀邦同志 4 号到康县视察。他特意为白云山公园题写园名，据说这是总书记首次为县级公园题词。今晚传达了他视察康县时的指示："创造营林致富的新经验。"胡耀邦同志说，进康县后，沿途看到的灌木比文县和武都多，要特别注意别把灌木搞掉。水土保持，灌木比乔木更重要，要乔、灌、草三结合，保护好植被。他还指示，要在多帮助农民开辟新生产门路的前提下搞"弃耕还林"，不能孤立地提"弃耕还林"，这是脱离群众、脱离实际的。

胡耀邦同志还特别谈到林场承包问题。他提出康县可以先搞林权改革试点，让群众承包林子，变成林业专业户，并从技术、资金上给予扶持，帮助老百姓更快地富起来，同时把林子管得更好。把集体林承包给农户，这是许多农民连做梦也不敢想的事，总书记现在给政策了，真是一件天大的好事！

从胡耀邦同志视察康县可以观察到，我们党密切联系群众、一心一意为群众办事的优良传统的的确确在恢复。同时，也要看到基层一些人的另一副嘴脸。视察之前，县城建局给乡工程队打电话，说为做好接待工作，要求立即备妥 50 斤板栗、10 斤活鱼和 40 斤木耳，即送县局。这类阿谀奉承之举，说明封建意识在这里还是根深蒂固的，这也与康县是中纪委表彰的党风根本好转县完全不相称。特别是岸门口乡刘坪村的一位老汉到县民政局去申请救济，竟被认为有碍观瞻而被收容了，还多次打电话催促乡政府派人接走，实在太过分了！我觉得在胡耀邦同志与某些基层干部之间，其胸怀与情操，真是有云泥之别。

1985年10月11日　星期五

　　整党检查进入收官阶段，要求每人都必须做对照检查。轮到我时，我为自己的对照检查列了三个小标题：一是积极学习整党文件，提高对中共十一届三中全会以来党的路线、方针、政策的理解和执行力；二是进一步明确入党初衷，彻底摒弃下乡"镀金"的观念；三是发扬党的优良作风，在罐头厂筹备工作中，深入实地调研，坚持实事求是，多为岸门口的人民群众谋取实利。

　　杨书记率先发言，在对我的工作给予充分肯定的基础上，提出了三点希望：一是要求更加贴近民众，关注实践环节；二是在强化业务学习的同时，也要重视政治理论的提升；三是着力提升领导才能和领导艺术。我悉心记录了杨书记的发言。随后，崔乡长、陈部长、张会计、小宋等对我进行评议，基本持肯定和赞扬的态度，陈部长就罐头厂管理问题批评了几句，态度也是善意的。原以为其他同志也会顺着杨书记定的调子展开发言，自己也就基本过关了，不料钟秘书突然站起来向我开炮。

　　他把会场气氛一下子点燃了，他的发言主要集中在罐头厂的问题上，一是用人，二是用钱，关键在"权"字。钟秘书说罐头厂是乡政府的罐头厂，最多只算个股级单位，为什么许多事不向党委汇报？为什么动用财力不通过乡长办公会议讨论？"难道你罐头厂是国务院的保密工厂吗"？还说我不知天高地厚，弄不清隶属关系，竟然独自跑到县委书记那儿去汇报，如果他是领导，要把我"往死里整呢"。他说，"在这里谁是厂长？书记就是厂长，乡长就是厂长！"

　　钟秘书还因为罐头厂计划购置生产用车而大动肝火，不仅骂我，还将杨书记、崔乡长、葛主任及张会计一大溜人全部骂了，骂我们都是混蛋。事实上，鉴于岸门口乡乃至全县各乡镇都没配公用汽车，大家都骑自行车，罐头厂因生产运输需要而有买汽车的打算，在有些干部心目中是"僭越""胆大包天"。在这种火爆场面上，其他同志为和稀泥，也只好顺着他说了我几句。我在会场上变成众矢之的。

我在众人的批判中难以招架，头上冒汗，嗓子发紧，突然出现了窒息的感觉。我一下子想到，此时此刻需要氧气，在官场存活所必需的"氧气"，就是"气量"之气。我紧掐自己的大腿，提醒自己在这个时候一定要沉住气，不能失态。记得在党校培训时，省委组织部领导就要求我们学会"冷静三秒钟"，这是借用运动员参加大赛时的应对方法，意思是每临大事，必须有意识地、主动地控制好自己的情绪。我努力调匀呼吸，心平气和地解释道，承包办厂是年初县委刘书记在检查罐头厂筹建工作时明确的，目的就是要彻底地摒弃用行政手段办厂的旧观念、旧思想。同时，承包工作领导小组也并非只有我一人，还包括葛主任和张会计，很多事我们都是一起商量着办的，大事都向杨书记和崔乡长作了汇报。可能在具体问题上，未能事事请示，若存在问题，我愿意诚恳地接受同志们的批评。

我看到会场气氛缓和些，就提高嗓门，说这次整党，就是要彻底清除"文化大革命"的流毒，吸取新中国成立以来正反两方面的经验教训，更好地调动各方面积极性，促进经济发展，绝不允许"文化大革命"时期那种乱打棍子、乱扣帽子的歪风邪气卷土重来。

看到钟秘书气得又要跳起来，我赶紧把话转回来，说自己还是预备党员，政治理论水平不高，参加党内政治生活少，话说得不一定对，愿意接受钟秘书和各位同志的批评。崔乡长这个时候开口发言了，他提及乡上杂七杂八的事太多，上面千根线，基层一根针，大家都疲于应付。所以，罐头厂的事他过问得少，但也确实听过几次汇报，大主意还是乡上拿的。杨书记也接着表态，今后将投入更多的精力在罐头厂筹备工作上，要向县委领导学习，积极为罐头厂排忧解难。

整党工作使我领悟到,妥协是一门艺术。党内政治生活强调斗争,火药味十足,自己不能太软弱,同时也要根据现实状况灵活运用妥协策略。在条件不成熟时,要学会克制和妥协,正如左宗棠所说:"能受天磨真铁汉,不遭人嫉是庸才。"

在遭遇挫折时,我喜欢读《毛泽东选集》,这是从兰州带过来的。毛主席说:"往往有这种情形,有利的情况和主动的恢复,产生于'再坚持一下'的努力之中。"我没必要在力量不具备的情况下硬扛,而是要进行"再坚持一下的努力"。

1985年10月20日　星期日

锅炉房成功上梁。借着整党检查的契机,我今日就罐头厂筹建工作向乡党委作了全面汇报,并现场解决了一些问题。尽管是星期天,我仍坐在办公室写了两份项目申请书,审批了祁副厂长及保管员老邓两个人9月份的工资,并安排小黄经武都赴兰州出差。小黄昨天整理了账目,截至目前,罐头厂进账22万余元,支出18万余元,剩余款项约3.2万元。

安顿好各项事务后,我端上那只镌刻着"兰州大学春季田径运动会奖"的搪瓷缸,到后院的水池边漱口。这是东子在学校百米赛跑中斩获的奖品,毕业时送给我了。这不禁让我想起他分配到九院以后的情况,若有空闲,一定要去看他。

重返阁楼,我轻轻推开窗扉,此时秋雨绵绵,眺望远山,只见草木已渐渐凋谢,幽深的山谷间岚气缭绕,吹来的空气中有丝丝寒意。

我在阁楼内先练了一会儿太极拳,随后朗读了一段英语课文。乡政府院子里洗不成澡,原先想随着天气渐凉坚持冷水浴,结果搞不成。确实好久没有洗过澡了。

兰大有信来。化学系今年没再推荐选调生。系里的老师对我去年参加选调看法不一。有老师觉得，把化学系学生放到乡下去做这些杂七杂八的事完全是荒废专业，建议把我收回去。周老师在信中说，系里联系了一些单位，比如北京化工学院、省政府能源中心等，可推荐我去。她说，我是化学系第一位志愿到穷困山区工作的学生，系里认同我这一年来的努力，没给学校丢脸。如我愿意回校，可先回系里工作，也可选择在职读研究生。

本来的话，学生毕业分配了，以后的路咋走，是学生自己的事。但兰大对自己学生所展现的关怀，早已超越了传统的教育界限，犹怀老牛舐犊之爱，让我很是感动。然而，在冷静的思索之后，我陷入了纠结。下乡工作不过一年多，好多事才做到一半，若此时选择离开，岂不是半途而废吗？正如东子所言，不能乱改叫座的剧本，不能以逃兵的面貌回到母校，还是要争取凯旋。

在边区建设罐头厂是乌托邦吗？虽然未能获得多数人的同情和理解，要在冷嘲热讽的环境中艰难地探索，但是自己也不能动摇。不是说这个世界是冷漠的吗？那么，我们要变成一团火，让它热腾起来。不是说这个世界是灰暗的吗？那么，我们要变成一束光，让它明亮起来。

选调到陇南来，就是要打破波希米亚人沉溺于虚空的幻想，以无怨无悔的志愿奉献精神，做一个敢于行动、敢于改变现状的青年。我决定至少要咬紧牙关把罐头厂建起来，才考虑离开康县。我要在这片滚烫的土地上，留下青春的印记。

第七章 谈婚论嫁

> 男性追求女性的过程，实际上是在追求自我实现和完善。结果固然重要，但是这个追求的过程，对于个人的成长而言，可能承载着更为深刻的人生价值。我以她在主观上为我所塑造的美好镜像作为自身成长的观照。而正是通过这种观照，我才能更加精确地找准自己的人生定位，进而推动自身能力的不断提升。

1985年10月27日　星期日

　　方惠到京后，不仅没有疏远我，反而更加贴近我。她完全不顾去外交部之前人家面试时要求她作出的选择，反而大张旗鼓地宣示她有男朋友了，她是我的未婚妻。她的来信对我是很大的激励，也是很大的鞭策。她赋予我远超陇南或甘肃的视野，使我从更高、更广阔的角度审视自己，思考人生价值。

　　下面是她21日写来的信：

我最亲爱的：

　　夜晚最迷人，夜晚最孤独。我一个人在宿舍里，好想你！我大胆地、毫无顾忌地把你18岁的小照加上镜框放在桌上，久久凝视着你，真想马上就投入你的怀抱。

　　从内江发来的托运行李送到了河北省的涿县，开车去将近100公里。部里派车带我过去取回来了。据交通处的调度说，跑这么远去给新干部取行李是没有先例的。我们是"文化大革命"后外交部第一次从各个大学大批招收的新干部，所以，司机班也搞不清我们这些人是何方神圣。外交部的车基本都是黑色的大奔驰，听说是从国外使馆调回来的，我还是第一次坐这么高级的车呢。

　　托运的行李也带来了你妈妈给我买的蜜饯，还有我喜欢吃的花生糖和天府花生。我老早就该给你的爸爸妈妈写信了，我马上就写，免得他们着急。为了感谢处里同志们对我的关心和照顾，我带了三包花生，今天还买了月饼、瓜子和葡萄到办公室去请他们吃，他们也很高兴。

　　还有一件事值得一提。昨晚到阿拉伯也门共和国使馆参加招待会，我们司的支部书记老范也去了。她不知怎么问起了我的私事，说替我保密，她只是关心一下，并无特别的意思。我说了，居然取得了她的同情和支持。她说我们是现代青年中少见的例子，她很想见你，一直问你什么时候来京，来了别忘了带给她看，并邀请我们去她家做客。

昨天我好高兴，领了两个半月的工资，共142.5元，除去先前预支的40元，今天我向家里寄了20元，作为第一次领工资的孝敬费；给妹妹寄了30元，让她再添点钱买一把吉他，作为我给她的中秋礼物。

一下班我就回来整理你的和我们的合影照片，并把那首五言诗用红叶护着夹到影集里了。这首诗我已读得能背诵了。谢谢你！你还要问我爱你有几分吗？你还要我们勾起小拇指吗？我要把世界上所有的爱都赋予你，毫不吝啬！我要把我们勾起的小拇指铸造成一个心，宇宙间最现代化的武器也休想把它分开。"我与你同在，从今直到永远。"

你问我，身体好吗？一直很好，还没有出现过毛病；饮食好吗？说不上好坏，反正每顿二三两不等，也注意在现有的条件下自我调节，这点你可放心，反正我是不会亏待肚子的。

你问我，中秋和国庆过得好吗？还好。副司长老俞邀请我去他家做客，吃月饼赏月（本来我打算给你和乡上的干部寄月饼来着，无奈北京的月饼硬得可以打狗，实在不行，只好作罢。真没想到中秋节你连月饼都吃不上，真是委屈你了）。我在老俞家吃到了到京后最香的一顿饭，长城饭店的国宴也比不了，中餐还是比西餐好吃。

不瞒你说，国庆节我哭了，伤心地哭了。同宿舍的三个福建姑娘去登长城，我没去，我要等着你一起去。北京的公园我一个也没去，都是为了等你呀。一个人待在笼罩着孤寂和空虚的屋里，整理着你的所有信件，把它们分成三部分，那是我们感情的三部曲啊，并给它们取名，加小标题，写目录。借来的录音机里放着《故乡》的曲子，怎不叫人思念故乡。我又回到了我俩走过的沱江河岸，看到了江边的芦苇。我想起了你，想起了爸爸妈妈和弟弟妹妹们。

晚上倒是很高兴，去人民大会堂参加国庆联欢晚会，游园、京剧、杂耍、舞蹈、棋赛，应有尽有。我像刘姥姥进大观园，跑遍了所有能到的角落，因为平时在大会堂只能直线行走。还看了欢迎罗马尼亚总统齐奥塞斯库和夫人的音乐舞蹈节目。

从怀柔植树回来后的这段时间,我情绪不佳,上班无精打采,老惦记着你。亲爱的,我一遍又一遍地呼唤着你的名字,你听得到吗?那天上午去老外交部礼堂看印度爱情电影《海誓山盟》,在回来的路上我没坐车,我惦记着远方的你,走了好久才走回来。我一刻不停地思念你。回到办公室听录音又是 Love Songs,我躺在沙发上听着、想着,睡着了。我真想哭,为远方的爱人。我的心被断肠的思念所俘获,还记得普希金的诗吗?"我所珍贵的是这爱情的折磨——即使折磨死,也让我死于爱的缠绵。"

这段时间你工作不顺心,又目睹了一些令人气愤的事情,你千万要顶住呀,任何打击也不能使你高傲、坚强的头低下。我知道你一定能够"度过这压抑的时光",每经过一段这样的时光,不是使你更坚强、更成熟、更经得起打击了吗?我相信我的爱人经过这样的磨炼,一定能够成为一个铁骨铮铮的男子汉。你要知道,我们俩是永不分离的并蒂莲了,只要想想我,你就要拿出勇气去闯、去搏,任何时刻,我都是与你站在一起的。

如果你是右胳膊,那我就是左胳膊。我也是经常以你给我的力量、你给我的教导在生活着、工作着。这段时间是对你的严峻考验,绝不能垮,绝不能垮啊!身体垮了可以恢复,信念和意志垮了,就什么都完了。我是在跟你说,也是在对我自己说,我们俩在互相鼓励。你每封信都教我要微笑,不要太缠绵,可我们又互相在苦苦思念,苦苦等待,祈求上天给我们力量。我们都是感情丰富的人,都有些波希米亚人的浪漫气质。正因为如此,我们才走到一起来了。

刚才和一个从内蒙古大学分配来的同事聊,他说他真想到基层去,把命运掌握在自己手里。他也是你们这种类型的青年,希望依靠自己的力量做出些什么事来,所以他对你很钦佩,衷心希望你能成功。我也给他讲了你们工作的艰辛、复杂。他希望我能多给你写信,鼓励你。单位里好些善良的人都祝福我们,鼓励我,都为有这样的好青年感到高兴。现在司领导、党支书都知道我们的恋爱关系,我向每一个人都公开宣告，我是你的未婚妻。

　　吻你！

你的惠
1985 年 10 月 21 日

1985 年 10 月 28 日　星期一

　　方惠来信提到她们司的支部书记老范询问她的恋情。她特别强调，自己在广泛宣传"未婚夫"，这无疑是对她在外交部面试时所作承诺的公然否定。这种行为让我想到"刘备借荆州"，颇有几分古风，也很生动地展示了新中国女性"我的事情我做主"的女权意识。在改革开放时代，这种觉醒体现了中国新女性的崛起。同时，从他们司领导的反应看，部里来招录的那两位似乎也不能代表组织。反正现在"退货"是很难了。

　　审视与方惠建立爱情关系的过程，回想起去年在成都与另外两位男生达成"雅尔塔协定"的情景，当时，没有预见到方惠的分配去向，也很难预见到我们的社会地位会出现如此强烈的偏转，如今，我似乎面临着道德的拷问，即在当前情境下，仍继续保持与她的恋爱关系，是不是合乎君子之道？我有什么权力要求她与我风雨同舟呢？而且，我对她的依恋，究竟是出于自己对"母性"的情感依赖，还是源自我对她无条件、无保留的关爱？再进一步拷问，这种情感是彰显着我心智的成熟，还是暴露着我内心的脆弱？

　　显而易见，方惠处在自我人格塑造的初级阶段，她自身的不安全感是很强的，她需要寻求一个坚强的伴侣，能够为她撑起一片安全的蓝天。但我这种设想，是不是也落入了大男子主义的窠臼？所谓的"雅尔塔协定"实质上是不对的，它没有充分尊重女方的选择权，实际上把女性置于从属与被动的地位。归根结底，男人不能代替女人作决定，不能自以为是、大包大揽。我能够做到的是坚守我的爱，而怎么选择终究是她的权利。我们之间的情感不能建立在浪漫的想象之上，必须依据客观的甚至有些冷酷的现实，但如果没有追求，那甜蜜的果实也是注定不能从天上掉下来的。

从社会学视角审视，男性追求女性的历程，实质上是他们实现自我与完善自我的过程。结果固然重要，但是这个追求的过程，对于个人的成长而言，可能承载着更为深刻的人生价值。依据牛顿第三定律，作用力与反作用力之间互为因果。在追求方惠的过程中，我必然受到她的影响，进而以她在主观上为我所塑造的美好镜像来作为自身成长的观照。"以人为镜，可以知得失。"正是通过与她的相互观照，我才能更加精准地找到自己的人生定位，进而推动自身能力的不断提升。

出于诸多原因，好些人对我执着地追求方惠颇不以为然，认为我是执迷不悟。然而，我仍应按照自己的理解去走好属于我自己的人生路，不必太在意别人的评说。

1985年11月4日　星期一

整党对我的帮助仍在继续。同时，我接到报告，我们为试车而采购的一批板栗全部坏掉了，而基建所需的沥青也突然涨价，从原来的每吨200多元涨到每吨535元，这样一来，我们的资金马上捉襟见肘。真是"屋漏偏逢连夜雨，船迟又遇打头风"。

《人民日报》报道，兰州建成了西北最大的现代化水果冷库，储量达到5000吨。这座冷库是1983年商业部批准筹建的，库内有300多台制冷、机电设备，而且全部实行自动控制。这真是让我羡慕得心酸！我们的罐头厂哪怕只有一台制冷设备，也不至于板栗全部坏掉啊！

今天还接到兰州食品工业研究所王所长的电话，她对我们拖拖拉拉、磨磨叽叽的工作态度大发脾气。她尤为愤怒的是，在兰州与我达成的共识，居然在乡政府被一些同志提意见给卡住了。乡里的一些同事认为技术合作费太贵，附近农民办小罐头厂也没听说和谁合作，人家不出一分钱的技术合作费，照样把罐头生产出来了。他们认为邀请兰州食品工业研究所"监制"实属"脱裤子放屁，多此一举"。在整党过程中，也有人对我提出了这方面意见，说这是我老师找的技术合作单位，我是拿着公家的钱送人情。有人恶毒地说："你想得美得很，如果不是你拿着罐头厂的钱去舔人家沟子，兰大会对你好？毛主席说过，世界上没有无缘无故的爱！"

有的同志不能理解的是，经济行为不同于政治行为，不能生搬硬套地把搞政治的那一套移植到经济生活中。具体而言，如果把罐头厂的人权、财权统统收归乡政府，由一群不懂技术、不懂市场的人来瞎指挥，还办什么工厂呢？我倒也没太生气，只是觉得一个大学生来到边区办工厂的经历并非笑料，而是具有深刻的时代内涵，它折射着中国社会形态正在发生的嬗变。

1985年11月5日　星期二

乡上开会，学习中共中央、国务院《关于制止向农民乱派款、乱收费的通知》。基本思想是农民依法纳税和合理上缴集体提留是必要的，但有些地方摊派项目达几十种，同时还有各种名目的乱收费、乱罚款、乱集资，远远超过农民的负担能力。这已成为损害党群关系、工农关系和影响党的农村经济政策进一步落实的突出的消极因素，必须及时制止。

《通知》说，我们的党和政府在处理同农民的关系方面，有一条重要的经验，就是全心全意地为人民服务，领导农民发展生产、勤劳致富，才能得到农民的拥护；不这样做，就会脱离农民群众，以致遭到他们的反对。并回顾历史，在抗日战争最困难的时候，我们实行精兵简政，开展大生产运动，减轻农民负担，获得农民的支持，才赢得了革命战争的胜利。20世纪50年代末60年代初，为纠正"一切大办"、"一平二调"、刮"共产风"的错误，我们采取了坚决措施，认真纠正，改善了同农民的关系，顺利地度过了三年经济困难时期。这些历史经验，希望全党同志和各级干部牢牢记取。

我们根据《通知》列举事项，对民兵训练、民工建勤、兴办教育、修建公路、实施计划生育、优待烈军属、供养"五保户"等各项工作是否向农民摊派费用进行对照检查。岸门口乡本来就是穷乡，连集体提留都收不上来，其他费用更是无从谈起。不过，杨书记和崔乡长借这个机会，再次强调要坚决落实县委刘书记上次检查工作时所作的指示，每个包村干部一定要为本村烈军属、"五保户"和贫困户建立台账，逐一检查落实各家各户越冬准备情况。陈部长汇报了民兵协助分发兰州军区支援革命老区的军大衣情况，说这批军大衣都是崭新的，很厚实很保暖。我听他介绍才知道，1936年9月，贺龙领导红二方面军长征进入陇南，发动了"成徽两康"战役［1936年9月，中国工农红军第二方面军遵照中央军委的指示，在甘肃陇南地区组织了成（县）徽（县）两（当）康（县）战役。这一战役以红军的胜利和敌军的惨败而结束，有力地打击了国民党反动军队的嚣张气焰，鼓舞了我广大军民的士气，对红二方面军挥师北上和推动红军三大主力胜利会师，具有重要的战略意义］。其中，红六师攻克康县，并短暂建立苏维埃政权。这次战役的胜利，为实现三大主力红军会师创造了条件。

会后，我再读《通知》，发现其中提到"国家行政部门和事业部门为农民提供经济、技术等各类服务，应当实行无偿或低偿，不能以赢利为目的，更不得强制农民接受"，并明文规定："派工作人员下乡，不准向农民摊派活动经费和伙食补贴。"每次下乡驻队，我都会从供销社买一两条"凤壶"牌或"燎原"牌纸烟和2斤茶叶，向借住的农户交饭钱。但是，罐头厂如果搞食用菌和猕猴桃栽培，要外请技术指导人员，这些人如果来自地区农科所或县科委，按照

《通知》精神须是无偿或低偿服务，这可能对我们有影响。

《通知》最吸引我的一点，是它开宗明义地提到工农关系。实际上，我认为这个《通知》在谈到工农关系时应该正视"剪刀差"问题。在中国推动工业化，国家缺乏原始资本积累，只有通过牺牲农民利益而获得超常规发展。不应只是减轻农民负担，而是要求城市反哺农村，通过工业力量下乡帮助农民脱贫致富。国家政权力量不仅不能从农民身上"抽血"，而且要通过财政和其他手段向农民"输血"。

1985年11月8日　星期五

兰大化学系八〇级李同学去年分配到部队，他给老师写信说"实在待不下去"，请求重新分配。他现已脱去军装，到兰州炼油厂炼制研究所上班去了。据说还有几位同学也有类似情况。我听到这些消息都非常感动，只有在走出母校以后，才能掂量出"母校"这两个字的分量。母校真如母亲一样，对培养出来的每一位毕业生都非常精心地呵护着，如分配后实在不能适应，学校的老师会千方百计地提供帮助。

我没向系里提出重新分配工作的要求，但可能因为我是化学系头一个选调生，所以老师们相当关心我。化学系金属有机化学教研室的主任马运祥教授主动举荐我到甘肃省节能中心去。马老师说，教研室的老师们都很关心我，大家很赞赏我这一年多来的工作表现，给系里和教研室都争了光。他说，省节能中心是刚从省计委独立出来的一个厅局级单位，可评技术职称，还可分配住房，福利待遇不错。这个单位的曹主任请马教授推荐"中文程度好，有一定英文基础，有一段实际工作经验，兰大化学系本科毕业且一定是你的得意弟子"的学生做他的秘书兼助手。马老师说，梦羽马上提到你，大家都觉得你很合适，给曹主任说了，他也相当满意。

·选调生·

　　两周前周老师来信也说到这个事。听周老师介绍，北京化工学院人事处可能近日发函给我，此外，系里也准备把我推荐给化学系一位老领导，他将去省里工作，请系里找一名秘书。看来，选调这一年，我虽然在乡下确实吃了些苦，但与其他同学相比，有了一些基层工作经验，在文字方面可能也稍好些，所以还比较受欢迎。

　　我征求省委组织部高老师意见，他不赞成。他说，选调生在基层工作时间一般是2—3年，你辛苦耕耘一年，快秋收了，却半途而废，早知今日，何必当初？高老师说，上次中组部来人调查第三梯队情况，你的恋爱情况还被作为事例作了汇报。进中央党校是采取推荐形式，但被推荐条件是必须在基层锻炼3年。他说，我们对你寄予很大期望，你在下边干得不错，上下反映都比较好。

　　下午我请假去县城找邹君聊天。两个四川人摆龙门阵，是相互解压的最好办法。邹君不愧是兰大中文系的，诗文修养俱佳。他听我倾诉后，没有直接回应，而是向我讲述了毛泽东1934年写《清平乐·会昌》的背景。他说，毛主席当时受到排挤和打压，完全靠边站。一般人在这种时刻肯定就灰心了，甚至失望叛变，当时的红军领袖龚楚就是这样。但毛主席始终保持着旺盛的革命斗志。邹君一边说，一边激昂地背诵起来：

东方欲晓，
莫道君行早。
踏遍青山人未老，
风景这边独好。
会昌城外高峰，
颠连直接东溟。
战士指看南粤，
更加郁郁葱葱。

他那烈火般燃烧的激情深深感染了我,那一丝有些动摇的心情也迅速平复下来,变得平静而从容。

1985 年 11 月 9 日　星期六

读到刘国光先生 11 月 4 号在《人民日报》发表的理论文章《试论我国经济的双重模式转换》,很受启发。刘先生说,我国的经济生活正在经历两大转变,一个是经济发展方式在发生变化,另一个是经济体制也在转变。前者是从过去追求高速增长、以扩大规模为主导的发展策略,以及以重工业为核心的不平衡发展策略,逐步转变为以内涵式发展为主导,在提升经济效益的基础上,以满足人民需求为目标的适度增长。后者则是要转变行政指令型的集中计划经济模式。苏联式计划经济模式有四个特点:一是决策权力高度集中,二是以直接控制为主的调节体系,三是平均主义的利益分配结构,四是以政企不分、条块分割、纵向隶属关系为主的组织结构。近年从农村开始,经济体制改革逐步朝城市推广,实质就是从这种行政指令型的计划经济模式转向计划与市场混合的"有计划的商品经济模式"。

刘先生说,我国经济正在经历一场复杂的双重模式转换。两种模式之间必然存在摩擦,而且在各自内部也存在矛盾。从农业经济与非农业经济并存的落后状态向现代化经济转型,大量农村人口将从农业经济转向非农业经济,这必然会给我国的经济增长、经济结构、消费增长和消费结构带来巨大的变化,形成新的压力。

如果结合自己在陇南创建罐头厂的实践来读刘国光先生的这篇文章,体会更深,而且对在这次整党中出现的新旧思想的碰撞,就能够有更清醒和更全面的认识。我敬佩县委刘书记的是,他能够一针见血地指出按旧套路办厂行不通,明确主张承包责任制,展现出颇具时代眼光的深刻见解。当然,这实际上也并非真正意义上的承包，我没有从罐头厂领一分钱工资，将来也不会从罐头厂可能的获利中领取分毫，是只有责任的承包而并无物质的回报。这仅仅是从旧观念、旧体制中往前跨了半步。虽仅半步，在这里产生的冲击已非常强烈了。

1985年11月17日　星期日

近日与高老师电话探讨，提及多位同志借整党之机对我提意见，其中既有善意关怀，亦不乏恶意攻讦，令人感到"四面楚歌"。尽管攻击我的同事认可我吃苦耐劳、具备才干，但他们仍毫不留情地举起攻击之矛，对我实施"无情打击"。我疑惑不解，为何勤勉工作、专注于事反而不讨好？我在什么地方得罪或惹了他们呢？

高老师说，他大概知道我为什么对回省城动心了。他向我提问，"中流砥柱"的寓意何在？难道河中的巨石一开始就是我们看到的这个样子吗？实际上，起初，它充满锐气，有棱有角，铁骨铮铮，但经过江水日夜不息的冲刷，它的棱角才慢慢磨去，锋芒才逐渐收敛，但所余留的并非人们表面看到的圆滑世故，而是内在的刚毅之气。钢铁是怎样炼成的？一定要经过反复的淬火，经过千锤百炼。

挂断电话后，我开始冷静地反省。审视过往这段时期的工作，为什么会激起这么集中的反对之声呢？我似乎应该站在更客观的立场，坚持用全面的眼光去剖析自己的表现。5月12日出任罐头厂厂长，这是刘书记狠狠批评了岸门口乡党委用行政手段办厂后逼出来的一个结果。尽管让我担任厂长，但刘书记不放心，所以要求乡上组建一个由乡经委主任和乡政府会计参加的承包小组，请两位老同志为我"保驾护航"。因为刘书记施政手段非常强势，既然是他强调权力下放，乡上便顺水推舟，将人权和财权下放给承包小组，对工厂运营基本放任不管。

随着筹建工作全面展开，如何处理工厂运营、人事安排、财务管理、基建施工乃至征地纠纷等各方面问题，以及如何协调罐头厂与各方的关系，特别是在资源极为匮乏的情况下如何创造条件来做"无米之炊"或"少米之炊"，都成为当前亟待解决的难题。因此，不仅承包小组与各方之间存在着尖锐的矛盾和冲突，而且在小组内部也有分歧和争论。随着试车时间临近，矛盾愈发白热化。这时，恰逢乡领导班子可能要调整，原本掩盖的问题就纷纷浮出水面，整党为各种矛盾冲突的爆发提供了一个"出气口"。

同志们对我的批评，可简单概括为四个字："专权独断。"客观审视，所谓"专权独断"的产生并非偶然。在甘肃农村，多数干部尚不熟悉市场经济，他们在历史巨变的关头，依然固守旧有的观念和方法。这些干部多为老党员，对党的感情很深，熟知党的优良传统，因此看到可能违背党的"组织原则"的行为，表示"义愤填膺"，实际上也无可厚非。

深入剖析自己，不禁自问，我是否想把自己塑造成一个悲壮的改革者呢？"出师未捷身先死，长使英雄泪满襟"？答案显然是否定的，我不愿现在就回省城，也是期望一搏，正可谓"人生能有几回搏"。

我刚从学校出来，对下乡后面临的复杂局面没有思想准备，对国家在时代变化大潮中必然出现的思想碰撞缺乏深刻理解，特别是未能充分理解甘肃乡村社会特殊的文化心理背景。试想，如果这里人们的觉悟已普遍提升，市场法则已深入人心，基层干部的政治和文化素质也已经达到了理想水平，那么，省委派我们这些选调生到这里来的意义何在呢？我们肩负的使命，就是要踩在贫穷与落后的泥泞中建设一个新中国。我们不是殉道者，我们没有委屈。

况且，我确实存在一定程度的专权独断。在边远山区创办工厂，要这里乡镇一级的干部提出切实可行的建厂方案，是根本不可能的，即使我费尽口舌地阐述，他们也并未听懂，还故作聪明地乱发指示。我说东,他们说西,简直就是对牛弹琴。然而,冷静反思,我真的就那么博学多才吗?我对市场经济理论懂多少?怎么办罐头厂是在边做边学,对农村工作更是陌生,我有什么资格高高在上地长篇阔论呢?孔夫子说"三人行,必有我师",而我轻视民众,轻视同僚,放不下"精神贵族"的穷酸架子!说起来,我身上毛病不少,如果要抓小辫子,那也是一抓一大把。

小娟表姐常言,我们降临人间,意味着将用一生的时间来塑造自身这尊铜像,将自己奉献给世界。我如今塑造的是什么呢?恐怕算不上铜像,连泥像也算不上吧!方惠的大学毕业论文,是论述意大利著名记者法拉奇的采访风格。而法拉奇心中的"铜像",就是她的希腊恋人。在方惠的心中,她一定也期待我成为那样完美高大的男人。

1985年11月28日　星期四

天还没亮,我就起身前往康县二中操场晨跑。以从容不迫的步伐挥洒自如地奔跑,很符合我的性格,沉稳、有力,对生活充满信心。昨日整理相册,里面没放几张照片,主要是从报纸副刊裁剪下来的艺术小品,其中一幅上海的宣传画《我们在每个清晨诞生》,深深触动我心。

近日,县乡镇企业局局长陪同省信托公司两位代表来岸门口核查罐头厂财务支出细目,并实地考察厂区建设进度。我没用笔记本,口头进行工作汇报,并详尽解答了他们提出的各种疑问。他们特别关心罐头生产质量,我回应称,全体员工都已完成健康检查,罐头生产车间将实施严格的无菌化管理,所有进车间人员均需戴口罩、戴头套、穿白大褂,并设立质量检测室,试验设备及关联药品都是兰大化学系无偿支援的。省信托公司代表对此表示相当满意,说跑一大圈,还是头一次看到建得这么规范的乡镇企业。他们说,此次考察报告将呈报侯副省长。

我给他们算了细账,指出省信托公司这笔拨款已基本用完,陇南地区、康县及岸门口乡三级均自筹了一定数额的资金,但也全部告罄。由于山区交通不便,水电保障困难,大大增加了生产成本,希望在给省领导的报告中转达我们的请求,及时将上面原先承诺的另外15万元及时下拨给我们。从神情上看,省里同志似乎比较同情我们,他们同意转达我们的请求。县乡镇企业局局长说,已将罐头厂列为全县重点乡镇企业,他无奈地笑着说:"当然,你们也知道,县上莫(没)钱。"

县水利局到岸门口来验收其他改水工程。我缠住他们,恳请他们帮助解决罐头厂工业用水难题。经过积极争取,他们承诺拨款1000多元支持我们,并指派专人负责施工,算作市政工程。我太高兴了。另听厂里人说,我不在时,附近办家庭式小罐头厂的农民企业家参观了我们的工地,流露羡慕之情,并特意留下纸条,希望与我面谈。此外,祁副厂长从汉中发来电报亦传来好消息,车间吊梁所需工字钢已成功购得。这是我们试车必不可少的,先前求了几个单位皆无着落,最后竟病急乱求医,以选调生名义跨省求助汉中地委组织部青干科,居然办成了这件事。

今年基建任务已进入收尾阶段。尽管锅炉房外部脚手架尚未拆除,但那硕大的卧式工业锅炉已安装到位,静等点火。与此同时,毗邻的生产车间也已见雏形。我怀着高兴而略带奇异的心情,久久地凝视着它们,深为它们朴素简洁的风格而感动。这是大学毕业后我奉献给世界的第一件艺术品,我是多么珍惜它。

什么是美?美,就是在对象化的事物中发现自我的崇高力量时所产生的感受。换句话说,自我为高尚与卑微双重性格的矛盾统一体,如果能够通过物质力量在这个世界证实自我高尚人格的存在,就是在发现美、创造美。我的理想是精心选择劳动对象,遵循艺术与科学规则,投入心血去精心地雕琢它,将个人有限的生命融入永恒的作品之中。李大钊先生说："绝美的风景，多在奇险的山川。绝壮的音乐，多是悲凉的韵调。崇高的生活，多在壮丽的牺牲中。"

1985年11月30日　星期六

祁副厂长告诉我，县水利局同意帮助我们解决工业供水问题，但铺设输水管道工程只能交给朱家沟社员做。我挺奇怪，问他为什么。祁解释道，我去求县水利局解决工业供水问题，对该局负责技术的朱工来说正中下怀，他早就想揽下这项工程交给朱家沟做。

朱家是岸门口有名的大户人家，朱家大院是一个很神秘的院落，有很多传说。我每次理发都去四川人老孔在镇街上开的理发店，他待我很亲切，每次都会给我讲不少八卦。据老孔讲，朱家在明朝时曾出过一位皇后，甚至还有人说，朱家沟人可能是明朝皇族的后裔。是不是皇族咱不知道，不过，朱家沟人确实挺傲，他们自成一体，不太与外人来往。朱工读过书，懂水利工程，县水利局局长、副局长像走马灯似的轮换，但朱工管技术，是雷打不动的。所以，大凡技术方面的事，局长、副局长都听他的。

其他地方不好说，但在岸门口，凡涉及水利工程，基本上都由朱家沟人包揽，别人很难染指。朱工不仅是朱家沟人的骄傲，也给他们带来很多实惠。当然，岸门口也因此沾了朱工的光，我们能争取到县水利局支持，朱工肯定帮我们说了话。县水利局领导对我印象也比较好，去年刚到岸门口时，我就和他们一起喝酒、唱歌，朱工还亲自带我去参观过朱家大院。事实上，我对朱工颇感钦佩。一个人凭一技之长立世，不仰人鼻息，而且惠泽乡里，足可自慰。

1985年12月3日　星期二

今日读报，甘肃省今年已种草609万亩、种树393万亩，全年种草种树突破1000万亩，这在甘肃历史上是史无前例的。胡耀邦同志先后在1983年、1985年视察甘肃，提出"种草种树，发展牧业是改变甘肃面貌的根本大计"，推动甘肃全省上下都在念"草木经"。

胡耀邦同志10月份到康县来时，提议进行林权改革试点，全县集体所有的林木要全部承包给农民，一家一户地落实，并颁发国家正式确权的林权证。他还要求县委把这项改革的进展情况每月搞一份简报报给他。我们乡处在林区，给农民划分森林并为他们确权，是非常繁重而紧迫的任务。可是，在这个节骨眼上，岸门口乡班子调整。杨书记明天离开岸门口，返回他的老家武都。

我中午到杨书记的宿舍去坐了半小时。其间，我将父亲从朝鲜带回的一双军用高筒马靴赠送给他。这双马靴为苏军制式，是志愿军换装时配发给军官的。父亲转业带回四川后，未能派上用场，我上兰大把它带到西北，毕业后又穿到陇南。杨书记是我参加工作后的第一位直接领导，我很感谢他在任内对我的关心和栽培。他知道这双马靴的来历，去年见我穿上就夸奖半天，我知道他很喜欢。陇南冬天常有大雪，这双靴子虽然用了很多年，但牛皮仍很结实耐用。这是个让人有念想的好礼物。

杨书记说，接替他的是一位30多岁的年轻同志。他问我，关于他调动的消息是否引起街谈巷论？我含糊说了几句。杨书记暗示，明年改选，我可能进岸门口乡新领导班子。

1985年12月14日　星期六

兰州食品工业研究所的王工程师带小马、小孙一行三人来到康县。我从县乡镇企业局借了一辆北京吉普车，还请乡镇企业局一位副局长陪同他们到罐头厂施工现场。他们比照设计图纸，仔细检查了生产车间和锅炉房的修建情况，与吴师傅就水、电、气的走线布局进行了讨论，还就生产线的安装程序和悬梁工字钢轨道与电葫芦的配合进行了指导。

我与他们就质检室的仪器、药品和操作规程进行了交流，对首批试车安排也交换了意见，他们同意试车时从兰州派人来参加。王工还带来了上海益民食品一厂设计师王民镇先生给我们设计的商标图样，真是一件精美的艺术品，一看就是出自大家，太给我们的产品增色了。王工说，王民镇老先生听了我的介绍很感动，说这是给革命老区的人民作贡献，他只象征性地收我们120元设计费。

另外，王工说，研究所这边找人协调，国家商标局已经批准了我们厂的商标，就叫"燕子河"。县乡镇企业局的领导和我周围的人听到这些消息都很振奋，局领导还从我手上借去了商标设计图样，说要给刘书记和杨副书记过目。

晚上回到县委招待所，县乡镇企业局局长设宴招待了他们。宴后我们回到招待所又交流了两个小时，商讨了技工培训等问题。关于青岛一家研究所报价8万元转让板栗脱皮技术一事，王工说这事交给他们想办法。王工这次来康县，不仅在技术上有指导，而且在政治层面上对我也是很大支持。县乡镇企业局局长在宴席上透露，全陇南地区的乡镇企业与省里的研究所如此紧密合作的，仅此一家。他还拿出一份县委的《情况交流》，上面转发了陇南地区林业处简报，是表扬我们罐头厂的。

1985年12月15日　星期日

所有外购设备已顺利抵达并妥善安放，锅炉安装工作也有了眉目。得益于王工等专家的指导，生产线布局愈发明确。目前可谓"万事俱备，只欠东风"。东风是什么呢？就是基建工程。

这段时间我天天往工地跑，有时就守在那儿，督促工程队赶工。但康县气温下降很快，夜间低至零下5℃，白天也在10℃以下。在此环境下，若要使用水泥，必须放添加剂，或用热水搅拌。水泥砂浆施工完毕后，还必须覆盖草席保温，这大大增加了施工难度和成本。若草率赶工，可能导致日后开裂，留下隐患。

更大问题是施工队伍人心不稳。为稳定队伍，已增派几名技术骨干，并提供了一批木炭以供取暖，并抓紧材料供应和其他配套工作，要求他们鼓足干劲，务必确保施工质量，力争在元旦前圆满完成任务。我还混在工人里面，有时搭把手，有时和他们聊聊天，间或拌拌嘴，说几句俏皮话，想办法把他们稳住。然而，时近年关，工人们纷纷闹着要回家过年，其中包括多名青工急于回家成婚，心慌慌的。

一位四川籍青工临近婚期，他扳起指头给我算："从这里回家要三天，歇一天，就过去四天。办结婚证又拿出三天来。等把乡政府那几爷子铺排好［指把乡政府负责婚姻登记的几位干部的工作做通］，再买东西、办酒席，又要几天。算来算去，回去跟婆娘亲热的时间都没得！"他看起来愁眉苦脸，实则内心欢喜得很。

杨书记走后，罐头厂的事更没人愿意管了。筹备小组面临的紧迫问题是，原定年内试车，如坚决要在规定时间点火试车，从目前情况看，尽管勉强可行，但可能引发两个问题：一是施工质量可能存在隐患，明年开春后，部分厂房墙面、厂区护坡及地面可能出现裂缝；二是若坚决不给工人结算工资，不准他们走，那么他们的春节及婚庆等都将全部泡汤。如何取舍，大家看法不一。

最近收到方惠好几封信，忙得来不及回。今天抄录了一首稼轩词寄她："人去后，吹箫声断，倚楼人独……但试将、一纸寄来书，从头读。"我俩感情在不断加深。陇南的奋斗为我赢得了她发自内心的尊敬和喜爱，在那由她亲手编织的玫瑰色幻想里，我已被美化成一尊铜像。如果逃离陇南，这美好的神话将瞬间破灭，我将很快变成一个庸碌之人，失去原有的魅力，而不再可爱。因此，唯有继续背负这沉重的十字架艰难前行，我在她的心目中才成其为我。意大利画家马里亚尼有一幅油画《为了找到上帝的路》，它所寓示的正是这样的一条路吧？所以，我俩爱情的悖论便在于，我若是在物理上与她靠近，或许就会在精神上与她渐行渐远。

1985年12月22日　星期日

今天冬至。

乡工程队负责人找我，说天气实在太冷，真没法施工了，许多工人也不愿干了。目前，工程已进入最后施工阶段，主要集中在室内作业，但气温持续下降使工人面临极大困难。晚上我戴上毡帽，裹紧大衣，顶着风雪前往工地探望工人。我们围坐在一堆柴火旁摆龙门阵。

该批工人大多来自四川，都讲四川话，大伙儿一点儿都不拘束。他们谈论的话题主要围绕女性，内容颇为低俗，其间不时爆发出欢笑声。天寒地冻，围着火堆烤火，前胸暖和了，但后背还是冷的。走出工棚，寒风凛冽，冰冷的雪花飘飘洒洒。夜色浓重，伸手不见五指。路面铺上了一层薄雪，泛着白光，令人行走艰难。

昨晚和祁副厂长到乡文化站探访吴师傅，他招待我们吃红烧鸡，喝康县的二脑壳酒。他那漂亮徒弟忙前忙后，然后紧偎着他坐下。吴师傅边喝酒边说他混社会的事，讲述了好多世态炎凉的事例。女徒弟为他斟酒，他也喝得微醺了。

乡工程队水工组熊木匠来找我好多次。他是来要工资的，坐在我的小阁楼，就是张不开口，只说他们家稻谷收成不好，家里喂的四头肥猪也死了。他讷讷地说："久在这里耍起，要不得。"其他工人也陆陆续续到小阁楼来，都是来要工资的。我和葛主任、张会计商量，决定以确保工程质量为要，不强求"年底试车"的虚名，先设法筹措资金给工人们发足工资，让他们欢欢喜喜回家过年。

厂里出纳员陈玉玲是从招收的女工中挑选出来的，她把钱管得很紧，账目做得井井有条。工人们散去后，我让陈玉玲把流水账拿来看，了解工资发放情况。乡工程队工资由施工监理老邓负责结算。我看到他给熊木匠只结算了 800 元，扣去欠款和税金，实际到手仅 360 多元。这是为什么呢？老邓向我解释，原本应给熊木匠结算 1200 多元，老邓看厂里账上差不多要空了，想给厂里能省则省，就给他少算了。面对老邓讨好的表情，我既为他的忠诚感动，又对他的行为产生反感。我叮嘱陈玉玲，把欠熊木匠的钱记下，明年开工后补发给他。

1985 年 12 月 24 日　星期二

罐头厂围墙发生塌方，垮了约 5 米。在地区乡镇企业处两位处级领导抵达前，我敦促工程队尽快修复。针对工程队结算问题，我要求出纳陈玉玲和工程监理老邓优先结清工人工资，再核算工程款。工程款也不宜一次结清，要留一部分，促使他们明年尽快复工。

县乡镇企业局局长陪同陇南地区乡镇企业处祁副处长、汪副处长来岸门口检查工作。我详细汇报了近期工作进展。他们在实地考察工地后，表示相当满意。其间，他们说张自强书记就要离开陇南，调任省委农工部长，走前还在过问岸门口罐头厂的筹建进度，充分肯定我们已经取得的初步成果，还要求他们把我这个选调生带好。我听后，心里十分温暖。

两位领导表示，自强书记在今年 7 月举行的地委扩大会议上要求地、县负责人要亲自抓乡镇企业，要亲自过问、亲自扶持，还要扪心自问，本部门、本人为乡镇企业发展提供了哪些服务？还要做些什么？定点帮助企业的任务完成得怎么样？以上情况要每月向地委汇报一次。听到这里，我很振奋。

我汇报说，目前从各渠道筹集的 23 万元已基本用完，但工程仍未完工，如不尽快再筹集5—6万元，项目将面临停滞。另外，当地原材料组织与供应问题也很紧迫，需要一笔周转资金。完全靠罐头厂组织原料供应有困难，本地有几位有影响的社会人士可担当采购商，他们比较懂市场，也善经营，只是颇有心计，不好打交道，岸门口人称这些人为"虎"。我们准备乘着改革开放的春风，充分调动他们的积极性，"放虎归山"。

地区两位领导很赞同我"放虎归山"的说法，还用小本本记了下来，说要把这个想法向地委汇报。他们说，"七五"计划就是要改变过去管得过多、统得过死的僵化体制，积极促进商品流通，不断扩大消费品市场和生产资料市场。在农村商品流通领域，能不能发现"能人"，能不能发挥这些"能人"的主观能动性，是我们能不能办好乡镇企业的关键要素。他们鼓励我不要怕，大胆尝试，积极探索。

1985年12月25日　星期三

昨天是平安夜。圣诞节是遥远异国的节日。上学时，从学英语的 *Follow Me* 录像知道，此时此刻，在地球另一边，万家团圆，灯火通明。无论在城市广场、家庭客厅，还是商场角落，圣诞树无处不在。树上装饰着金光闪烁的小圆球、五彩斑斓的灯串和光彩夺目的流苏。树顶有一颗五角星，象征着希望与守护。圣诞颂歌的旋律在空中回荡，让每个人心中都充满喜乐。

而我独坐秦岭山中的小阁楼上，四周寂静无声，凝望着窗外星空，似乎能感觉到大地在缓慢旋转。真是不以物喜，不以已悲。"太平世界，环球同此凉热。"真是好巧，乡上白天用180元冬训经费请大家会餐，标志着党员冬训胜利结束，那闹腾腾的场面，倒也正好应和了毛主席的诗。

吴师傅的锅炉安装队撤离康县，乡工程队的工人也遣散了，工地一片寂静。未能完成"年底试车"目标，算是挫折，但我内心是轻松的，平静地接受失败，标志着人格的成熟。上午到县城，向杨伯富副书记汇报并解释了罐头厂推迟试车情况，我们的考虑，一是确保施工质量，不勉强、不对付；二是响应县委号召，妥善安排好群众过年，绝不拖欠工人工资。他很赞成，说虽没实现年内试车目标，但这种实事求是的工作态度是可取的。

从县城返回岸门口时，遇到何相兵两兄弟，谈起"五六半"枪支问题。他们说从今年起，不准再用"五六半"打猎保秋了。

"五六半"是我军装备时间最长、装备数量最多的步枪，全长有1米多，8斤重，背在身上比较沉。它简单可靠，是民兵训练和我们大学军训的必用枪型。刚上兰大时，说甘肃属于祖国的边疆省，在这里读书的大学生要做好军事准备，所以要进行两周军训，包括实弹射击。军训考试时，同学们兴冲冲地来到兰州军区靶场，我手上那把"五六半"不小心走火了，子弹差点儿打到校武装部那位老师的脚背，吓得他跳了起来，大张着嘴，半天说不出话。不过，我的射击成绩还行，5发子弹，报靶是47环。有机会我要跟县领导念叨念叨，康县有特殊情况，以民兵训练用"五六半"打猎保秋应该坚持。

1985年12月29日　星期日

收到方惠的信，她描绘的中央党校的情景令人神往。闭目遐想，清晨的阳光穿透薄雾，辉映着党校内那些古朴典雅的建筑，园林绿化错落有致，一片宁静祥和。

亲爱的曦：

今天收到了你的信，内心十分欣慰。第一感觉是我的爱人真的长大了、成熟了，沉着、冷静、果断，并不会为一时的成功冲昏头，也不会在关键时刻倒行逆施，看看手中权柄是否握得稳。是啊，眼看树上鲜红的苹果马上就要到手,却要退两步以求长远,在淡淡的苦涩中品味幸福前的快乐,你认了,为了更有力地得到它,而不是空欢喜。干得好!我为你的战略退却摇旗呐喊,钢铁就是这样炼成的。停工以后你怎么打算呢?要知道,我的心已经和你的工厂维系到一起了,它就像我们俩未出生的第一个"儿子",我怎会不为他牵挂啊!

这个星期天,我应王明春同学的邀请参观了中央党校,一来是想观察环境怎么样,饱饱眼福,因为据说此地原来是皇帝读书的地方;二来可以在这里混一顿伙食,饱饱口福,因为这里的伙食在北京是首屈一指的棒,不会像上次张同学来看我,只在我这里啃了两个硬馒头。

果然名不虚传。在经过一片凋敝的灰暗门面后,走进这里,竟然有走进桃花源的感觉,气氛与外面迥然不同,以致我真有点儿分不出春夏秋冬了。

一走进那威严的大门,一座苏俄风格的高大建筑就映入眼帘。漫步在石板小径上,看见一个露天舞场。想象得出来,如果是夏天,躺在这里的草坪上看书习文,真是再舒服不过了。左侧的小山坡上,仿佛可见古人仰望苍穹、对月吟诗的景象。院子深处,一座不规则的人工湖在冬季变成了滑冰场。党校里面还有漂亮的体育场、电影厅、回民食堂、商店小铺……

当我踏入大门,走向左侧的道路时,一阵"叽叽喳喳"的喜鹊鸣叫吸引了我的注意,引导我的视线至一棵大树,啊,那是两只喜鹊,它们的羽毛在阳光下熠熠生辉。我望着它们笑了,心情格外舒畅。什么时候我可以来这里看你呢?想到这里,就忍不住偷偷地笑了。

王明春和王涛在进入四川大学之前就是军人,而且已入党,所以在政治上要比我们成熟得多。他们二人关系密切,是我们信赖的老大哥,被中文系八一级的同学尊称为"二王"。毕业后,他们一同考入中共中央党校读研究生。他们居住的宿舍内设有衣柜、书架,以及一部共用的收录机,每人拥有一盏台灯。每层楼都配备了一个洗澡间,方便随时使用。总之,学习条件、生活环境是不能再好了,我怕你都不习惯了。

　　这里的资料也比较齐全，新华社的大、小参考，连我们处编的《新情况》这里都能读到。然而，"二王"表示党校部分老师的思想较为陈旧，仍然"左"得可爱，学术氛围相对较为沉闷。

　　那天，王涛的女友胡蓉也来了，她是川大哲学系的，比我小半岁，我们过去就认识，我挺喜欢她的。她被分配到怀柔的一所军校教授哲学，成为一名身着军装的现役军人，定为正排级，月薪99元。我们谈起了你和你的工作，他们也对此进行了一番分析。胡蓉和与王涛同宿舍的熊同学（曾任北京大学学生会副主席、全国青联委员）非常支持你在下面奋斗，并希望我能够为此作出牺牲。他们都希望你尽快考来与他们做同学。

　　他们说在党校最吃香的是培训部学生，一人一间寝室不说，其他很多待遇也都优于他们。当然，我们在一起总要谈点当前的国际形势、政局动态以及一些八卦等内容，这些话题使我上班时紧绷的情绪能得到舒缓。

　　知道你一天只吃了一顿饭，我很心疼。我在这里参加酒会，你却在那里饿肚子，真是太不公平了。我不在，你可要顾惜自己呀！别太亏了肚子，工作要干，饭也要吃。你要采取措施，若不能在食堂吃的时候，你一定要把煤油炉点起来，适当开开小灶。这里我还要劝告你一件事。上次你去兰州只洗过一次澡，我非常惊讶，虽然乡下的客观环境也确实没给你提供洗澡的条件，但你自己至少应该经常擦擦身，烫烫脚。

　　那天六小龄童（孙悟空扮演者）来我们处聊了聊。我在《云南日报》实习时曾经采访过他们剧组，一起工作了好多天。他们刚回北京做剪接，说电视剧《西游记》要在春节前播放前17集。他问你春节来不来北京，希望我们俩去他那里玩。他边拍戏边写文章（在一个杂志上连载），遇到一些文字上的问题，有许多名人给他指点。他还真有雄心，想拍完后写一本书。今天，我就拉拉杂杂地说这么多，字迹潦草，希望你不会批评我。

永远爱你的惠
1985 年 12 月 24 日夜

第八章 参加选举

乡亲们热情得很，纷纷祝贺我当选副镇长，还要拉我到家里喝酒。我从心里充满感激，从兰州到康县，不到两年时间，我在岸门口入党，并获得人生第一张选票，完成了从学生到领导干部的角色转变。

1986年元月4日　星期六

今天学习万里在中央农村工作会议上的讲话。在大学宿舍辩论时，从北京来的梁君说，万里是邓小平身边的"四大金刚"之一。他的讲话比较实在，不粉饰太平，而是先指出农村工作中存在的种种问题，坦率地挑明大家的思想疑虑，然后摆明他自己的观点，不打官腔。他说，农村工作做得好，"最根本的标志是经过改革，整个农村经济活起来了，农民的主动权大了，积极性高了"。

万里说："目前农村中的问题确实不少，大量的和主要的是由于对公有制基础上的有计划的商品经济还缺乏经验，从封闭型的旧体制过渡到开放型的新体制，新旧体制运行中的矛盾以及人们的思想、习惯和工作方法都不可能在短时间内适应造成的。"他语气坚定地指出："实践证明，倒退是没有出路的，唯一的出路是坚持改革，深化改革。"

《人民日报》元旦献词开篇说："金钟高歌，我们跨过旧岁与新年的分界线，跨过第六个五年计划与第七个五年计划的分界线，迎来一九八六年！"这句话让人仿佛听到时代前进的脚步声。我的看法是，既然是省委的选调生，就应该在推进农村改革中成为"破茧而出"的突破力量。另外，我们这些学理科的学生，进入党政系统后，如果想站住脚，就必须拿得起笔杆子，必须切实提高自己的公文写作能力，让主管自己的领导觉得这个人靠得住，能写、能干事、能成事。在提高写作水平方面，就是要多读《人民日报》，它是我们最好的老师。

1986年元月5日　星期日

沐浴着冬日暖阳，我和崔乡长到山里去打猎。山区的景色宁静而神秘。我们在林中搜寻，放眼望去，蜿蜒起伏的群山连绵不绝，山顶处云雾缭绕，阳光透过云雾的缝隙洒在山巅，山林一片银装素裹。北风穿越山谷，山谷里溪流淙淙，深潭结有薄冰，阳光映照着冰面，反射出绚丽多彩的光芒。雪地里偶尔有小鸟驻足，留下清晰的脚印。

这里很偏僻，好不容易找到一家农户，是一位妇人带着几个小孩。家徒四壁，屋内火塘架起的锅里煮着洋芋。几个光屁股孩子帮着母亲搬运柴火，屋内有一棵剥了皮的树干，上面挖了几个坑，说是孩子们吃饭的碗。火炕上只有一床棉被，虽然拾掇得干净利索，但一床被子咋盖得住妈和几个娃啊！细问之下，才知她男人年前去世了，断了生活来源。

乡长叫妇人给娃找条裤子，穿上棉衣，跑去把村支书和村委主任都叫来，又请妇人帮着把我们打的猎物开膛褪毛，架在锅里炖煮。不一会儿，屋内弥漫着诱人的肉香，把几个孩子馋得直吞口水，目不转睛地盯着锅里翻腾的肉块。过了好一会儿，村支书和几个干部才提着一大罐二脑壳酒，气喘吁吁地跑上山来。

崔乡长瞪着眼问他们，这家咋这么穷啊？过年帮助名单里有没有他们？支书说，这家是外姓人，住在深沟里，和其他户隔得远。她家男人死后的丧事，是村里大伙儿帮忙操办的，也把她放进春节帮助名单报乡上了。

我们扳着指头数娃的个数，计算越冬需要多少口粮，给每个娃缝制棉衣棉裤大概需要多少钱，一五一十地算清楚。崔乡长对支书说，这户实在太困难了，你看几个娃看着锅里的鸡肉都流哈喇子了，不知多久没吃过肉了，而且家里连碗都没有，把娃打发到树坑吃饭，这是啥嘛！他越说越气，指着那妇人吼道："也不是我说你，咋弄也得把碗给娃弄下嘛，你是喂猪啊！"

乡长又转过头对支书说："今晚我们就住这嘎达，你去抱两床厚棉被来，我们和这几个碎娃挤在大炕睡，等会儿你们把炕烧热和些。塞主任（村妇女主任）把当妈的带山下住，安顿好。另外，明天你们拿上来的两床被子就留给他们，不要再拿走。哦，对了，再拿几个碗来，把筷子也拿来。我请你们吃鸡，总得有碗有筷嘛！"

大伙儿见崔乡长不再生气了，这才哄笑起来。支书赶紧打发人照乡长吩咐的办。崔乡长把年纪最小的娃搂在怀中，细心地用筷子夹起鸡块喂他。很快，两床厚实的棉被也抱了上来，村上的文书动手，把炕烧得热热的。蹇主任还和那位妇人烧水给娃洗脚，打发他们睡到炕上。孩子们在干净暖和的被窝里翻滚嬉戏，显得格外兴奋。

这顿山里的晚饭吃得特别热闹。我们在林子里走了一整天，现在喝着乡亲们自酿的土酒，就着鲜嫩的鸡块，听支书和村干部们讲述当地趣闻，和几个碎娃挤在一起，蜷缩在暖意融融又有些发烫的土炕上，睡得格外香甜。

1986年元月10日　星期五

早晨，乡政府召开办公会议，崔乡长说了我们进山遇到农妇"树坑当碗"的事，并就我们对群众越冬准备情况检查不到位作自我批评。乡长说，我们这里是红军长征途经之地，红二方面军右路纵队1936年曾在康县建立苏维埃临时政府，并与敌人发生激烈战斗。这是红军洒过鲜血的革命老区，是苏维埃旗帜飘扬过的地方，现在已经解放30多年了，人民军队始终没有忘记老区群众，兰州军区还因此专门为困难群众送来冬衣，但我们这些当乡干部的，是不是把每户困难群众都记在心上、都想办法关心到了，是需要我们扪心自问的。

乡长讲的这个问题太沉重，屋子里没人接话，众人默然片刻，随后重新梳理全乡困难户情况。各位包村干部口头汇报，张会计打算盘，唐秘书记录，算出乡内除库存外还需要向上级申请的扶贫款、救济粮及棉被数量。崔乡长要我和唐秘书把今天开会的情况整理成书面报告，下周一一上班就送到县上去。

会议快结束时，我提到罐头厂的工作，要求乡政府对我们上报的两份文件予以答复，中心思想还是要钱。争论了一会儿，我达到了一定目的。近日，县物资公司给罐头厂退回建筑材料余款1000多元，祁副厂长与工程队结算取回1000多元，另外3300元也基本落实，这样罐头厂账户上的余额差不多有一万元，希望通过紧缩财力的方式顺利过冬，为我在岸门口乡政治形势波动期间保持主动创造条件。

1986年元月11日　星期六

今天是腊月初二，年关将近。

我们暂时放弃"年内点火试车"，确实受到舆论的非议，而且要在财务、人事安排上都做到有条不紊，也不容易。读《三国演义》，诸葛亮挥泪斩马谡，人人熟知，但赵子龙在蜀军失街亭后有序后撤，全军不乱阵脚，其实更值得肯定。人生一世，谁没有经历挫折和失败呢？此时此刻，泰山崩于前而色不变，最能显示人的应变能力。创业艰难百战多，要想让自己尽快成熟，就必须进退有据。

乡政府左手斜对面住着左家，街坊邻里尊称户主为"左先生"。他对我向来以礼相待，愿意在待人接物方面给我一些指导。我下午到左家坐了坐，左先生招待我喝康县的"罐罐茶"。他用康县人说的曲曲罐熬茶，茶炉上升起袅袅青烟，飘散在左家屋角，茶香四溢。

左先生说，岸门口位于连接陕甘川三省的交通要道，历史上曾是县城，商贸一直比较发达。民国时期，这里曾用甘肃省主席谷正伦的字命名为"纪常镇"，在这一带很有名气。而岸门口的张俊耀和青木川的魏辅唐，在民国后期都是名震三省的大土匪，没人惹得起。

左先生又说:"镇上老人爱串门,聚在一起谝闲传。罐头厂突然停工,有嘲笑的,也有称赞你敢作敢当的,说岸门口还没见过你这样的愣娃。本来呢,你是省城下来的大学生,到这里镀镀金,平平安安混两年走人,没想到你还真干开了。更没想到,斗来斗去,滚蛋的不是你,书记、乡长先卷被子走人,你这个娃埋着力呢,不简单!"我吓得忙说:"不敢不敢,可不敢这么说!"

他笑眯眯地掰着手指,为我详细剖析岸门口的政治动态:"你才到一年多,岸门口就换了两个乡长,连书记都换了。这类事情本不稀奇,但在这么短的时间变得这么快,我们这些老汉还真是头一回看到!"左先生说起事来轻声细语,条分缕析,好像在说评书,却听得我心惊肉跳。他接着说:"尽管外界传言你骑虎难下,但我却不这么看。你这个人办事不卖派,把稳地很。倘若你真把老虎当马骑,硬闯出一条路来,那就是张果老倒骑毛驴,越走越远!"

从左家回到小阁楼,我躺在床上琢磨左先生的话。风传岸门口乡将改成岸门口镇,原来的乡领导班子将被"一锅端",而新的党委书记也已确定,据说新镇长还在物色中。根据杨书记离任时私下透露的消息,县里准备让我当副镇长。如果镇长从岸门口原来的干部中提拔,先前对我的辱骂和掣肘可能延续下去,工作上可能会有更多摩擦。但左先生分析,这不可能,因为动岸门口乡班子,目的就是为罐头厂扫清道路,所以镇长不可能从旧人中产生。

"熵"是重要的化学概念,是系统混乱程度的表现。熵增原理指任何系统都将自发地向增大混乱度的方向演变,达到一定程度时,旧平衡被打破,新平衡将孕育而生。政治是各种力量的博弈,我身处政治旋涡之中,必须理解这个原理,学会顺应权力的平衡。

1986年元月12日　星期日

这几天一直在中节村、林口村连续主持召开社员大会,落实胡耀邦同志视察康县时的指示,将集体林承包给农民长期经营。中节村有1807亩集体林,已全部划转给社员,并办妥国家确权的林权证。我完全相信,这无异于一次新的土改,是德政工程,即使过去很多年,乡民们仍会记得胡耀邦同志的好、人民政府的好。

我到岸门口后一直联系这两个村,做过几件好事,在村民中传得很快,有了一个好名声,村干部和群众待我相当亲热,一见面就有说有笑。我也开始打心眼里喜欢这里的青山绿水,喜欢这些风趣朴实的乡亲。前两天,我碰见一个健壮得像头公牛犊子的小伙儿,背着好大一捆柴进城去卖。问他卖了钱干啥,"给女人扯布做件花衣裳,要过年了啊"。很朴素的一句话,却听得我很是感动!贫穷不可怕,穷又咋啦?穷尕娃也能靠自己的气力进山砍柴,给尕妹妹扯几尺布做一件花衣裳!

昨晚宿林口贾厚军家。贾家很讲卫生,也比较骄傲,从不留干部在家过夜,对我算是破例了。晚上,贾家爷爷坐在火塘边和我拉呱,问我是啥属相,问我对象是啥属相,我说她属虎,我属兔。这位民国三年(1914年)出生的老人掐指算了算,神情严肃地说:"属虎和属兔同是金命人,命合,不相克。"我听不太明白,追问他,老人解释道:"虎食肉,兔食草,各自安好嘛!"我没顶嘴,悄悄对贾厚军两口子嘀咕:"虎食肉,兔就是肉嘛!"把他们小两口笑得肚子疼。

听老乡说,林口的村委主任打青霉素针没做皮试,过敏了,没救下来,真是令人痛惜!我拿出两元钱请人买了刀纸,到他坟前烧掉,以尽哀思。另外,乡上准备让贾厚军接聋支书的班。贾厚军的绰号是"舍惠",感觉这个名号蛮有禅味。他是复员军人,人比较高大,浓眉大眼,对公益事务很热心。他告诉我,如果让他干支书,第一件事是把电线拉进村。

1986年元月16日　星期四

今天是腊月初七，明天就是腊八节。打听到邻乡在放电影，我就联系电影队给中节村也放一场电影，吸引了众多村民搬着板凳前来，也为平静的山村增添了几分过节的气氛。

放映前，我借电影队的麦克风讲了几分钟，第一个内容是催促社员兑现耕地承包合同，及时上缴集体提留。我说，村干部给大家办了不少事，如果对他们有意见，可向乡上提出来，该办就办，该撤就撤，但该缴的集体提留还是应该缴，这是村干部合理的工作报酬。中节村的集体提留已经三年没收上来了，必须纠正。第二个内容是今年取消粮食统购统销后，地方粮库空虚，省政府连连急电各县，各地也纷纷告急。康县已在陕甘边界设卡，杜绝粮食外流，希望社员们把家里余粮交售给镇粮管所，共渡难关。第三个内容是宣传集体林权制度改革。我说，全国人大常委会去年9月通过了《中华人民共和国森林法》，而由农民来承包集体林，是中央领导根据康县森林覆盖率高、群众从森林获利少的实际情况，为增加农民收入、争取早日脱贫给康县开的小灶，体现了党中央对康县人民的特殊关怀，非常光荣，非常难得，希望大家珍惜这个机会，严格遵守《森林法》，实现胡耀邦总书记视察甘肃时提出的"种草种树，治穷致富"的殷切期望。

很快就要过年了，我带着村干部逐一走访困难户，了解他们的越冬情况，确保我们所掌握的帮助名单不疏漏、不走形。走访中巧遇一个名叫朱集书的初中毕业生，和我同龄，也是共青团员。他刚向汉中贩运了一批本地产的苹果，赚了一笔。我到他家去，看他用密封陶罐贮存苹果，一层苹果一层麦秸，压得很瓷实。他小心翼翼地取出一个给我吃，一股苹果独有的香气扑鼻而来，轻咬一口，真是又脆又甜。我听他介绍种植和贩卖的情况，跟他很聊得来。前几天，我还拜访请教了另外几位"能人"。搞活流通要靠"能人"，就是要将他们"放虎归山",把原料收购和产品销售都盘活。

岸门口乡建设猕猴桃基地已经搞了三年,有段时间非常红火,县委刘书记带着二十几位局办负责人来开现场会。当时的安排是农民每栽一亩猕猴桃树苗,政府就补助 8 元,于是轰轰烈烈地栽了将近 4000 亩,一下子投资 3 万多元。但农民主要是冲着这 8 元钱补助而来,乡村干部也可以通过验收捞些油水。第二年长出实生苗,如果不嫁接就不会结果,但政府对嫁接没补助,农民拿不到补助就不再管地里的猕猴桃树了。安徽客商闻讯过来收购,每苗可给 1 角 2 分,但乡政府挡住不准卖。结果,基地建设有始无终,农民还怨声载道。

这件事办得不咋地,症结是不尊重市场规律、不尊重科学,更没将农民种植与市场需求相结合,基本上是用行政命令瞎指挥,而且不排除有基层干部浑水摸鱼。罐头厂的基础是原料,所以我们提出了将"第一车间建在田间地头"的口号,期待通过罐头厂把农户分散的小生产与山外的大市场连接起来,但是必须吸取种猕猴桃的教训。

1986 年元月 22 日　星期三

今天是腊月十三,年关临近,我已请到探亲假,准备下周启程回川过年。昨天东子有信来,很想见一面,我计划到九院去看他。

发出致方惠信:

亲爱的:

你好!

你的信收到了,写得好幽怨、好牵人心怀!要是有什么话说得不妥,都怪我。春节快到了,罐头厂工地只剩下守厂的老邓,其他人都回家过年了。你参与考试招收的那些年轻工人离厂时都依依不舍,期盼着春暖花开时能再度归来。看着他们消失在远方的身影,我仿佛再次听到青春之歌的旋律。这些青工的梦想，已经和我们的工厂千丝万缕地连在一起了。

你说："要知道，我的心已经和你的工厂维系到一起了，它就像我们俩未出生的第一个'儿子'，我怎会不为他牵挂啊！"我捧读着这些滚烫的话语，鼻子发酸，真是难得的理解，难得的默契！我最担心你不理解我的事业，不为我们的未来进行成熟的考虑。我没料到你会说出这样贴心的话！这是你祝贺我新年的最好礼物啊！

大秦岭的冬日严寒，却也有一份寂静纯洁之美，如同我心中无尽的相思。想到我们不久就要见面了，真是又高兴、又恐惧。恐惧的是我们刚刚相拥在怀，就要屈指计算别离的日子。白居易写《长恨歌》，道出"此恨绵绵无绝期"，《琵琶行》又说："低眉信手续续弹，说尽心中无限事。"费希特说："自我不是通过某个他者而获得澄明，它就是明亮的，它就是光明本身。"你和我的爱也不需要证明，我们就是明亮的，我们就是光明本身。

陇南好大雪，推窗而望，雪花飘舞，心绪随之起伏。我喜欢听歌，爱听周琪华的《我爱你，塞北的雪》，也喜欢邓丽君唱的《北国之春》。我喜欢伴随着悠扬的歌声想你！亲爱的，当你抬头望向北国的天空，雪停之时，白云便是信使，传递着我们的思念与歌声。

台湾有一句富有哲理的谚语："世事如棋，乾坤莫测。"当前，我国约有近万名选调生，他们或许是当代中国前途最难预料的一个群体。这支弱小的队伍与我国改革开放事业共存共生，我们每个人的进退荣辱都与国家的前途命运紧密相连。

当然，我们现在所做的都是一些微不足道的小事，但仍有人不太理解选调生培养工作，就想看我们的笑话，分配任务时，把人口最多、距离最远的中节、林口当成硬骨头抛给我。然而，经过近一年的包村工作，那里的干部群众对我十分喜爱与支持。最近划分集体林承包给乡民的任务，共1800亩山林，我们仅用三天就完成了方案，执行起来也得心应手，让某些同志颇感失望。

展望新的一年，我充满希望。只要我们扬起红帆，破浪前行，就一定能在每个早晨都迎接到清新的阳光，在每个黄昏都感受到晚风拂面的温暖。

期待与你重逢，紧紧拥抱你！

你的XY
1986年元月22日

1986年2月9日　星期日

春节，大年初一。

昨晚，内江全城爆竹声此起彼伏，冲天的烟花划破夜空，充满喜庆的气氛。年夜饭是父亲做的，他早早用楷体写好菜单，还修改了几次。父亲做的豆瓣鱼美味无比，水煮肉片和荷叶粉蒸牛肉也有独创性，后者还是奶奶传下来的，算是郑家私房菜了。

往年过年，初二会请内江亲戚小聚，燕表妹很喜欢我父亲做的菜，尊称他为"炊事员叔叔"。父亲说，他在朝鲜战争期间，很多时候没有炊事班，全靠自己弄吃的。他们都是用美军钢盔当锅，把炒面和野菜混在一起煮，胡乱对付。有一次打扫战场，他捡到美军的一罐牛油罐头，每次起炊，放一点辣椒面，再加一小勺牛油，掌握好火候，就比战友们做的要香很多，有时把师首长都吸引过来了。这样一来，他就喜欢上烹调，经常是一边揍我，一边给我们弄好吃的。他的性格很奇怪，我认为，他作为上甘岭战役的幸存者，看到那么多战友牺牲了，受过极大的刺激，可能有很严重的"战后综合征"（PTSD）。

我是元月底离开陇南返回内江过年的。在途中，我先在德阳下车与东子会合，并到他家去拜望了他的父亲。东子的父亲是德阳县委宣传部的一位领导，祖籍甘肃省武都县甘泉乡，毕业于四川大学中文系，是个"笔杆子"。得知我在陇南乡下工作，伯父立刻打开了话匣子,与我分享他家乡的风土人情,话语中满满都是思乡之情。

德阳与成都相距仅70公里,这里坐落着中国第二重型机械厂、东方汽轮机厂等特大企业,是重工业基地。我在德阳住了一晚,次日清晨,便和东子一同搭乘由成都返回绵阳的九院便车,前往他供职的研究所。

到剑阁后,柏油公路沿着一条小河在翠绿的山间蜿蜒,路边的水田露出晚稻收割后留下的稻茬。这一带沟壑纵横,树林繁密,大山直冲霄汉,相当隐蔽。东子在车上说着他们与地方合作利用军工炸药边角余料的事。他说,现在中央希望三线国防单位适当开发一些民用品,为当地社会经济发展创造价值,减轻国家负担。我觉得很有道理,但目光被山色风光吸引,对他讲的话听得有一搭没一搭的。

九院是三线建设典范和国防重地。听东子介绍,中央1964年作出三线建设规划,以战备为核心,在川、黔、陕、甘等地开展大规模工业、交通和国防建设,邓小平提出:"别人已经做到的事,我们要做到;别人没有做到的事,我们也一定要做到。"根据经济普查数据,三线共建了将近2000个大中型企业和科研设计院所,到1978年,三线工业规模已超过东部沿海地区,职工人数超过1000万人,完全改变了中国的工业版图。东子说,他到九院后最大的感受就是,如果没有三线建设,中国不可能建成如此完备、配套的工业生产体系,也不可能有坚强独立的国防力量。我们对老一辈革命家的雄才大略充满崇敬。

东子说,近年有不少兰大学生分配到九院,这得益于兰大设立了其他高校少见的现代物理系,还有就是中国科学院近代物理研究所设在兰州。能直接为国家核力量建设出力,我为东子骄傲,也为母校感到光荣。东子说,九院是技术高度密集型单位,群英荟萃,若非自觉努力,容易虚度光阴,因此特别需要"不用扬鞭自奋蹄"

的吃苦精神。

我们到研究所附近一个乡场转了转，正逢赶集日，街上熙熙攘攘，老乡面色愉悦，有几个熟人还给东子打招呼。东子说，老乡只知道他们是保密单位，具体做啥并不清楚。我也聊起办罐头厂的酸甜苦辣。东子说，我们毕业出校门后，面临的主要问题"是不是落定"，一个是工作能不能"落定"，更重要的是自己的心能不能"落定"。

东子带我进他们研究所。这里有门卫站岗，警卫森严。给我办进门路条时，东子向办事的同志强调我是党员，是正式国家干部。这个时候，我内心油然而生的是一种从没体会过的荣誉感。进所后，他先带我去洗澡。东子说："你身上的味道实在太够呛了！"研究所的澡堂设在一个防空洞内，设施完善，24小时供应热水，让我羡慕不已。洗澡时碰到东子的几个同事，他们也很热情地跟我们打招呼。东子说他们是同一个连的。

洗完澡全身舒坦，我们找了两辆自行车在九院内部的专用公路上兜风。骑行在国内最高等级的柏油公路上，两侧是青翠欲滴的田野，有几户农舍错落分布，风光旖旎，溪流淙淙，真是令人陶醉。行至下坡路段时，我们紧握车把，双脚张开，如同两只雄鹰在比翼双飞，尽情翱翔。我大声喊："空气在颤抖，仿佛天空在燃烧。"东子也大声回答："是啊，暴风雨就要来了。"我们的声音在山谷里回荡。

东子的女朋友是爱新觉罗氏，是清朝上三旗的皇亲贵戚。她们家从东北到青海，再迁四川，是九院的开拓者。东子一表人才，刚一进所就被丈母娘给"号"上了，不准别人染指。听所里同事称东子女友为"格格"，我也就入乡随俗了。傍晚时分，我们搭研究所的通勤班车去看望在院部医院上班的"格格"。东子说，九院院部设在梓潼县，下面有好多个研究所，散布在周围的几个县，每天定点发通勤班车。这天正好赶上一个北京来的歌舞团到九院慰问演出，各所职工都带家属赶来观看，各路客车轰隆轰隆地纷至沓来。

演出结束后，上百辆大客车又一起发动，轰鸣声响成一片。它们一辆接一辆地开出院部，分赴绵阳、剑阁、安县、江油等地，浩浩荡荡，蔚为壮观。

夜幕降临，正值"格格"在医院值班。她将我们安排在一间闲置病房内。我们俩天南海北地神聊，有说不完的话，直聊到深夜还意犹未尽。东子的事业和感情均已"落定"，而我仍在探寻未知之路，前途未卜，情绪亦不如他那般从容淡定。

春节走笔，算是新年的第一篇作文。祈盼1986年是我能够完全"落定"的一年。

1986年3月5日　星期三

根据康县县委〔1986〕13号文件通知，岸门口由乡改镇后，于3号召开镇人民代表大会，依法定程序等额选举镇长、副镇长，我以全票当选副镇长。

虽是等额选举，但获全票很不容易，也出乎预料。我知道，其实有同志对我是有看法的，我一个愣头青也确实有好多地方做得不那么妥当。那为什么是全票呢？这是无记名投票，他们完全可以在选举时表达对我的不满和否定啊！这说明，我自己对同志们的看法还是有偏差。他们的心中有杆秤，对我该批评时毫不留情，但是到关键时刻，他们对我又是公平的、爱护的。想到这里，我的内心充满感激。

下午，岸门口镇新班子三位成员一起拜访在这里蹲点的县委副书记杨伯富同志。会面时，伯富同志很直率、很诚恳地对新班子提出期望和要求。他特别对我提到："他们两个不说官职比你大，就是年龄也比你大得多，一定要尊重他们，遇事多请示，不要擅自做主。"

同时，伯富同志提醒关书记和穆镇长，岸门口今年应继续大规模种植猕猴桃，积极发动群众养鸡，将来能够为罐头厂提供充足的原料。在谈及罐头厂工作时，他特别指着关、穆二人说，在康县这个全省出名的贫困县建设一座现代化的罐头厂，这是省重点项目，必须坚决顶住各种压力，把它办成、办好！他强调说，县委对给岸门口镇选配新班子非常重视，刘书记亲自召集我们议了好几次，你们也是从好多个人选中挑出来的。县委认为，你们年富力强，应该焕发出坚强的战斗力。希望你们精诚团结，努力奋斗，不辜负县委和岸门口人民的期待！

当上副镇长后，同志们让我搬进一个宽敞些的套间宿舍，可我心里不愿意，舍不得离开这个虽然窄小但充满温馨的小阁楼。听别人叫"郑镇长"时，心里总有些异样，觉得还是不如叫"小郑""郑大学"来得亲切。新到任的穆镇长也这样叫我，我不习惯，说："你还是叫我小郑吧！"他说："就是要树立你的威信。"

1986年3月6日　星期四

今天惊蛰。

新班子搭起来后，镇党委决定，仍由我分管罐头厂筹建工作。今天完成了4000多字的《关于续建康县岸门口罐头厂的可行性报告》，上面催得很急。同时，为论证罐头厂原料来源，还完成了《岸门口家栽猕猴桃情况调查》，为此我专门到各村去转了一圈。乡亲们热情得很，纷纷祝贺我当选副镇长，还要拉我到家里喝酒。我从心里充满感激，从兰州到康县，不到两年时间，我在岸门口入党，并获得人生第一张选票，完成了从学生到领导干部的角色转变。面对未来的漫漫征程，我心怀谦卑，感念岸门口的源头活水。

康县南部山区包括岸门口镇辖区内的部分森林，在来自四川盆地暖湿气流的作用下，这里的气候温和湿润，雨量丰沛，无霜期比较长。山坡上生长着柑橘、枇杷等亚热带果树，同时也分布着板栗、核桃、梨、柿等北方果树。县科协滕主席说，康县地处亚热带水果栽培的北限地区，同时也是南北果树交汇地带。据张晓勇介绍，在康县燕子河流域草木茂盛区生长有中华猕猴桃，分布面积高达10万亩，预测产量可达5000吨。

这种土生土长的猕猴桃被专家称为"软枣猕猴桃"，六月中旬开花，九月结果。果实呈长圆形，长约2.5厘米，光滑无毛，无斑点。近年来，陇南地区农科所在岸门口设立试验站，帮助果农引进新西兰改良品种，果实口感更好，结果率也明显提高。我们的调研表明，岸门口及附近地区具备充足的猕猴桃资源，设立罐头厂现实可行。

我们的建议是岸门口和相邻乡镇应在上级科研单位支持下，尽快建立和完善人工栽培猕猴桃示范园，引导果农科学育种、科学种植，再结合当地板栗、菌菇、草莓等资源，可望确保罐头厂的原料供应，进而带动果农致富，以贯彻落实省委"以工业带动扶贫、以扶贫发展工业"的战略思想。

经过深入调查研究，我个人也对罐头厂建设抱有信心，认为这对于贫困山区建设具有战略意义。同时，这次调研也大大丰富了我对甘肃农村工作的理解。若省委推荐我报考中央党校，我坚信这种源于艰苦实践的思考将体现在答卷上。

1986年3月7日　星期五

这次下乡，在青岗坝村见到一位令人敬仰的小学教师。他姓唐，脚有残疾，年近四十仍孑然一身。他所在的村小是由生产队原来的保管室改建的，相当简陋。我走进教室，看到地面凹凸不平，房梁上堆满了玉米秸秆，地上却摆放着六套崭新的课桌、凳，让人眼前一亮。原来这是唐老师在去年教师节时拿出自己的积蓄240元请加工厂定制的，给孩子们上课用。而他每个月的民办教师补贴只有17.5元。我很感动，紧紧地握住他的手，他神情有些拘谨，一看就是一个非常本分的读书人。随我去的小明打听到，为存这240元，唐老师省吃俭用，足足存了5年！

从那新课桌上拿起几本孩子们的作业，内心不由得暗暗吃惊。这些作业本的纸张虽然粗糙，但字迹却是相当工整，而且满篇都是唐老师画的红钩。村小学生的作业有这样的质量，非常难得。我请小明和村支部把唐老师的事迹好好整理总结一下，准备推荐给上级主管部门，申请表彰。

1986年3月8日 星期六

晚上，到老乡长温叔家。他离开岸门口镇后，到县纪委做了专职常委，平时在县城上班，周末回岸门口的家。温家是一个老宅，狭长的院子，坐北朝南，北靠镇街，南邻燕河。温叔说，以前岸门口镇是老县城的时候，康阳公路穿街而过，后来修堤筑路，改道从镇南经过。改道之前，温家南门正对河流。当时岸门口镇各家老宅皆采用此种建筑风格，于河畔筑有数排坚实木柱以支撑房屋，以防汛期洪水，岸门口的地名也由此而来。

我看庭院之中立着一棵香樟树，树形挺拔，树冠展开，浓荫覆地，枝叶青翠且散发着淡淡的香气。树下置有一口大石缸，缸体上长满了青苔，缸中游弋着数尾色彩斑斓的锦鲤，为庭院增添了几分生气。温叔让我坐进他家包布的木沙发，又摆上两只酒杯。他从柜子中取出一瓶沱牌金沙酒，倒酒入杯时，酒香四溢，浅抿一口，顿觉甘美无比。温叔说："这是你们四川的名酒。"我说："这是射洪出产的，在唐朝就很有名，杜甫的诗句'射洪春酒寒仍绿'就是赞美它的。"

温叔说："你当上副镇长了，我高兴，咱庆祝一下！"我借着酒劲儿，把这几天镇上的情况，特别是我们三个人见杨副书记的情况说给他听。我说："温叔，您是我从兰州到岸门口后带我的头一位乡长,也是我的入党介绍人,我借您的酒敬您,感谢您的指导和栽培。"他一饮而尽后说:"小郑,咱不说见外的话。你是个好苗子,人本分,没有歪心眼,做事一板一眼的,很踏实!实话告诉你,县城里有很多人找我,要我牵线给他们的闺女说亲,我都婉言拒绝了。不过,这也从侧面说明,你在康县有好口碑了。"

我们又喝了几盅,他借着酒劲儿说:"小郑,这次县委的步子还是小了点。我前年就说过,这个镇长的位子应该早点儿给你。你是有能力的,如果配一个老成稳当的书记,让他带着你,你完全挑得起这副担子,可以获得更全面的锻炼,成长得更快。"随后,他话题一转,补充道:"不过,现在罐头厂建设正在节骨眼上,提拔你先当副镇长,让你专心办成这件事,也是一个考虑。你们今年是补选,明年乡镇才正式换届,穆镇长和你都必须参加,而且根据《选举法》规定,乡镇长是差额选举的,我觉得明年县委很可能把你和小穆并列为'镇长候选人',到时候情况可能也会有变化。"

我转述了杨副书记谈话时对我的敲打,要我多向关、穆请示,避免擅自作决定。他呵呵一笑:"这是官面上的话,谁不知道,你是立军令状承包罐头厂的人,为此还和县委书记大吵了一架。"我尴尬地笑了笑,红着脸。他大笑起来:"小郑,明白人都知道,你的工作表现和未来安排,不说镇上,就是县里也没多大发言权。那两个人是从小乡、小林场提拔起来的,刚当上大镇领导,急于立威,拿腔拿调是没跑的,你不用跟他们较真,面子上过得去就成。"

在我即将离开的时候,温叔沉稳而有力的手搂住了我的肩膀,他的话语中充满了深沉的情感:"娃,你实诚得很。你刚一提拔就提着东西来看我这个下台干部,很有礼数,我心里敞亮着呢!"

1986年3月9日　星期日

今天是星期天,把这段时间的报纸一股脑儿翻出来,沏上一杯从四川带回的茉莉花茶，静下心来慢慢地浏览。

前几天的《人民日报》登载了一封由北京昌平县卫生防疫站张美鹰同志写的"人民来信"，反映昌平县回龙观村南面有许多单位常年把大量的生产和生活污水排入河里。河里现在漂着10多只死鸡，还有死猪和其他牲畜残骸，沿河两岸散发着臭味，被污染的空气和河水危害着乡民的身体健康。这件事提醒我在规划罐头厂建设时，一定要处理好排污问题，对工厂废料的处理也要有相应方案。我们的锅炉房是直接从燕子河取水，县水利局已经同意将供水管道纳入市政建设范畴。我们首先要保证取水的水质严格符合卫生标准，同时也要策划好排水环节，不能对燕子河和周边环境造成严重污染。

3月2号的《人民日报》社论《计划生育决不能放松》称，新中国成立后第一次人口生育高峰中出生的3亿6000多万人将陆续进入婚育期，一个新的人口生育高峰也随之到来。据专家们测算，从现在起到90年代中后期的10多年中，全国平均每年出生的婴儿将达到2000万以上。这说的就是我们这代人，也就是新中国成立后出现的"婴儿潮一代"。据说，能不能把我们这代人的生育闸门控制住，直接关系到中国人口结构能否优化。我不知道与方惠的感情会发展到哪一步，今后会不会与她生儿育女呢？展望未来，中国将出现数千万甚至上亿的独生子女，他们的身心健康将直接关系到国家在和平时期的建设力量与战争时期的国防力量，直接关系到21世纪中国的综合竞争力。

社论称，群众中长期形成的"多子多福""重男轻女"等封建观念仍然是实行计划生育的主要障碍。要把计划生育的宣传同建设社会主义精神文明、"四有"教育结合起来，把转变群众生育观的工作贯穿计划生育工作的全过程。观念转变了，思想通了，计划生育工作就好做了。读到这些话，我有些不以为然，总感觉记者老爷们在报纸上指手画脚，与基层实际情况不搭调。万物都有本身的生长规律，与自然选择密切相关。陇南山区山高沟深，虽降雨丰沛但不规律，气候不稳定，可耕地又多在高山险要处，生存条件恶劣。如果家中没有壮劳力，没有足够人手，连口粮都成问题。山民长期秉持"多子多福"的生育理念，体现着物竟天择的自然法则。大城市或平原地区，土地广阔，气候稳定，孩子少生一点可能问题不大，但计划生育政策全国"一刀切"，我认为并不符合党的实事求是作风。

还有一篇关于老鼠的文章说，我国当前至少有30亿只老鼠，每年损失粮食高达300亿斤，且鼠传疾病逐年上升，灭鼠迫在眉睫。我对此深有体会。小阁楼上也闹鼠，有天晚上一个毛茸茸的活东西竟然从我脸上爬过，我被吓醒后心悸不已。为了捉拿老鼠，我从邻居家借来一只猫，但关上门后，猫并未捉到老鼠，反而将我的书桌和床搞得一片狼藉。岸门口镇上有粮管所，据说鼠也闹得厉害。全国老鼠数量竟超过人口总数两倍，而且老鼠繁殖力惊人，长此以往，如何得了？

今天给方惠电汇120元，她自己再添些，可买一辆自行车。在中办工作的一位师兄帮她搞到一张自行车购买券。在北京生活，没自行车很不方便。

1986年3月11日 星期二

《关于续建康县岸门口罐头厂可行性报告》通过县乡镇企业局上呈，等候审批。尽管罐头厂财务状况并不宽裕，但仍决定重启工程。祁副厂长从县物资局筹集到10吨水泥，同时为施工队借到两间房作为工人宿舍。在预支500元后，要求他们尽快开工。

今天从《瞭望》杂志读到费孝通先生的文章《甘南行》，文风简约优雅，随心所欲却又论述深刻，令人敬佩。费老的文风与拾风伯父颇为相似，我深感若没有丰富阅历和崇高学术地位，难以达到这个境界。

翻找到以前的学习卡片，上面记载，1936年夏，在英国伦敦政治经济学院学习的费孝通回到家乡，在江苏吴江县开弦弓村开展社会调查，以此为基础撰写博士论文《江村经济》。他的导师马林诺夫斯基评价道，这本书是作者作为一个公民对自己的人民进行考察的结果，这是一个土生土长的人在本乡人民中间进行工作的成果，是作者对开弦弓村的社会生活深入研究而得出的一份实事求是的调查材料。这本书不只是向大家展示了一个微不足道的村落，而是世界上一个最伟大的国家。

费老多次强调："我这一生有个主题，就是'志在富民'。它是从我的学术工作中产生的，我的学术工作也是围绕着这个主题展开的。"如何"富民"？他的姐姐费达生在江村开办的缫丝合作社为他提供了启发。他的判断是，中国的现代化不可能像西方那样，在完全抛弃农村的基础上来实现，而是要兼顾广大农民的利益，在保护乡村的基础上，大力发展乡村工业，以此实现与现代世界市场的对接。

费老的《甘南行》延续了《江村经济》的思考。他强调，西北地区实现现代化的首要任务是破解农牧经济和大工业经济之间的隔阂，通过工商融合，与现代市场接轨，转变封闭自给的经济形态为开放商品经济。他建议将牧业商品化、乡村工业化和商业现代化三种具有开放性质的经济形态有机结合，相互协同。他认为这是西北地区实现现代化的有效途径。

做学问的关键在于能够大胆地发现问题、提出问题、研究问题，并找到解决问题的思路。在这方面费老堪称典范。

1986年3月19日　星期三

上午和县农行岸门口营业所的同志商谈贷款事宜。具体细节由老祁和信贷员程专业谈，我和新上任的梁主任在一边下象棋，不时插几句话。

我和梁主任是四川老乡，他年岁较大，我称他"梁叔"。他喜欢下象棋，我没事就到街对面的营业所和他杀上几盘。梁叔的助手小程是单身，与我年龄相近，常来小阁楼串门。他受过专业训练，业务很熟，在家里是大哥，每月都把大部分工资寄给弟弟妹妹作为生活费用，是一个有情有义的好男儿，我很喜欢他。

中央要求改革农村金融体制。目前，县农业银行与农村信用社的关系令人困惑，与梁主任探讨，他也说不太清楚。根据英国罗奇代尔合作社原则，农村信用社应该是由社员入股、民主管理、主要为社员提供金融服务的农村合作金融机构。但目前实际情况是由县农行领导农村信用社。对梁主任这个营业所，镇政府与其并无领导关系，岸门口本地社员也没有发言权。

这几年，农村信用社改革取得一定成果。相信随着国家改革进程的持续推动，农村信用社将逐步地"真正办成群众性的合作金融组织"。通过筹建罐头厂，我深切地体会到金融对发展农村经济的极端重要性。罐头厂建设受到的最严重的制约就是极度缺乏资金，以后生产更离不开信贷对流动资金的支持。哪个地方资金搞得灵活些，哪个地方经济就会活泛些，发展也就快些；相反，就会变得死气沉沉。

下午，我带梁叔和小程参观了罐头厂施工现场。目前，厂房的1.5米白瓷砖墙裙已基本安装完毕，厂区东墙的护堤也已用水泥浇筑完成。梁叔与小程还主动和我们一起在厂门两侧种植冬青树苗。完成后，梁叔直起腰来，望着整齐栽种的树苗以及初具规模的厂房，满意地拍了拍我的肩膀称赞道："建得很漂亮！"听他们口气，我们有希望从营业所贷到一部分开工资金。

1986年3月21日　星期五

今天春分。"一年之计在于春",我想谈谈今年的学习计划。

英语要过关,毋庸讳言,这是一个难关,不闯过这一关,前途就会受到很大限制。这就像经济要发展,必须先把交通、能源和通讯搞好一样。要学完《新概念英语》,把单词记忆、英文阅读和听力训练一起抓好。从现在情况看,若能再掌握1000个常用词,差不多能闯过单词关。

理论学习要注意学习方法。《瞭望》杂志每期都有《干部现代化知识讲座》栏目,要认真读。总之,要以报考中央党校青训班为目标,主攻科学社会主义方向,更要注意学习那些对现实工作有帮助的内容,特别是宏观经济管理知识。注意报刊上有关经济体制改革的文章,收集、了解理论界的新动态。

我已参加北京经济函授大学学习,重点消化以下内容:《财政金融基础知识》《微观经济学与宏观经济学》《管理心理学》。精读《资本论》节选本。在国际经济领域,选择"美国经济及对世界经济的影响"进行专题学习,建立卡片,追踪考察,增强学习的现实感和动态感。

提升文学写作质量,主动承担全镇综合性重要公文的撰写,突出实际调研价值。通过写日记和给方惠等朋友写信,提高观察和感受事物的敏感性,增强文字表达的感染力。在从政道路上遭遇挫折、自己在党政机关实在干不下去时,亦可回归化学专业,或朝着研究方向换跑道,永不气馁,永不灰心。

1986年3月22日　星期六

昨日收方惠信,提及领导对她婚姻恋爱状况的关切。据述,早在年初她离京返川时,马司长曾约谈她。方惠说,同志们在部机关里都不称职务，只称老王、老张，大家称马司长为"老马"，称李副司长为"老李"。老马曾在重庆度过童年，见到方惠这个"小四川"格外亲切，称她"小幺妹"。但那天见面，老马说是"谈心"，态度却十分严肃，询问她与男朋友的恋爱情况。方惠明确表示我和她的关系已基本明朗。老马希望她回家后与家里好好商量，深思熟虑，审慎抉择。

方惠从四川回北京上班第一天，老马就与老李一起再次约谈她。老马关切地询问："家中商议结果如何？"方惠以坚定语气回应："商量好了，我俩已完全确定关系。"她还简单谈了谈我们的打算，谈到我父亲是参加过上甘岭战役的志愿军战士，并引述内江二中校长杨稚泉对郑家的评价："在这个物欲横流的时代，郑家能坚守传统美德，且深受共产党思想熏陶，很不容易。"方惠还补充道："小郑当选副镇长了。"

她还俏皮地问领导："镇长就是过去的保长吧？"老李立即对此予以驳斥："不能这么讲，保长是国民党的，小郑当的是共产党的镇长。"方惠写道，老马新中国成立初期在北外学英语，后到板门店参加停战谈判，听说你是志愿军后代，态度有变化。两位司领导互相交换眼神，然后，老马以坚定的口吻表示："很好，小李，我们支持你！"老马还补充说，小郑这么年轻就当副镇长，不简单！

我仔细展读此信，感觉到她那个"我选择外交部"的悬案，可能因为司领导主持公道，将会翻篇了。我一边吸烟一边想，中央机关确实继承了领导同志深入了解群众实际困难，并以实事求是的态度帮助群众排忧解难的延安传统，两位司领导肯定受到压力，他们是出于好意，不希望方惠受影响，所以她如能遵守那个承诺最好。但在充分了解情况后，他们展现了共产党人的正直品格和责任担当，果断作出了公正的、富有人情味的决定。对此，我深怀感激。

1986年3月23日　星期日

晚上看朝鲜宽银幕电影《没有回来的密使》。岸门口在康县算大镇，镇上有一个固定的露天电影院，不定期放映电影。镇上的电影队也在15个行政村轮流放映电影。镇电影队放映员刘长青是县电影院职工的孩子，另外还有刘彩兰、朱建忠、刘德军。同时，康南林业总场还有一个电影队，在总场院内和清河林场、豆坝林场轮流放映电影，放映员名叫周安忠。镇上居民的主要娱乐方式是看电影。真感谢这些放映员，他们将光影缔造的奇妙世界带进大山，给深居山里的人们带来生活乐趣。

这部朝鲜电影由长春电影制片厂译制，再现了1907年"海牙密使事件"。1905年，朝鲜被迫与日本签约，沦为日本"保护国"。李儁等朝鲜爱国志士得知万国和平会议将在荷兰海牙召开，为把握这唯一救国机会，秘密进宫觐见高宗。1907年，李儁携带高宗签署的委任状和亲笔信，以密使身份到海牙，呼吁列强援助朝鲜摆脱日本统治。但根据日朝条约，朝鲜无权派代表参加国际会议。日方竭力阻挠朝鲜密使。正当李儁在会上慷慨陈词时，会议主持人宣读电报，原来高宗受日本人胁迫，否认对李儁授权，他因此受到耻笑，甚至就要被警察像拖狗一样拖出会场。为捍卫朝鲜国家尊严，李儁当场切腹殉国。

本片格调悲壮，其凛然不屈的正气震撼人心。李儁既非侠客，也非武夫，而是一个典型的东方士大夫。他就像屈原为楚国悲号一样，为争取参加万国和平会议的代表资格，为博得其他国家同情，忍辱含垢，祈求这个，又祈求那个，甚至亲自散发传单。他不是政治乞丐，而是在为他那软弱、贫穷、受人蹂躏的祖国呐喊。他没钱，请不起客，送不出重礼，只期待能唤醒世人良心。

该片剧情安排紧凑，十分细腻地揭示了主人公的内心世界，展现了他在艰难环境中富贵不能淫、贫贱不能移、威武不能屈的儒家风范。他的身影犹如一道屏障，守护着祖国尊严。当他张大眼睛，震惊地听到高宗否认授权电文时，紧紧捂住了自己的耳朵，无限悲愤、无限绝望，最后当众切腹自杀，以此抗议万国和平会议的虚伪无耻，抗议世间的不公平。他多么希望自己所代表的是一个光明、伟大、不受任何人欺凌的国家。但弱国无外交，弱国甚至连讲话资格也被剥夺。当我看到他悲壮殉国的情景时，泪水禁不住夺眶而出。

电影结束后，我脑海里还回响着他教学生唱的那支《劝学歌》，那悠扬的旋律，恍若他洁白无瑕的灵魂，漂浮在苍穹。我为他的风骨而倾倒，做人就应像他那样，活出浩然正气，活出铮铮铁骨。

1986年3月24日　星期一

河岸柳树发新枝，地里的小麦进入返青期，长出的翠芽充满生机。我小心翼翼地剪下几枝新柳，作为早春的薄礼，封寄给方惠和几位亲近的领导和朋友。

最近以副镇长身份主持了几场活动。先是开镇直职工大会，自己说话的频率太快，没控制好节奏，发言内容缺乏条理，有点草草收场。这是头一回以新身份亮相，有老同志私下对我说："当娃娃镇长不容易，要拿好腔调，不虚张声势，但也不要畏首畏尾。"后来应邀出席庆祝工商银行岸门口镇储蓄组成立的茶话会，代表镇政府致贺词，先打了个腹稿，讲起来就顺畅得多，还赢得了两次掌声。

早起到工地去，工人们罢工了。经了解，原来乡工程队把罐头厂基建工程转包给了这批工人，转包价只有1600元。乡工程队管事人要挟我，要我尽快支付工程款，否则就撤出施工队。这批工人未从工程队拿到钱，但同时又想从罐头厂拿到新的施工项目，所以不敢把事做绝。我抓住他们的矛盾心理，特别是他们与乡工程队之间存在的利益冲突，许诺如他们立即复工，我就把给乡工程队的结算款分割成两部分，首先保证支付他们期待的1600元，不再经乡工程队转手。

工人们接受了我的说法，马上复工。实际上，把这批工人争取过来，也是警告乡工程队，如再胡闹，可以把他们晾一边去。乡工程队管事人听到这个消息，赶紧从县城赶回来。我现在倒是不慌不忙了。

前天，伯富同志要我汇报罐头厂基建复工的进展情况。汇报完工作后，他叫通讯员沏茶，提议我们轻松地聊聊天。在交流中，我说，像康县这样的贫困山区，各方面的条件都很差，尤其需要能够默默耕耘、不计回报、有奉献精神的干部。要改变贫困山区的面貌必须久久为功，急不得。但干部的任期就那么长，别人都在"开拓新局面"，如果你却总出不了政绩，闲言碎语就会像风一样刮来，各种压力也会像大山一样压在你的头顶。所以，如果一个干部确实使出了洪荒之力，但离任时政绩还不显著，说不定还背负了一身的骂名，面对这种情况，干部自身要坚持埋头苦干的劲头，但组织也应该给予公正的评价。

我说，我们遵循科学的设计规范来建厂房，选购了适用的机械设备，正在配备和培训技工，不久还要点火试车。如果不出意外，这个厂子肯定能建起来，但建成以后，能不能坚持住，还真不好说。总之，在贫困山区工作，只能这样一棒接一棒地干下去，除此没有别的办法。

1986年3月26日　星期三

北京化工学院人事处来信，索要我的简历和主管单位通讯地址，这应该是母校的老师在帮助我。此外，省委组织部青干处领导先前也表过态，如北京单位调人，甘肃这边会根据干部的实际表现和家庭情况，合情合理地处理。

只是我在陇南乡下锻炼时间还不到两年，罐头厂点火试车尚未完成，我感觉自己一时半会儿不能离开康县。但我也深知，如果长期分离，我和方惠两人的感情也难以维持。最近，县上有好几个人来保媒，我说自己有对象了，但他们都异口同声地说，我与方惠的关系不可能维持，这使我倍感困扰。

我需要冷静地评估形势，对下一步棋怎么走要有打算。想起来挺羡慕东子，他到九院后，稀里糊涂就成了人家的东床快婿，然后就"落定"了。我也庆幸有他的"前车之鉴"，到康县不久即对外宣布自己有对象了，不至于被人家抢先"预定"。我的目标是争取获得省委组织部的推荐，力争考上中央党校三年制青训班。但我在基层工作的时间还不够，而如果继续待下去，又有可能失去现成的进京机会。此事需要仔细权衡。

1986年3月28日　星期五

发出给北京化工学院的信。我首先表示感谢，也说明了目前在陇南创建罐头厂的情况，解释说建厂正进入关键环节，我需要暂时留在康县一段时间，把这项工作善始善终地做好。

镇计划生育专干小赵是学医的，他注意到我最近面色偏黄，且观察到我在大灶的饭量减少，建议我近期到县医院去做一次体检，最好查一下肝功能。我这两年确实很拼，工作紧张的时候简直就是在拼命。但即使在奋力往前冲的时候，也要头脑冷静，注意为自己留好后路，这是左宗棠用兵的要诀。现在暂时不宜去北京化工学院，但这个选项也不能轻易放弃。

中央6号文件（《中共中央、国务院关于进一步制止党政机关和党政干部经商、办企业的规定》）下达后，作为副镇长，肯定不能再兼任罐头厂厂长，以后的工作角色应该如何界定？另外，从各地的党校培训班同学那里传来信息，说党内现在对选调生的看法出现了分歧，涉及选调生的干部政策可能会有变化，需要密切关注形势。

第九章 点火试车

> 当火车缓缓驶向站台,这群从未见过火车的年轻人眼中,明亮而炽热的光芒如同璀璨的火花在闪耀。他们的脸上露出了混合着敬畏、好奇和激动的神情。在他们的眼神中,饱含着对未知世界的好奇、对新生活的向往。此时此刻,他们就站在命运改变的门口,准备迈出人生旅程的重要一步。

1986年4月1日　星期二

　　召开镇政府与农行营业所联席办公会，关书记、穆镇长、我和梁叔、小程参加，共同商讨罐头厂点火试车资金准备工作。小程反映，县农行研究岸门口罐头厂贷款问题时，行长说郑镇长只是来康县"镀金"，当厂长不合适，担心收不回贷款。关书记说："郑镇长不建成罐头厂并真正见到效益就不能退出来，要扶上马，送一程。"穆镇长也强调，郑"专抓"罐头厂是县委指示，也是镇党委的决定，农行尽可放心。梁叔说了一些打圆场的话。最后议定，营业所先给罐头厂贷款7000元，视情况再商议后续贷款事宜。

　　我已在岸门口镇共事过两位乡长和一任书记，老领导年龄都比我大二三十岁，行事老练圆滑，而关、穆两位同志比较年轻气盛，他们并不了解罐头厂筹建前期的艰辛。或许是因为首次担任大镇领导，担心压不住台，所以说话办事比较"端架子"，比较拿腔拿调，大概也是想尽快立威。我理解他们，但心中自有分寸。依据中央最新文件，我实际上已无法继续兼任罐头厂厂长，作为不是镇党委委员的副镇长，我仅能在行政层面分管罐头厂事务，重大决策仍需党委作出。

　　去年通过自荐方式担任罐头厂厂长，旨在实现事权专一，减少不必要干扰。这种自荐是基于个人意愿与社会需求的紧密结合。然而，若基于权力意志，硬要将我与罐头厂强制捆绑，则是另一回事。孔子曾言："君子不器。"尽管我当前的目标是全力以赴，将一个成功运行的罐头厂留给岸门口，但我无意将自己与罐头厂的未来发展完全绑定。归根结底，岸门口罐头厂应该由岸门口人自行管理、自主运营。

　　三月北京开两会，我个人比较关心的，除政企分开外，还有《义务教育法》和《婚姻法》。国家将在全国范围内推行九年制义务教育，对接受义务教育的学生免收学费，并设立助学金帮助贫困生就学，这对于提高国民整体文化水平是功德无量的大事！青岗坝残疾老师用自己的存款为学生添置新课桌，给我内心很大震撼。边区有没有希望，归根结底靠教育。国家推行义务教育，将对边区教育有更多投入，老师收入会提高，贫困人家的孩子也能享受到社会主义国家更多关怀。

新《婚姻法》启发我考虑与方惠尽快成婚。如只是信件交流，长时间不见面，恐非长久之计。根据国务院规定："探望配偶，每年给予一方探亲假一次，30天。"也就是说，我们结婚后能享受法定探亲假，可在两人完全团聚前有一个过渡性安排。

1986年4月5日　星期六

获得营业所贷款后，账上有些活钱，给工程队拨了些款，施工进度加快。预计本月中旬生产车间和锅炉房可竣工，5月中旬工程可全部完工。吴师傅说他5月下旬带着女徒弟和几个工人过来，争取用两周时间完成管线和机械设备安装。兰州食品工业研究所王工也计划5月过来。汇齐各路人马后，我们准备下个月点火试车。

今天在北京召开了纪念"四·五运动"10周年大会。我还记得10年前的情形。当时我家在内江城一个建成于明清时期的小巷内。为建设"革命大院"，居委会给每家都安装了有线广播，"让红色电波传达到家家户户"。周恩来总理逝世的消息就是从广播里听到的。我看到父亲在流泪，家里的气氛凝重。随后，广播里传出哀乐，大院响起女人哭声。这是我生平第一次听到哀乐。

这个三进大院住有十几户人家，各家娃儿总是凑在一起耍。邻居邱婆婆新中国成立前是某位大佬的五姨太，连生九子，跟我们一起玩的是老幺，称"九娃"。我家住的是过去的客厅，面向花园。院内有砖砌的花坛，种有芭蕉树和桑树。客厅朝花园的那面是雕花明窗，图案精美，但被我们用旧报纸糊得严严实实。院内一侧是原先的大灶房，中间有口井，听说曾经有个丫鬟投井，没捞起来，于是把这口井直接填埋了。有好几个小伙伴说，他们晚上看见有个穿白衣的女子在各家飘荡，挺瘆人的。院内还住着一位国民党旧军官，他现在靠拉架子车维持生计。他的太太是日本人，长得白白净净，见人就鞠躬，非常客气，后来遣返回日本了。

家里长辈提及，外公曾在旧川康银行担任高级职务，深受民国金融大佬刘航琛的器重。刘航琛在北京大学经济系深造八年，是马寅初的学生，也是民国时期少有的金融奇才。他为整顿四川财政、支持抗战胜利作出过重大贡献。当时故宫文物南迁，有很大一部分就存在川康银行重庆金库，历经日寇轰炸仍完好无损。外公尊他为义父。外公发达时，曾在重庆、汉口和内江都置有私宅。重庆解放前夕，刘航琛在李宗仁政府当经济部部长，给外公送来一张飞往香港的机票，交代他先避风头，再接家属。但天下大乱，外公不忍丢下外婆和5个孩子，就留下没走。随后外公蒙冤，外婆惨死，一家人被赶出旧宅。几经周折，最后住进这个大杂院。我3岁时，有天听到邻家小伙伴喊："你妈妈在游街！"我跟着他们跑出巷子，看到妈妈戴着高帽，被一大群人推搡着，在大街上被批斗，而她当时只不过是一个民办中学校长，年仅26岁。

清明絮语，拉拉杂杂写这些，就算祭奠外公外婆的在天之灵，愿他们在天国安息！

1986年4月9日　星期三

春到陇南，万物复苏。我有事去中节村，途中遇见乡民在地里耕耘，忙着翻土、犁地、移栽，精心管护着田间作物。人人忙碌不已，吆喝声此起彼伏，欢声笑语洋溢在田间地头。劳作的农民、整修水渠的工人，还有肩负背篓赶集的老婆婆，人人都面带喜色，热情地相互问候，构成生机盎然的春耕画卷。这让我想起南宋范成大的诗句:"竹拥溪桥麦盖坡,土牛行处亦笙歌。曲尘欲暗垂垂柳,醅面初明浅浅波。"

走到贾家湾,遇到小两口在地边拌嘴,驻足旁听,有些忍俊不禁。只听地里忙着的男人说:"喊你不要来,偏要来。你人还病歪歪的,再吹了风,吹倒了咋办?"

女人说:"我一个人在屋头,娃儿睡着了,又不敢去搒他,等了你好久都没回来。你个死人,晌午饭都不晓得吃啊?"男人不言声了,挥舞了一下鞭子,吆喝着牛耕地。

女人又讲话了:"嘿,死人,咋不讲话了?人家还在坐月子呢,你还骂我病歪歪的。好啊,那我就死给你看,看你怎么找个新老婆!"她一边说一边狠狠地把头上的包帕扯下来。

那汉子慌了神,忙丢下鞭子跑过来偎她,一边给她裹包帕一边解释:"清明都过了哒,再不翻地,就种不成苞谷了!"那女人也不理他,只伏在汉子的肩头抽噎哭泣。

看到小两口地头拌嘴的情形,我有些怅然若失,悄悄转身离开了。在回来的路上,我的心里有些闷闷不乐。

1986年4月11日　星期五

午后参加岸门口镇春防工作动员会。会议由潘秘书主持,他首先传达中央〔1986〕1号文件精神。随后,请镇畜牧兽医站柴站长讲话。柴站长肤色黝黑,一看就是长期战斗在畜牧兽医工作一线的老把式。他分析了当前田间生产所面临的病虫害状况,并阐述了牲畜疫情防控要点。可能是为了使讲解更详尽,他还手捧一本厚重的兽医教材,逐字逐句地诵读相关内容,时而暂停一下,发表几句见解。过了晌午,我略有困意,就在主席台上佯装看报,默默想事。

突然,柴站长"呼"地喊了一声,把我吓一跳,原来他正讲到给狗注射狂犬疫苗。柴站长介绍了陕西省相邻县的"先进经验",

称当地公安人员与畜牧兽医站紧密协作，公安手持手枪走在前面，兽医则携带一串狗牌紧随，一起进村，每见一条狗，便立即追上注射疫苗，并在狗颈部挂牌，向狗主人收费3元。若拒绝接种，则当场将狗击毙。他讲得津津有味，但环顾会场，部分人已昏昏欲睡，部分人瞪大眼睛，另有几个人张口发出奇异的尖笑。柴站长终于讲完，我看表，发现他足足讲了两个钟头。

为了增加春耕科学性，我特地邀请地区农科所岸门口试验站站长、我的好朋友张晓勇来为大家讲解小麦生产知识。晓勇说，康县位于亚热带向暖温带过渡地带，气候适宜、雨水充沛、光照充足，为小麦生长提供了优越条件。但全县只有3万亩水浇地，只占总耕地面积的1/10，而水平梯田也不到一半。康县农耕主要还是靠天吃饭。此外，康县在种植技术上主要是撒播，也比较粗放。

晓勇指出，目前小麦进入壮苗期，需要充足水分来定苗和壮苗。当降雨量不足时，应每20天采用小水漫灌方式灌溉一次。同时，要根据小麦不同生长阶段的需肥量，科学控肥。在拔节初期，可按每亩150—200克剂量使用40%的矮壮素，以促进小麦生长。我看到与会人员认真听晓勇讲解，有些人还做了笔记。由此可见，结合会议普及农业知识是个好办法。

紧接着，潘秘书清了清嗓子，大声宣布："现在请郑镇长讲话。"当我再次环顾会场时，发现会场里的人们都用期待的目光看着我这个年轻镇长。我首先强调了中央一号文件的重要性，感谢柴站长和张站长亲临指导，称赞他们的讲解生动活泼，清楚地阐述了当前庄稼病虫害及牲畜疫情，并介绍了春耕生产的技术要点。我们要扎实做好工作，打好春耕第一仗。鉴于各行政村领导都在，我还讲了四个当前必须关注的问题。

人生如戏，我个人的讲话风格偏向于布莱希特。所以，我一边讲话一边提问，并指名要求回答。随着会场气氛逐渐活跃，就有几个与会者适时插话，提供必要的补充与阐释。在谈及交通安全时，我问道："何家山来人没有？"并对何家山小学的学生们在康阳公路上攀爬车辆、在车上悬挂的行为提出批评，要求村主任回去后立即召开家长会，督促家长严加看管！

谈及春耕工作时，要求各村密切关注小麦病虫害情况（我也是今早才从中央人民广播电台听说北方小麦发生了较大面积病虫害）。此时，坐在主席台对面的一位年轻人积极回应："我们这里也出现了小麦吸浆虫病。"我当即暂停讲话，鼓励他向大家简要介绍情况。他站起来转过身，很大方地向大家阐述了这种病虫害的预防知识。

结束讲话前，我转过头问潘秘书和柴站长、张站长有什么要补充的，又抬头扫视会场，询问在场的村主任和防疫员还有什么要讲的。我的发言仅用了半个钟头，自我感觉比较好，来开会的人也反应不错。散会后，他们还围着我拉呱，亲热得很。

1986年4月12日 星期六

下午，中共岸门口镇机关支部召开全体党员大会，同志们一致同意我结束预备审查期，转为中共正式党员。支部大会听取了我的思想汇报。

我意识到，59年前的今天，1927年4月12日，是许多中国共产党人的殉道日，自己在这个特别的时刻转为正式党员，应信感珍惜。多年以前，我曾随拾风伯父在成都实业街55号龚思雪伯伯家借住，龚伯伯是陶行知先生的信徒，是"一个无保留追随党的党外布尔什维克"。在他家的堂屋正壁，悬挂着郭沫若亲笔书写的横匾，上面是毛主席语录："中国共产党和中国人民并没有被吓倒，被征服，被杀绝。他们从地下爬起来，揩干净身上的血迹，掩埋好同伴的尸首，他们又继续战斗了。"铿锵有力的话语，给我留下极深的印象。

在政治生涯即将掀开新篇章的时刻，我闭门静思，把申请入党两年来的心得简要概括如下：

一、要立志，为中国的进步而奋斗。大学时期我喜欢高谈阔论，下乡后，目睹贫困山区现状，对民众的文化素养和干部队伍的群体心理有所认识，对我国现代化进程将是何等艰巨有了更深的理解。曾国藩说："天下事，在局外呐喊议论，总是无益，必须躬身入局，挺膺负责，方有成事之可冀。"我在陇南山区创建罐头厂，算得上是"躬身入局"。比之两年前，我更重实践，更多一份稳健，更能包容外界的批评，并始终保持着顽强战斗的精神。

二、相信党。党的意志，通过遍及中国社会各阶层的网络，延伸到每个偏远的乡村。如此强大而坚实的组织力量，在世界上绝无仅有，在中国几千年历史上也闻所未闻。党靠什么获得人民的拥戴？靠改革、靠发展。党为人民谋福利，为国家图富强。

乡下部分基层干部怀念直接发号施令的大集体时代，但必须清醒地认识到，如果失去了经济活力，如果人民群众不能从发展和改革中获得实实在在的好处，他们对权威的崇拜和敬畏便会逐渐消退。在"以农为本"的中国社会，小农生产意识不会自行消亡。唯有在党的坚强领导下，才可能在一个拥有2.5亿文盲的国家，艰难而坚定地推进工业化和现代化的伟大进程。

三、靠法治。中国的未来不在人治而在法治，要以法治引领和建设一个民主、富强的中国。读孟德斯鸠《论法的精神》，我明白一个道理，就是要将一个村社气息浓厚、宗法思想顽固的中国引向现代化道路，唯有依托法治。法律面前人人平等，只有人人讲法、守法、依法治国，才可能确保人民以法律为武器，捍卫自身的人格尊严和合法权益，才可能清除封建余毒。一流的国家，需要一流的国民来构建。

四、会变通，学会适当妥协。成熟就是知进退，就是有自知之明。一味蛮干是自取灭亡。毛主席说："想要知道梨子的滋味，就要亲口尝一尝。"通过两年的基层锻炼，我深刻体会到基层生活的艰辛和创业的艰难，也明白自己的力量终究是十分有限的，只不过是社会主义汪洋大海中的一粟。面对逆境，无论是爱情还是事业，唯有砥砺前行。只有在接受现实的情况下，仍能愉快工作，甘愿为理想流汗、流泪、流血，方能提升个人品质，展现人性的光辉。

1986年4月18日　星期五

读11日《人民日报》李一氓为《走向世界丛书》撰写的序言，深感畅快。他阐述道，纵览我国历史，汉唐两代堪称最为开放、最具世界性，对国家、民族力量充满自信的年代。因此，"汉"成为我族名称，"唐"则被视为我族别名。

他写道，汉代张骞、班超远赴异域的见闻，唐玄奘游学印度所著《大唐西域记》，郑和下西洋时马欢所撰《瀛涯胜览》、费信所著《星槎胜览》、巩珍所写《西洋番国志》，以及晚清时期志刚、郭嵩焘、黎庶昌、曾纪泽、薛福成等外交使节和戴鸿慈、载泽等欧洲考察专使，还有先后流亡欧美和日本的康有为、梁启超留下的诸多著述，是中国人开眼看世界、推动中国社会缓慢变革与艰难前进的珍贵记录。

他还提到，钟叔河同志搜集了1840年至1911年70年间的这类著述约百种，编成《走向世界丛书》，由湖南人民出版社出版，堪称近年来古籍整理颇具思想性、科学性和创造性之作。

这套丛书也令我联想到由金观涛教授主编、四川人民出版社出版的《走向未来丛书》。这套百科全书式的著作涵盖了社会科学和自然科学诸多领域，包括外文译作和原创著作。这套丛书的作者是一批优秀的中国青年知识分子，他们思想敏锐，笔锋犀利，堪为思想解放的鼓手。若时间和条件允许，我期待能有机会深入研读这两套丛书，站在时代高度，系统构建自己的人生观与世界观。

1986年4月26日　星期六

　　晚读川端康成的作品："凌晨四点醒来，发现海棠花未眠。凝视海棠花，更觉得它美极了。它盛放，含有一种哀伤的美。如果说，一朵花很美，那么我有时就会不由地自语道：要活下去！"不知为何，读川端康成很容易潸然泪下，大概是感受到了生命的脆弱与美好。川端康成对自然、人性的描绘细腻真挚，能让人仿佛听到雪花落地的声音，淡淡的忧伤，却饱含着人间温情。我发了一会儿呆，提笔给方惠写信。

亲爱的：

　　你好！

　　又到周末。白天落雨，晚上寒气重，我把窗户关上了。现在是夜里9:36，镇政府的院子太静，小阁楼太静。

　　室内书桌上的25瓦台灯，略显昏暗，而100瓦的吊灯又太亮，亮得人心神不宁。还是把台灯打开，取出一些康县产的大叶茶泡上，再插进热得快，煮一杯香气四溢的热茶，双手紧握茶杯，将热气徐徐靠近鼻尖，深吸一口气，方能感受到一丝温暖。

　　最近，我又重读了川端康成的作品。不知为何，每次翻开那些美丽的文字，都会悄然泪下，暗自神伤。我想，或许是因为那些文字触动了我内心深处的情感，让我想起了我们在一起的美好时光。

　　内江一别，屈指算来已有40天。那天凌晨，天色尚昏暗，地面弥漫着一层薄薄的白雾。爸爸、妈妈和你送我去壕子口火车站。我俩落在后面，我握着你的手，你亦握着我的手，彼此默默无言。当我们四人走到倒湾时，岩坡下的沱江映入眼帘。河对岸的桐梓坝，内江师范学院的楼群若隐若现，依稀闪亮的灯光倒映在流动的江水里，波光粼粼。河中有汽划子在"突突突"地行驶，河滩上已有好多船工在忙碌，人影憧憧，让人联想起塞尚的名画《贝西的塞纳河》。

　　清晨的空气是那样清新，而从壕子口火车站传来的那长长的汽笛声,撕裂长空,令人揪心。我看到父亲的背影,他吃力地扶着自行车车把,手托着我的行李,蹒跚前行。我看到母亲的背影,她紧随父亲,急匆匆地往前走。我爱他们。

我轻轻地挽着你,嗅着你温馨的体香,感受到你身体的温度。多想就这样走下去,走下去,永远不要停下来……今天你也给我写信了吗?前几天我收到了你随性写来的信,真是一阵意外的欢喜。你这封信口气有点撒娇了,看来春天真的到了,撩拨人的情怀,更添一分相思苦。记得有一次你的手不小心烫着了,我忙伏下身去轻轻吹,想用爱的柔风拂去你的痛。我们现在隔得这么远,我就是使劲儿吹,这风也吹不出秦岭,吹不过华北的原野,吹不到你的耳畔啊!

这里有一份剪报寄给你。我想对于分居两地的情侣,这爱的柔风,就只能靠鸿雁传书,只能寄望云端,请云使带去我的思念与祝福。

现在罐头厂试车已成定局,估计下个月就可以实现了。镇上来了两位新领导,年轻气盛,喜欢发号施令。我的看法是,我们国家的乡长、镇长就好比部队的连长、排长,必须挽起袖子亲自干,带头往前冲,其他同志才会信服,才会跟上来。

过几天有个地区的检查团要来岸门口镇了解扶贫工作。县上给我们镇下达指令,要求全镇农民人均纯收入必须达到每年311元以上。实际上,我们镇仍有相当一部分群众连维持温饱都很困难。如果实事求是地说明情况,说不定还可争取到国家一些补助,毕竟这是红军长征走过的地方,红色政权努力帮助穷苦人,不是理所应当的吗?

据了解,康县财政每年都要出现近300万元的赤字,相当多的群众仍在勉强度日,但现在却把大把大把的钱用在修公园、修常委宿舍楼(据说要求20年后也不落后)上。怎么避免人民的政权不变质,怎么避免当官以后就作威作福,值得认真思考。

我团结一批同志和工人,硬是在贫困山区把一个现代化的小型罐头厂建起来,也打出了一些名气。前两天有林业部门领导找我,说他们推动产业转型,准备大力发展林产化工,计划与北京和兰州的药物研究机构合作，瞄准抗癌新药，利用康南几个林场丰富的森林资源搞天然有机化学的中间体，希望我做他们的技术负责人（总工程师），还说地区林业处张处长很欣赏我，说我文武双全，既能办企业，又能搞科研，准备找县委要人。

根据中央新规定，我作为副镇长不能再兼罐头厂厂长，很快就要退出。功成身退，是一个人成熟的表现，我不失望，只是希望在退出前把产品搞出来。在森林资源充沛的秦岭地区搞林产化工，对我有诱惑力，有这两年办厂的经验，如果再从母校获得助力，我相信，自己一定能搞得风生水起。

但我很矛盾。首先，我们已合为一体，实在不能设想这辈子如果没有你，会是怎样的情景！我到康县快两年了，如果答应他们，难免会继续留在这里。县领导多次说，这里是一片沃土，我如果在这里扎根，定能长成参天大树。邹君也鼓励我，说我受过四年重点大学的理科训练，又通过下乡办厂经受两年艰苦磨砺，为什么要重回书斋呢？只要放手一搏，定能成就一番事业，崛起为顶天立地的大丈夫。然而，如果无妻，丈夫再"大"有什么用？

你还记得兰州那位摄影记者吗？他现在和我成了好朋友，常有书信往来。他前几天来信说看电影《天山行》，电影到尾声时，女主人公最后一次"质问"郑志桐到底"图什么""为什么"时，郑挥笔写下："碧血洒满天山，捐躯为谁？为国威军威振奋；夫妻十年分居，幸福何在？在千家万户团聚。"他特别感动，觉得我就是男主人公郑志桐。但是，我却觉得，郑志桐在北京军校毕业，本可留京，但他仍然辞别爱人，返回天山，做得有些过分。如果是我，只要你不愿我走，我即使再留恋天山，也仍会选择留在你身边。

因为在我心里，你就是天山，就是我终极的追求！

炽热地想你，爱你！

你的 XY
1986 年 4 月 26 日

PS：有件小事，就是你上次在北京卡片商店买来寄给我的中号卡片（13 cm×9 cm）快用完了，请再寄些给我。

1986年4月27日　星期日

　　点火试车前的筹备工作在紧锣密鼓地进行。吴师傅携女徒弟小吕和几个工人早几天就到了。

　　机器开始定位，吴师傅表示，全体安装工作预计在一周后完成。小吕告诉我，目前急需一桶8号机油或变压器油，以及700公斤离子交换树脂。我让老祁他们去办了。吴师傅还将一份盖有"兰州锅炉公司"公章的《施工方案》交给我们审查并盖章，随后提交给陇南地区劳动处安全生产科进行验收。地区那边有电话打过来，说康县尚未处理过正规锅炉的安装事宜，安全生产科将派专人来岸门口进行检查验收。

　　我就试产后岸门口罐头厂的发展方向与吴师傅进行了探讨。吴师傅曾在陕甘地区协助多家罐头厂安装了锅炉和管线，他表示，在这些厂家之中，兰州什川镇罐头厂表现得较为出色，也得到了兰州食品工业研究所的定点扶持，《甘肃日报》曾予以报道。他强调，甘肃省已下定决心推动"引大入秦"工程［引大入秦工程旨在将青海省大通河的水资源跨流域调至兰州市的秦王川地区，预计可灌溉66万亩农田，不仅解决秦王川地区的干旱问题，同时还为当地的农业生产和经济发展提供坚实的水资源保障。这是中国水利建设史上的一个重大工程］，正在世界银行申请巨额贷款，并计划邀请日本、意大利、澳大利亚等国家的专家参与研究，志在必得。

　　吴师傅提及，什川镇位于黄河上游，距离兰州市区仅20公里，镇内有一座占地近4000亩的梨园，拥有400多年的历史，被誉为瓜果之乡。"引大入秦"工程完工后，什川镇将受益匪浅，什川罐头厂也将获得更为稳定的原料供应。他表示，他本人或兰州食品工业研究所都可以牵线搭桥，促成我们两家罐头厂建立互惠互利的横向经济联系。

我听了很感兴趣。中央正在大力提倡横向经济联系，尤其是鼓励经济相对落后地区与发达地区的交流合作。而"引大入秦"又是全球瞩目的世纪工程，陇南地区和康县的领导肯定愿意搭车。如果在什川镇与岸门口镇之间真正建立起相互协作的经济联系，对罐头厂乃至岸门口镇的发展，都可能产生深远且积极的影响。

1986年4月29日　星期二

康县过去的工厂并非遵循现代化标准建造的正规工厂，给排水及电气系统配置都显得粗糙简陋。然而，我们的罐头厂项目依据兰州食品工业研究所提供的设计图纸建造，对当地而言，其电气系统安装无疑是一次技术飞跃，其复杂程度令人生畏。我们为此请了两批专业电工参与施工，但面对现场实际情况和复杂的施工设计图，他们感到前所未有的挑战，最后都退缩了。其中一位电工坦言，他们从未处理过如此复杂的线路图，甚至连设计图纸都很难完全理解。

经过四处打听，得知后曲子电站有一位宋师傅，曾是哈尔滨电缆厂的八级电工，那是一家成立于1950年的大厂。他为何从繁华大城市来到秦岭大山中，令人好奇。据传，宋师傅的父亲是资本家，可能由于某种缘故，宋师傅离开了哈尔滨电缆厂，来到偏远山区。正巧康县建设小型水电站，急需技术精湛的高级技工，于是便留下了他。据老祁透露，宋师傅不仅是康县，可能也是周边几个县唯一的八级电工。他身材魁梧，表情严肃，个性倔强，听说不好打交道。

真是"说曹操，曹操到"。宋师傅听说我们电气安装有困难，竟然自己骑摩托车过来了。我赶紧迎上去，握住他那双宽大厚实的手，觉得特别牢靠。他高大的身材在康县有鹤立鸡群之感。正当我们准备交谈时，一位领导突然带着一群人到来。他听说宋师傅是电工，劈头就问："你行吧？"还没等宋师傅回话，这位可能对欧姆定律都一知半解的领导便滔滔不绝地强调质量要求，并不加掩饰地威胁说，若安装不成功，或以后电气方面出问题，所有后果都将由宋师傅承担。

我懂，在中国官大一级压死人，只要官大就比你懂得多。但像这样不尊重知识、不尊重技术人员的领导，也确实让我着急。这位领导还在噼里啪啦地训话，宋师傅已面有怒色，眼看就要被气得拂袖而去，我忙向领导汇报电气系统安装面临的难题，解释说宋师傅在电工界资格很老，今天是主动过来帮忙。领导知道宋师傅是八级电工，脸色稍见缓和，叮嘱我说："过几天，陇南地区9个县的一把手都要来看罐头厂，你们的准备工作必须万无一失，电气系统更不能出任何问题。"见我都认真记下了，这一大群人才呼啦呼啦地离开了。

我对宋师傅苦笑着表示歉意，并赶紧补上几句打圆场的话。他拍了拍我的肩膀表示理解，告诉我，他原本就是听说有个大学生在这里办罐头厂遇到难题才过来帮忙的。他对那些官僚行为表示不屑，劝我也不要太放在心上。为表示感谢，我自掏腰包，请老祁在镇街上的陈家饭铺安排了一顿午饭，算是把宋师傅留了下来。

1986年4月30日　星期三

宋师傅依据兰州食品工业研究所提供的规划图纸，迅速制定了罐头厂电气设备布局图。经他评估，兰州食品工业研究所的设计方案既具科学性，又考虑到了经济成本。他承诺将圆满完成相关任务，令我倍感欣慰。然而，宋师傅对昨天那位领导的态度还是有意见，说那个人"不懂一点礼貌"。他说见我待他很客气，而且在大山沟里办工业很有意义，才会来的。为表达感激之情，我再次自费在街头的陈家饭铺安排了一顿午饭。

由于罐头厂资金极度紧缺，我规定不准公款请吃，如果非常需要，必须征求我意见。而我本人决不用公款请客。工资调整后，我每月可领99.5元，差五角到100元。我给方惠先寄120元买自行车，调资后又寄50元。甘肃实行第11类工资标准，比北京高，我每月到手的钱比方惠要多近一倍，又是单身，算得上小康了。现在我基本不再吃镇上的大灶，而是在陈家饭铺包饭。老陈是四川人，我有米吃，菜也合我口味。

刚才，老祁在街上拦住我，说厂里需要一个临时协助的小工，问我的意见。在他边上，站着街上的一个光棍汉喜儿。喜儿憨厚地看着老祁，眼神有些发直，有些失望又竭力不露声色的样子。年近三十的喜儿曾经娶过两位妻子，但遗憾的是都未能长久。听街上的人说，喜儿是个本分人，长得也端正，干什么都肯卖力气，就是保不住老婆。我瞥了一眼老祁，他微微侧首并投来一个默契的眼神。我明白，老祁深知我心意，他是想把这个人情送给我，就对老祁说："让喜儿来吧。"老祁闻言，头部轻轻一侧，再猛地一甩，斜睨着喜儿，吐出两个字："行吗？"闻听此言，喜儿的脸早笑成一朵花了。

我离开他们，沿着燕子河蜿蜒的河岸走回小阁楼。河水清澈见底，泛起层层涟漪，仿佛在诉说着无尽的故事。翠绿的月儿杨在微风中摇曳，发出哗啦哗啦的声响，宛如自然的和谐乐章。回想起我在县委立下军令状时的庄严承诺：一旦罐头厂顺利运营，我将把季节性临时工的名额全部划归行政村，由村里负责安排困难户的子女前来应聘。这些子女在体检合格后，将有机会进入工厂工作。这个承诺对我而言，是一份沉甸甸的责任。

然而，我不禁思考，自己还能在岸门口坚守多久呢？寒风凛冽，吹动着我的身躯，让我有些站立不稳，感觉自己如同风中飘零的落叶。我竖起衣领，裹紧大衣，继续在空旷的河滩上前行。尽管寒风刺骨，但我的心中却涌起一丝温暖，同时也夹杂着几分忧虑。

1986年5月2日　星期五

在几位工人的协助下，宋师傅开始按图打线，同时，所需的器材和变电室亦已准备妥当，电气安装工作可以全面铺开了。

地区林业处张处长终于来了，他明确表示，原来承诺支持罐头厂的2万元将尽快拨来。此外，张处长还向我询问是否有意参与他们正在推进的天然有机林化工项目，我对此支吾了几句。

张处长强调，胡耀邦总书记很关心康县林权改革，多次作出重要批示，要求将林权改革与科学利用森林资源紧密结合起来，鼓励陇南要敢破敢立，积极积累经验，为全国森林改革提供参考。地委书记张学忠同志去年底来陇南上任后，非常重视白龙江流域的林业资源开发利用，也给林业处下达了重要指示。张书记在兰大上过学，深知兰大化学系在全国来讲都很有实力。他特别提及1982年12月在广州因飞机失事不幸遇难的黄文魁教授，说黄教授20世纪50年代初期就成功合成了生产氯霉素所需的中间体，因此荣获上海市劳动模范的光荣称号。张处长说，陇南发展林产化工，若能与兰大化学系合作，发展前途不可限量。

镇街的贾映浩在家做了几个菜，请张处长吃饭，并邀请康南林场领导以及关书记、穆镇长、葛主任和我出席。关书记和穆镇长刚上任，见我在张处长面前没有半点拘束，敢讲真话，敢开玩笑，感到有些意外。张处长还在席上提出给罐头厂解决一个森林勘查车的平价指标，这是一辆10座越野车。然而，我并未因镇领导对此表现出极大喜悦而盲目接受。我指出，罐头厂并不需要这种车辆。张处长说："你个瓜娃，用这个车可以想办法换回一个1.5吨130客货车或4吨大货车的平价指标啊！"我这才恍然大悟，哈哈大笑说："这个我要！"

1986年5月4日　星期日

今天是中国实行夏时制的第一天。夏时制又称"夏令时间"，是一种为节约能源而人为规定地方时间的制度，一般在天亮得早的夏季人为将时间提前一小时，可以使人早起早睡，减少照明量，以充分利用光照资源，从而节约照明用电。据说全世界有近110个国家实行夏令时。这是中国社会进步的标志，也是中国人改变传统观念的一个开端。

下午，伯富同志不顾风雨，亲临岸门口。他传达了地委指示，张学忠书记将率陇南地区9个县的县委书记和县长来岸门口进行考察，重点考察罐头厂。为确保考察顺利进行，务必全力以赴做好各项准备工作。此外，文县长在昨晚电话会议中亦多次强调，必须高度重视罐头厂的厂容厂貌问题。

实际上，这两天我一直在跑试车启动资金和供电两个问题。康县电厂以岸门口供电站变压器已超负荷为由，拒绝为罐头厂接通电路。县委办公室联系了县水利局叶局长，他很清楚罐头厂的情况，跟我通电话说让镇政府和罐头厂与电厂直接协商就成了，暗示我不要再拿县领导来压他。我客气地放下电话，重重地坐进椅子，觉得好疲倦。

为解决资金问题，我找到县乡镇企业局张局长。尽管我耐心地汇报了相关准备情况，但张局长始终未抬头看我一眼，态度十分冷淡。最终，他只是表示，上级拨给罐头厂的资金确实已到康县，但目前无法划账，最快也要到月底或下个月才能划转给我们。

午间，我独自来到白云山森林公园，倚坐在新修的长廊木椅上，不知不觉迷糊过去，做了一个梦，梦见自己在追一列火车，车上人群拥挤。尽管我原本就在车上，却不知为何被挤下来了，但我很想搭上这趟车，就追啊追！那车摇摇晃晃，走得好慢，车身在铁轨上晃动不定，可就是追不上。眼看就要追进站了，我坚持着。突然，一个声音传入耳中："前方车站不停。"这一消息犹如晴天霹雳，我的双腿瞬间失去力量，步伐也愈发沉重，越跑越慢，只好眼睁睁地看着这趟列车轰隆轰隆地跑远了。从梦中惊醒，觉得周身好冷好冷，人有些神思恍惚，瞬息间竟不知身在何处。

下午，镇上同志急急忙忙地把我找回去，说杨副书记要见我。唉，本来罐头厂试车筹备工作尚未就绪，谈厂容厂貌还为时过早，但上级可不管这些鸡毛蒜皮。杨副书记倒是理解我的苦衷，他解释道，张书记把全区各县一、二把手都带来看罐头厂，这不仅是对你们工作的高度认可，也是对你们未来发展的极大支持，你这个年轻人呀，真是不懂政治！他拍拍我的肩膀补充道，实话告诉你，为应付这次工作大检查，全县在半个月前就动手准备了，县委、县政府的领导都包片包项目落实，很下了一番功夫。

杨副书记还毫不客气地指着关书记和穆镇长说，镇上的街道还五麻六套的，赶紧找人收拾齐整，还有地区农科所定点指导的岸门口猕猴桃示范样板田，也要认真做好迎接检查的准备！我把伯富同志送上车时，他还刮了一下我的鼻子，骂了一句："你个瓜娃子！"

见他走远后，我把老祁、老邓、小黄都叫到一起，还叫了十几个工人，开始冲洗院子、清理杂物。开始，他们几个人还骂骂咧咧的，对这种劳民伤财作表面文章的事很不以为然，我很难得地大骂了他们几句，他们才不吭声了，埋下头来干活。我自己也动手清洗熬煮罐头的不锈钢夹层锅，用高压水龙头冲洗车间地板，忙个不亦乐乎。

1986 年 5 月 9 日　星期五

上午，高副县长陪同兰州经济协作代表团来罐头厂参观。据他讲，此次参观活动是由刘守业副专员特别安排的，旨在加强陇南与省城的经济交流与合作。在刘书记升任副专员前，他曾亲临岸门口再次视察罐头厂筹建工作,很是赞赏。虽然刘书记一直对我给予了很大支持,但他之前对我也是有些半信半疑的,让我感到很大的压力,当然也是很大的鞭策。兰州客人参观完罐头厂后,纷纷表示惊讶,他们没想到在如此偏远的地方竟然能够建起这么漂亮的工厂。高副县长自豪地表示:"这是我们这里最好的乡镇企业。"

在汇报罐头厂未来发展思路时,我提及与兰州市皋兰县什川罐头厂开展合作的可能性,引起兰州客人的浓厚兴趣,也引起高副县长的高度关注,他在上车离开时特地嘱咐我,要进一步梳理思路,特别是分析"引大入秦"工程对陇南与省城合作的重要影响,再想得深一点,说得更透一点。此外,高副县长还对县里陪同参观的局办领导提出要求,强调在思考和解决问题时,不能只看到自己脚下那一亩三分地,应具备全局的视野,要结合全省发展的宏观大局来想问题、看问题。不过,我意识到自己说话"逞能"了一点,让县长逮住话训了他们一顿,使得各局办领导看我的眼光都不太对头。

下午,镇上有同志找我讨论上周张处长提出的汽车指标问题,建议买130客货两用车,购车后产权归镇政府,可由镇政府与罐头厂合用。听他这么讲,我的购车兴趣一下子没了,就向他解释,近期罐头厂资金紧张,如果镇上能筹集到购车款,我们可以一起想办法,说得他表情有些悻悻然。

方惠来信报告了一个消息,说部里安排她今年9月到外交学院学习外交业务,主攻英语,为时两年。她表示了一点疑虑:"这对我们的婚姻是好,还是坏呢?有无影响呢?我希望两不误,可会不会受到什么阻碍呢?"看来在外交部缺了英语这门基本功,真是寸步难行,部里显然是从长远培养干部的角度出发,为非语言专业的干部提供回炉深造的机会,让他们尽快掌握外语这门武器,并熟悉基本的外交业务,这对于干部成长无疑是非常必要,也是非常好的。这就如同我现在梦寐以求的就是到中央党校青干班去学习一样。

实际上,她到学校去读书,就有了寒暑假,我们碰面的时间应该更有保障了。然而，随着她重回校园，同龄人聚集，追求她的人自然会增多，相互接触也将更加频繁。所以，我基本上有了一个主意，那就是与方惠的关系需要尽早决断。我计划在她上学前就完婚。

1986年5月10日　星期六

从兰州拉货的卡车昨晚深夜11点多才到，经过查点，少了一袋马口铁罐头盖子，损失约300多元。这台卡车是由吴师傅的侄子负责押运，小黄向他办过交接手续。但小黄说，这次在兰州办货，全靠吴师母周旋，不好由他们补偿。我提出由承运方、押运方和收货方三方均摊，在司机所列运费中扣除100元。但司机说，小黄在兰州曾许诺找到返回兰州的货物，现空车返回，应收总运费30%的放空费。扯了半天皮，最后放空费没给，司机也没赔，这事不了了之。

今天天亮后，我抽查了破损最大的一袋玻璃罐头瓶，100个瓶子有77个合格品，17个次品，还有6个摔破了。如果按这个破损率计算，每个空罐头瓶的成本将达到3角6分5厘，加上瓶盖1角零5厘，垫圈5厘，那么整个罐头空瓶的成本预计为4角7分5厘，如果再加上外运费和纸箱包装，我们厂的单位空瓶成本将达到5角4分，比兰州什川罐头厂的单位空瓶成本足足高出1角4分。根据《罐头工业手册》列出的经济核算办法，不计工资，我们生产的每瓶草莓酱罐头成本将高达1元1角3分，销售价格必须定到1元2角以上，才能保本求利。这样的出厂价，商场很难接受。

成本核算对于厂长而言是一项至关重要的基本技能，而在保证产品质量的同时，尽可能地降低成本则是确保企业在激烈的市场竞争中立于不败之地的关键。然而，在康县当前的交通、能源、技术等条件的限制下，我们必须认识到与大中城市展开直接市场竞争的困难。因此，我们必须审时度势，调整策略，寻求差异化发展，在激烈的市场竞争中谋求生存和发展。

为迎接地县领导考察团的到来，今晚我们仍在加紧施工。我本人也亲自参与，与工人们并肩作战，共同完成了两根电线杆的埋设任务。尽管风势强劲，刮得我们几个人几乎站不稳，笨重的电线杆也好几次险些失控倒下，但我们仍然凭借坚定的意志和团结协作，成功将其稳固竖立。望着在风中屹立不倒的电线杆，我轻轻整理着被狂风吹乱的发丝，内心涌动着一种"我是建设者"的神圣感。

1986年5月12日　星期一

今天是我23岁生日，收到方惠来信。她的信仍是那样语无伦次，但颇有文采，情深意长，女人味十足。

她写道："看着你超负荷地运转，那吃力的样子，体重下降这么多，我心都快碎了。前段时间，你身兼数职，又在准备北京经济函授大学的毕业考试，还要抽出宝贵的睡眠时间，为了达到一个你认定的目标，的确太难为你了，简直是精神上和体力上的双重折磨，幸亏你没谎报军情，使得我在此发出一个命令：减轻劳动强度，把你认为最伤脑筋的事放缓。一口吃不了大胖子，如果为了捞取更大的资本连本儿都赔进去，那就是大悲剧了。我这里不是叫你知难而退，锐意进取是你的原则，可也要注意方式、方法。"

这是一个很大的变化，就是她开始从人生伴侣的视角来看待我的健康，将我的健康视作她个人生活中至关重要的"本钱"，流露出珍视之情。而在此之前，我只是她的恋爱对象，然而现在，她已将我视为她自我本体的延伸，这个变化是意味深长的。

她在信中提及我去年给她的那只手表，让人忍俊不禁。她写道："全国实行夏时制，就是有一位老先生表示不满，不予接受，它就是去年6月份，在成都望江公园的竹林里，你亲自送给我的那位表先生，表带早坏了，这难不倒我，我索性用线把它穿起来挂在胸前，成了名副其实的项链表。这也没什么，恼火的就是今早我兴高采烈地给它调时间时，却发现调时零件出现故障，导致显示时间为5:52，而实际时间应为6:52。看来只有等到9月14日，我的表说的才算数了。"

记得父亲曾告诉我，在朝鲜战争期间，他获得了一个瑞士手表购买指标，这是专门照顾前线指战员的，很珍贵。父亲找三哥借钱，买了一只英纳格女式手表送给恋人。然而，在美军对志愿军29师师部的猛烈轰炸中，坑道被炸塌，父亲的恋人不幸牺牲。当挖出她的遗体时，她手腕上那只英纳格手表仍在"嘀嘀嗒嗒"地运行，这一幕成为父亲心中永远的痛。相较之下，我送给方惠的手表比英纳格差太远了，深感愧疚。

方惠在信中再次从年龄上表露了对未来的困惑："23岁的确太年轻，你也确实没亏待你的年龄。关键在于以后几年怎么个走法，你不明了，我更不甚明了，都在摸着石头过河。我们的路说到底要靠我们自己来走，'高速公路'不是为我们而修的，所以也少些奢望。你祝贺我生日时，许诺将来要在我身边度过我的每一个生日，这可看出你的决心。可你的生日呢？我理应在你身边度过你的每一个生日，但现在呢？喊，喊不应；看，看不见，牛郎织女常分离，相思苦！你23岁倒不打紧，可接踵而来的，是我又快24岁了。"

随着生日来临，她愈发感受到时间的紧迫性和未来的不确定性，信中表达了对未来的迷茫和不安。

前几天重读托马斯·哈代的《还乡》，莽莽苍苍的爱敦荒原像一条凝重、迟缓的长河，带着那么多的忧郁和压抑，在我的心里流啊流。哈代的作品和方惠的信，都带给我很强的情感共鸣，好似爱人的手指，在轻轻地抚摸着我的发梢，又如同清澈的溪水流过藏青色的山岩，映照着我起伏不定的心绪。确实，从康县到北京，没有现成的"高速公路"，未来的道路需要我们自己去探索、去筑造。

1986年5月18日　星期日

　　电气安装基本就绪。锅炉验收申请书由县劳动局上报地区劳动局，正在走公文流程，说负责验收的同志会尽快从武都过来。现在最大的问题是岸门口镇供电严重不足，电厂说试车最好安排在晚上12时，各家各户的灯都关了，看看能不能充足地保证我们的工业用电。

　　小黄14号从兰州回来，与兰州食品工业研究所技术开发室王主任和食品研究室毛主任一起到岸门口。两位主任看过我们的厂房、车间和电、气、水的布线以及质检室后，都赞不绝口。终于获得内行的承认，我非常高兴。他们与收贮、生产和质检环节的负责人一一做了对接，并进行了辅导，并一起试产了几个样品罐头，罐头的品相十分漂亮。我们商定，选择草莓酱罐头试车，初定生产2000瓶。

　　我立即向关书记和穆镇长作了汇报，他们完全赞同，表示将立即动员青岗坝、中节、林口、许家河和岸门口5个行政村的村支书、村委主任，并动用3—4台手扶式拖拉机，请群众把盛草莓的竹筐、扁担等也都收拾停当，尽快做好抢收草莓的各项准备。营业所的梁叔和小程基本上成了我们的"同伙"，在他们力所能及的范围内，又贷给我们一批流动资金。

　　王主任说，果酱罐头最好用方形玻璃瓶，他帮助我们从无锡紧急调运一批过来。他和毛主任被我们热火朝天的干劲感染了，答应一起参加点火试车。毛主任说，有几个技工最好现场培训一下，让我把他们尽快送到兰州，由他亲自手把手地教他们。

　　省上有一个地质队在岸门口勘查金矿，我带了一条"兰州"牌香烟，觍着脸去求他们，借了一台北京吉普，把两位主任送到县城的汽车站。再到县政府找到巩秘书，要了一张盖着县里公章的便笺给长途汽车站，买了两张前排2号、3号的座位票。我们握手话别，王主任登车时还补充说，他自己在办公室的柜子里还珍藏了一批日本进口的罐头瓶盖子，一直舍不得用，下回一起带过来。虽然我们相处只有短短的 4 天时间，但非常忙碌，合作也十分默契，感觉像一起奋战的战友。

1986 年 5 月 20 日　星期二

今天，张学忠书记率领陇南地区各县（区）委书记一行视察了罐头厂。各位领导精神饱满地参观了整洁有序的生产车间，高大雄伟的锅炉设施，以及窗明几净的化验室。其间，他们还与身着洁白工作服的女工进行了亲切交流，气氛融洽，笑声不断，整个厂区喜气洋洋。张书记拿着我们的罐头样品，还有上海设计师定版的商标图案，不断点头说："像个样子，像个样子！"刘守业副专员在旁陪着，笑得合不拢嘴。

张书记待我非常亲切，要我简单谈谈发展思路。

我强调了两点，一是要在县委和林区林业处指导下，正确地引导陇南林权责任制改革调动起来的农民积极性，罐头厂原料不仅立足康县，而且要延伸到西和、礼县的果园，争取"以农林改革带动乡镇企业发展，再以乡镇企业发展促进农林增收"。

二是要加大技术引进和横向经济联合，不仅要巩固和深化与兰州食品工业研究所的合作，而且要想办法与大城市里的大罐头厂挂上钩，想办法把经营管理人才请进来，建立科研生产联合体。他频频点头说："这个思路好！"

张书记在指导工作中强调："近年来，东部沿海地区乡镇企业呈现迅猛发展势头，为地方经济注入了新的活力。甘肃省委、省政府亦于去年年初作出《关于加快发展乡镇企业的决定》。岸门口罐头厂正是在这个新形势下出现的新生事物。守业同志与康县的同志们不畏艰难，付出巨大努力，终于在山沟沟里把它搞起来了。希望同志们继续努力,将这个罐头厂建成陇南乡镇企业的一个样板,以事实来教育干部群众,乡镇企业是推动农村经济社会发展、增加农民收入、促进农村城镇化的必由之路。"

当晚,在送走张书记一行后,刘副专员(仍兼康县县委书记)与杨副书记又回到岸门口。尽管接待任务圆满完成,但两位领导依旧难掩兴奋之情。我们向他们详细汇报了试车试产计划以及今年产品结构规划。刘副专员说,省委书记李子奇近期将莅临康县视察,且很可能会参观罐头厂。鉴于此,全镇上下需全力以赴,精心准备,对各个环节进行细致的摸排检查,确保视察工作万无一失。

1986年5月22日　星期四

从招收的年轻人里选了几个男工,文化程度好一点,人精干一点,作为第一批技工。按照兰州食品工业研究所毛主任的吩咐,送他们到省城受训。本来我用不着去略阳火车站,但仍决定为他们送行。作为岸门口镇共青团书记,今天,我很想亲眼见证,在这个新的时代,秦岭深处的这几个年轻人,他们是如何摆脱贫困与无知,走出大山,走向充满希望的工业化社会的。

这是我终生难忘的一刻。当火车缓缓驶向站台,这群年轻人的眼中闪耀着明亮而炽热的光芒,它们如同璀璨的火花,点燃我心中的火焰。尽管康县县城与略阳火车站的距离不足100公里,但对于岸门口的这几个孩子来说,他们长这么大就没亲眼见过火车!

面对徐徐驶来的钢铁巨龙,他们的脸上露出了混合着敬畏、好奇、激动和期待的神情,同时,也有一丝紧张和不安。他们站在异乡的站台上,如同燕子河边几棵孤立的月儿杨,显得尤为清瘦。在他们的眼神中,饱含着对未知世界的好奇、对新生活的热切向往。此时此刻,他们就站在改变命运的门口,准备迈出人生旅程的重要一步。

我将其中一名共青团员指定为队长,叮嘱他们要遵守纪律,服从领导,到省城后专心学习,刻苦钻研,尽快学到真本领,尽快成为罐头厂的行家里手。当列车缓缓驶离站台时,我的内心涌起一股难以言表的情感,仿佛自己的心也飘浮起来,和他们一起登上了这趟西行的列车。

我当然不可能扮演上帝的角色,也无力改变任何人的命运。我和这几个年轻人一样,都不过是命运风暴中摇摆的树叶,谦卑地接受着上苍的主宰。我们同一代一代的中国人一样,按部就班地重复着命中注定的人生轨迹。但是,岸门口的这个罐头厂,它对于专员、书记们来说,也许只是令人兴奋的政绩,而对于这些涉世未深、懵懵懂懂的青年来说,却是困境中的一道彩虹。

1986年5月24日　星期六

下午时分,天空阴沉,细雨绵绵。省委书记李子奇一行视察罐头厂,并拍摄了录像。遗憾的是,没有通知我和镇上其他干部参加。据在场的司炉工小余报告,李书记兴致很高,看得很高兴。李书记还拉着他的手,问他多大了,上过高中吗,以前是不是烧过锅炉。他还绕着这台锅炉认真端详,用手轻轻地拍了拍它。

省委书记视察罐头厂,我是厂长,按理说应该陪同,当面汇报有关情况,为什么竟然不通知我呢?何况去年年初,省委组织部召开选调生座谈会时,李书记在宁卧庄宾馆还接见过我们。我感觉这事挺蹊跷。傍晚时分,我前往左先生家拜访,希望听听他的分析。

左先生先问地委张学忠书记率县区负责人前几天视察罐头厂的情况,详细询问了当时县上是什么人陪,镇上是什么人陪,张书记说过什么,我说过什么。他听完后,沉吟一会儿,捻了捻胡须,轻轻叹口气。我赶紧问:"咋啦?"他接着又叹口气,才说:"你把别人的话说了。"我有些惊讶,因为我对前几天应对张书记的话还颇为自得。

左先生进一步解释道:"你想啊,你一个20岁出头的愣娃,就是个傻不愣登干活儿的货,怎么能讲出那些政策层面的大话呢?要知道,那天来岸门口的都是各县的一把手,他们在本县都是说一不二的狠角色,你这么说话,把本县的县太爷放到什么位置啦?这不是让别人看他笑话吗?"

真没想到这个,看来我书生气还是太重了。左先生说:"你啊,厂子建起来,你就该走了。此处不是久留之地。"我又谈到地区林业处还希望我参加林产化工建设的事,他断然说:"根本不要理睬他们。"回到小阁楼,我枕着头,仔细地品味左先生的话,心里有些五味杂陈。

1986年5月30日　星期五

和老祁骑车到后曲子电厂请宋师傅调试电路。昨晚雨下了一夜,到今天还没停。康阳公路被山洪冲断,崎岖的山间公路上形成了8条"小溪",其中有2条流得特别湍急,水深没膝,冰冷刺骨。我们虽然穿了雨衣,但雨水灌进来,全身的衣服不一会儿就都湿透了。道路上到处是水,没法骑自行车,先是扛着车蹚水而过,后来实在是扛不动了,只好赤脚推着走。省、地区领导视察罐头厂后,卡我们的各个环节都松开了,各方态度变得友好起来。我们与电厂的供电协议也签下来了。现在是合闸点火的关键时刻,我们没有自己的电工,只好邀请宋师傅现场坐镇。

李子奇书记对岸门口罐头厂的视察已在省级层面引起广泛的关注。省乡镇企业局马局长亲自莅临罐头厂,进行实地考察与业务指导,并与我深入交流。

马局长透露,李书记对陇南地区成功建设这一现代化乡镇企业提出了表扬,说此举不仅打破了在贫困山区无法发展乡镇企业的固有观念，也颠覆了乡镇企业就是土、破、脏的陈旧认知。

同时，李书记对侯副省长前年推动建设该厂的决策给予高度评价，认为这体现了独特的洞察力和前瞻性，为工业扶贫闯出了一条新路子。省乡镇企业局将全力支持罐头厂的生产发展，并努力推动产品达到"省优"标准。

此外，镇上组建了由穆镇长、镇党委钟秘书、镇政府潘秘书构成的"罐头厂基建工程验收小组"。他们对各项施工细节进行了详尽的审查，并最终出具盖有镇政府大印的"验收合格意见书"。

我深感罐头厂与镇政府之间的关系颇为微妙，镇内部分同志认为罐头厂应该完全接受镇政府的统一领导，并试图在人事招聘、财务报销、车辆购置等各个环节加以干预。但他们没想到遇到了我这个"杠头"，根本不吃这一套。县上怕他们胡来，也紧赶着将我提拔为副镇长，使一般干部没办法插手罐头厂日常事务。然而，我深知根据中央关于政企分离的最新规定，我兼任罐头厂厂长名不正、言不顺，迟早都得滚蛋。

罐头厂最大的问题是产权不清晰。该厂的创立资金主要源自省信托公司及地、县筹集的款项，而镇政府除从街道行政村的承包地里协调了一块农田用于建厂外，啥玩意儿也没拿出来。这个罐头厂完全属于岸门口镇政府吗？关书记和穆镇长不敢这么说，但不是的话，它又是谁的呢？现在大家一条心把厂子建起来，但这娃真生出来了，他姓什么？他是谁家的娃？今后谁来经管他？该厂的经营管理权属于谁？我感觉谁都说不清楚。

今天，县委组织部下达红头文件，任命镇党委关书记和我为"岸门口镇兼职党课教员"，这是继乡政府文书、共青团书记、罐头厂厂长、副镇长后，我下乡以来接受的第五个职务。

另，小黄按我指示给兰州食品工业研究所发电报："陇南雨季，草莓采收提前，预计一周后下市。请速来康并随带日本铁盖和山梨酸若干。祝路途平安！"

1986年6月4日　星期三

经过镇政府帮忙协调，依据电厂提出的具体要求，我们已成功动员一家农户移除了三棵可能对供电线路造成干扰的苹果树，从而确保了公用供电线路与罐头厂电气系统的顺畅连接。在解决锅炉配电柜安装难题时，宋师傅再次展现出他过硬的技术，成功排除了故障。锅炉房的几个马达试启动了一会儿，宋师傅指出配电系统仍有问题，需要进一步检查，并排除潜在的故障。

近日，甘肃省前任省委书记杨植霖同志与副省长路明同志相继考察了罐头厂。由此可见，自李子奇书记视察罐头厂后，这个厂在省内已小有名气。尽管杨植霖同志已逾70岁高龄，但依然高大魁梧，两眼有神，精神矍铄。早在1930年，杨植霖同志就入党了，并白手起家，创建了著名的大青山抗日游击根据地。新中国成立后，他曾任青海省委书记和甘肃省委书记，现为甘肃省政协主席。

刘副专员陪同考察时，对我多有褒扬。杨老亲切地看着我，询问我的学习经历、年龄以及在康县办厂遇到的困难，还关心地询问厂里是否招聘了一些贫困户的子弟。他展现出谦和儒雅的风范，对人民群众怀有深厚感情，令人感动。临别之际，他紧紧握住我的手说："祝你成功！"作为一名20岁出头的新党员，能够与这位令人敬仰的老一辈革命家亲切交谈，深受教益。

路明副省长是民主党派人士，当过甘肃省农科院领导，非常熟悉农村的事。他具备很高的专业素养，对问题的洞察和评论都显示出高度的针对性和专业性。路副省长明确指出，发展乡镇企业的核心目标是提高农民的收入水平。因此，评判企业成功与否，不仅要看经济利润，更要看产生的社会效益。

他进一步提到："近年来，国家大力推动农业生产技术的改进，实施'星火计划'，众多农业科技人员深入农村，为农民提供技术支持。特别值得一提的是，岸门口建立了农科所试验站。看到这些成绩很让人高兴。你们在建立罐头厂的过程中，需要原料供应，如猕猴桃种植和食用菌栽培等，这些都需要农科所的专业指导。期望罐头厂建成后，岸门口镇能与农科所深化合作，创造出一条厂所合作的新途径。"

他在离开岸门口前还向陪同的地县领导指出，李书记视察这个罐头厂后有一股春风，地县的同志应把握这一有利时机，趁热打铁，积极整合各方资源，全面统筹，协调并进，搞活商品流通，推广先进技术，盘活农村金融，把各方面的力量拧成一股绳，争取打开一个更好的局面。路副省长提出的发展思路体现了省委所倡导的"以工贸促进农业，以农业推动工贸发展"战略理念。

但我心里也清楚，要提高本地同志的认识水平还有一个比较漫长的过程。要真正实现以罐头厂为支柱，整合各方资源，构建一个协同配合的生产流通体系，恐怕需要在地区一级建立一个高效得力的统筹机制。只有这样，才可能打破部门壁垒，将县委、林业处、乡镇企业处、农科院、康南林场等各方力量进行有效的整合。现在的情况是，生产力有可能上去了，但生产关系还远远地落在后面，甚至连罐头厂与岸门口镇政府之间的关系都是一笔糊涂账，要再往上统筹，谈何容易啊？

1986年6月5日　星期四

省上来的地质队在燕子河河床上紧张地勘查，希望查明黄金储量。他们与周围各行政村和农户的关系需要镇政府出面协调，我们也一直相当配合、支持。今天试车，我觍着脸借来他们的北京吉普，又把宋师傅接到厂里，请他坐镇把关。

我坐在不停颠簸的吉普车里，心中回响着崔健的摇滚："脚下的地在走，身边的水在流，可你却总是笑我，一无所有。为何你总笑个没够，为何我总要追求，难道在你面前，我永远是一无所有？"

一年前，我就是在这块一无所有的庄稼地里，立军令状接下罐头厂厂长的重任，把一个年轻人的激情与梦想像种子一样栽入陇南的大地，和这里的人们一起忘我拼搏，流下了自己的汗水和泪水。今天，它那稚嫩的春芽终于要在这无垠的大地破土而出了。

我的性格永远是谨慎内向的，是一个"套中人"。今天，我特意选择了一件深蓝色的牛仔服，很像70年代内江那些内迁大厂里工人的卡其布工作服。尽管它尺码偏大，穿在身上像是一件宽松罩衣，但我渴望这一份被包裹的感觉。是命运在拥抱着我吗？我不知道，但这一份包裹，仿佛能庇护我那颗脆弱、忧郁而又博爱的心灵。

自下乡以来，我一直在努力地抑制自我，然而依然难以掩饰自身与外界的格格不入。我渴望如同契诃夫笔下的"套中人"一般，用厚实的外套将我对文学与艺术的热爱，还有内心深处的忐忑不安和寂寞孤单都深藏不露，以此来抵御外界可能的误解与伤害，坚守个人的独立与思想的纯洁。这是一种精神的慰藉，让我逐步学会在现实的束缚与个性的张扬之间小心地寻找着平衡，从而在这个不完美的世界中为自我的存在寻找到一个安静的角落。

宋师傅在锅炉房捣鼓了大半天，一直弄到深夜快两点，全厂的控制电路才算完全接妥。但在最后合闸接通行程开关时，却怎么也弄不好，即便是这位经验丰富的八级电工，也被搞得满头大汗。

兰州食品工业研究所的王主任、毛主任和吴师傅始终陪伴在旁，期待共同见证这难忘的瞬间。此外，还有罐头厂几十个工人也围绕着我，共同关注着。

在场的人们因长久等待而哈欠连天，我也感到疲惫不堪，心中一度充满绝望。然而，我告诫自己要保持冷静，并努力为身边的人打气，尽力平复大家的焦躁情绪。

突然，马达发出轰鸣，那低沉的声音震动大地。瞬息之间，全厂的灯光都亮了，将整个工厂照耀得犹如晨光破晓那般明亮。

在同志们暴风骤雨般的掌声中，那个期盼已久的时刻终于到来。我们的罐头厂，经历了一年多的波折，在启动与停工之间徘徊，在质疑与讥讽之中前行，终于点火成功了！

随后，进行空车调试、气压测试、液压测试、行车运行测试和真空检测，全部顺利通过。吴师傅的双手沾满了机油，宋师傅的额头挂满汗珠，王主任和毛主任的眼眸闪烁着晶莹的泪水，女工们更是欢呼雀跃，大家那份欣喜与激动，已然无法用言语来表达。

试车结束后，人群逐渐散去，唯有司炉工小余匆匆而来，告知我热水已备好。我独自步入男浴室，小余递进一条干净的毛巾和一块肥皂，水温恰好适宜。褪下身上那一袭宽松的牛仔服，袒露真我，沉浸在这股激烈水流的洗礼之中。对于我这个"套中人"而言，是对这份来之不易的胜利最酣畅淋漓的庆祝！

这时，在隔壁女浴室传来欢快的尖叫声，声音来自正在沐浴的女工们。这些来自大山的女孩，她们的举止间总是流露出质朴的矜持和传统的约束。然而，此时此刻，她们首次体验到处子的身体在热水淋浴中所享受的欣悦，也头一回在众多伙伴面前完整地展现自己曼妙的身姿。

我闭上眼睛，想象着她们初次置身于温暖的水汽中，脸上的表情一定充满惊喜。滚热的水流轻轻拂过肌肤，为她们洗去劳累和束缚。在飞溅的水珠中，她们尽情欢笑、嬉戏，仿佛每一次开怀都是对旧日生活的挣脱，每一次大笑都是对刻板束缚的反叛。

岸门口山峦沟壑间的宁静，被姑娘们的笑声彻底打破了。她们内心泛起的温情，如同初夏的薄雾，也在我心间弥漫。今夜无眠。岸门口之夜，这个青春的瞬间，将如同璀璨的珍珠，永远镶嵌进我记忆的宝盒。

第十章 十字路口

> 缺乏激情和梦想的生活，不是"八十年代新一辈"选择的生活。作为兼任罐头厂厂长的共青团书记，我的使命就是引领当地青年投身于工业化浪潮，为他们提供在工业运动中学习和成长的机会，将他们塑造成为新一代的产业工人，成为在落后地区推动先进生产力发展的开路先锋。

1986年6月24日　星期二

　　康县卫生防疫站正式出具了我厂第一批罐头的菌检报告，结果显示全部符合标准。刚听到这个消息时，我有点不相信自己的耳朵。另外，我们送到县上的样品也被领导们一抢而光，特别是用日本马口铁盖包装的罐头，更被视为精品。省乡镇企业局马局长指名让我们试生产的草莓酱和糖水樱桃到兰州参加"陇南地区产品展销会"。同时，林业处的2万元援助款到账，地区农科所也同意出一笔钱和我们联合修建一个半埋式的保鲜贮藏库。值得一提的是，县上正与甘肃省驻沪办沟通，计划为我厂从上海引进一条"核桃酪"生产线。听说这是张学忠书记的意思，他很了解陇南核桃资源分布情况，说全地区现有将近500万株核桃树，年产核桃约480万公斤，如果罐头厂把这条路闯出来，将会给陇南人民办成一件大好事！

　　不过，在捷报频传的同时，也听到不太妙的消息。据兰州方面传，说选调大学生到基层锻炼的工作出现了重大波折。有中央领导明确指出，在干部工作中，如果没有竞争，就难以广泛地发现人才，应该坚持机会均等，在竞争环境中去识别干部、选拔人才。中央的同志认为，预先公开选定选调生的做法不适应当前变化的形势，亟待调整。

　　接通高老师的电话，他没明确否定以上说法，但透露省委组织部将在年底以前对全省400多名选调生做一次系统考察，并计划在明年年初召开选调工作汇报交流大会。对于我所询问的中央党校三年制青干班是否停办，高老师并未给出明确答复，仅表示他手头搞到一份去年的招考试卷，将寄给我参考。

　　高老师欲言又止，必有隐情。基本可以判断，选调生制度或将终结。面对宏观政策层面出现的颠覆性改变，必须审慎应对。罐头厂成功点火，虽为我带来极大的喜悦，但亦使人担忧，这是否如

《易经》所言"乐极生悲"？虽然目前尚有诸多细节不明，但我觉得应给自己定一个基调。如传言属实，对在康县是留还是走，与方惠的关系是断还是合，都需要有个了断。

我也跟兰大同学通了电话，这帮浑小子对政治漠不关心，一接电话还是："空气在颤抖，仿佛天空在燃烧。"我无精打采地回答："是啊，暴风雨就要来了。"他们对我在陇南是走是留根本不上心，但看世界杯却兴奋得很！

他们最兴奋的是 22 号的那场世界杯比赛，阿根廷队以 2:1 战胜了英格兰队。即使在电话里，也能感觉到他们的狂热和兴奋。"赖子"在电话里神采飞扬地告诉我，马拉多纳狂奔 50 米，连过 6 人，攻进的球"让世界沸腾了"。他还鹦鹉学舌地转述电视评论："上帝之手！上帝之手！"听得我恨不得回骂他几句，就是一个手球，还"上帝之手"！

不过，握着电话，我也非常真切地感觉到陇南山区与大都市生活极不同频，这里的人根本不知道谁是马拉多纳，更不明白啥是"上帝之手"。此时此刻，我也深切感受到，自己有可能被长久困在这片崇山峻岭之中，恐怕也只有"上帝之手"才可能把我拉出困境。

1986 年 6 月 30 日　星期一

罐头厂与省乡镇企业产品展销馆成功签订了试销 200 箱草莓酱的合同，兰州交货价定为每瓶 1.44 元，虽仅能微利保本，但产品能挺进兰州市场本身就是胜利。据老祁和小黄初步核算，我们的罐头已成功卖出了 5000 瓶，总体业绩表现令人鼓舞，各方面的反响亦偏向积极。基于多方订单情况，已初步设定年度总产值目标为 7 万元，经过审慎评估，有较大把握达成这个目标。

在我的要求下，罐头厂的管理架构作出相应调整。镇上最终批准我卸下厂长职务，由老祁接任罐头厂厂长，小黄担任经营销售科科长，还确定了工段长和质检员等，但镇上要求我仍继续分管罐头厂，以确保工作平稳过渡。县委正式通知我担任镇党委委员，并全面参与第二阶段的农村整党工作。

近日，我与高老师保持沟通，他说在向上级汇报选调生工作时，多次列举我的例子，称赞我为青干处"争了一口气"。

母校那边，周老师现已接任兰大化学系党总支书记，她也来电期望我和系里继续保持联络。周老师说："你的事情，我们会一直关注。"此外，许久未曾联系的师姐梦羽也破天荒地打来电话，问我选调生是不是没戏了。我告诉她，也不是说选调生就没戏了，只是这项工作可能会有一个大的调整。梦羽说，教研室老师们的看法是，陇南恐不宜久留，即便不能直接进京，也应尽快先回兰州再说。梦羽说，她正申请去美国读博士，出国前要见我一面。

局势似乎骤然变得有些紧张，然而在内心深处，我却出奇地平静。梦羽话中有话，似乎他们认为我在陇南这一番闯荡落空了。但我自己并不这么看。自接受选调下乡以来，我就注意自觉地克服陀思妥耶夫斯基笔下学生们常犯的"白痴病"，摒弃浮华空洞的言辞，投身于实实在在的工作和生活体验之中，不再夸夸其谈，而是埋头苦干。

这一转变体现了务实进取的时代本质，反映着青年一代的成长与嬗变。就我自己而言，不论是下乡催粮、任职乡政府秘书，还是创办罐头厂，担当共青团书记、副镇长乃至党委委员，每一阶段的经历都是生动、珍贵、鲜活的，虽有曲折坎坷，但那不是失败，而是沉甸甸的收获。若要给过去两年的努力打分，我想，那应该是 A+。

1986 年 7 月 8 日　星期二

傍晚时分，伯富同志从阳坝回县城，路过岸门口时，我陪他到陈家饭铺吃了碗酸菜面。在饭馆略显昏暗的灯光下，我向他展示了北京经济函授大学颁发的毕业证和好学员证，同时呈上了我的毕业考试成绩单。那种感觉，宛如一个小学生带着些许得意，向家长展示自己的成绩单。

他戴上老花镜，仔细查看了这些证书和成绩单。在朦胧的光影中，我注意到他鬓角的白发，心中不禁泛起一丝酸楚。伯富同志是甘肃农业大学兽医系毕业，他长期扎根基层，始终保持着苦干、实干的精神，而且从不说空话、假话，走到哪里都能与群众打成一片。他讲的话群众爱听，是我们大家都很敬重的"泥腿子书记"。

经济日报社发来的成绩单显示，我在《经济法简明教程》中取得了96分的高分，而在《逻辑学》《经济新闻求索》《新闻概论》中分别获得了77分、76分和70分的成绩，我的毕业论文也荣获了优等。

我向他汇报，这个毕业证并非正式文凭，我目前也不再需要文凭。我参加函授，主要是为了配合罐头厂的工作，熟悉和了解国家经济政策和市场动向，学习经济学的基础知识，以弥补我作为一个理科生的不足。

他听后频频点头，并对好学员证表示好奇。我解释说，这是因为我结合康县发展农村有线广播的实际情况撰写了毕业论文。论文阐述了在联产承包责任制下，政府与农民的关系发生了深刻变化，承包土地的农民不再像以前那样通过公社、大队、生产队与政府有紧密的联系，但党政工作又不能脱离群众，康县通过"村村通广播"，有效地拉近了农民与政府的联系。我的论文分析了这种做法的有效性以及仍然存在的瑕疵。这篇论文得到《经济日报》领导的认可，因此被评为优等，并颁发好学员证。

他听后眼中闪过一丝赞赏，说这篇论文选题角度好，切合了当前的实际情况，要我把文章找出来送给他仔细看看。临别前，他握着我的手说："有人说你最近不大安心，有没有这回事？"我坦率地告诉他，对象在北京，可能要结婚，如果留在康县，长期两地分居，这个事不好办。他长叹一口气说："唉，这搞了个啥嘛！"我看到他乘坐的小车的灯光消失在康阳公路尽头，心中也涌起一股复杂的情感。

我知道，如果自己选择留下来，可能就是第二个伯富同志。然而，我能否坦然地接受他那样的生活呢？更何况，世事难料，我也未必就能顺利当上县委副书记。作为一个举目无亲的外省人，如果在这里陷入困境，将会是怎样的结果啊。

1986年7月9日　星期三

我对外省人在康县的遭遇心有余悸，很大原因是下乡驻队时偶然发现了一本日记，它给我留下了很大的心理阴影。我借住的房东家炕上没枕头，只有几本小学生课本枕在头下，咋睡都睡不安生，我就起身来翻检这几个本子，突然发现有一个发黄的日记本混在这堆课本里。

翻开看，日记本的主人姓李，是天津人，原来是全国总工会的一个干部。20世纪60年代初期，甘肃发生了大面积饿死人的事，中央非常重视，专门从北京派工作组来甘肃，实地调查有关情况。这位李同志作为中直机关干部，本来是工作组成员，但不知为何，后来就留在康县了。从日记里读到，他家原来就住在北京复兴门外的仝总宿舍，是一排平房，屋前有一块小菜园，他自己种了些蔬菜，还养了些花，拾掇得相当整齐干净。他大概是1957年搬进新居的，所以在日记里他多次写道："1957年是黄金年代。"日记里还记载着他过年时带儿子逛厂甸庙会的快乐情景。

日记本的扉页上是全总同事的赠言："你是大办农业大办粮食的革命先锋，是改变落后地区加强和巩固人民公社的尖兵！"另一条留言则抄写了一段语录："毛主席教导我们说，越是困难的地方越是要去,这才是好同志。享受让给人家,担子拣重的挑,吃苦在别人前头,享受在别人后头。这样的同志就是好同志。这种共产主义者的精神,我们都要学习!"还有一条是:"愿您在农村的战斗中成为促进农业过关的红旗手!"

我回到岸门口后,四处打听这位干部的下落,不想竟听到一个悲惨的故事。他下放康县后,在县文化馆工作。他是行政19级干部,而当时康县县长也才行政18级。读他的日记得知,当时生活特别困难,口粮是以多少两来计算,非常紧张。起初,他的妻儿还留在北京,后来也迁到康县了。

据镇街上的老人们说,李干部和他儿子在"文化大革命"时被活活打死在岸门口。据说那天他还在家里,被"红三司"的人从家里揪了出来,当时他妻子和大儿子都在身边。"红三司"要把他揪到岸门口小学去批斗,可刚走出家门,他就被突如其来的一根柴棒击中了头部,顿时鲜血直流。其子连忙出来阻挡,却也未能幸免,被迎面打了一棒。随后,人群蜂拥而上,棍棒齐飞,把他儿子当场打死。

当李干部被拖到小学操场时,已经奄奄一息。他挣扎着从怀里掏出自己保存的100斤粮票,想交给妻子,却在瞬间被人夺走。最后,只从手腕上脱下手表给了妻子,倒在妻子的怀中咽了气。据岸门口镇街的老人回忆,李干部身材魁梧,平日里梳一个大背头,知性儒雅,一看就是个文化人;他的妻子更是仪态出众,端庄大气。据说打他的人平素与李干部并无恩怨纠葛,他亦从未招惹过任何是非。

读这本日记时,我的双手禁不住发抖,读得心惊肉跳。这是我除了3岁时亲眼看到妈妈被揪斗游街外,再一次身临其境般地感知到"文化大革命"的野蛮和残酷。

1986年7月16日　星期三

山雨欲来风满楼。从各地选调生同学那里风传"政策有变",

打电话来问我的也越来越多。有不少同学对前途感到担忧，甚至有些恐惧，害怕被当成"弃子"。

罐头厂试车成功后，来参观考察者不少，遇到重要客人，县上会指名要我出来接待。这常让我联想起在成都望江公园初约方惠时，看到唐朝女诗人薛涛的诗："庭除一古桐，耸干入云中。枝迎南北鸟，叶送往来风。"有朋友乱引申说这是风月淫词，我倒不这么看。史载当时薛涛只有八九岁，岂知何为风月？

我参加选调，也不是盯着当官而来。如果一心只想做官，恐怕也很难专心办厂，这是一个费力不讨好的事。王阳明说："人须在事上磨，方立得住。"所以，选调也好，下乡也好，办厂也好，不过都是磨人的刀石。

不管别人如何评说，自个儿心头要有杆秤。衡量这两年的成败得失，需要拂去浮云见青天，看到选调的本质是自个儿的打磨与成长。但我确实也需要冷静地想一想，下一步该怎么办？我准备和方惠摊牌，挑明在当前形势下，两人有必要尽快完婚。结婚后，先经历一段时间的两地分居，再逐步实现家庭团聚，这样最切实可行。如果不这么办，再这么不明不白地拖下去，可能会迷失方向。摊牌以后，若决定成婚，就以北京为目标，朝着北京努力。现在看来，这不可能一蹴而就，那就先在兰州过渡一下。

如果方惠不同意结婚呢？尽管我们之间确实建立了比较坚实的感情纽带，彼此牵挂，难舍难分，但大丈夫顶天立地，当断则断。即使从她个人幸福出发，也不能拖泥带水，把她耽误了。方惠条件很好，不愁找不到好对象。所以，尽可放开手，让她走她的阳关道，我过我的独木桥。衷心祝她幸福！

我到现在才明白，爱情也是一场战争。实在不想折磨爱人，但在与爱人沟通时，在当断则断的情势之下，也不得不摊牌，以确保双方都能看清现实的严峻和紧迫。战争的目的不是摧毁对方，战争只是实现和平的手段。世间的风雨，涤去天地的尘埃，却摧不垮万千的生灵。大雨过后，彩虹斑斓，天地仍是一片清新。

如真狠下心来，两人分道扬镳，那么，无论是留陇南，还是回兰州，或是像"赖子"他们说的那样一起去美国留学，皆可考虑。上次在兰州，我们一起到省政府礼堂去看了内部观摩电影《猎鹿人》。电影散场时，几个哥们儿傻在那儿，半天没回过神来。记得当时还是"毛"第一个说话："我要去美国。""茄子"和"赖子"紧随其后，跟着起哄："一起去！"我恶狠狠地熊他们："去去去，去玩轮盘赌，玩死你们！"今天回想起来，重新审视，对《猎鹿人》有好多新的领悟。如果与爱人分离，咱就解开心灵的羁绊，用吉他弹唱着《一无所有》，继续闯世界！

1986年7月18日　星期五

这些日子以来，老祁总抱怨缺少能干、可靠的技术骨干。开工前，我们选送了6名工人出去学习，现在都派上了用场。老祁尝到甜头，想再找机会送人出去，到大厂去学技术。可是，他抱怨找不到可派之人。人才短缺，严重制约着罐头厂的发展。严峻的现实一再促使我反思，在康县办罐头厂是不是一种农村浪漫主义的表现？

我立军令状办厂是为了个人发财吗？根本不具备这样的机制，参与罐头厂筹建，至少在创业起步阶段，不可能从中谋取私利。那么，我们这么做到底是为什么呢？我希望通过社会主义政权的强大力量，将社会大生产、大流通引进边远山区，以先进的生产力来粉碎小农经济，逐步地培育产业工人阶级，从而为下一步的经济起飞创造条件。

没有激情和梦想的生活，不是"八十年代新一辈"选择的生活。作为兼任罐头厂厂长的共青团书记，我的职责就是要带领本地青年参与工业化的进程，给予他们在工业运动中学习和改造自己的机会，通过工业化将他们锤炼成新一代的产业工人，成为在落后地区推动先进生产力发展的开路先锋。

在大学熬夜看世界杯时,我脑子里一直在想的问题是:"足球是什么时候开始的?足球与工业革命有没有关系?工人阶级与足球是什么样的联系?"在宿舍辩论时,我提出,英国圈地运动迫使大批失地农民到工厂上班,如同卓别林在《摩登时代》中所表现的那样,生产流水线将他们变成了机器,而足球则为他们带来了最廉价的娱乐。但在娱乐的同时,足球训练他们遵守规则、珍惜时间和团结协作,足球是培育工人阶级的学校。

而我在陇南乡村所期待的、充满激情正在做的,正是这样的一种社会试验。在这个试验中,罐头厂犹如英国工人阶级的足球,它有可能将山区的农民训练成产业工人,为边区的社会变迁准备条件。我欣喜地看到,原来一见血就晕的罐头厂女工现在变成了杀鸡能手;原来一开口就脸红的青工,现在敢于抛头露面,在康县的各个集市上大声吆喝,抢收草莓、野生板栗和猕猴桃。他们还像中学的学习小组一样,围绕着罐头封装设备仔细钻研,认真探讨改进质量的方法。

当看到他们在生产车间的轰鸣声中,忙得大汗淋漓仍充满蓬勃朝气的青春脸庞时,我如此真切地感受到,社会变革的萌芽正破土而出。党在边区进行组织建设的崭新任务,就是要培育和壮大产业工人队伍,为在落后边区进行科学社会主义建设提供生机勃勃的新生力量。

岸门口的希望、康县的希望,寄托在他们身上。

1986年7月22日　星期二

19号收梦羽电:"已定去美攻博,22日从咸阳转成田去纽约。21日兰西直快宝鸡下车见。羽。"我原本已经请好假,计划25日离开康县前往北京,但在接到电报后,立即决定提前到20日出发,21

日早上抵略阳，中午到宝鸡。

在宝鸡站接到梦羽。她的装束简约大方，身着红色T恤与牛仔裤，背负双肩包，手拉大型行李箱，这就是她去美国的全部行李了。我们把大件存放在车站，轻便地出站。

7月的宝鸡，雨水较多，空气中透着凉意。我们沿着经二路前往河滨公园散步，边走边聊。天色渐暗之际，到东方红饭店吃饭。宝鸡的羊肉泡馍与兰州不同，馍用的是锅盔，需用手轻轻地掰碎。梦羽让服务员上了两碗宽汤，要了一碟糖蒜，还点了一盘蒜苗炒肉丝，口感鲜美，很爽口。

梦羽说，她曾经做试验测试过宝鸡这一带的土壤成分，这里的黄土地收纳了很多渭河的泥沙，土质松软，日照充足，种出来的蒜苗别有风味。她知道我要赶明天的火车去北京，就陪我到旅馆前台订房。服务员见我们是两个人，稍显犹豫，梦羽很大方地说："我一会儿就要赶火车去咸阳，不住。"

到房间后，她才放下双肩包，拉开锁链，取出一叠8开的白纸，原来是我从大一到大四的英文成绩单，每张都加盖了兰州大学化学系的官方钢印。此外，还包括我毕业论文的英文摘要，以及马教授和吴教授的两份英文推荐信。

她平静地叙述道："自从你下乡后，系里的老师们，特别是金属有机实验室的老师，一直非常关心你的状况。他们知道我俩原来关系很近，老找我打听你的事。但我们没有通信，我也是从'赖子''茄子''竹筐'和大师姐那里知道你的情况。上次推荐你去省政府节能中心的工作机会，是我拜托马老师帮忙找的，但你最终没有接受。"

我注视着她清澈如水的眼睛，轻轻地点点头。她抿一口水后继续说道："你和她处对象的事，我们也有所耳闻。"我轻声确认道："是的，我们算是订婚了。这次与师姐见面后，我打算去北京与她商讨结婚的事。"

她稍作停顿，用明亮的目光注视着我，开口说道："关于你们的关系，我们也进行了评估。考虑到你目前身在甘肃农村，短期内可能也很难摆脱困境，而她在外交部工作，你们之间的差距太大。尽管这话可能不中听，但多数人的看法是，你们的关系发展会比较曲折，这事恐怕很难成。"

突然，她的语速加快："因此，我特意调取了你在校四年的成绩记录，并按照美国大学的评价标准，将你的成绩划分为A、B、C三个档次。值得一提的是，你在学业上的表现还算是不错，从未有过挂科记录，也就是说，你的成绩单上没有D档成绩，以A和B为主。"她补充道，成绩单总的看起来还行。

梦羽介绍道："你们八〇级现在已经有二十几个人到美国了，加上七七、七八、七九三个年级，化学系现在到美国的有差不多100人。我这次申请很顺利，那边的老师说，兰大化学系名声很好，过去的同学基本功都很扎实，特别是做化学试验的动手能力相当厉害，大家都在传，形成了良好的口碑。"

她特别说道，"茄子"和"赖子"差不多也定了，"茄子"去MIT（麻省理工学院），"赖子"去普林斯顿大学。"竹筐"去的法国，他只申请到半奖，结果人到法国了，还差点儿被导师给撵回来。他闷不吭声地到试验室帮人家洗了一个多月的试管和瓶子，被导师看上，说这家伙洗瓶子的本事比别人强，留下来吧，不过差的一半钱得自己想办法。他很苦闷，在塞纳河边骑自行车散心，结果被一台法拉利撞得飞起来，在医院昏迷好几天，好在出院后脑子没坏，也没缺胳膊少腿，还获得了丰厚赔偿，现在啥都不缺。

我们回想起他上次踢球导致骨折，打好的石膏里竟然钻进了臭虫，都不禁哈哈大笑起来。

梦羽以沉稳的语调继续说道："我明天就走了，你的事我恐怕真管不了了。你把这些东西都收好，如果从康县出不来，或者你俩的事没戏了，你就去考GRE和托福。我打听了一下目前的情况，只要你 GRE 分数达到 1100 分以上，托福分数达到 550 分以上，加上我给你的这些材料去申请，作为兰大化学系学生，你仍有机会进入 TOP50 的学校深造。目前这些学校急需能做试验、能出活儿的学生。"

最终，她起身站立，语气坚定地说道："去咸阳的列车就要进站了，我必须走了，你送送我。"我的内心波涛汹涌，难以平静，跟随她站起身来。

这时，她从包中取出一个小巧精致的包裹，语调平和地说："我听大师姐说，她之前送给你的邓丽君歌带《十亿个掌声》，你在乡下没有录音机，听不成，我给你带了一个 Walkman，你拿去，算是我给你的临别礼物了。"听她言罢，我差点儿控制不住自己的感情，声音哽咽地喊了一声："师姐！"

送走师姐，我一个人站在偌大的宝鸡车站，傻傻地呆望着眼前浅驼色的大墙，心中涌动着难以名状的情绪。空旷的天空下，熙熙攘攘的人群在车站广场上来来往往。我知道，自己此刻正站在连通西南、西北最大的十字路口，当年川军出川，上百万四川农家子弟正是穿着草鞋，沿川陕公路辗转至此，再在这里登上陇海铁路的火车。站在这里，仿佛回到烽火连天的年代，听到尖利嘶鸣的汽笛声，看到那些四川的农家子弟坚定的眼神和义无反顾的背影。他们为了民族的独立和自由，东出潼关，再也没有归来。

同样，这里也目睹了人民军队向西挺进的滚滚铁流，见证了沿海工业西迁的壮阔场面。伴随着蒸汽机车的笛声和旅客列车的铿锵节奏，宝鸡车站不仅见证了我们这个时代的巨大变迁，也记录了我们每个人匆匆的步履，还有说不尽的悲欢离合。

师姐突然出国，让我顿时感到自己对未来的选择充满矛盾和迟疑。站在宝鸡车站，犹如站在人生的十字路口，向东是北京，向西是兰州，向南回康县，何去何从？需要作出决断。

从火车站回到旅馆房间，我打开了那台 Walkman，里面很细心

地放着一个卡带,按下播放键,响起的竟然是我喜欢的《三百六十五里路》:

睡意朦胧的星辰,

阻挡不了我行程,

多年漂泊日夜餐风露宿,

为了理想我宁愿忍受寂寞,

饮尽那份孤独。

抖落异地的尘土,

踏上遥远的路途,

满怀痴情追求我的梦想,

三百六十五日年年地度过,

过一日行一程,

三百六十五里路呀,

越过春夏秋冬。

倾听《三百六十五里路》,那沧桑的旋律和略带倦意的嗓音,仿佛带着我穿越千山万水,每个音符都像是时间的脚步,缓缓走过心灵每一个隐秘的角落,唤起深藏于心底的回忆和感慨。

第十一章

执子之手

我为自己斟满一杯冰镇啤酒,清凉爽口。她则挑选了一盅色泽诱人的冰淇淋,鲜红的草莓点缀其上,宛如夏日盛开的玫瑰。她轻轻舀起一勺,那甜蜜的滋味瞬间让她绽开笑容。餐厅里,萨克斯管的悠扬旋律在轻柔地回荡。我们相视而笑,仿佛先前所有的烦恼都在这一刻烟消云散了。

1986年7月24日　星期四

　　昨晚11点，从兰州驶来的列车缓缓驶入北京站。随着车轮滚动声逐渐减弱，我终于来到首都北京。在出站口，人潮涌动，但我一眼便捕捉到了方惠的身影。她站在出站口，身着红色纱笼裙，脚踩白色羊皮高跟鞋，红裙在微风中轻舞，如同夏夜中盛开的花朵，端庄优雅。仲夏的京城，细雨绵绵，微风习习，为这炎热的季节带来了一丝凉爽。街道两旁的灯光在雨幕中闪烁，照亮我们的归途。我们并肩而行，聊着近况。这雨夜虽有些清冷，但有彼此的陪伴，变得温暖美好。

　　方惠在收到我的"最后通牒"后，倒是比较平静。她主动打电话给我，提及去年毕业分配时，部里到成都招录，她被迫在京外男友与进京之间作出选择。之后，她曾专程到康县当面向我解释。对于这回我要她在"结婚与中断关系"之间作出选择，理应由我赴京，和她当面讨论。这个要求是合理且必要的。

　　这是我初次踏上华北的大地，心中满是期待与好奇。当列车驶过郑州黄河大桥时，华北平原如同一幅令人震撼的画卷，在眼前徐徐展开，雄阔壮丽，气势恢宏。郑氏，这个源远流长的古老姓氏，在我的心中激起无尽的遐想。郑家老屋曾高悬"荥阳人家"的烫金牌匾，而列车正疾驰在荥阳故地，我仿佛能感受到那古老悠远的气息扑面而来。此时此刻，我深深地感受到中华大地的厚重与深沉。

　　虽是初次踏足华北平原，但这里的每一寸土地都与我有着不解之缘，空气中弥漫着泥土的芳香。这里是祖国的心脏，广袤大地仿佛仍飞扬着"渔阳鼙鼓动地来"的滚滚红尘，回荡着《诗经》《史记》的黄钟大吕。五千年辉煌璀璨的文化，是那样的庄严肃穆，让我在车轮与钢轨交击的激昂节奏中，真切感受到中华儿女炽热的赤子情怀。

　　然而，当激动的心情逐渐平息，我心中不免生出几分疑问。从郑州到北京近 700 公里路程，沿途绿色的田野虽然象征着生命与希望，但在持续的视觉冲击下，也感到单调。再细想起来，我意识到这不仅是视觉疲劳，更显露了河南、河北产业结构单一落后的弱点。

虽然我国深受"重本抑末"的传统思想影响，以农为本，但在祖国的腹区看到工业化底子还这么单薄，内心仍不是滋味。特快列车沿京广铁路与旁边的国家干线公路并驾齐驱，宽敞平坦的公路上鲜有车辆行驶，显得相当冷清，偶有农民顶着骄阳驾驶驴车，懒洋洋地行进，透出悠然自得的生活态度。在田间劳作的农民寥寥无几。这一路贯穿河南、河北两省，直达北京，途经郑州、安阳、邯郸、石家庄、保定等历史名城，城市密度极高，本应是国家经济重心，然而，铁路沿线却很难看到大工厂，嗅不到工业化的气息。

去年我曾为选购罐头厂设备到上海、杭州，被江南的水乡景色深深吸引，更为其生机勃勃的经济发展态势所震撼。

不过，倘若淡化工业强国的梦想，正视我国基本上还是一个农业大国的实情，则会欣然发现，今年华北粮食作物长势喜人，丰收在望。在华北的农村，昔日破败的农舍难觅踪影，取而代之的是大量红砖砌成的平房、小楼房和整洁的农家小院。显然，这边农民的生活比甘肃好太多了，甚至比四川一些地方都好。

在北京站一下车见到方惠，我就喋喋不休地发表自己的旅途感想，最后还是她轻声提醒我一句："你这次到北京干啥来了？"我才猛然意识到，我与她还有大事要谈。显而易见，我其实已从内心深处完完全全地把她当成了自己的一部分，毫无保留地向她倾诉着内心的真情实感。

1986 年 7 月 26 日　星期六

到京第三天。给乡里的领导请假时，我说是"请婚假"，所以大家都予以祝福。在假期计算上，本来我才23岁，不能享受晚婚假，但镇上做事灵活，仍给我算一个月。好在罐头厂的生产在老祁他们的主持下，已逐步走上正轨，不再需要我像以前那样事必躬亲。放手让他们干，也符合我逐步退出的想法。

结不结婚在方惠这儿根本就不是事儿，她说："嫁鸡随鸡，结婚就结婚。"她还把我带到办公室转了一大圈，让我感觉简直跟示威差不多。不过，同事们对我们都非常友善，对我们的祝福也非常真诚，看来方惠在这里人缘不错。另外，在F司领导的坚定支持下，方惠去年给人家招录同志的许诺（断绝与男友的关系），估计早被吹到爪哇国了。方惠说，司里已经批准她的结婚申请。她要我抓紧时间从镇上拿到婚姻关系介绍信，婚姻登记需要这个。

昨天是星期天，我俩应邀到朝内大街76号去拜访了方惠的一位领导，他也是参加过抗美援朝的老战士，曾在板门店参加停战谈判的翻译工作。他知道我是志愿军后代，一见我就搂着我的肩膀，亲切询问我父亲现在做什么，身体怎么样，感觉就像家中的叔叔一样。

我结合这两年在甘肃基层农村工作的体验，简要阐述了自己的一些想法。我说，中国革命具有独特性，红军的主要构成是农民，党领导这支主要由农民组成的人民军队英勇斗争，通过工农联盟奠定了人民政权的基础。在新中国成立初期，面对帝国主义的封锁与包围，我们不得不通过"剪刀差"来实现工业的超越式发展，以捍卫社会主义制度。然而，随着发展阶段的演进，我们有责任和义务反哺农民，通过构建新的工农联盟，实现工业支持农业、城市带动乡村，帮助落后乡村改造和发展，逐步缩小城乡差距，推动城乡一体化发展，最终达成全民共同富裕的目标。

他听得很专注，并频频点头。他还问到选调生情况。他说，领导同志对这项工作的想法可能有些变化，主要是选调生中也有害群之马，有些人特别狂，摆不正位置，辜负了组织培养，看来不能过早地预设为后备干部。

他特别强调，毛主席说，"政治路线确定之后，干部就是决定的因素"。我们党对干部抓得非常严格。刚成立外交部时，周总理亲自担任外交部部长，当时一些从部队来的同志本来已是师级干部，但按照二等秘书使用，参赞和大使不少都是兵团级和军一级首长，他们为革命出生入死，但在使用时，周总理却要求十分严格。

领导说，年轻人在职务上不能一下子上得太快，要压担子，要放到艰苦环境中去打磨，通过做实际工作成长起来，这是毛主席的主张，也是党的光荣传统。他说，从你刚才谈到的情况看，你做的工作是比较踏实的，所思考的也是我们党和国家在改革开放进程中切实面临的实际问题，你不仅在做，而且也在思考，这很好。小李选择你有眼光，我们都支持她。你们是新时代的"小二黑结婚"！

1986年7月27日　星期日

钱外长秘书小沈原来是方惠F司的同事，帮她搞到了两张中南海参观券。作为来自甘肃省偏远乡镇的一名普通干部，我对中南海一直怀有向往与探秘之心。今天得以踏入这片充满深厚历史底蕴与现代政治元素的神圣之地，很是惊喜。

我问方惠，谁能拿到这样的参观券？她说，从全国各地来首都参观学习的干部职工，都可通过在京单位向中办提出申请，并无级别或其他限制。得知中南海向广大干部群众敞开大门，我对于我们这个政权是属于人民的有了更真切的感受。

今天京城天空布满薄云，微风带来几丝凉意。我们从南长街81号进入中南海，沿着预设的路径，探访了毛主席故居、静谷、瀛台等地，最终从中南海与中山公园相连的大门离去。走进红墙，历史的凝重感油然而生。漫步在碧绿的草坪和湖光山色之间，眼前闪过许多历史伟人的身影，真是"数风流人物，还看今朝"。

在菊香书屋逗留的时间最长。相传这里曾是康熙皇帝读书处，他曾挥毫泼墨，留下"庭松不改青葱色，盆菊仍霏清净香"的诗句。驻足此处，我细细品味其中的寓意。毛泽东主席在菊香书屋度过了二十载春秋，他住在北房东侧，把两间屋打通，配备了木床和书桌。北房的紫云轩，似取"紫气东来"之意，呼应了毛主席名讳中的"东"字，蕴含祥瑞。隐约可见在他老人家的内心深处，仍然保持着中国人特有的浓厚的文化根脉。

菊香书屋仍然保持着古朴的风貌，没有进行过大的改造或装饰，没有矫揉造作的奢华之气。在毛主席卧室里放置的那张宽大的硬木板床尤为醒目，其尺寸远超寻常人家的床铺，半边堆书，半边睡觉。我肃然起敬，肃立行礼，深感自己与伟人之间的距离竟然如此贴近，仿佛还能感觉到他博大而深沉的呼吸。我由衷地赞叹这张坚实的硬床，它好比汪洋中的一条船，承载着我们的领袖，泰然自若地航行在国内外风云变幻的惊涛骇浪之中，"不管风吹浪打，胜似闲庭信步"。

菊香书屋院内，绿树繁密，遮天蔽日，显得有些幽深昏暗。毛主席经常深夜办公，白天睡觉，显然没有足够时间晒太阳。

目睹菊香书屋的丰富藏书，我深深为之震撼。以书育人，以书治国，是毛主席治国理政的独有风格。我从大学出来后，虽坚持读报，但读书不够，这是很大的缺陷。"学而不思则罔，思而不学则殆"，对照毛主席活到老、学到老、奋斗到老的革命品质，自己存在的差距实在太大，令人汗颜！

走出菊香书屋，伫立湖畔，视线穿越那静谧的湖水，侧耳聆听古砖黛瓦无声的述说，联想起中华人民共和国的沧桑巨变，真让人心潮起伏。湖中瀛台是光绪皇帝软禁处，也让人钩沉起历史的回忆，想到百日维新的失败，想到谭嗣同"去留肝胆两昆仑"的慷慨悲歌。可以告慰先烈的是，新中国再也不允许存在皇帝皇权，我们也绝不再是穿马蹄袖、卑躬屈膝的奴才，而是国家的主人。"我以我血荐轩辕"，我们正努力奋斗，彰显着民族的荣光。

在丰泽园旁边的静谷，我和方惠并排坐在"连理柏"下留影，正契合了白居易的诗句："在天愿作比翼鸟，在地愿为连理枝。"两人愿以这棵柏树为证，永结同心，白头偕老。

1986年8月9日　星期六

到礼士胡同137号朝阳门街道办事处办理婚姻登记手续。礼士胡同是一条幽深的巷子，绿树葱郁，环境清幽，一水儿灰砖灰瓦。胡同北墙上还保留着清代的十几块精美砖雕，质朴大方，令人赞叹。

爸妈听说我要结婚，忙寄了300元钱来，同时，邹君到岸门口取出我的工资寄来，加上方惠的工资和我从甘肃带来的积蓄，凑起来有700多元，将就着足以成婚。

婚前到朝阳门医院做婚检，完全合格。但从岸门口寄来的证明材料却有些周折。按规定，应说明我当前婚姻状况、民族及与恋爱对象是否属于三代以内血亲等。令人啼笑皆非的是，乡里的同事用特快专递发过来的证明却是这样："兹证明郑同志系吃商品粮的正式国家干部。经研究决定，批准其与方同志结为夫妻。此致，甘肃省康县岸门口镇人民政府，一九八六年八月一日"，并盖上了乡政府的大印。

我给关书记通电话，他说："同志们都热烈祝贺你们结婚，这里好多人见过她，说人长得洋气，见人说话和和气气的，是一个知书达理的好媳妇。原来那些预言你们搞不成的人，现在都服气了。大伙儿说，谁也想不到岸门口人与外交部打了亲家，真是太了不起了！"

他随后郑重地表示："为给你开证明，我们还专门开了会，认真研究怎么写。大伙儿七嘴八舌,整得挺热闹,生怕你在北京受歧视,怕人家说中央大机关的干部嫁给了我们甘肃乡下的农民。为此,我们觉得最重要的,是要说明两点:首先,你是吃商品粮的,是城镇户口,不是农民;其次,你是正式国家干部。尽管有人建议把你副镇长的职务写上,但我觉得有点儿怪,就没写。"

我使劲儿感谢了他。我们先拿着岸门口镇出具的证明信去了一次街道办事处,结果把办婚姻登记的大妈差点儿笑岔气。她一边笑一边捂着肚子,说不出话来,引得其他人也跑过来看,然后跟着大笑不止。不过,那位慈眉善目的大妈倒也相当通融。当方惠提议,由F司出具一份公函担保,先办婚姻登记,然后甘肃那边再把补充材料寄过来交办事处存档,这样行不行?她盯着我们看了好一会儿,又沉吟一会儿,居然同意了。方惠一口气跑回F司,重新开了一张证明,是她自己用手写的,对我的表述是"我司干部方同志的恋爱对象",她迅速请示司领导同意,很麻利地盖上司印,再气喘吁吁地跑回来。我称赞她的这个表述足可与基辛格在中美谈判时想出的"海峡两岸的中国人"相媲美。

核对了F司出具的担保信后,大妈询问我们两人是如何相识的,方惠以淡定口吻回应道:"我们是初中、高中的同学。"随后,大妈又询问我们恋爱多长时间,我稍作思索后回答道:"三年。"大妈微微抬头,以略带惊讶的眼神在我们两人之间扫过,随后在《结婚申请表》的空栏中写上:"恋爱时间为三年。"在完成必要手续后,我们支付了4元费用,顺利领到两本装帧精美的结婚证。证书封面是大红缎面,上面绘有双凤,拱出一个烫金的"囍"字。证书内我俩的合影,砸上了北京市东城区人民政府的专用钢印。

走出礼士胡同,我们在米市大街找到一间低调而别致的西餐厅,一起享用婚后的首顿午餐。阳光透过花玻璃窗,斜斜地洒落在她的脸上。餐桌上,摆放着一个精致的点心拼盘、一碟香气扑鼻的卤煮鸡块和两份金黄酥脆的法式面包。我为自己斟满一杯冰镇啤酒，清凉爽口。她则挑选了一盅色泽诱人的冰淇淋，鲜红的草莓点缀其上，宛如夏日盛开的玫瑰。她轻轻舀起一勺，那甜蜜的滋味瞬间让她绽开笑容。餐厅里，萨克斯管的悠扬旋律在轻柔地回荡。我们相视而笑，仿佛先前所有的烦恼都在这一刻烟消云散了。

午后，她还需返回单位上班，而我则回到东郊718厂招待所，这是外交部的集体宿舍，住着部里近百位年轻人，富有朝气。

黄昏降临，天幕低垂，乌云密布，我手中紧握一把雨伞，肃立在外交部班车停靠处，等候她下班归来。当班车缓缓停靠，她随着同事从车内走出来，身穿一件红白相间的纱裙，双手环抱着一个硕大的包裹，脸上流露出淡淡的倦容。我伸出双臂，轻轻地将她拥入怀中，感受着她的温暖体温，两人相依走回宿舍。就在我们刚刚迈进房门的一刹那，天际划过刺眼的电光，震耳欲聋的雷声滚滚而来，一场盛夏的大雨倾盆而下。今天是农历丙寅年七月初四，我们结婚了。

1986年8月21日　星期四

15号随外交部组织的休养团到北戴河。拿到结婚证后，F司领导很照顾，特意安排我们参加这一轮休假。从北京到北戴河坐的是可半躺的空调特快，这种高级列车我以前还没见过。

外交部休养所离老虎石不远，沿山坡的小径走下去，可到达专属的海滩。休养所由十几栋古朴典雅的别墅小楼组成，红色的屋顶在阳光下熠熠生辉，素色的白墙格外纯净。我们住在6号楼二楼的一个房间。对我俩来说，它似乎被一层神秘而柔软的轻纱包裹着，变成了一个远离尘嚣、享受静谧时光的秘密角落。6号楼旁边的小角楼，哥特式尖顶上开有方格小窗，像欧洲中世纪的城堡。

6号楼与8号楼之间有一个小天桥相连，直通一个宽敞的露天阳台。从这儿可以远眺蔚蓝色的大海，一直望到天边。偶尔，一阵微风吹来，带来远处海浪拍打礁石的声音。旁边的7号楼、9号楼都是简约的北欧风格，建筑呈几何形状，红砖墙面上爬满藤蔓，显得古朴典雅。

　　从这个露天阳台俯瞰休养所，院内绿叶掩映，青石板铺就的道路干净整洁，两旁是精心修剪的花草，美人蕉、绣球花与石榴交相辉映，初秋的菊花也悄然绽放。院外更是林木葱茏，有两棵高大挺拔的松树伸出手臂，似乎想拦住我们看海的视线。在这片宁静的院落中，微风送来淡淡花香，夏日已近尾声，残留的暑气伴着蝉鸣逐渐消散，徐徐的海风抚慰着我们略感困倦的身心。阵阵海潮，仿佛将我们的身子轻轻托起，在空中轻轻摇晃。

　　昨夜下了一场小雨，今早起来仍没停歇，天上飘着轻盈的雨丝，如烟似雾。飘飘洒洒的雨洗净了浮尘，空气格外清新。我俩并肩坐在宽敞的阳台上，头上是那把早已撑好的墨绿色大伞，为我们遮挡细雨。透过薄薄的雨帘，隐约可见海面上有几条打鱼船，在苍茫的大海上起伏摇晃。从远方涌来的海浪，犹如一群挥舞马刀的哥萨克骑兵，向岸边势不可当地冲来。它们与黑色的礁石激烈碰撞，浪花翻滚，涛声如雷。我们静静地看海，时光仿佛凝固一般。

　　从群山怀抱的陇南，来到风光旖旎的海滨，我的心绪也如同眼前的海浪一般起伏不定，恍若置身于不真实的梦境。夜幕降临，雨停了，我们漫步来到海边，只见一轮皎洁的明月从深邃的夜空缓缓升起，银色的月光倾泻在辽阔的海面，宛如一条波光粼粼的银河。再过几天，我将返回陇南，两人又将重回牛郎织女的生活。前路漫漫，等待着我们一起去探索。

1986年8月24日　星期日

　　今日出伏，我准备过两天回陇南。

　　从北戴河回来后，F司的同事们每人凑5角钱为我们贺婚。方惠用彩纸叠成纸盒盛喜糖分给大家。同事马国英大姐说："你们刚结婚，住集体宿舍不太合适。我和先生最近要带孩子外出休假，你们就搬到我家住吧！"遂把她家房子借给我们住了。他们夫妇的慷慨让我感受到中央机关干部朴素友爱的延安作风。

锡拉胡同 21 号院宿舍是外交部两年前建成的 6 层板楼，分为东、西两栋，位于锡拉胡同与东黄城根南街交会处，距故宫东华门不远。马家在西边楼栋。方惠上班后，我喜欢出来溜达。这是一条很清静的胡同，胡同东口有一家"素食斋"，据马大姐的先生刘东海说，这里出售的"素什锦"口感极佳，誉满京城。锡拉胡同朝东走是王府井大街，熙熙攘攘，异常繁华。而从胡同往西走，可到东华门，看得到故宫红墙和护城河边的垂柳，还有好多紧贴着皇城根的低矮民居，它们是老百姓的房子，充满烟火气。

锡拉胡同紧邻紫禁城，是个闹中取静的好地方，素来就是朝廷重臣喜居之地。据说慈禧进宫前，她的娘家就在这个胡同里，而袁世凯也曾在此居住。有一天，我将钥匙遗忘在家中，把自己锁在了屋外。焦急之际，我敲开邻居家的门，邻居也是外交部的干部，得知情况后，很友善地同意我从他家阳台翻越过去。当我悬挂在五楼的阳台上时，无意间朝西望去，看到了紫禁城里面的景色，非常震撼。

我们在与马大姐和她先生刘大哥的交谈中了解到，新中国成立后，中苏友好，国家每年都要从高考成绩优秀的考生中选拔一批尖子学生，送到设在北京外国语学院的留苏预备部学习，为去苏联留学做准备。马国英和刘东海是 1960 届留苏预备部同学。中苏关系恶化后，因为中国留学生在苏联的活动受到各种限制，外交部安排他们转到英语系学习，1965 年毕业后分配到外交部工作。1969 年，中苏边境爆发武装冲突，全国进入备战状态。为应对严峻形势，中央机关纷纷在外地农村建立"五七干校"。外交部也把大部分干部派去干校，仅很少人在北京留守。马大姐去干校，刘大哥留京。

1971年9月，第26届联合国大会通过决议，决定驱除台湾代表，恢复中华人民共和国在联合国的合法席位。联合国秘书长迅速致电中国政府，邀请中国代表团出席该届联大。毛主席指示外交部立刻组团去纽约参会，刘大哥有幸成为代表团成员。为此，外交部特别安排马国英专程从干校回北京送别。

刘大哥说，当时，周恩来总理率在京所有政治局委员到机场为代表团送行，并在专机前和他们合影留念。一年多后，马国英被派到纽约与他团聚。然而，因工作需要，他们不得不将刚出生的孩子留在国内。

这一次，是他们儿子考上大学，全家出京旅游，所以把房子临时借给我们。我也因此在锡拉胡同这个紧邻王府井和故宫之地，当了几天北京人，并体验了一下外交部职工的日常生活。

1986年9月1日　星期一

8月31日中午12:09，在北京车站与方惠话别，搭乘9次特快返陇。今天下午2点到略阳。原以为可赶3点的班车回康县，不想这趟车取消了，只好停一晚，明早回去。

在县城转悠，看到街上已有猕猴桃上市，心中一动。陇南领导对猕猴桃情有独钟，已将岸门口确立为猕猴桃人工种植基地。通过罐头厂生产猕猴桃罐头，进一步激发农民种植猕猴桃的积极性，并整合地区农科所、乡镇企业和种植专业户，构建一个农工商合作体系，这是地委张学忠书记"三抓"战略（抓乡镇企业、抓"星火计划"、抓农民增收）的具体体现。我寻思，要想办法攻克猕猴桃去毛、去皮的技术难题，把猕猴桃罐头搞出来，把张书记的这个想法落到实处。

回到招待所，我点燃一支"燎原"牌香烟，在烟雾缭绕中整理思绪。这次从北京了解到，中组部青干局已就全国选调生情况向上面提交了一份报告，很快将召开选调生工作会议。青干局认为，这种预先公开确定后备干部人选的方式确实存在瑕疵，决定以后不再直接将优秀大学毕业生选拔为后备干部，省委组织部也将停止从高校选调毕业生，如此一来，我们这批人的命运将随之改变。

另据康县传来的消息，县委组织部近期考察了我，有说法是先前准备调我到县工业部门当局长，提成正科级。然而，在知道我结婚以后，认为我是"飞鸽牌"，这事就搁下了。此外，老温叔之前也提过，乡镇换届选举即将开始，我可能列为差额选举的镇长候选人，或者继续作为副镇长候选人。

我推开窗，呼吸了一会儿从山那边吹过来的新鲜空气。望着集市上人来人往的街景，我发了一会儿呆。"看来康县确实不能待了。"我自言自语道。转念又想："但也不能灰溜溜地走，至少要把罐头做出来，争取评为省优。另外，至少也不要落选副镇长，退也要光荣撤退。"问题是退到哪里去呢？方惠和我别过后，去外交学院读两年书，实际上给我争取到两年机动时间。看来最现实的，还是先回兰州再说。饭总是要一口一口地吃，路也要一步一步地走。

1986年9月7日　星期日

回来见到同事们，分发了喜糖，大家都很高兴，喜气洋洋的。罐头厂工友也跟着起哄。去年夏天招工考试，方惠曾来康县帮助监考，大家都认识她。岸门口街上的老街坊，梁叔、程专业、左老先生、饭铺老陈、理发店老孔，特别是邮电所小杜，都笑着向我祝贺。我特别感谢小杜说："千里姻缘一线牵，你们邮电所才是我们最重要的红丝线啊！"县上也知道我结婚了，还传说我进了中南海，刘副专员仍兼县委书记，他让通讯员小张传话，叫我有空到县上去看他。

老祁接任厂长后，把厂里的事全面抓了起来。加上这个月我不在，正好让他"耍人"，这是康县话，意思是当了一把手，可以指使人了。他们应季收购了一批猕猴桃,试生产了 3000 瓶猕猴桃罐头。我到厂里去认真查看,发现罐头汤水色泽偏暗,果形不够均匀,感官指标不是太理想,另外成本消耗没降下来。我建议他们请兰州食品工业研究所的王工来康县指导,另外选果时要挑选个头均匀的,去皮、去毛环节要技术攻关,收购贮存环节要控制好成本,减少鲜果坏死率。

厂里另外做的一批栗子鸡罐头看起来蛮像样的,开瓶尝尝,口感不错,这是我们的招牌产品。做罐头的活鸡是工人们在当地收购的,而且由我们自己的工人宰杀,以确保新鲜品质。我去时,正好遇到男工出去收鸡了,由女工来杀鸡。她们哆哆嗦嗦的,不敢下手。有一位名叫陈菊英的女工,她一手拎着咯咯乱叫的大公鸡,一手提着大菜刀,嘴里嘟哝道:"杀生坏命呢,可咋弄嘛?"康县这边,弄刀弄枪是男人的事,女人不管杀猪杀鸡这些沾血腥的事。老乡的说法是,女人要生娃,杀生害命,以后生娃可能有麻烦。

我仔细观察她杀鸡的动作,就是要从鸡耳旁拔毛拉刀。旁边有位名叫高秀萍的女工,胆子很大,她拉刀极快,刀锋闪过,鸡血迸射,鸡脚扑腾几下就软绵绵地耷拉下来。院子里架了一口大铁锅,下面塞了好几块大柴棒子,烧得火光熊熊。被高秀萍杀掉的鸡扔进沸水,没啥动静,而别人杀的鸡进锅后还在扑腾。我正在琢磨要领,女工们围上来起哄:"镇长也来杀一只噻!"吓得我仓皇逃跑。

老祁说,厂里的最大困难是电。康县是小水电,没接入国家大电网,所以电压很不稳定。有时鸡杀了,料也备齐了,但电压就是上不来,开不动锅炉。现在是枯水期,后曲子电厂发电量不足,晚上打开电灯,和煤油灯的亮度差不多。罐头厂生产依靠锅炉房,而要启动锅炉房马达,工作电压最起码要在 175 伏以上,但电压表指针始终在 150 伏刻度徘徊,真要把人给急死。

1986年9月27日　星期六

到县城参加县委整党工作会议,历时6天,今天回到岸门口镇。到县上开会的,主要是各乡镇书记和负责党务的党委委员。县委刘书记在会上提出村级整党必须解决三个问题:一是严肃处理严重侵害群众利益的人和事;二是始终抓紧做一个合格党员教育;三是进一步调整和建设好村级领导班子。会议围绕这三个问题展开讨论。会上,我头一回结识了康县不少"实力派"人物,特别是城关镇张书记、阳坝镇冯书记和两河镇王书记,他们是康县大镇的书记,而且做出了实绩,是下一步竞争县领导的优先人选。虽然他们职务比我高,但都很愿意主动找我拉呱。

县委刘书记和伯富同志见到我更是亲热,开玩笑说我现在是"北京姑爷"了。伯富同志还要我们从罐头厂调一批栗子鸡罐头来给大家尝尝,展示县里扶持乡镇企业取得的重大成果。讨论会上,本来轮不到我这个级别的干部发言,但当刘、杨主持会议时,都会点名让我说说,有时还招手要我坐到他们边上去。我倒是能够结合当天的主题说几句,说得也比较对路。我能感觉到,县领导是在有意识地让我亮相,提高我在县上的知名度。

1986年9月29日　星期一

听广播,党的十二届六中全会通过《中共中央关于社会主义精神文明建设指导方针的决议》。《决议》明确指出,搞资产阶级自由化,即否定社会主义制度、主张资本主义制度,是根本违背人民利益和历史潮流,为广大人民所坚决反对的。

岸门口镇农村整党工作全面铺开。镇上分配我负责指导中节、林口、青岗坝三村整党工作。岸门口镇的地理分布恰好是一个"Y"字形,以燕子河谷为主干,以中节河谷为分支,两河在镇街汇聚。

林口位于镇西12.5公里的中节河上游,青岗坝位于镇东6.5公里的燕子河下游,大部分路段能骑自行车到达,但有些村落只能走路去。如果从林口到青岗坝,差不多有20公里路程。

很快就要换届选举,这三个行政村在岸门口镇都算人口大村,指导这三个大村整党,必然会大大提高我的威信,这对于我在岸门口打牢自己的群众基础相当重要。我其实知道,现任镇领导班子很不希望我以"正镇长候选人"身份参加换届选举,如果现任镇长落选,恐怕很不好办。但目前这种工作安排,似乎与此背道而驰,这让我有些疑惑,难道他们对选举政治真是一窍不通?还是觉得我一个书呆子肯定不会抓村里的工作,会闹出笑话?这就有些小看我了。

入秋后,岸门口阴雨连绵,我前天下乡时,看到路边一户人家塌房了。急步走近查看,原来风雨已经掀掉房瓦,还有一整面墙被积水泡垮。这家有老小九口人,都蜷缩在残存的屋角,没锅没灶,个个愁眉不展。雨还在淅淅沥沥地下,但村上竟然没有一个干部过来查看,让我有些生气。

听说我在这儿,村支书马上赶过来。我请他通知全村共产党员立即到塌房的这家集合。党员到齐后,我接过支书递给我的斗笠,和披着蓑衣的党员们围成一团,开起了整党动员会。团支书将我从镇上带来的一面党旗就着残屋的房梁展开。开整党动员会时必须悬挂党旗,这是县委的要求。雨水淋湿了这面党旗,使它显得格外的鲜艳醒目。

传达完整党通知,大家没有废话,开始合计怎么想办法安顿这家人,怎么尽快给这家人重新起房。支书带头捐出了家里的一些旧砖瓦,村小剩余的几根木料也抬过来了。大家七嘴八舌地合计好,明天一放晴就动工,把村上能干活的都叫来。支书说:"保证三天修好!"我用手擦着脸上的雨水说:"今天,我们一起上党课,学习整党文件,就是要让每个党员增强党性意识,增强给老百姓办事的意识。"支书接过话茬儿说："镇长今天给我们作了最好的整党动员，我们村整党就从修好这家人倒塌的房子开始。"

1986年10月1日　星期三

乡下过国庆节没啥动静，镇上同事都放假回家了。罐头厂向舟曲发了300箱栗子鸡罐头。舟曲县隶属甘南藏族自治州，"舟曲"是藏语，意思是"白龙江"，这里处于西秦岭山地与岷山山系的交界处，地形复杂，沟壑纵横，重峦叠嶂，海拔从1000米升至4500米，交通不便，物资供应匮乏。栗子鸡罐头是我们的招牌产品，鸡和栗子封罐前都经过严格挑选，并由兰州食品工业研究所研究配方并予以监制，质量相当过硬。舟曲冬季酷寒，这批罐头拉回去正好可应节庆之需。这个订单也给我很大启发，即应扩展视野，不仅聚焦西安、兰州、天水、宝鸡等大中城市，还要学会"反弹琵琶"，深入分析藏民和回民的消费习惯，开发出适合他们的新产品，争取在附近藏区和回区打开新的市场。

东风牌货车的车厢内，整整齐齐地码满了我们的罐头。在微弱的灯光下，工人兴奋地忙碌着装车，身影交错。岸门口的深秋，已是寒风刺骨。我与亲自押车的祁厂长握手话别，目送着满载货物的卡车缓缓驶出厂区，内心暗暗祈祷。这趟货有上万元进项，不仅能明显减少库存，而且成了我们安全越冬的希望。送走老祁，我松了一口气，到陈家饭铺吃晚饭。老陈多炒了两碟菜，非要拉我一起喝酒。他说："过节嘛，咱也整一盅。"

老陈是四川阆中人。阆中是历史悠久的古城，曾是红四方面军的大本营。老陈打开话匣子，说起他的经历。1959年，他17岁，公社搞集体食堂，但很快就青黄不接。食堂严格控制口粮，每人每日仅能分到旧秤的五两稻谷，折合新秤连二两米都不到。他饿得实在熬不住，就从老家跑出来，先到广元投靠幺爸，但幺爸只给他盛了一碗稀粥，给了7元钱，劝他回家。他不甘心，就跟着一位在火车站偶遇的河南人去了西宁。

他在青海成了一个盲流，生怕被抓，时刻提心吊胆，夜晚不敢住旅店，只能在公路上游荡。当吃完怀中仅存的半块米面饼后，他用五分硬币买了一杯青稞酒，借酒取暖，再步履蹒跚地往前走。直到20岁，才在一家铁器社找到工作。当了几年工人后，又到青海的海南州农林技校进修。然而，毕业时却被通知去支援果洛，那边更是苦得莫法，只好又回四川老家。

"四川人嘛，眉清目秀的，在青海那边看起来算是比较白净的，不像当地的农民。"他轻轻抿一口酒，嘴角勾起一抹微笑说："特别是我搞到一个军用帆布挎包，那时候能背帆布挎包的人很少，人家不敢小看你。"

昏暗灯光照着他有些狡猾的笑容。他说，路过宝鸡时，遇到公安大搜查，在火车站抓了好多盲流。公安看他斯斯文文的，穿戴也比较整齐，还斜挎着军用帆布挎包，不像盲流，就没抓他。他从宝鸡走到康县，原计划继续朝前走，穿过青木川，过姚渡回四川，结果在岸门口歇脚时留了下来。

老陈跟我碰杯，又给我添些酒说："康县这边时兴招婿上门，流行谚语说'皇帝无儿招驸马，百姓无儿招郎丁'。据说这个习俗是太平天国残军逃进康县后流传下来的。"

老陈呷了一口酒接着说："《康县志》记载，石达开兵败大渡河，有一支残军逃进康县。他们化整为零，纷纷以男嫁女娶的方式隐姓埋名，躲过清军杀戮。康县南部森林繁密，野兽多，经常出来祸害乡民的庄稼，所以很多有女无儿的人家就会招上门女婿来顶门户。康县以前是蛮荒之地，皇帝佬儿都不管，有些男人在四川、陕西、河南犯了事，就会跑到这里当上门女婿。在这边当上门女婿的四川人，少说也有2000多人。他们当盲流、钻老林、拉大锯、当漆客、当裁缝，还有当炊二哥［四川方言，意思是厨师］和修路工的，日子过得好艰难。用四川话讲，就是在打烂账［指一个人无所事事，在社会上讨生活，但又混得不怎么样］啊！"

瞥见他眼中闪烁的泪花，我忙不迭地转换话题，夸他厨艺不错，炒的回锅肉很有家乡味道。我问他做得咋这么好吃，他脸上洋溢着自豪，娓娓道来："这块二刀肉是今天赶场现割的，甜面酱是托人从成都带过来的，豆瓣选的是资阳临江寺的金钩豆瓣，蒜苗是自家种的，回锅肉这样炒出来，你说好不好吃？"

他一时兴起，还起身去拿了一瓶保宁醋出来，说这是阆中特产，又助消化又醒酒，一定要我尝尝。我轻舀一勺，酸中带甜，回味绵厚。老陈年过半百，今天喝得高兴，有些踉跄地站起身来说："来，我敬你这位小老乡。我们这群在康县的四川人，如今出了一个镇长，太给我们长脸了！"

1986年10月5日　星期日

托河乡邵书记是我前几天在县上开整党工作会议时认识的。今天他利用周末时间专程来岸门口镇，希望与我进一步探讨"边区经济逆向导入机制"这一课题，看看能不能合作写出一篇论文。

我请他到陈家饭铺，边吃边聊。工资调整后，我每月收入稳定在一百零几元。我在陈家饭铺吃得很简单，多是半荤半素配米饭，而且爱吃他做的"两面黄"素炒豆腐，豆腐是他家自制，所以每月交的菜钱真不多，完全负担得起。下乡驻队时，一般是带两斤本地产的茶叶、两条"凤壶"牌纸烟和几元饭钱下去，钱和茶叶给房东，烟开会时散给村干部，各方面都打点好。像邵书记这样的客人来，请老陈加一个荤菜，炒一盘青椒土豆丝，配一盘岸门口老樊家的松花蛋，再到旁边供销社买一瓶沱牌金沙酒，就相当丰盛了。老陈沏了一壶阳坝大叶茶，没要钱。

我们边吃边聊。首先确定，"边区经济逆向导入机制"表面看是国家照顾边区，其实是一种误解，因为讨论边区问题应放进工农关系的大框架来谈。新中国成立初期照搬苏联模式，用"剪刀差"为重工业提供原始积累，通过牺牲农民利益实现国家超常规发展。因为边区经济基础特别薄弱，所以"剪刀差"对农民的盘剥后果显得更加严重。边民种粮比平原和丘陵地区的农民要艰苦10倍，但粮价太低，本身就很吃亏；而边区单产低，很多农民要吃返销粮，要买种子和化肥，价格又比内地高出不少，再吃一道亏。所以，农民苦，边区的农民更苦。

其次，社会主义怎么能长期建立在国民经济不平衡的基础之上呢？边区的基本矛盾是农民脱贫致富愿望与落后生产力之间的尖锐对立，平衡和缓解这种对立，如果只依靠市场，路是根本走不通的。在具备一定条件时，必须通过社会主义的国家力量帮助进行反市场操作，才可能将商品经济引入，经过细心培植，让它茁壮成长起来。国家力量必须先进入，待条件成熟时才可逐步地退出。只有这样，才能证明社会主义制度的优越性，才能体现党为人民服务的根本宗旨。

再次，从经济结构审视，边区经济与内地经济是彼此依存的，构成一个内循环过程：内地经济向边区输送消费品、生产资料和技术，而边区则向内地提供原材料、初级产品和廉价劳动力。边区确实具有尚未充分开发的市场潜力，但其单薄的消费能力严重地受限于初级产品和原材料价格及劳务输出能力，而这又受到贸易流通条件的严重制约。目前，这种循环经济体系呈现两大特征。一是边区积累水平极低，地方财政连年赤字，国家转移支付额度不断攀升。二是边区市场发育很不健全，商品流通受到多种因素的约束，缺乏经济活力。产生这一局面的根本原因在于边区财力薄弱，生产剩余又受到超额分配影响，再生产投入持续萎缩，陷入恶性循环和严重失血的状态。

最后，陇南作为长江上游及秦岭山脉西延部分，对于国家水土资源保持与涵养具有十分重要的生态价值。考虑到地区间经济发展的不平衡性，下游富裕地区在享受生态红利的同时，理应回馈上游贫困地区。近期，东北辽河水灾引发反思："与其成为抗洪救灾的英雄，不如成为兴修水利的模范。"此话有理。若进一步讲，要兴修水利，更要积极推进水土保持。

因此，无论从"剪刀差"、党的宗旨、社会主义市场经济制度，还是从经济循环和生态保护等多维度考量，建立"边区经济逆向导入机制"都十分必要。我们聊得挺投机，不过也意识到"屁股决定脑袋"，必须承认自己看问题存在局限性。因为我们毕竟只是从边区的立场来看转移支付，所以在总体上仍受到国家计划经济思维的影响。历史已反复证明，"一平二调"的老路也是走不通的。

我就此谈到罐头厂的艰难处境。前不久，由于后曲子电厂在枯水期发电量严重不足，导致罐头厂供电系统电压不稳，有时突然停电，导致几百瓶正在生产线上等待封装的罐头后来出现了胀罐现象。为确保产品质量，我责成将这批罐头全部销毁，但遇到极大阻力。匪夷所思的是，当这批不合格罐头被填埋后，竟有人趁夜色偷偷挖出吃了，然后还到处嚷嚷："大学生胡搞，好好的东西拿来埋掉。谁说有毒？老子吃了被毒死了吗？"这件事反映出的问题是，从供电条件看，边区是否适合建工厂确实要打问号，但这属于客观因素；而大家对于销毁不合格产品的抵触情绪，则令人思考边民在主观上是否具备参与商品经济的素质要求。

这时，老陈过来问："是不是再拿瓶酒出来？再加两个菜？"我们这才发现，原来那瓶沱牌金沙酒已被我俩不知不觉喝光了。邵书记起身告辞，我们约好再找时间探讨。

1986年10月22日　星期三

驻村工作时遇到一件事，颇值得一记。据老乡传说，岸门口

有一条山沟，与成都武担山有神秘联系。传说古蜀国国王曾从武都纳妃，对她非常宠爱，但妃子不服水土，极度思念故乡，最终忧郁而死。临终前，她乞求蜀王将她送回家乡安葬。蜀王实在舍不得与爱妃分离，就派军士到武都取土回成都来安葬她，以慰亡灵。可惜的是，由于蜀道险阻，这队军士大部分死在路上，最后只剩五名军士，费尽千辛万苦挑回五担泥土，得以安葬王妃。因此，这座坟冢被后世称为武担山，也有好事者将其称为中国的"泰姬陵"。当时康县并未设县，属武都地界，而这位妃子据说就出自岸门口这条山沟。如此说来，蜀王军士很可能就是从岸门口取土运回成都的。

这段传说后来衍生出一个说法，就是这条山沟里每三代必出一位倾国倾城的美人。我进沟以前听过这个传说，但并未在意，觉得不过是无稽之谈。未曾料想，刚踏入这片幽静的山谷不久，竟然就与一位绝色女子意外相遇。

这女子自山坡缓缓而下，款款走来。她有一张很精致的鹅蛋脸，头发乌黑亮丽，肌肤洁白如玉，胸脯高耸，腰肢纤细，走起路来似柳枝轻摇，修长的蛾眉宛如双山倒影，横穿云鬓，弯弯的细眉下，两眼顾盼生风，宛如一汪秋水。乍一眼看到这女子，我几乎屏住了呼吸，瞬间就相信了先前的那个传说！

村干部说，她叫琴子，做事非常大胆泼辣。她家修房，村上男人都去帮忙，不料上房梁时有一面墙突然倒塌，压死一个村民。事后经过调解，琴子被迫嫁给丧家的傻儿子。这家掌柜的想当老烧火［甘肃方言，指想与儿媳妇亲热、不正经的老公公］，被琴子打得满地跑，再不敢惹麻搭。他老给村里人说："死了一个兄弟，换回个媳妇，还是琴子，实在太划算了！"

琴子心高气傲，根本不准这家傻儿子上床挨她。这家人想来硬的，她就寻死觅活。后来，她和一个四川来养蜂的后生相好，两人私奔时她已怀身孕。这家人卖掉一头牛当办案经费，交给公家人到四川找到琴子，硬把她带了回来。那后生也跟随而来，但被抓住打过好几回，如今不知去向。琴子生下一个儿子，可把这家人乐坏了，当家的说："卖一头牛，换回个大胖孙子，太划算了！"

"琴子还跑吗？"我问村干部。他说："谁晓得啊！这女子干散展脱［**甘肃方言，意思是落落大方，仪态端庄，说话办事爽快清楚**］！她人长得这么攒劲［**指人长得特别精神、漂亮**］，但办起事来磕齐麻叉［**指办事果断快捷，不拖泥带水**］，刹利［**指干脆利落，决不拖沓**］得很。这家人今年收了6000斤洋芋，差不多都是琴子从地里刨出来的。大家都晓得那个传说，都说琴子是贵人，婆家人可不敢打她！"

我衣襟上有颗纽扣脱落，琴子默默地帮我缝上。近看她，那清丽的面容如同八月的天空一样澄净，笑容绽开时宛如五月的鲜花。特别是她的笑声，宛如山涧飞瀑，畅快爽朗；又如沙漠甘泉，沁润人的心房。她不是"德伯家的苔丝"，而是岸门口山野上一朵怒放的奇葩。

1986年10月24日　星期五

"山雨欲来风满楼"，思想界最近风波不断，自己要做一个什么样的知识分子呢？形势促我反思。

中国知识分子有魏晋遗风，爱标榜自己是"清流"。我从大学开始，就接触到中外各种思想流派，百花齐放、百家争鸣。但我一直反对清谈，可能这与我读理科有关系。我们把喜欢夸夸其谈的人称为"苍白的思想家"，他们以为中国的事可到书橱去找答案。

如果把他们贩卖的东西撕拉开来，就会发现好多都是欧洲18世纪的老古董。就像泰戈尔讽刺的，虽然选用最好的花朵来编织花篮，不过几天也就枯萎了。我们年轻，知识有限，容易被这些稀奇古怪的"学问"给唬住。

毛泽东办《湘江评论》写的发刊词是："天不要怕、鬼不要怕、死人不要怕、官僚不要怕、军阀不要怕、资本家不要怕!"真是振聋发聩。我们不要因为自己存在知识的局限就看低自己，不摧眉折腰事权贵，也不盲从和迷信舶来品，对皇帝和洋人都不要有奴性。我这辈子要挺直腰杆做人，决不要有奴性。奴性是鲁迅先生为之痛心疾首的民族劣根性，我们这代人决不能有。把我们从兰州接回武都的杜师傅预言，我们会沦落到给"老家伙们"洗脚的地步，那他是眼光不行，看不清时代的激烈变化。如果连我们这代人也跪下去了，中国还有什么希望？

实践是艰苦的探索，而唯有勤奋方可酿出思想的琼浆。我从不反对读书，不反对专家，但我的理想是结合自己的亲身实践去读书，如同我结合创办罐头厂的实际去研读北京经济函授大学课程一样，力争做一个知行合一的思想者。曾经，我也和许多同学一样，热衷于玩弄辞藻，到处寻找所谓"富有新意"的高论，以期编织出绚烂的思想花环。然而，我逐渐领悟到，即便再娇艳的花朵，若脱离了适宜生长的土壤，终将凋零。而我们这些护花之人，或许只是在不自觉地重复着"黛玉葬花"的哀婉场景罢了。

陈独秀乃博学鸿儒，瞿秋白是学贯中西的革命先驱，两人都曾是党的领袖，有熠熠生辉的革命思想，也有丰富深邃的马克思主义哲学理念。但是，他们为什么不能避免悲剧的命运呢？究其原因，在于他们的主张未能与中国实际相契合。我这一生，注定要研究问题，但更重要的是要尝试去解决问题。

第十二章 走咧走咧

斜倚在风雨亭中,我任由目光随着天上的云朵自由飘移。小阁楼上昏黄的灯光,罐头厂内沉闷的轰鸣,还有农家灶塘熊熊燃烧的炉火,岸门口的时光宛如诗篇,如梦似幻,让我心旌摇荡。此刻,我倚靠着双拐,仿佛是汪洋中的一条船,昂首挺胸,坚定向前。我向群山挥手告别,向山顶飘浮的白云挥手告别。

1986年11月16日　星期日

　　13号接到县委组织部电话，说省委组织部决定分片召开选调生工作会议，陇南、天水、定西三个地区划成一片，通知我17号到定西报到开会。

　　我和邹君14号下午从康县出发，15号上午在成县会齐陇南地区的11位选调生同学，分别是1983年、1984年和1985年这三年选调的。给我们带队的是地委组织部青干科刘润昌科长。我们搭乘长途客车翻小陇山到天水，路上走了4小时。

　　刘科长分派邹君、我和在成县店村乡工作的小洪住进天水汽车站西边的一个小旅社，它在一个古朴的小巷内，青石板路面，屋檐低矮，瓦片之间长着厚厚的苔藓。巷口挂着"弥陀寺"的蓝色路牌，这三个字没来由地让我想起《水浒》里的"石秀杀嫂"，不禁哑然失笑。

　　天水古称成纪，又称秦州，是秦人、秦文化的发祥地。天水是甘肃第二大城市，街上行人熙熙攘攘，远比陇南繁荣。漫步大什字，看到一座牌楼，飞檐斗拱，巍峨壮观，牌坊上悬挂一匾：汉忠烈纪将军祠。

　　听旁边老人说，楚汉相争，刘邦在荥阳陷于重围。纪信是刘邦麾下将领，长相与刘邦相似，故假扮刘邦，出东门诈降，掩护刘邦从西门突围。项羽知道被骗后，将纪信活活烧死。天水是纪信的家乡，故立祠纪念，并当作城隍庙。祠庙门楼正中写着"精神尚在"四个大字，很是提气！拾风伯父和父亲都曾反复告诫我，我们郑家是世代忠良，一定要精忠报国，绝不能做叛臣贼子。

　　漫步天水街头，发现错肩而过的女人肤白貌美，不由得暗自惊叹。转头问同行的邹君和小洪："街上姑娘的肤色咋都这么白净，亮闪闪的，是我眼花吗？"邹君的目光也紧紧跟随着这些女子的身影，随声附和："没错，这里的女人咋这么白啊？"小洪在成县工作，跑天水时候多,他一本正经地说:"天水出白娃是有名的,你们没看错。"

我问他:"我咋觉得她们比苏杭美女还白啊!"小洪听罢,爽朗大笑:"瞧你,去了一趟苏杭,现在还惦记着呢!"随后解释道:"天水出白娃,首先是水质好。北有渭河,南有嘉陵江,天水、天水,取意天上来水,滋养万物;另外,天水群山环绕,林木茂盛,气候宜人,就像一个天然的大温泉,在这里生活的女人心情愉悦,自然就养得白白胖胖啦!"

华灯初上,灯火闪烁,温暖而宁静。我们选定一家小饭馆,老板娘端上的浆水面地道纯朴,那酸甜麻辣的感觉被同学们戏称为"天水之吻"。"吻"过之后,嘴唇被甘谷出产的辣椒和武都出产的花椒搞得不停地颤抖。

趁空到天水百货商店去考察罐头专柜,发现陈列的肉食罐头定价比我们高,"符离集烧鸡"只装了半瓶,标价3元1角;"红烧兔肉""红烧驴肉""红烧牛肉"的单价都超过2元5角,我们生产的"栗子鸡"上柜价格只有1元7角,汤清肉足,这让我对自己的产品多了一份信心。

1986年11月22日　星期六

我们17号从秦州旧城出发,搭乘公共汽车去北道的天水火车站。今天是小雪节气,天空乌云密布,坐在车上也感觉寒意刺骨。不过,壮阔的渭河川却让人眼前一亮,道路宽阔平坦,两旁星罗棋布地分布着军工大厂。上次在绵阳就听东子说过,天水是三线建设时期新崛起的工业城市。

令人惋惜的是,陇南人对天水的感知并不明显,这说明我们在推进工业化进程中,忽视了工业城市对周边贫困地区的辐射和引领作用。这是历史留给我们的一份遗憾。

近年来,美国里根政府推出"星球大战计划"、西欧提出"尤里卡计划",日本也制定《今后十年振兴科学技术政策大纲》,我国则提出"863计划",准备拿出100亿元在生物技术、航天技术、信息技术、激光技术、自动化技术、能源技术和新材料技术方面紧跟世界科技潮流,跑出中国人自己的高科技发展路线。这是堪与毛泽东时代制定的"大三线计划"相媲美的国家发展战略,我虽身在边区,也不希望掉队,期待看到甘肃大地也迎来科学的春天。

我们在火车站与天水这边的选调生会合。他们三五成群地交谈,不太搭理我们。天水地区的选调生比陇南多得多,而且他们的气质和打扮都相当洋气,相比之下,我们这些从陇南出来的更像是"土包子"。站台上突然出现这一大群年龄相仿的年轻人,显得很是新鲜,吸引了周围候车人群的目光。

从天水到定西不远。定西是甘肃出名的苦寒之地,晚上气温低到零下十几度,冷得人不敢出门。我们住定西行署招待所,会期4天。省委组织部青干处裴处长传达了中组部选调生工作会议精神。他说,9月底开的这次会议规格很高,中组部部长尉健行和几位副部长全程出席,并参加小组讨论。王兆国同志代表中央发言,其他几位中央领导也接见了参会人员并合影留念。

裴处长说,全国现在有将近13000名选调生,提拔到县处级以上领导岗位的有300多名,走上乡科级领导岗位的有2000多名。中央认为,这批选调生多数在校是三好学生、学生干部和党团员,他们响应党的号召,克服个人家庭困难,毅然到基层艰苦地区工作,精神可贵。几年来,各级党委对选调生做了大量卓有成效的工作,创造了适宜他们锻炼的环境,政治上严格要求,工作上大胆使用,生活上予以关怀,取得了很多培养青年干部的成功经验,应充分肯定。特别是许多基层干部言传身教,使选调生在与群众相结合的道路上有了良好的开端。绝大多数选调生表现是好的,思想解放,锐意进取,为改变基层面貌作出了贡献。同时,通过熟悉和了解社会，学习做群众工作，也获得了难得的锻炼和提高。这次中央提出改变选调办法，但对这些年轻同志要做到"三个肯定，一个负责到底"。

裴处长待我很亲切，好几次在不同场合赞扬我。地委刘科长想让我到大会上发言，我建议请邹君代表陇南地区选调生发言。在一次小组讨论会上，裴处长招手让我坐他旁边，并点名让我发言，我就站起来讲了三点：一是若想建立良好的干群关系，首先要当好基层干部群众的学生，学他们的语言，学他们风趣质朴的生活态度，多听他们的意见，与他们交流时要真诚、走心；二是知行合一，努力弄懂国情、乡情、民情，把精力集中在解决实际问题上；三是避免急功近利的心态，要争取的不是现在的喝彩，而是三年以后的掌声。最后，我还补充说："人生除了生死，其他都是擦伤，不必太在意。"会后，几位同学反馈，称我的发言"讲得精彩"。裴处长并未向我透露下一步安排，但讲了几句很暖心的话。

1986年12月4日　星期四

完成《从鸦片战争到五四运动》（上下）的通读任务，这是自己给自己定的功课。胡绳这本书概述了我国从鸦片战争到五四运动时期发生的若干重大历史事件，对许多广为人知的事件有新解读。我离开兰州挑选带下乡的书籍时，曾专门选出秦翰才先生的《左文襄公在西北》。我把这本书与胡绳的书一起读，别有一番感受。

读近代史，多数史学家都把洋务派贬得一无是处，好像把这些人臭骂一通即可洗雪民族耻辱。实际上，诸多洋务派代表人物都是当时杰出的中国知识分子，即使按照中国传统文化标准衡量，他们也不是没人格、没血性、没头脑的平庸之辈。

如果比较公正客观地看，他们在那个特定历史阶段，或许已竭尽所能。总的来说，他们算是识时务者，能够在种种委曲求全的境地仍为国效力,与那些墨守成规、只会空喊不切实际的浮躁口号的老顽固相比,他们为民族所做的实事要多得多。

对于一个长期闭关锁国的东方大国来说,帝国主义列强的坚船利炮无疑是全新的事物,通过一次又一次的失败,通过付出惨痛的教训,我们才认识到"落后就要挨打"和"师夷长技以制夷"的道理,才逐步走上科学、民主、法治的道路,或许这就是民族觉醒所必须经过的阵痛吧。对于曾在甘肃生活过的知识分子而言,很难不对洋务派代表人物左宗棠深怀敬意。若非他的远见卓识,新疆未必建省,西北工业化进程难以启动,民族矛盾亦恐难化解。

晚清政治、军事的失败,与民族觉醒尚未完成有关。这不是某个人或某群人的失败,而是全民族的失败。失败的责任应该由我们的民族一体承担。如果没有一流的国民,怎可能有一流的国家?我们不能仅仅停留在对洋务派的指责和批判上,更须进行触及自身灵魂的反思与拷问。因为晚清失败的原因,并不因为帝制终结而消失无踪,它依旧顽固地盘踞在我们每个人的血液里。唯有民族深刻的自我反思,方可促成民族的觉醒。

五四运动最光辉的贡献,就在于激发了民族的集体反省,虽然这种反省还很不够,但当时的青年誓要破除民族的精神枷锁,挣脱封建思想束缚,用"德先生"和"赛先生"来指引民族前进。

创办罐头厂让我深切感受到,空谈误国,靠指责和抱怨救不了中国,更不可能振兴中国。只有埋头苦干,国家才有希望!

1986年12月8日 星期一

从定西回来,旋即投入基层换届选举的筹备工作。镇上指定我为中节选区负责人。在定西开会时,我从别的渠道了解到,自己即将调回兰州,这让我对岸门口反而更多了一份眷恋之情,尤其是能亲身参与中国基层民主选举，机会难得。

1979年夏，五届全国人大二次会议修订了选举法，确立差额选举原则，这是中国选举制度的一大跃进，是对"文化大革命"期间以非选举方式产生革命委员会的矫正。新的中央领导集体十分重视政权建设的民主基础，强调"必须根据民主集中制的原则加强各级国家机关的建设，使各级人民代表大会及其常设机构成为有权威的人民权力机关"。

差额选举打破了以往"上面提名单，下面画圈圈"的老办法，受到群众热烈拥护。彭真委员长指出，党在选举中的领导，就是严格依法办事，严格按照法律规定进行选举，充分保证人民自由行使选举权利，让人民真正成为国家的主人。

根据1983年五届全国人大常委会第26次会议通过的《关于县级以下人民代表大会代表直接选举的若干规定》第八条："选区的大小，按照每一选区选一至三名代表划分。"第十条："每一选民（三人以上附议）推荐的代表候选人的名额，不得超过本选区应选代表的名额。选民和各政党、各人民团体推荐的代表候选人都应当列入代表候选人名单，选举委员会不得调换或者增减。正式候选人名单，经过预选确定的，按得票多少的顺序排列。"

我准备在中节选区做一次大胆的尝试，就是摒弃上级指定候选人的旧办法，而是通过召开社员大会来直选，并实行差额选举。这虽然符合法定条件，但在岸门口是破天荒的。乡上的同事很谨慎，想先看看别的乡镇咋弄，但也不反对我在合理合法的条件下去探索。回顾历史，无数仁人志士为实现法治中国而奋斗不息。毛主席的老师徐特立就曾在欢送湖南代表出席国会时切断手指，蘸血写下"请开国会，断指送行"，震动全国。

尽管岸门口只是陕甘川边区一个僻静的角落，但我刚过弱冠之年，就有机会在这里兴办实业、推动民选，何其幸哉！营业所的程专业是我的好朋友，他说我是岸门口的"堂·吉诃德"。但是，在我看来，塞万提斯的理想是昨日的西班牙，而我的理想却是明日之中国。

1986年12月15日　星期一

获得省乡镇企业局的正式邀请，请我代表罐头厂到兰州参加全省的食品工业座谈会。会上公布数字，说我国乡镇企业数量达到1515万家，创造总产值3300亿元，已占全国生产总值的五分之一。这一数据让我又震惊又感叹。走出兰大校门时，我做梦也没想到，自己会误打误撞，投身到中国式工业化这一轮波澜壮阔的历史大潮之中。

特别令人兴奋的是，我厂生产的"栗子鸡罐头"和"草莓酱"两款产品在会议期间获得了"甘肃省乡镇企业优质产品"奖。省局领导请我上主席台，亲自向我颁发奖状，并对我们在落后山区发展乡镇企业所取得的显著成绩给予了很高的评价。

省局马局长在私下交流时向我透露，我们提交的罐头产品没有踩假水［四川方言，意思是弄虚作假］，是在无记名的情况下，经过严格的评审和筛选程序，才最终脱颖而出的。他特别提到，这次陇南地区9个县只评出来3个省优产品，而我们就占了2个！他说，作为一个位于陇南偏远地区的小型企业，能够在全省食品工业领域占有一席之地，并获得如此殊荣，实属不易。

到兰州后，即接到高老师电话，说组织已决定调我回兰州，约我到部里正式谈话。今天上午到省委大院，高老师领我到裴处长办公室。裴处长非常热情地起身跟我握手，并招呼我坐下，高老师还倒了一杯茶给我。裴处长说，原先是准备直接调我回省委组织部的，但一时安排不好，就先推荐到省文化厅去。裴处长说，定西会议精神你都清楚了，"先回来再说"。他还诚恳地表示："你回兰州后，与青干处仍不脱离关系，希望你常过来坐坐。"

下午到文化厅见张厅长，他和颜悦色，没有架子，对我谆谆教诲了几句。见人事处伶处长遇到些周折，她问我英语水平怎么样，如果去外事处能不能直接跟洋人打交道。我老实回答："英文阅读没有大问题，但口语还不行，需要时间强化训练。"她又问："艺术修养方面，可不可以作曲？能够写话剧剧本吗？"我被问得有点发蒙，回答她："作曲比较困难，写剧本可以学着干。"走出她办公室，我才发现自己已满头大汗。

　　晚上到高老师家，老实汇报了与伶处长面谈的情况，高老师听了哈哈大笑。他帮我分析了一下文化厅的内部结构，建议我到文物处去。他说："甘肃文物在全国绝对是排在前面的。你去文物处，能见到段文杰、初世宾、樊锦诗等国内有名的文化大家，能跟他们学的东西可太多了！而且，敦煌正与美国和日本合作开展石窟科学保护，你去了以后，说不定能更好地发挥专业特长！文物处处长钟圣祖是陕北过来的老干部，当过肃南裕固族自治县县委书记和敦煌文物研究所党委书记，资格很老，人也很好。"高老师对全省干部如数家珍，让我十分佩服。他的点拨也让我豁然开朗。

1986年12月18日　星期四

　　和上海通电话，拾风伯父听说我可能调到甘肃省文化厅文物处工作，很高兴。他兴致勃勃地说，一千年历史看北京，三千年历史看陕西，五千年历史看河南，而八千年历史就要看甘肃了。甘肃在古丝绸之路上，敦煌莫高窟、嘉峪关长城、居延汉简和天水麦积山石窟都是举世闻名的人类文化遗产。马家窑彩陶文化非常独特，很可能是我们解开东西方文化神秘联系的钥匙；秦安大地湾遗址也有好多不解之谜。西周人和先秦人的祖先都来自黄河中上游地区，他们对华夏文化的孕育有决定性作用。探究中华民族的起源，有好多重要线索要在甘肃寻找。

伯父还提及，他将话剧《蔡文姬》改编成昆曲后，曾专门到北京请教郭沫若先生。郭老当时身体情况已不大好，但一见面就紧握住他的手说："才子，我们四川的才子来了！"当两人讨论到《胡笳十八拍》与匈奴在河西活动有无关系时，郭老话锋一转，提到甘肃省博物馆保存着一个新石器时代的夫妻合葬墓，男子仰面安卧，女子屈身紧贴，这不仅标志着母系社会向父系社会的转变，而且简直就是史前中国的"罗密欧与朱丽叶"，是爱的绝唱。

伯父继续说："你是可造之才，在乡下搞了两年的'下里巴人'，现在有机会到文化厅接触'阳春白雪'，机会难得。中国知识分子不能数典忘祖，应对本民族的历史文化有更多关注。"他的一席话让我茅塞顿开，对自己下一步的努力方向有了清醒认识。

1987年元月6日　星期二

去年不是换届年，因此我是由县委先发通知，再通过补选方式当上副镇长的。今年是正式换届，而且乡镇一级的人民代表是通过直接选举产生的。我在青岗坝选区获得提名，并在随后的差额选举中当选为岸门口镇第九届人民代表。同时，根据县委的推荐，我被同时列为镇长候选人和副镇长候选人，将参加由新当选的人民代表在镇人民代表大会上举行的差额选举。同时被提名为镇长和副镇长候选人实属罕见，这印证了老温叔先前的预测。

我在自己负责的中节选区大胆推行了新的选举办法。先成立包括村支书、村委主任、大姓长老、复员军人、妇女和共青团代表的选区领导小组，酝酿推荐人民代表候选人，提名过程经过了三轮协商。

第一轮，只要有1人提名并得到3人以上附议，或获得镇、村组织推荐，即列入候选人初步名单，在村委外晒场张榜公示。

第二轮，中节选区有3个代表名额，各选民小组按照法定差额比例，将候选人名单缩减到5名；然后，选区领导小组再汇总各选民小组意见，通过协商，确定本选区5名候选人建议名单并公示。

第三轮，各选民小组商议候选人建议名单，广泛征求选民意见。然后，选区领导小组在汇总各选民小组商议结果后，再根据多数选民意见确定5名正式候选人名单。

大伙儿对这份名单的意见基本一致，因此，我们决定不再进行预选，而是直接转入正式投票选举阶段。在5名候选人中，将根据得票数的多少，确定前三名为人民代表。整个选举过程保持了高度的公开与透明，选民们情绪饱满，热情高涨，他们都非常珍视这次投票机会。对于我个人而言，能够亲自参与并具体策划、协调组织和顺利完成中节村基层民主选举的全过程，无疑是一次极宝贵的社会实践经历。这不仅让我熟悉了基层民主选举的实际操作流程，还进一步加深了我对中国民主制度建设的理解和认识。

上周六，可能是其他乡镇在镇长差额选举时遇到了麻烦，所以县人大紧急下发通知，称如镇长"实在推举不出差额候选人时，可等额选举"，算给下面开了个口子。关书记和穆镇长马上来做我的工作，希望我能退出"镇长候选人"，让老穆能够等额选举。

前天是星期天，穆镇长约我去他家吃饭。他妻子非常能干，用刚收获的新苞谷磨成粉，做了一锅搅团，搅得又细又匀，还切了一盘新鲜脆嫩的萝卜丝，滴上香油端上来，真是太好吃了！穆镇长还介绍说，搅团是诸葛亮发明的，当时不叫搅团，而叫"水围城"。我也不客气，一连吃了两大碗，把肚子吃得圆滚滚的。老穆家生的炉火红光照人，烧得暖烘烘的。我们吃完搅团，坐在炉边烤火，一边喝茶，一边闲聊。

老实说，我在岸门口镇这两年广结善缘，积累人脉，尤其是最近有两个罐头产品在兰州获得"甘肃省乡镇企业优质产品"奖，在全县乃至地区都引起不小的轰动，再加上我驻点的行政村选出的人民代表有人数优势，所以，如果镇长真搞差额选举，鹿死谁手还真不好说，我绝对有竞争实力。

但我考虑，尽管我即将调离的消息尚未传到康县，并且一旦当选镇长，24岁即可在省厅定主任科员，确实有吸引力。然而，我们四川人的生活哲学是"有饭大家吃"。另外，外公在世时也曾多次提醒我："退后一步自然宽。"所以，明知自己即将离任，仍执意竞选镇长，不大合适。我明确表示，同意退出镇长选举。

昨天，岸门口镇第九届人民代表大会隆重召开，镇直机关干部应邀列席。进入副镇长竞选投票环节，全镇选出的44位人民代表对我与葛主任进行差额选举。打开投票箱后，采取逐一唱票的方式进行统计。前面唱的7票都归了葛主任，让我心里七上八下，心想如果这次落选副镇长，可是不好交代。幸运的是，接下来的37票无一例外地都唱出我的名字，最终以37:7的压倒性优势胜选。全场响起了暴风雨般的掌声，这是我这一辈子都忘不了的掌声！

1987年元月17日　星期六

前几天读《人民日报》社论《旗帜鲜明地反对资产阶级自由化》，说"几个城市少数学生上街，折腾了一阵子，渐趋平静"，并点明这是"几年来资产阶级自由化思潮泛滥，而我们的一些同志旗帜不鲜明、态度不坚决的结果"。

北京风雷激荡。而我内定上调省文化厅，并已在换届选举中高票当选连任。我默默地告诫自己，要铭记外公生前教诲，步步小心谨慎，"穿钉鞋，走泥路"，切切不可张狂。由于各方情况不很明朗，我决定先回四川过年，冷静观察。

我在内江的家坐落在梅家山的半山腰上，阳台下有一片郁郁葱葱的树林，紧挨着成渝铁路。穿过这片树林，有一条158米长的铁路隧道。幼时我经常和小伙伴们在铁路上淘气。

站在阳台上回忆着童年往事。楼下成渝铁路正进行电气化改造，蒸汽机车即将谢幕，取而代之的是电气机车。它们从楼下驶过时，鸣笛声不再是中年男人那般暴躁的嘶哑和怒吼，而更像收音机中女播音员的声音，清亮而甜润。凭栏远眺，烟雨蒙蒙，山色青青。列车在雨幕中渐行渐远，这让我想起了李白的《菩萨蛮》："平林漠漠烟如织，寒山一带伤心碧。暝色入高楼，有人楼上愁。"

远方的陇南，群山连绵，料是一片清新宁静的景象。早春的燕子河峡谷，新绿的藤蔓是不是已破土而出？那接近干枯的河流是不是已悄然流动着春水？而满山的野花也悄悄开了吧？此刻的我，仿佛是一个远征回家的战士，卸下战袍，如倦鸟归巢。就要离开岸门口了，心头不由自主地涌起淡淡感伤。我在竹藤椅上坐下来，试图平息内心泛起的波涛，让自己在时间的沙漏里沉思，静静感受那淡如清风、静若幽兰的故乡气息。

1987 年 3 月 18 日　星期三

陇南地区的领导不放我走，说好不容易培养一个工业干部，留在这边更有用，调到省文化厅做啥？地委组织部希望我主动放弃调动请求，安心留在陇南。至于在工作安排上有什么想法，尽管提出来。

刘书记不再兼任县委书记，调到武都去当副专员。他离开康县前，约我见一面。刘书记即将离任的消息早已传开，往日车水马龙的书记办公室变得门可罗雀。我这时登门拜访，他非常高兴，招呼我一起坐在火炉旁。炉子上有个大炊壶，水开了，冒着热气，发出"滋滋"声。屋里行军床上的那床军毯暗淡无光，已看不出原色。我起身给他沏了一杯热茶，给自己也倒了一杯。

刘书记知道我调动的事，他开门见山地说："娃，不是我说你，我就不赞成你现在离开乡镇，起码要在下面干满三年嘛。有了这个工作经历，以后的根基才牢固，走起路来才顺当。"我向他汇报了和方惠结婚的情况，还给他看了我们在中南海那棵连理柏树下的合影。他长叹一口气说："娃，你早婚啊！干咱们这个，不能傻不愣登的，怎么也得熬到二十八九、三十岁才结婚嘛！"说话间，县委大院广播响了起来，到午饭时间了。他拉着我一起到县委食堂吃午饭。我知道，和县委书记共进午餐，这在县上是很难得的殊荣。我们边吃边聊，我请求他到武都后帮我说说话，让地委尽快放行。

1987年3月22日　星期日

这段时间，农村整党正如火如荼地进行，我大部分时间都住在村里，其间经历了好几任房东。有一次，我被安排在村小隔壁的一间房子里，这里原先是生产队的保管室，实行家庭联产承包责任制后分给这户人家。他们在屋里新砌了两张挨得不远的土炕，村文书把一对新婚夫妇的干净棉被抱来两床，让我盖一床，垫一床。

房东晚上铲来一大锹过火的柴烬，推进火炕说："这是煴炕呢，夜晚再添点柴火，保证睡得热热乎乎。"但我不理解的是，他又把一对母女安置到同屋的另一张炕上。母亲有30多岁，丰满成熟，风韵犹存，而女儿只有十四五岁。

第二天，我给全村党员上了一堂党课，题为《共产党员要讲真理，不要讲面子》。课后，我把村支书叫到一个僻静角落，将他臭骂了一顿。他嘿嘿傻笑，骂房东："这个哈耸［指耍心眼、狡猾的家伙］胆儿也太肥，竟敢给镇长下套，这也太失茬了，真以为舍不得孩子套不住狼啊？"我轻轻踢他一脚："你个老混蛋，说谁是狼啊？"支书哈哈大笑，答应当晚就让那对母女搬出去。我非常清楚，自己在这个关键时刻可不能惹麻搭，如果污酥［甘肃方言，意思是令人恶心、很不得体的行为］失态，那将"一失足成千古恨"。

1987年3月24日　星期二

地区农科所与县科委协同，通过"星火计划"为罐头厂争取到一笔资金，用于修建食用菌车间，需要一批木料。老祁知道我与地区林业处交情不浅，非要拉着我跑一趟清河林场。清河林场的上级主管单位是地区林业处，我给张处长打电话，他很爽快，说我们本来就在商讨合建食用菌车间的事，而罐头厂又是林业处的对口帮扶单位，同意我们先拉走一车原木，算林业处支援我们的，后续合作事宜再商量。

我们这辆拉木头的卡车沿着清河溯流而上，行驶在蜿蜒曲折的森林公路上。阳光穿透树林密密的枝丫，投下斑驳的光影。正是早春季节，清河两岸盛开的山桃花、野梨花、杏花和格桑花汇成花海，五彩斑斓，争奇斗艳。清风拂过，片片花瓣随风飘落，掉进波光粼粼的溪流之中。松鼠在林间穿梭跳跃，画眉、黄鹂和花喜鹊在枝头欢鸣，蜜蜂和蝴蝶在花丛中翩翩起舞。

这里就像一个森林植物园，桦树、橡树、松柏、樟木、楠木、毛白杨、红椿……数不清的树巍然耸立，在阳光的照耀下尽情展现着雄伟的身姿。我把身子探出车窗，贪婪地呼吸着那融合了花香、松香与泥土芬芳的湿润空气，顿感神清气爽，精神焕发。真没想到，我都要离开康县了，才发现这个神秘的大花园。

我们的卡车经过了构林湾、二道河、敦敦石、寨子沟，仿佛穿行在大兴安岭的密林，途中见到好几座原木构筑的森林小屋。路边的清河恰如其名，河水清澈得令人心醉。清河发源于康县东南部的黑嘴山，从两河镇的杨家湾出省进陕西，在阳平关汇入嘉陵江。

我们在槐树坝场部领取原木时，林场工人说，这片面积有130多平方公里的苍翠林海也是许多野生动物的家园，有成群结队的野猪、憨态可掬的狗熊，还有金钱豹、狍子、野兔和锦鸡。旁边一位年纪大些的林工说，林子里还有大熊猫，但其他林工表示怀疑。

在回程路上，我对老祁赞叹道："清河林场太美了，真是深藏在秦岭深处的人间仙境！我去过九寨沟，那里原来也就是一个林场，后来改成旅游景点。清河之美，丝毫不逊于九寨沟。今后，罐头厂如果赚了钱，可与林场合作，把野外狩猎或森林旅游搞起来，一定能够吸引大批热爱自然、渴望探险的游客纷至沓来。"

同时，我也在心里暗自琢磨，难怪张处长他们极力挽留我，希望我在陇南共同参与天然有机化学高端产品的研发。这里无疑是全中国都难得一见的植物宝库，而且方圆100多里都是人迹罕至的无人区，又有水又有电，如果兰大化学系在这里建一个天然有机化学实验室，那实在是太理想了。

1987年3月28日　星期六

这段时间忙得不亦乐乎。村级整党天天开会，开得每个人都腰酸腿疼。到了晚上，还要按照上级要求，选择一个党员家，让全村党员围着他家的火塘上党课。支书问我，上面有没有拨经费补助开会用的茶水，我苦笑着说："莫有！"于是自己掏腰包，让他派人到镇上供销社去买回来几斤茶叶和几条烟，开会时泡茶给大家喝，烟散给大家抽。一条"凤壶"牌香烟价格是4元3角，一条"喜珠"牌香烟是1元8角，开一场会，半条烟就没了。

我是县委发文正式任命的岸门口镇兼职党课教员，全镇只有关书记和我两名党课教员，所以不仅要在自己包的村讲党课，还要到其他村去巡回讲。在各村跑，只要肯散烟，并帮助他们解决一些实际问题，就很受待见。我不喜欢空对空地讲，讲课前要先找人拉呱，调查一下村里的情况，结合学习材料认真地想一想，确定好一个主题，最好是结合党员身边熟悉的人和事，这样讲起来效果会比较好。上次遇到生活困难的老乡家塌房，动员党员为困难户修房，结合此事上党课，效果就很好。县委为此还专门编发了简报。

前天的党课是针对脱贫来展开的。去年5月，国务院成立贫困地区经济开发领导小组，陇南地委张学忠书记也提出了"一人一亩基本农田，一户一亩林果园，一户出售一头商品畜，一户输出一个劳动力"的"四个一"扶贫工程。康县脱贫任务非常艰巨，根据县政府不完全统计，全县至少有1/4农户没有解决温饱问题。那么，结合本村实际情况，怎么来落实呢？

村支书先介绍情况。他说，这个行政村推行联产承包责任制时共有918亩耕地，但其中有小一半分散在高山老林。承包前，生产队依靠基干民兵用乡武装部借出来的半自动步枪来"保秋"，可以把高山粮食抢收回来，但现在耕地分散到各户，而且不准再用半自动步枪，就不好使了，野猪会成群结队地从老林跑出来，践踏粮食，单个农户根本看不住，只好退耕。这样一来，村上的耕地减了一半，只剩400多亩了。

耕地减了，就要想办法提高单产，农科所的试验站来村上推广良种玉米"中单二号"，但是农民买不起种子和化肥，这边地形又很复杂，机耕和自流灌溉都搞不成，小麦生产很不景气，如果遇到旱涝天气，连种子粮都收不回来。我接了一下话茬儿，让文书把民兵不能"保秋"的情况写一个书面报告，准备再向上反映。我的想法是，县武装部抓民兵训练最好与帮助老乡保卫劳动果实结合起来。

村主任补充说，根据村上目前掌握的情况，全村约有超过1/3的农户家里储存的口粮接不上夏收，有将近2/3的农户接不上秋粮。今年春旱无雨，是一个大旱年，如果不尽快想办法，到年底的时候，可能会有将近一半农户要断粮。情况这么严重？超出了我原来的预料，我不由得眉头紧锁，把这些情况一五一十地记到笔记本上。

在党员讨论环节，我们深入分析了当前面临的困难，共同商讨应对办法。村党支部提出重新加强民兵整训，组织基干民兵到老林拖竹子回来换钱，妇委会和共青团组织妇女和放假回家的学生制作竹芭子和藤编，赶集时卖掉，把粮食换回来。一些党员还提出，针对今年的旱情，组织党团员突击队，在搞不到柴油机水泵的情况下，可用龙骨水车帮助村民对临河的麦地进行提灌。

我要求支部，一是把全村缺粮欠粮的情况认真摸清楚，由镇上汇总后向上级申请返销粮，确保大家不挨饿，不外出逃荒要饭；二是与营业所协商，看看能否为农户购买"中单二号"种子争取一些贴息贷款，不能耽误农时；三是邀请农科所技术员到村里来，指导大家种植木耳和天麻。同时，如果罐头厂销售情况还好，将争取为村里再增加几个季节工指标。

上次县人大领导来岸门口听取汇报时，问我全镇春耕生产情况，有多少秋地？需用多少吨化肥？共有多少户农户买不起化肥？一亩地需用多少斤种子？岸门口适应哪些良种？又问我，全镇有多少农户缺粮？缺三个月、两个月、一个月的分别是多少？共缺多少斤？

我答不全，被问得满头大汗，深感愧疚，并当场向领导作了深刻检讨。那位领导倒是和颜悦色地说："小郑，我知道你原来的主要精力在抓罐头厂，但你现在是镇党委委员，又是副镇长，心里一定要有这本账，一定要做到底子清、情况明，做工作才不会抓瞎，才能体现我们为老百姓办实事、真办事的本色。"

这次指导村级整党工作，我一直牢记领导的教诲，力争和村里的党员一起，把脱贫工作一五一十地做扎实，通过实际工作整顿党的基层组织，使之焕发出战斗力。

1987 年 4 月 7 日　星期二

村小放农忙假，学童们都回家帮大人点苞谷。县委协调县农行解决了一批贴息贷款指标，下达到各乡镇后，我们也抓住整党的机会，催促各村协助农民办好贷款手续，赶紧把种子买回来，不误农时。我到各家地头去查看春播情况，还帮助房东大爷耕地。不过，我们犁开的地都是干泥块，没什么潮气，想用刨子和耱来捣碎它们都挺费劲。田间农民都在七嘴八舌地议论，担心点下去的苞谷种子出不了苗。

我也去看了临河的麦地，有乡民说，若用柴油机打水，短时间即可灌溉几十亩地。但也有乡亲反映，这边的地土层薄得很，如没有雾灌喷头，用大水冲，会把本来就薄的土都冲走。听村民们这么说，我心里直叹气，联想到成都平原的都江堰自流灌溉系统，深深体会到当年李冰父子修建都江堰给四川人民谋取了多大的福祉！

下午，附近地里传来一阵喧哗，我跑过去，发现一个壮实的汉子挥舞着柳条抽打一个年轻女子，女子伏卧在地，紧紧护着怀中的婴儿，柳条狠狠抽打在她的背上，发出"啪啪"的响声。我立即上前制止，让那女子带婴儿回娘家，暂时躲几天。那汉子还气鼓鼓的，周围几个中年婆姨指着女子骂她忤逆、该打。其中一个满脸横肉的中年妇人凑上来对我说："这女子的姐姐先前也嫁到这庄上，刚过门时也是很不老实，撞气［甘肃方言，意思是特别惹人生气］得很，被狠狠收拾了几回，现在调教好了。"旁边的一位老阿婆竟说："是嘞，女人就跟牲口一样，就是要好好调教嘞！"我听了只能苦笑。

这时，有一个60多岁的阿婆走到我边上，悲戚戚地告诉我，她家的牛被别人讹走了。今年地里的土这么干、这么硬，她一个老太婆，挖土真是挖不动了。我记下她姓名，说回头了解一下情况。话音未落，又有数位乡民围上前来向我投诉，声称村中有人背回了300斤返销粮，责问我是怎么回事。我真不知道这事，还未张口，就听有社员在旁边嘀咕："那家的婆娘是个水蛇腰，眼睛细眯眯，会勾人，肯定陪人家睡了，不然能背回300斤粮食？"说得我都不知该怎么接话。

1987年4月26日　星期日

　　康县农舍具有氐羌古风，多以三合院、转角楼和板屋为主，它们连木为架，夯土为墙，青瓦屋面，是干栏式土木结构。在堂屋的前面，通常有一个下沉式的天井，关着家畜。堂屋的正中，用石块砌着一个火塘，柴火终日不灭。在火塘上方，横置楼板，上存家中的余粮。楼板上用粗大的绳索悬吊着一口硕大的砂锅，里面煮着土豆或其他食物。

　　乡上的干部包村，必须摸清每个农家存粮情况，能不能度过青黄不接的时期，确保全家人的基本温饱？一定要做到心中有数。这就需要拾梯而上，亲自过目。三天前，我在检查完一户农家的余粮情况，顺梯而下时，发生了闪失，左腿骨折了。

　　腿折得有点儿狠，一截小腿全耷拉了下来，人顿时疼得差点儿昏死过去。大家马上叫了救护车，镇工商所的一位姐姐紧跟过来，她轻轻端着我折断的小腿，抱在自己怀里，期望能减轻我的痛苦。同志们用担架将我抬进急救室拍X光，诊断为左腿胫骨和腓骨粉碎性骨折。

　　从出事地到县医院费时较多，加上那位姐姐一直小心翼翼地捧着断骨，结果已轻度结成骨痂，但错位得厉害。县医院外科的黄医生看了X光片，又用手持X光机对着我的伤腿反复检查，然后对我说，有两个办法，复杂些的处理办法是动手术，将结有骨痂的断骨锯开，重新对齐后上钢板，打钢钉，再等它愈合；简单的办法，则是用力将结有骨痂的断骨强制拉开，再对齐后上石膏固定，等它自然愈合。

　　我想了一会儿，问黄医生前面的办法有什么缺点。黄医生说，需要开刀刮肉，再装钢钉钢板，恢复的时间会比较长，而且不能保证双腿的长度完全一样，有可能一高一矮。"那后面的呢？"黄医生说："后面这个办法是中国的传统正骨术，不动手术，也不打麻药,会非常疼,一般人受不了,但恢复时间要短些,两只脚肯定一样长。"

我发了好一会儿呆,然后咬紧牙关说:"那就采取后面的方案吧。"黄医生立刻在医院里找到四个精壮汉子,让我嘴里咬住一条厚实的毛巾,再让两位稳稳地按压住我的身子,第三位专注地固定住我右腿,让最强壮的那个汉子倾尽全力,用力拽拉我的左脚。黄医生在一旁鼓劲,高喊:"用力!用力!再用力!"巨大的疼痛几乎令我晕厥,豆大的汗珠滚滚而下,迷住了我的眼睛。经过好几番挣扎,那错位的胫骨依旧没有拉正。

黄医生对着旁边畏缩不前、紧闭双眼的护士厉声喝道:"快去找四个改大锯的工人过来!"不一会儿,四位彪悍大汉应召而至,他们照前面的架势,如法炮制,开始摁压、拉扯。我被毛巾堵着的嘴忍不住"呜呜"惨叫,碎骨在伤腿里不断撕扯产生的剧痛,使我全身像触电一样颤抖不停。那位陪同来的姐姐和护士们都吓得躲到病房外去了。终于,我听到清脆的"咔嚓"声,骨头复位了。我这才注意到,自己流出来的汗水把床单全打湿了。

县委领导赶过来,对我进行了亲切的慰问,叮嘱医院领导全力救治。这位县领导还告诉我,地委和县委都已同意我调回兰州,要我安心养伤,痊愈后即到省文化厅报到。

1987 年 4 月 28 日　星期二

父亲接到康县发出的电报后,星夜兼程地赶过来。他冲进病房,见我只是骨折,医生也处理得很好,镇上还专门派了小刘来照顾我,就稍微松了一口气。

这些天,父亲看到从县城、岸门口镇、罐头厂和村子里赶来探望我的人络绎不绝,见我和他们都非常熟悉,即便躺在病榻上,仍能与来访者谈笑风生,内心深处油然生发出满满的欣慰。他看到有位老乡从青岗坝跋山涉水走了 30 里路来到县医院，手中提着 17 枚鸡蛋；还有位老乡提着一包红糖匆匆而来，以至于那糖在路途颠簸之下开始微微融化，就非常感动地说："儿子，他们将家中仅有的鸡蛋和红糖全拿出来送给你，这是比金子还要珍贵的人间真情啊！"

父亲在家里是不怎么做饭的，然而来到康县，竟亲自跑到集市去选购了一只大公鸡。他带着食材，兴冲冲地来到位于医院大楼后侧的公共厨房，与其他照顾病人的家属们一同忙碌，给我炖鸡汤。父亲端着鸡汤进来时，喜滋滋地告诉我："这地方卖鸡不论斤卖，只算个头。一只鸡 5 元钱，不管大小，这简直太实惠啦！"

父子二人很久没有这种独处的时候了。父亲娓娓道来，回忆起他在朝鲜战争中的峥嵘岁月。当时，他在第十五军二十九师前指担任情报所所长。在那场举世闻名的上甘岭战役中，他带一名通讯员前往 86 团团部传达张显扬师长的命令，路上突然遇到美军打炮。密集的排炮打过来，来不及躲闪，一枚炮弹落到他前面那位通讯员头上，血光一闪，通讯员一下子炸没了，他也被炸昏过去，随后被担架队抬进救护所。

当他醒过来时，一摸自己身上全是血，瞬间给整蒙了。然而，当女军医剪开他那件刚刚领取的苏式军棉衣，看到腹部只有一个小伤口，就贴了些外伤药对他说："滚起来吧，没事，衣服上的血是别人的，你就是挂了点彩。去领 9 万元（旧币）轻伤补助。"父亲一骨碌起身，发现自己真没啥事，就又返回前线。

时光荏苒，数年后，他已从朝鲜回国多年，在济南军区供职，旧伤却意外复发。原来，当年有一粒弹片嵌入肾脏未取出，结果现在只好切除半个肾，他也因此离开部队，那份对人民军队割舍不下的情感，如同烙印一般刻骨铭心。父亲感慨地说，疗伤切忌操之过急，必须彻底痊愈，不留后患。

1987年5月31日　星期日

今天是端午节。月初，父亲离开康县回内江上班后，方惠就请假赶过来了。她看护了我两天，然后马不停蹄地去兰州，代我到文化厅报到。

文化厅人事处伶处长很通融，一点儿没有找麻烦，只是在收下那些调动材料后，对我的医疗费是在康县还是在兰州报销稍微有点迟疑，当听说康县已全额负担并安排专人陪护后，即把手续全部办妥，还要我安心养伤，伤好后直接到兰州上班。

这样一来，从组织关系上讲，我实际上已经是省厅的干部了。但是，康县这边，同志们仍一如既往地给予我热忱关怀。我给方惠去信夸了她："如果我是一支军队，那你就是我的劲旅精锐；如果我是一艘航船，那你就是我的龙骨中坚。"

打夹板已有一月，伤腿渐渐恢复力量，能抬起、卷屈，但仍旧带着一份沉甸甸的感觉。黄医生再次为我拍摄 X 光片，他看了后说："骨缝接合端正，愈合速度也很理想。"但为保险起见，他依然建议我继续静养，至少还需两周时间，还叮嘱我："别急，慢慢来，一切都会顺其自然地好起来。"

每日里，我躺在床上，凝望着窗外天空，似乎天天都是乌云密布，阴沉沉的。前天，云层终于裂开一道缝隙，露出了久违的蓝天。那是怎样一种清澈明亮的蓝色啊！就像阳光倾洒在一湾清澈的海水中，激起层层浪花，冲刷着洁白细腻的沙滩。然而，转瞬之间，那块乌云又将它遮住了。

来看我的人说，山上的草全绿了，燕子河也涨水了，上个月终于下了几场透雨，地里的旱情缓解，开春点下的苞谷开始出苗。刚进医院时，陇南还是早春天气，春寒料峭，现在已是初夏。县城里的朋友到底比岸门口要浪漫些，今天给我送来一大束山上的野花，它们盛开在初夏的微风中，抚慰着我的心灵。

来探视的人依旧不少，有些人听说我接到调令，很快就要回省城，也赶来话别。一位姓鲜的朋友把他写的两本小说稿拿过来征求我的意见。还有一位朋友把电大毕业论文拿来了，标题是《从康县栗子鸡罐头厂谈乡镇企业的几个问题》。没想到电大还有人选这个题目！看护我的小刘在写一篇从他爷爷那里听来的民间故事《马大的传说》，我也给他提了些指导意见。小刘的姐夫调侃道："这个病房简直成编辑部了。"

时光在温馨的氛围中缓缓流逝，每一天都充满希望。我期待着自己重新站起来的那一天。

1987年6月19日　星期五

今天借助一双拐杖，我重新站了起来！

县医院特意派救护车护送我去略阳车站。即将启程之际，我恳请车辆稍等片刻，随后，我缓缓地步出医院大门。倚仗着双拐，我如同划船一般，沿着县城大街走了一圈。这段时间未曾理发，蓬松卷曲的长发低垂下来，几乎遮住我的双眼。斜阳洒满大地，为这座朴素而可爱的县城增添了几分宁静与祥和。我轻轻甩开头发，紧握拐杖，虽然每一步都走得很艰难，但每一步都走得异常踏实与沉稳。

抬眼远眺，白云山的苍松翠柏再次映入眼帘。我泪水涟涟，深情地凝视着波光粼粼的燕子河，感动和感激之情荡漾于心。此刻，我的脑海中回荡着《诗经·秦风》中的名句："蒹葭苍苍，白露为霜。所谓伊人，在水一方。"曾听县里的老人说过，这首古诗就源自陇南。陇南是秦人的发祥地。

在小刘兄弟的搀扶下，我再次来到白云山下，斜倚在风雨亭中，任由目光随着朵朵飘浮的白云游移。回想自己在岸门口度过的这几年，真像是一首如梦如幻的叙事诗。无论是小阁楼上那昏暗的灯光，罐头厂内低沉的轰鸣，还是农家灶塘里熊熊燃烧的炉火，都无不让我心潮澎湃。我把汗水与泪水点点滴滴地洒进了这片土地，也将梦想与激情奉献给它。正是在这大秦岭的深处，我学会了在逆境中寻找生活的乐趣，鼓足勇气面对真实的自我，并在为乡民服务的过程中，探寻着人生的意义，谱写着青春的乐章。

此刻的我，倚靠着双拐，宛如汪洋中的一条船，昂首挺胸，坚定向前。登上救护车时，我向群山挥手，向山顶飘浮的白云挥手告别。救护车缓缓驶离，我心中涌起一股难以言表的情感，它沉甸甸的，虽静默无声，却如同重锤一般，一下又一下地撞击着我的心房。当救护车驶过燕子河时，我的耳畔再次响起那高亢的曲调：

> 走咧走咧走远了，
> 眼泪花儿漂满了。
> 哎嗨哟，
> 眼泪花儿把心儿淹哈了。
> 走咧走咧走远了，
> 褡裢里的锅盔轻哈了，
> 心里的惆怅重哈了。

陇南的山山水水，还有那么多敬爱的领导、亲爱的同志和热情淳朴的乡亲，你们的音容笑貌，如同划过夜空的流星，深深地烙印在我的记忆中，永远留在我的心间。

再见吧，陇南！再见吧，我亲爱的同志们！我将带着这份难舍难忘的情感，踏上新的征程。

后记：再别陇南

陇南是我开始公共服务的起点。我是中共甘肃省委组织部1984年选调生，分配到康县岸门口镇工作三年，当选人民代表，并被提拔为县罐头厂厂长和副镇长。办完退休手续后，我想到的第一件事就是再回陇南。此行感受颇多，简记于此。

一、强基固本

"风起于青萍之末，浪成于微澜之间。"纵观中国历史，社会动乱通常先在边远山区萌芽，再蔓延至其他州县。边区是政权神经末梢，中央政令很难通达。我这次从青木川回康县，经过邓艾偷袭成都的阴平古道，这里鸡鸣三省，山高沟深。民国时期，地方豪强魏辅唐独据青木川，称霸一方，中央和省对此地几乎失控。这次回乡，我却真实体会到，通过扶贫攻坚和全面从严治党，党在边区深得民心，基层人民政权空前稳固。

阳坝是进入康县的首站，这里海拔约1400米，气候凉爽，景色优美，终年云雾缭绕，出产的茶叶色香味醇，供不应求。当地农民靠种茶和天麻等，每年收入好几万元。村里白墙黛瓦，窗明几净，游客络绎不绝。我见到了阳坝镇党委书记王贵强同志，他说天麻如数家珍，念"茶经"津津乐道，对如何发展、如何解决乡亲们面临的困难成竹在胸。他和镇上同事精力充沛，斗志昂扬，生动地反映了新时代农村基层干部的精神风貌。

黄治同志原是铜钱镇镇长，他二爷是县医院外科医生。我下乡时左腿胫骨和腓骨粉碎性骨折，当时很担心这条腿保不住了，是黄医生用传统中医的正骨术为我治好腿伤。没有他，没有祖国的中医文化，我走不出秦岭，更不会有"三十功名尘与土，八千里路云和月"。黄治虽离开铜钱镇担任要职，但仍念念不忘镇上乡亲，这次专门带我去双河村见了一位下基层的大学生唐子华，他毕业于兰州交通大学，正跟着村支书养冷水鱼。小唐向我兴致勃勃地讲解了"集体投资＋能人大户"的新合作经营机制。科学的饲养方法结合现代化经营手段，打破了小农经济模式，大大提升了农民的抗风险能力和获利能力，而且为村集体提留提供了坚实保障。

据介绍，目前村干部可按月领酬，村支书领 2700 元，如兼任村委主任可领到 3000 多元，其他村干部也有相应报酬。这与我当年驻队时大不一样，那时诸多繁杂工作如催缴公粮、督促计划生育、调解民事纠纷、统计农民种养植情况、帮助女童上学和帮助"五保户"等，都需要依靠村干部一一落实，但他们完全是义务的，国家不发一分钱，而现在，他们可定期领酬。同时，越来越多大学生下到农村充实基层，越来越多外出务工人员回乡创业，重点村还选派了驻村第一书记，全面从严治党已在边远乡村开花结果，极大地夯实了国家基层政权，以工农联盟为基础的中华人民共和国坚如磐石。

二、金色夏季

从芒种时节的风吹麦浪，到白露时节的秋风渐凉，全球气候变暖形成的酷热，正将生活在平原和低海拔地区的人们"赶到"人烟稀少、天气凉爽的边远山区，避暑经济应运而生。

康县原是第一批国家级贫困县和58个片区特困县之一，在2008年汶川地震中受损严重。根据指示，青岛市与陇南市结成帮扶对子，中建集团定向帮扶康县。康县灾后重建主要依靠中央财政和省财政，也包括部分香港同胞、台湾同胞和海外侨胞的捐款。县委、县政府统一规划、统一设计，将房屋重建与恢复道路、桥梁等基础设施配套建设统筹推进，几届领导班子认真践行"绿水青山就是金山银山"发展理念，咬定青山不放松，一张蓝图绘到底，将全县350个行政村全部建成美丽乡村，受到社会各界广泛赞誉。

康县的美丽乡村建设十分契合方兴未艾的避暑经济，这里雨量充沛、气候湿润、光照充足，年均气温11.8℃，森林覆盖率达66.7%，被誉为"陇上江南"。农家客栈依山傍水、凉风习习，吸引附近大中城市居民纷至沓来。酷暑季节，康县民宿一房难求。我这次住朱家沟"五福临门"民宿，店主朱彦杰先生从东北回乡创业。他创造的民居流转、统一规划、利益均享的民宿开发模式已在甘肃推广，"五福临门"民宿也列入国家文化和旅游部公布的首批31家全国甲级旅游民宿名单，获得很大成功。

静坐门外，满目苍翠葱茏，坡下溪流淙淙，我扶椅沉思，康县的美丽乡村建设正把炎热的夏季变成乡民增收的金色时光，同时也为智慧经济下乡创造了条件。还有什么比高密度负离子空气和令人神清气爽的秀丽风光更能催生创作灵感呢？完美的生态环境已为智慧经济的充分发育提供了良好土壤。

三、恩泽陇南

司晓石同志陪同我参观了陇南油橄榄产业的龙头企业祥宇油橄榄开发有限责任公司。据介绍，油橄榄树种是周恩来总理在1964年从阿尔巴尼亚带回，在陇南引种成功，目前种植面积将近80万亩。祥宇公司名称和商标"祥宇"都取自周总理的字"翔宇"谐音，这体现了陇南人民缅怀周总理的无限深情，令人动容。

周总理是新中国外交事业的奠基人，是我们的精神坐标。橄榄是充满深情的植物。我曾在希腊工作多年，有个故事在雅典家喻户晓，就是海神波塞冬和智慧女神雅典娜为争夺雅典保护神位置，决定通过各自带给雅典的礼物来请雅典人决断。波塞冬带来的是象征胜利的战马，雅典娜带来的是象征智慧与和平的橄榄树。结果，雅典人一致选择了雅典娜。

橄榄树在《圣经》故事里也被视为和平的象征。当洪水退去，白鸽飞回诺亚方舟，嘴里衔着的正是翠绿的橄榄枝，寓意着大地重现生机，和平重新降临！正因如此，当我们在奥林匹亚庆祝北京奥运会圣火点燃时，在克里特岛欢庆利比亚撤侨取得伟大胜利时，当参加亚丁湾护航的中国军舰鸣笛徐徐驶入希腊军港时，我们尽情挥舞着的正是散发着大地芳香的橄榄枝，登舰赠给人民子弟兵的也是橄榄树环。海军指战员说，这是最珍贵的礼物，象征了中国海军捍卫世界和平的坚强决心。

我们一定牢记周总理寄望油橄榄恩泽山区人民的深情嘱托，进一步挖掘橄榄文化的深厚内涵，使之成为东西方文明对话的使者，将中国人民热爱和平的崇高愿望传达到五洲四海。

四、访友叙旧

虽然离开岸门口很长时间了，但清澈的燕子河水一直在我心中流淌。这次和镇党委书记杨新颖同志一起马不停蹄地跑了好几个村子。我们见到了当年远近闻名的左占秀，办罐头厂时提出"将第一车间建在田间地头"，为此专门引进了新西兰优质猕猴桃树苗，但农民们不熟悉，不愿种，是她第一个领走幼苗，精心培育成功。我们讲起往事格外亲切，她还介绍了自己的漂亮孙女（西北师范大学研究生）和孙女的男朋友。男孩现在沙特参与大项目建设，讲起自己在海外的工作眉飞色舞，依稀可见我当年的影子。浪淘尽，千古风流人物，现在的世界是属于他们的了，他们是早上八九点钟的太阳。

我们到了距离镇街最远的林口村，见到我当年驻队时的村支书贾厚军同志。我每次驻队都住他家，一住就是十几天，嫂子做的面食和洋芋搅团太好吃了。我们一起带着乡亲们挖水渠引自来水，拉电线给村里通电，秋收时还领出半自动步枪打野猪保粮食，结下了深厚友谊。他现已70多岁了，还承包了林地，可惜栽下的松树成片染上了松材线虫病，根据国家林业和草原局通知，康县被划为轻疫区，这批松木无法出售。杨新颖书记认真了解细节，说将向上级反映，寻求解决办法。

我们在去林口村路上遇到一户人家办丧事，吹吹打打很热闹。一问却是镇政府当年的老同事潘叔过世，享年97岁。我进香祭奠，他家人鸣炮，炮声震天。在给潘叔行鞠躬礼时，我想起毛主席的诗句："别梦依稀咒逝川，故园三十二年前。"我21岁到镇上，当的是"娃娃镇长"，同事们年纪都比我大二三十岁，如今多已作古，真是知交半零落。当时镇上就我一个大学生，所以老乡不叫名字，都叫我"郑大学"，颇有几分称杜甫为"杜工部"之雅趣。

镇上安排我回当年创办的罐头厂原址参观。这里成了镇文化中心，经常举办活动。我向年轻人讲述当年办厂情景，真是"创业艰难百战多"。那时全县就岸门口有个水电站，要负责县城用电，白天电压太低，卧式蒸汽锅炉根本启动不了，一直等到全县熄灯，子夜时分，电压上来，我们才能开工。陪同同志说，这个罐头厂虽然后来歇业，但它是康县工业化的一个标志，已写进县志。

陇南此行，感谢当地领导热忱相待，亦仗好友刘长录全程驾车照顾。忆我在康县骨折，卧床不起，适逢长录喜得贵子，即按康县习俗与我拜干亲冲喜，祈祝我重展雄风。这次回乡还寻得诸多旧谊和罐头厂工友，相拥而泣，临别涕泪，感念不已！

再别陇南，诸君好自珍重！

1981年12月,作者18岁兰州饭店留影

中共甘肃省委组织部选拔赴基层锻炼优秀大学生第二期培训班结业合影
一九八四年九月

1984年9月，中共甘肃省委组织部选拔赴基层锻炼优秀大学生第二期培训班毕业合影，作者在四排右一

1984年11月,方惠(左二)、李开义(右二)与《西游记》剧组合影

1984年,方惠《云南日报》实习记者照

小阁楼——作者在岸门口乡政府大院的宿舍

王民镇先生为罐头厂设计的商标图样

1986年8月,曦原、方惠在中南海连理柏树前合影

1986年11月,天水、定西、陇南选调生座谈会全体同志合影,作者在四排左二

1987年元月4日，康县岸门口镇第九届人民代表大会全体同志合影，作者在二排左二